Sujata Massey
Japanische Perlen

Sujata Massey

Japanische Perlen

Kriminalroman

PIPER

Mehr über unsere Autoren und Bücher:
www.piper.de

Übersetzung aus dem Amerikanischen von Sonja Hauser

ISBN 978-3-492-50069-2
Juni 2017

Titel der amerikanischen Originalausgabe: »The Pearl Diver«,
HarperCollins Publishers, New York 2004

Covergestaltung: FAVORITBUERO, München
Covermotiv: Pressmaster/Shutterstock.com
Printed in Germany

Prolog

Ihre Hochzeit sollte den Frühlingsbeginn feiern, aber es herrschte eine winterliche Atmosphäre. Nur wenige Gäste hatten sich eingefunden, und alle wirkten kühl: die Männer in ihren steifen Uniformen und Anzügen und die Frauen in ihren bonbonfarbenen Frühjahrskleidern.

Die Braut hatte statt eines amerikanischen weißen Rüschenkleides einen Hochzeitskimono gewählt, aber nicht, wie viele erwarteten, einen alten, sondern einen nagelneuen aus rot-orange schimmerndem Seidenbrokat mit aufgestickten Entenpaaren, dem Symbol für eheliches Glück. Er stammte aus der Tokioter Ginza mit ihren tollen Boutiquen, in denen sie nie hätte einkaufen können, wenn sie ihm nicht begegnet wäre, in denen sie allerdings mit mißbilligenden Blicken und leisen Demütigungen bedacht wurde.

Doch inzwischen war ihr das egal, denn sie stand am Ufer des Meeres, das von ihrem Land bis zu seinem reichte, des Meeres, über das er geflogen war, um sie zu finden, sie zu lieben. In dem neuen Land würde man mehr an ihr schätzen als nur ihre Ausdauer in kaltem Wasser.

Beim Ringetausch hatte sie es so eilig, daß sie seinen fallen ließ. Die Gäste lachten freundlich, als er ihn auffing, bevor er im Sand landen konnte. Sobald die Ringe an ihren Fingern steckten, drückte er lächelnd ihre Hand. Sie sah ihn verwirrt an, und er gab ihr mit einem Blick zu verstehen, daß seine Gefühle mit ihm durchgegangen waren.

Ich will, sagte sie. Mit diesen beiden kurzen Worten versprach sie, ihn in Gesundheit und in Krankheit zu lieben und zu ehren. Er legte das gleiche Versprechen ab. Alles kam ihr so unwirklich vor: die windige, wilde Küste; der Mann neben ihr; daß sie nun tatsächlich heiratete.

Er küßte sie, wie schon tausend Male zuvor, doch vor all diesen Leuten. Einen Moment lang erstarrte sie vor Angst, denn zu Beginn der Feier hatte sie die zwei Männer bemerkt, die sie nicht leiden konnte. Vor ein paar Monaten waren sie urplötzlich abends mit einem schweren schwarzen Koffer bei ihnen aufgetaucht. Sie hatte sich vor ihren barschen Stimmen ins Schlafzimmer geflüchtet und die Tür hinter sich geschlossen. Als sie einige Stunden später wieder verschwanden, war sie erleichtert, aber auch beunruhigt gewesen. Was machten die beiden hier bei der Hochzeit? Sie konnte sich nicht vorstellen, daß er sie eingeladen hatte.

Die Welt war leider nicht perfekt, dachte sie, als sie die Augen schloß, um sich wieder auf den Kuß zu konzentrieren. Immerhin war sie nun nicht mehr die Freundin und Außenseiterin, sondern die Ehefrau. Und wenn sie diese neue Macht nur geschickt nutzte, gelang es ihr sicher, die Männer zu vertreiben.

1

Es erschienen eine Linie und ein Schatten.

Oder waren es zwei Linien? Ich betrachtete den Plastikstreifen auf dem Waschbeckenrand im Bad genauer. Eine Linie bedeutete nein, zwei ja. Eine Definition für eine Linie und einen Schatten gab es nicht.

»Na, wie sieht's aus?« fragte Hugh von der anderen Seite der Tür aus.

»Wenn ich das wüßte«, antwortete ich, öffnete die Tür und hielt ihm den Streifen hin wie ein Hors d'œuvre. »Versuch du, dir einen Reim drauf zu machen.«

»Eine Linie, ist doch ganz einfach.«

»Siehst du den Schatten daneben nicht?«

»Eine richtige Linie wäre pink. Das ist bloß eine Falte im Streifen.« Er schlüpfte in seinen Burberry, denn der Washingtoner Frühling präsentierte sich in diesem Jahr ziemlich verregnet.

»Wenn's doch eine Erklärung für solche Schatten gäbe ...«

»Für Schatten, die nur du siehst. Schatz, wenn dich das wirklich so sehr beschäftigt, dann ruf doch bei der Hotline des Herstellers an.«

»Wenn ich das mache, sagen sie mir sicher, ich soll zum Arzt gehen.«

»Vielleicht bedeutet das ja, daß du ein bißchen schwanger bist.« Hugh legte seine Hand unter meinem Flanellpyjama auf meinen nackten Bauch.

»Eine ungeplante Schwangerschaft ohne Hochzeitstermin wäre wirklich die reine Freude«, sagte ich und schob seine Hand weg. Hugh und ich waren seit genau drei Monaten verlobt. Am Strand von Hawaii hatten wir sogar mit dem Gedanken an eine Blitzheirat gespielt, waren jedoch zu dem Schluß gekommen, daß wir das unseren Familien nicht antun konnten. Nun wollten wir die Feier in Washington veranstalten, aber die Sache ging nicht recht voran, weil ich Lokale und Catering in der Stadt noch nicht sonderlich gut kannte. Alles in allem hatte ich außer meinem künftigen Mann nichts vorzuweisen.

»Meine Cousine hatte ihr Kind bei der Hochzeit schon, und es war trotzdem das schönste Fest seit Jahren«, erklärte Hugh und ließ seinen geschlossenen Schirm durch die Luft wirbeln, bevor er ihn wieder auffing. Fast beneidete ich ihn wegen seines Optimismus hinsichtlich des Babys, des Verfahrens, das er gerade organisierte, und des Lebens allgemein. Nicht einmal der Washingtoner Regen machte ihm etwas aus, weil er ihn an Edinburgh erinnerte. Ich bevorzugte die hart auf die Dächer Tokios prasselnden Tropfen im Herbst und die warmen, schwülen Schauer im Frühling, zu Beginn der japanischen Regenzeit, doch ich fand mich mit dem Washingtoner Wetter ab, weil es für die Aussicht auf eine gemeinsame Zukunft mit Hugh stand.

Nachdem wir uns über das Abendessen unterhalten hatten – Risotto mit angerösteten Zwiebeln und Jakobsmuscheln, falls es die irgendwo gab, dazu grüner Salat –, machte Hugh sich auf den Weg, und ich bereitete mir ein *o-nigiri* zu. Der Reis vom Vorabend war noch warm im Kocher, und im Kühlschrank befand sich ein kleiner Rest Lachs. Ich rollte alles in ein Stück Seetang und briet es kurz an.

Mit der linken Hand aß ich das Reisbällchen, während ich mit der rechten durch die Online-Version des *Daily Yomiuri* scrollte. Mittlerweile lebte ich seit einem halben Jahr nicht mehr in Japan, und ich hatte das Gefühl, daß meine Sprachkenntnisse sich drastisch verschlechterten. Als *hafu* – halb Japanerin, halb Amerikanerin – verstand ich es als meine Pflicht, auf dem laufenden zu bleiben. Ich übersprang die schlechten Wirtschaftsnachrichten und wandte mich den für Ausländer bestimmten Sprachseiten zu. Das Wort des Tages war *zurekin*, was so viel bedeutet wie »Pendeln außerhalb der Rush-hour« und von der Regierung propagiert wird, weil es das Reisen für Mensch und Umwelt leichter und angenehmer macht – eine Idee, die sich aber bei der arbeitenden Bevölkerung bisher nicht wirklich durchgesetzt hat.

Ich sah eine Parallele zu meinem Leben: Meine übliche Hektik hatte sich urplötzlich in *zurekin* verwandelt, und ob mir das gefiel, wußte ich noch nicht so genau. Die Jahre zwischen zwanzig und dreißig hatte ich in Japan hart gearbeitet und einfach gelebt. Alles Japanische, sogar die notorisch überfüllten Züge, fand ich toll. Doch leider durfte ich auf unbestimmte Zeit nicht mehr in das Land einreisen, eines Vergehens wegen, dessen ich mich für eine wichtigere Sache schuldig gemacht hatte. Aufgrund des Eintrags in meinem Paß mußte ich das Beste aus meinem Washingtoner Dasein machen, und wie alle Bewohner der Stadt beklagte ich mich über die überfüllten Metro-Züge, die meinem in Japan geschulten Empfinden nach nur halbvoll waren. Die Immobilienpreise hier konnten sich allerdings tatsächlich mit denen Tokios messen, obwohl in Washington natürlich mehr Wohnraum zur Verfügung stand.

In Hughs Zweizimmerapartment im ersten Stock eines alten Stadthauses zum Beispiel gab es viel Schönes: hohe Decken, alte Parkettböden, ein Erkerfenster im Wohnzimmer. Trotzdem fühlte ich mich fremd. Nun klingelte das Telefon, und sogar das klang fremd. Ich nahm den Hörer von der Gabel.

»Hallo, Schätzchen, was machst du heute mittag?« Die kehlige Stimme am anderen Ende der Leitung gehörte meiner Cousine Kendall Howard Johnson, die in Bethesda lebte.

»Kendall?« Ich kann es nicht leiden, wenn Leute am Telefon ihren Namen nicht nennen.

»Ja, Rei.« Sie zog die eine Silbe meines Namens in die Länge wie schon damals als kleines Kind.

Kendall war in Bethesda aufgewachsen, was bedeutete, daß ich ihr ziemlich oft begegnete, wenn ich meine nur vierzig Autominuten entfernt in Baltimore wohnende Großmutter besuchte. Oma nannte Kendall und mich gern das »Marienkäferteam«, wegen Kendalls roter und meiner schwarzen Haare. Wir waren im selben Alter und schienen als Freundinnen wie füreinander geschaffen, aber irgendwie klappte das nicht so recht. Ich werde nie vergessen, wie Kendall mich eines Sommers – wir waren beide fünfzehn – hinter die Büsche zog und einen Joint hervorholte. Natürlich hatte ich keine Ahnung, wie man inhalierte, und das, obwohl ich aus der Bay Area stammte, wo sich angeblich alle mit Hasch auskannten. In dem gemischten Internat, das Kendall in Virginia besuchte, lernte sie viele Dinge, über die ich nichts wußte: Reiten, Jointrollen, bei Konzerten unentdeckt in den Backstage-Bereich Gelangen. Kendall, die nach dem College einige Jahre lang Investoren für Unternehmen geworben hatte, war mir in puncto Weltwissen immer schon voraus gewesen. Das von unserer Großmutter treuhänderisch für sie eingerichtete Vermögen stand ihr nun zur Verfügung. Kendall verwendete es für ihre Hochzeit, die erste Hypothekenrate und politische Spenden, die sie seit dem Beginn ihres sorgfältig geplanten Aufstiegs in der Washingtoner Gesellschaft plazierte. Meine Mutter meinte, ich könne die Zuneigung meiner Großmutter erringen, wenn ich mehr Zeit mit ihr verbringen würde, aber ich fühlte mich einfach nicht wohl in ihrer Gesellschaft, und es lag mir fern, ihr um den Bart zu gehen, um wie meine Marylander Cousins und Cousinen Geld von ihr zu bekommen. Möglicherweise hing meine geringe Beliebtheit ja auch damit zusammen, daß meine Mutter sich auf eine Ehe eingelassen hatte, die den Howards wie eine Katastrophe erschienen sein mußte. Wäre mein Vater schwarz gewesen, hätte die Heirat mit ihm seinerzeit gegen das Gesetz von Maryland verstoßen. Ein asiatischer Mann war nicht ganz so schlimm wie ein Afroamerikaner, aber als ausgelassenes Familienfest ließ sich die Hochzeit meiner Eltern nun wirklich nicht bezeichnen.

Obwohl Kendall eine von den Howards war, verspürte ich keine Ressentiments gegen sie, weil sie mich trotz ihrer Kinder, ihres Haushalts und ihrer Spendensammelaktivitäten nicht vergessen hatte. Kendall war die einzige Verwandte, die mich nach meiner Ankunft in Washington vor ein paar Monaten besucht hatte, und das würde ich ihr nicht vergessen.

»Wie geht's den Zwillingen?« Nach ihrem Mann Win, den ich nicht ausstehen konnte, erkundigte ich mich nicht. Win war Immobilienmakler und betrachtete jeden als potentiellen Kunden. Daß Hugh und ich kein Interesse am Erwerb eines Hauses in den Vororten zeigten, verübelte er uns.

»Die haben Halsentzündung. Kommt ganz selten vor bei Kindern unter drei Jahren, aber meine beiden fangen sich natürlich so was ein!«

»Ist wahrscheinlich ganz schön anstrengend«, sagte ich.

»In der Nacht ja. Tagsüber kümmert sich zum Glück unser Au-pair-Mädchen um sie. Ich bin grade im Fitneßcenter, hab mir eine Stunde Spinning und hinterher eine an den Geräten gegönnt. Jetzt hab ich einen Bärenhunger. Wollen wir uns um halb eins zum Lunch treffen?«

»Hm. Das Wetter ist nicht besonders. Eigentlich wollte ich ein paar Dinge hier erledigen ...«

»Regen tut gut, Schätzchen«, erklärte Kendall. »Und übrigens habe ich auch nicht bloß einen Lunch unter Mädels im Sinn, sondern ein Essen in einem schicken Restaurant, und zwar mit Harp Snowden.«

»Was, du kennst Harp Snowden persönlich?« fragte ich verblüfft. Snowden vertrat als demokratischer Senator Kalifornien und stimmte unerschütterlich gegen alle von der Regierung vorgeschlagenen Kriege. Er gehörte zu den wenigen Politikern, die sich auch im neuen Jahrhundert für Umwelt, Einwanderer und Frieden einsetzten. Kendalls Treffen mit ihm war interessant, denn sie stand als konservative Demokratin den Republikanern fast näher als ihrer eigenen Partei.

»Noch nicht so lange. Als er den Vorschlag mit dem Lunch im Mandala machte – das ist eins meiner Lieblingslokale –, wußte ich, er hat angebissen. Nun, vielleicht magst du mitkommen.«

»Was meinst du mit ›angebissen‹?« fragte ich. Kendall war seit fünf Jahren verheiratet und, soweit ich wußte, immer noch verrückt nach Win.

»Nicht, was du meinst. Er möchte, daß ich Spenden für ihn sammle und mich für seine Kampagne besonders im nördlichen Virginia engagiere, wo die Republikaner eine satte Mehrheit besitzen. Das ist eine Herausforderung für ihn als Demokraten, der von sich behaupten kann, in Vietnam gekämpft, dort einen Fuß verloren und dafür einen Silver Star und ein Purple Heart bekommen zu haben. Er ist so etwas wie eine Kombination aus John McCain, Howard Dean und Paul Wellstone.«

Kendall redete gern in amerikanischen Klischees, die ich gerade erst zu verstehen begann. »Aber du bist doch aus Maryland«, sagte ich. »Und was wollt ihr als Demokraten von den Republikanern?«

»Man kann Menschen durchaus dazu bringen, die andere Partei zu wählen, wenn nur der Kandidat stimmt«, anwortete Kendall. »Natürlich bin ich aus Maryland, doch ich habe Internat und College in Virginia besucht und kenne dort alle und jeden, von den Pferdeliebhabern in Charlottesville bis zu den Technikfreaks in Reston. Harp braucht jemanden wie mich.«

»Alle und jeder« bezog sich auf die Reichen, das war mir klar. »Und wieviel Geld bist du bereit, dem Senator für seine Freundschaft zur Verfügung zu stellen?«

»Als einzelner darf man nicht mehr als zweitausend

Dollar spenden, aber jemand wie ich kann seine Freunde ermutigen, ihrerseits etwas zu geben. Es ist ganz einfach: viele Leute, viel Geld. Du warst nicht hier damals während der McCain-Kampagne; da hab ich ein Dinner für ihn organisiert, von dem heute noch geschwärmt wird.«

»Aber McCain ist doch kein Demokrat«, warf ich ein. »Wie kannst du so schnell die Seiten wechseln?«

»Nun, ich begreife mich als unabhängige konservative Demokratin«, antwortete Kendall. »Und im übrigen verspreche ich dir, daß es bei dem Lunch nicht nur um Politik gehen wird. Du kannst dich mit ihm über Japan unterhalten. Mit zwanzig hat er sich dort mit Zen-Yoga oder so was beschäftigt. Vielleicht habt ihr ja gemeinsame Freunde.« Sie schwieg kurz. »Ach, Rei: die Kleidung.«

»Ja? Was soll ich anziehen?« An einem privaten Essen mit einem Senator hatte ich noch nie teilgenommen.

»Denk demokratisch, aber kleide dich republikanisch. Alles klar?«

Nach dem Telefonat ging ich hektisch meinen Kleiderschrank nach einem passenden Outfit durch. Früher einmal hatte ich eine ganze Menge konservative Röcke und Blazer von Talbots besessen, diese später aber auf Hughs Anraten weggegeben, als ich mit dem Unterrichten aufhörte. Jetzt zog ich mich eher sexy und leger an – Jeans, Lederhosen, T-Shirts, Miniröcke, Stiefel. Außerdem hatte mir meine Mutter eine wunderbare Sammlung hochwertiger Kleidungsstücke aus den Sechzigern bis Neunzigern überlassen, die aber alle weder Reagan-rot noch Bush-blau waren – schließlich neigte meine Mutter auch der Linken zu. Am Ende entschied ich mich für einen cremefarbenen Ultrasuede-Hosenanzug mit schwarzem Mieder. Doch nachdem ich den Gürtel geschlossen und in den Spiegel geschaut hatte, kam ich mir um die Taille ziemlich unförmig vor. Seit meiner Rückkehr in die Staaten frönte ich wieder meiner Vorliebe für Brot und Käse. Die Waage zeigte 121 Pfund an, was schrecklich ist für eine Frau, die immer zwischen 110 und 115 Pfund pendelte.

Zum Glück hatte die Hose einen elastischen Bund. Mein leichtes Übergewicht kaschierte ich mit einem aquamarinfarbenen Regenmantel, den Kendall mir einen Monat zuvor während eines hektischen Shopping-Ausflugs mit ihren beiden Kleinen in der White Flint Mall aufgeschwatzt hatte. Einen Trenchcoat brauchte man einfach in Washington; mir kam es vor, als regnete es schon den ganzen Frühling, und der heutige Tag war da keine Ausnahme. Ich verließ Hughs Wohnung am Mintwood Place mit Schirm, denn von Adams-Morgan, unserem Viertel, brauchte man bis zur nächsten Metro-Station zu Fuß zwanzig Minuten. Hugh hatte sich das Apartment, als er noch allein lebte, wegen der Lokale in der Nähe ausgesucht und keinen Gedanken auf den langen Fußmarsch verschwendet, weil er immer mit dem Wagen ins Büro fuhr.

Ich persönlich empfand es als merkwürdig, in einer Stadt, in der es ein gut ausgebautes Nahverkehrsnetz gab, ständig das Auto zu benutzen.

Wieder einmal wurden mir die Nachteile von Washington bewußt. Als Hugh mich gleich nach meiner Ankunft hier in die Jazzclubs von Georgetown und die Coffee-Shops am Dupont Circle ausführte, fand ich alles ziemlich reizvoll; inzwischen kannte ich mich besser aus und hatte eine andere Meinung. Natürlich gab es hübsche Ziegelhäuser in Adams-Morgan, und man konnte in einer Salsa-Bar tanzen oder eine preiswerte Enthaarung der Bikinizone von einer waschechten Brasilianerin bekommen, aber das reichte meiner Meinung nach nicht für echtes Weltstadtflair. Und außerhalb von Adams-Morgan sah die Sache ohnehin düsterer aus. Das Zentrum von Washington war schlicht langweilig, ganz anders als das meiner Geburtsstadt San Francisco oder das Tokios, meiner Wahlheimat seit dem College. In Washington existierte kein Viertel, in dem man einfach nur hätte bummeln können. Hier wechselten sich große Bürogebäude mit häßlichen Supermärkten ab, dazwischen ein paar wenige heruntergekommene Häuser der Jahrhundertwende.

Als ich die Metro-Station verließ und in Richtung Ninth Street ging, wo sich das Mandala befand, sah ich eine Frau auf den Stufen eines alten Stadthauses sitzen, ein Kind zwischen den Knien, einen Styroporbecher neben sich. Bettlern gab ich nur selten Geld, aber beim Anblick der Frau überkamen mich Schuldgefühle ob meiner negativen Gedanken über die Stadt. Als ich einen Dollar in den Becher fallen ließ, schaute nur das kleine Mädchen mich an, dessen Augen in dem runden Kindergesicht alt wirkten. Die Kleine schien zu wissen, daß ich mir Lachs zum Frühstück gegönnt hatte und zu einem teuren Essen unterwegs war. Mein Dollar erschien mir plötzlich schofelig.

Ich versuchte die Begegnung zu vergessen, als ich die schwere, alte Tempeltür des Mandala öffnete. Ich war noch nie hiergewesen, doch Hugh, der das Lokal von mehreren Geschäftsessen kannte, hatte mir davon vorgeschwärmt. Die Atmosphäre gefiel mir: Flakkernde elektrische Lichter in Metallwandleuchtern erhellten einen hübschen Fliesenmosaikboden mit floralem Mandala in der Mitte. Die Eßtische waren aus alten chinesischen Altartischen oder Türen gefertigt. Alles schimmerte mattrot, und das Personal trug dunkelrote Shantung-Mao-Jacken zu schwarzen Hosen. Ich kam mir vor wie in einer anderen Welt, weit weg von dem düsteren Regen draußen.

Eine blonde Frau sagte mir, sie könne mir erst einen Tisch zuweisen, wenn auch meine Bekannten da seien. Als ich mich verärgert in dem halbleeren Restaurant umsah, entdeckte ich Kendall, bekleidet mit einer blauen Strickkombination, ein Handy mit Leopardenmuster am Ohr, mitten im Raum, ganz nahe bei dem Mandala. Sie hatte bonbonroten Lippenstift aufgetragen und dazu passenden Nagellack und bedeutete mir mit einer Geste, mich zu ihr zu setzen.

»Ich hab' eben mit Harp gesprochen. Er kommt ein paar Minuten später«, erklärte Kendall mir, nachdem sie das Gespräch beendet hatte. »Wow, du siehst großartig aus. Sind die Sachen von Neiman's?«

»Nein, von I. Magnin«, antwortete ich. Meine Mutter hatte sie vor ungefähr fünfundzwanzig Jahren in San Francisco gekauft. Mittlerweile gab es den Laden nicht mehr, aber Kendall als Ostküstenmädchen wußte das natürlich nicht.

»Cool. Ach, ich wollte gerade einen Dry Martini bestellen – wie möchtest du deinen? Mit Wodka oder mit Gin?«

»Mir ist es noch zu früh für Alkohol. Für mich lieber ein Wasser«, sagte ich und warf einen Blick in die Speisekarte.

»Sag bloß nicht, daß du schon in anderen Umständen bist!« rief Kendall aus.

»Ach was.« Ich wurde rot. Hatte sie mich etwa bei meinen morgendlichen Aktivitäten beobachtet?

»Tja, schade. Was für Unterwäsche trägt Hugh übrigens?«

»Wie bitte?« Verwundert über Kendalls blitzschnellen Themenwechsel legte ich die Speisekarte weg. Kendall interessierte sich sehr für Hugh und fand nicht nur seinen schottischen Akzent sexy, sondern auch seine gut einsachtzig und seine Golden-Retriever-Mähne. Aber er gehörte mir.

»Ich meine, trägt er Boxer Shorts oder normale Slips?« Kendall sah mich erwartungsvoll an.

»Wenn Hugh dir was über seine Unterwäsche erzählen möchte, soll er das selber tun.«

»Mein Gott, Schätzchen, nun krieg dich mal wieder ein. Ich will euch doch bloß drauf hinweisen, daß enge Slips sich möglicherweise negativ auf die Samenproduktion auswirken. Also kauf ihm Boxer Shorts, ja?«

»Kendall, warum sollte ich denn vor der Hochzeit schwanger werden wollen?« Schon wünschte ich mir, ihre Essenseinladung nicht angenommen zu haben. Hoffentlich hörte sie mit dem Gerede auf, wenn der Senator da war.

»Damit sie nicht im letzten Moment abgesagt wird! Rei, das ist der älteste Trick der Welt – und der beste. Soweit ich weiß, hat Oma ihn angewandt, um sich Opa zu schnappen.«

Insgeheim schwor ich mir, auf dem Nachhauseweg Kondome zu besorgen.

»Glaub mir, es ist am besten, solche Dinge gleich anzupacken. Du willst dir doch sicher keine künstliche Befruchtung antun wie ich, oder?«

»Tja, besonders angenehm ist das wohl nicht«, sagte ich mit leiser Stimme, als ich merkte, daß die Leute am Nachbartisch verärgert zu uns herüberschauten. Vermutlich wollten sie beim Thunfischtartar nicht unbedingt etwas über In-Vitro-Fertilisation hören.

»Allerdings«, erklärte Kendall laut und vernehmlich. »Es tut weh, kostet ein Vermögen, und das Endergebnis ist nicht vorhersehbar. Einmal war ich für mein Geld – ein halbes Jahresgehalt – mit Fünflingen schwanger. Zum Glück sind's dann nur die Zwillinge geworden.«

»Tatsächlich?« fragte ich. »Und was war mit den anderen? Hast du die verloren?«

»Das könnte man so ausdrücken.« Jetzt begriff ich, was Kendall mir sagen wollte: Sie hatte abtreiben lassen. Galt das in diesem Fall als ein Eingriff oder als drei? »Aber egal, Rei. Mach dir mal keine Sorgen. Der Größe von Hughs Händen und Füßen nach zu urteilen, hat er mit Du-weißt-schon-was auch kein Problem.«

Ihre Bemerkung war so unverschämt, daß ich lachen mußte. Das schien von Anfang an ihr Ziel gewesen zu sein, weil die Unterhaltung über die künstliche Befruchtung ihr wohl zu ernst geworden war. Also kicherten wir eine ganze Weile albern wie Schulmädchen. Ich hörte erst auf, als ich einen eleganten, grauhaarigen Herrn bemerkte, dessen Gesicht ich aus der Zeitung kannte. Die rotgewandeten Kellner halfen Harp Snowden aus dem Regenmantel, während ein Gast ihm auf die Schulter zu klopfen versuchte und ein anderer ihm die Hand reichte. Dabei fiel Snowdens Aktenkoffer um und wurde von einem Mann aufgefangen, der ihn offenbar zu unserem Tisch begleiten wollte, doch Snowden schüttelte den Kopf, bevor er Kendall mit einem breiten Lächeln begrüßte.

Kendall und ich erhoben uns. In Washington schienen die jüngeren Leute immer für die älteren, wichtigeren aufzustehen. Als Snowden sich mit leichtem Humpeln auf uns zubewegte, fiel mir wieder ein, daß er nur einen Fuß hatte. Allerdings ging er ohne Stock, und soweit ich das unter den Aufschlägen seiner dunkelgrauen Hose beurteilen konnte, trug er zwei völlig normale, hochglanzpolierte Budapester.

»Harp!« begrüßte Kendall ihn und hielt ihm die Wange zu einem Küßchen hin. »Darf ich Ihnen meine Cousine Rei Shimura vorstellen?«

»Senator Snowden, es ist mir eine große Ehre.« Ich schickte mich an, eine Verbeugung zu machen, richtete mich aber wieder auf, als mir bewußt wurde, daß ich mich nicht in Japan befand, und erwiderte seinen festen Händedruck. »Ich bewundere Ihre Konsequenz hinsichtlich der Waffengesetze. Davon habe ich sogar in Japan gehört …«

»Danke, danke«, sagte er und tat das Kompliment mit einem freundlichen Lachen ab. »Ich hoffe, Sie leben jetzt in Virginia.«

»Nein, sie lebt hier, wo Sie sowieso die Mehrheit der Stimmen haben. Mein Mann Win sucht schon seit einer ganzen Weile nach etwas Familienfreundlichem für sie und ihren Verlobten in der Peripherie.« Kendall bedachte mich mit einem nachsichtigen Blick. »Rei ist eher an die historischen Immobilien von San Francisco gewöhnt, wo sie aufwuchs.«

»Ach, dann haben Sie ja in meinem früheren Wahlkreis gelebt«, bemerkte Harp Snowden lächelnd. »Kein Wunder, daß Sie so gut über mich Bescheid wissen.«

Ich errötete wegen seiner Freundlichkeit.

»Später ist Rei nach Japan gezogen, aber mittlerweile wohnt sie wieder hier. Vielleicht kann sie uns bei der Bestellung beraten.«

»Nun, ich bin das erste Mal in diesem Lokal«, sagte ich verlegen.

»Ach, die Gerichte hier sind einfach alle wunderbar«, erklärte Harp, als ein attraktiver Asiate um die Dreißig mit kurzen, gegelten Haaren und makellos weißer Kochjacke auf unseren Tisch zukam, ein viereckiges schwarzes Tablett mit Vorspeisen in der Hand. »Jiro, mein Freund. Wie geht's?«

Der Chefkoch war Japaner, und er sprach Englisch mit sanfter, aber kräftiger Stimme. »Gut, Senator. Aber wie geht's Ihnen? Wie war die Party letzte Woche? Ich habe am nächsten Tag bei Ihnen angerufen, doch Sie waren nicht da …«

»Tja, ich mußte wieder zurück nach L.A. Die Speisen waren alle toll, und meine Frau hätte gern die Rezepte, obwohl ich ihr gesagt habe, daß die höchstwahrscheinlich streng geheim sind.«

Als Jiro die Stirn runzelte, merkte ich, daß er nicht alles verstanden hatte, und so erklärte ich ihm auf japanisch die Worte des Senators.

»Sie sprechen Japanisch!« Erst jetzt schien Jiro mich zu bemerken.

»Ja, und es klingt ziemlich gut. Nutzen Sie Ihre

Sprachkenntnisse beruflich?« erkundigte sich Snowden.

Harp Snowden entpuppte sich als gewiefter Charmeur. »Nun, wie Kendall Ihnen ja bereits erzählt hat, bin ich noch nicht lange wieder hier. Ich versuche, japanische Antiquitäten zu verkaufen. Ein guter Freund schickt mir Sachen aus Tokio.«

»Sie waren also auch in Tokio!« Als Jiro mich anstrahlte, fühlte ich mich vollkommen integriert, anders als in Japan, wo man mich so oft an meinen Ausländerstatus erinnert hatte. Doch hier trafen Jiro und ich uns sozusagen als Japaner in der Fremde.

Nun lenkte er unsere Aufmerksamkeit auf das Vorspeisentablett in seiner Hand: in Limonenblättern gegrillte Jakobsmuscheln, Koriander-Risottotörtchen mit knusprig frittierten Algen sowie mit Miso-Suppe beträufelte Lammrippchen.

Ich liebte Miso-Suppe, mied aber Fleisch, wann immer es ging, und entschied mich deshalb für eine Jakobsmuschel, die nach Meer, Limonen und noch etwas anderem schmeckte. »Hmmm«, sagte ich. »Ist das Sternanis?«

»Genau. Wir rösten und mahlen die Gewürze selbst. Natürlich ist Sternanis keine japanische Zutat, sondern eine chinesische, aber wir kochen hier panasiatisch und bringen europäischen mit fernöstlichem Geschmack zusammen«, erklärte Jiro.

»Köstlich«, sagte ich. »Ich habe schon lange nichts so Leckeres mehr gegessen.«

»Jiro eröffnet bald ein neues Restaurant in der H Street, ganz in der Nähe der Fifth«, mischte sich Kendall ein. »Win ist als Makler für das Gebäude daneben verantwortlich, also weiß er genau über die Fortschritte in dem neuen Lokal Bescheid. Er sagt, es ist phantastisch, wie das Mandala, nur ein bißchen mehr auf alt gemacht.«

»Es wird ganz anders als das Mandala«, widersprach Jiro. »Wir wollen es Bento nennen, nach den japanischen Holzkästchen fürs Essen. Mittags konzentrieren wir uns auf die schnelle *bento*-Küche, und abends, wenn die Leute mehr Zeit und Muße haben, gibt's dann *kaiseki ryoori.*«

»Ich habe in Japan nur ein einziges Mal *kaiseki* gegessen«, sagte Snowden. »Soweit ich weiß, handelt es sich dabei um die Krönung der japanischen Küche, und alle Gänge haben etwas mit der *yuzu*-Wurzel zu tun. Ich begreife allerdings nicht so ganz, warum.«

»Was glauben Sie?« wandte Jiro sich auf sehr japanische Weise an mich, weil er dem Senator nicht direkt sagen wollte, daß es sich bei der *yuzu*-Wurzel um ein von den Japanern hochgeschätztes Nahrungsmittel handelte, das Ausländer vielleicht nicht zu würdigen wußten.

»Die *kaiseki*-Küche ist sehr intellektuell«, erklärte ich. »Ihr Ziel besteht darin, eine Reihe exquisiter kleiner Gerichte symbolisch miteinander zu verbinden, deren Aussehen manchmal wichtiger ist als ihr Geschmack. Ich habe *kaiseki* nur ein paarmal genossen, aber jedesmal dauerte das Essen einen halben Tag ...«

»Bei uns geht das leider nicht«, unterbrach Jiro mich mit einem wehmütigen Lächeln. »Wir müssen unsere Tische pro Abend mehrfach nutzen. Das heißt, daß wir die Dauer der Mahlzeit auf zwei Stunden anlegen.«

»Oh, die wären mir beim Lunch auch recht«, sagte

Kendall lachend. »Ich unterhalte mich gern ausführlich.«

»Sie können immer so lange bleiben, wie Sie wollen, Kendall«, versicherte Jiro ihr. »Möglicherweise gelingt es uns gar nicht, unsere Mittagspläne zu verwirklichen, weil wir die *bento*-Kästchen, die schon vor einem Monat hätten geliefert werden sollen, immer noch nicht haben. Der Hersteller sagt, ihm fehlt das Material zur termingerechten Fertigung einer Menge, wie wir sie benötigen.«

»Sie haben bei einem japanischen Produzenten bestellt?« fragte ich.

Jiro rümpfte leicht die Nase. »Nein. Die Kästchen, die in Japan aus Kiefern- oder Balsaholz gefertigt werden, sind zu einfach für unsere Pläne. Wir haben einen kalifornischen Hersteller aufgetrieben, der mit Redwood arbeitet. Normalerweise würde ich mich nicht mit solchen Problemen belasten, aber der äußere Rahmen soll zu unserem Essen passen ...«

»Ich könnte mich für Sie nach Lackkästchen erkundigen«, schlug ich vor. »Ich kenne da jemanden in Kappabashi.«

»Danke, Miss äh ...« Als Jiro fragend die Augenbrauen hob, merkte ich, daß ich mich ihm noch gar nicht vorgestellt hatte, also nannte ich hastig meinen Namen, und er blickte mich freundlich an. Dann erklärte er uns die Gerichte auf der Speisekarte.

Kendall entschied sich für Lachs, Harp Snowden für Freilandrind, während ich Krabben mit Zitronengras-Chili-Sauce sowie einen Jicama-Orangen-Salat wählte. Im Kopf überschlug ich den Preis, weil ich nur vierzig Dollar dabei hatte.

Kendall und der Senator hatten sich inzwischen beruflichen Themen zugewandt, die mich im Gegensatz zum Essen schon sehr bald langweilten.

Nach einiger Zeit überraschte Senator Snowden mich, indem er das Gespräch auf Japan brachte. Während des Vietnamkriegs hatte er seine Fronturlaube wie Tausende andere Männer immer wieder dort verbracht. »Zwei Wochen Kirin-Bier und junge Frauen sollten uns in die richtige Stimmung fürs Kämpfen bringen«, erzählte er mit wehmütigem Blick. »Ich machte damals den Fehler, einen buddhistischen Tempel zu besuchen, und als ich zu meditieren begann, erkannte ich die Wahrheit. Ich konnte nicht mehr zurück.«

»Heißt das, daß Sie sich unerlaubt von der Truppe entfernten?« fragte ich.

»Nein, aber ich verwandelte mich in einen Mann, der plötzlich Angst hatte abzudrücken.« Als er lächelte, konnte ich mir vorstellen, wie attraktiv er mit Zwanzig gewesen sein mußte. »Verständlicherweise waren die Marines in meiner Einheit nicht sonderlich begeistert von meinen Problemen. Irgendwann verlor ich dann den Fuß, man steckte mich ins Krankenhaus und schickte mich hinterher nach Hause.«

»Aber Sie haben doch einen Silver Star für Ihren Heldenmut und ein Purple Heart für die Verwundung im Kampf bekommen«, mischte sich Kendall mit ehrfurchtsvollem Blick ein.

Er schüttelte den Kopf. »Nun, beide wurden mir verliehen, aber ich habe die Auszeichnungen nie erhalten. Als sie sie mir geben wollten, war ich bereits aus dem Militär ausgeschieden, und ich beschloß, sie auch nicht mehr anzunehmen. Eine Kriegsverletzung ist meiner Ansicht nach nichts, worauf man stolz sein müßte, erst recht nicht in meiner Situation.«

»Seine Situation« – das klang interessant. Würde Kendall wohl den »Unterstützt unsere Truppen«-Sticker von ihrem Volvo entfernen, wenn sie bei seiner Kampagne mitwirkte? Gerade als ich darüber nachdachte, gesellte sich Jiro mit einem großgewachsenen, dunkelhaarigen Mann um die Vierzig zu uns. Er trug einen Kaschmirrolli unter einem Anzug, der entweder von Armani stammte oder ein gutes Imitat war.

»Senator, Sie wissen, daß wir Sie alle verehren, aber lassen Sie die Finger von Kendall. Die brauche ich für mehr als nur für ein gelegentliches Spendendinner.« Der Mann legte die Hände auf Kendalls Schultern, und sie kicherte, als hätte sie nicht das geringste dagegen.

»Marshall, du weißt doch, daß ich meine Energien gleichmäßig verteilen muß«, erwiderte sie mit einem Augenzwinkern und fuhr mit fröhlicher Stimme fort: »Rei, das ist Marshall Zanger, der Inhaber dieses Restaurants. Glaub ihm kein Wort, es sei denn, es hat etwas mit Essen zu tun.«

»Ganz meine Meinung.« Senator Snowden lachte herzlich.

»Schön, Sie kennenzulernen, Rei«, sagte Marshall und ergriff meine Hand. Seine war kühler und nicht ganz so trocken wie die des Senators. »Jiro hat mir erzählt, daß Sie sich für unser neues Restaurant interessieren.«

»Ja. Das Projekt klingt sehr ambitioniert«, antwortete ich.

»Was mir an Ihrem Lokal gefällt, ist die Verwendung biologisch angebauter Produkte aus der Region«, erklärte Senator Snowden. »Die Zukunft der amerikanischen Landwirtschaft ist aufs engste verbunden mit Restaurants wie dem Bento oder dem Mandala. Solange ihre Chefs bereit sind, bei kleinen Bauern zu kaufen und ihre Art der Produktion zu unterstützen, können diese überleben.«

»Genau, Senator. Leuten wie Ihnen, die den geschmacklichen Unterschied erkennen, und Chefköchen wie Jiro Takeda ist es zu verdanken, daß das Bento das einzige Lokal in Washington sein wird, in dem ein Veganer ein erstklassiges Dinner zu sich nehmen kann«, sagte Marshall. Dabei fiel sein Blick auf meinen Teller. »Sind Sie Vegetarierin, Rei?«

»Fast. Früher war ich Veganerin, aber leider habe ich eine Schwäche für Fisch und Meeresfrüchte. Ich esse alles, was aus dem Wasser kommt, außer Seeigeln und Austern.«

»Seeigel habe ich noch nicht probiert, aber Austern finde ich köstlich«, sagte Marshall. »Als guter jüdischer Junge dürfte ich sie eigentlich nicht essen, aber ich kann einfach nicht widerstehen.«

Wir mußten alle lachen, und Jiro stellte fest: »Ich glaube, die Vorliebe für Austern ist geschlechtsabhängig. Männer bestellen sie häufig, Frauen nur selten.«

»Vielleicht liegt das an Beschaffenheit und Geschmack«, meinte Kendall und richtete den Blick lasziv auf Snowden. Als ich merkte, worauf sie anspielte, wurde ich rot, doch der Senator lächelte nur.

»Interessanterweise tauchen in Japan traditionell Frauen nach Austern. Das ist harte Arbeit. Aufgrund ihrer dickeren Fettschicht besitzen Frauen mehr Ausdauer«, sagte ich, um das Gespräch wieder in unverfänglichere Gefilde zurückzulenken.

»Apropos Japan«, warf Marshall ein. »Jiro hat mir von Ihren Kontakten dorthin erzählt.«

»Ich erkundige mich gern für Sie«, antwortete ich.

»Das ist nett von Ihnen. Aber dürfte ich Sie zuerst zu einem Gespräch in mein Büro entführen?«

»Sicher. Allerdings sind wir noch nicht mit dem Essen fertig.« Ich hatte zwar schon aufgegessen, aber ich konnte Kendall und den Senator nicht einfach hier sitzen lassen, schon gar nicht, wenn die Rechnung noch nicht bezahlt war.

»Geh ruhig, Rei. Harp und ich müssen uns sowieso noch über Geschäftliches unterhalten«, sagte Kendall.

»Ich möchte meinen Teil bezahlen«, erklärte ich.

»Kommt gar nicht in Frage«, widersprach Snowden. »Das geht auf meine Spesenrechnung, wenn Sie das beruhigt.«

»Aber ich würde mich gern beteiligen, weil mir das Essen wirklich Spaß gemacht hat.«

»Entspannen Sie sich«, sagte der Senator. »Ich werde doch nicht zulassen, daß die Freundin einer guten Freundin selbst bezahlt, wenn ich sie zum Essen begleiten darf. Das wäre nun wirklich der Anfang vom moralischen Ende.«

Kendall nickte mir verschmitzt zu. Plötzlich gehörte ich dazu, genau wie sie.

»Danke«, sagte ich hastig und verließ den Tisch in der Hoffnung, daß dieses Gratisessen mich später nicht noch teuer zu stehen kommen würde.

2

»Wir freuen uns schon auf die Eröffnung des Bento«, sagte Marshall Zanger in seinem Büro, nachdem er mir einen Platz auf dem curryfarbenen Sofa ihm gegenüber angeboten hatte. Verglichen mit der schlichten Eleganz des Lokals, herrschte in diesem kleinen Raum Chaos – mehrere Telefone, Kochbücher, Aktenschränke, ein Computer und jede Menge Papier auf dem Schreibtisch. An der Wand hingen gerahmte Fotos von Marshall und Jiro neben Prominenten: die letzten beiden amerikanischen Präsidenten, Martha Stewart und ein junger Weißer mit rasiertem Schädel, der mir merkwürdig bekannt vorkam. War das Moby?

»Jiro hat mir erzählt, daß Sie sich der *kaiseki*-Kunst widmen wollen. Ich versuche mir vorzustellen, wie sich etwas so Kompliziertes für amerikanische Gäste bewerkstelligen läßt«, sagte ich und löste den Blick von den Fotos.

»Bei den gehobeneren Restaurants liegen kleine Gerichte zur Zeit im Trend«, erklärte Marshall. »Hier in der Gegend haben das Zaytinya und das Jaleo sich mit ihrem Tapas-Angebot einen Namen gemacht. *Kaiseki* ist nichts anderes als die japanische Version davon.«

»Aber wieso interessieren Sie sich für *bento*-Kästchen, mit denen Sie mehrere Gänge gleichzeitig servieren können, wenn Sie sich doch auf *kaiseki* spezialisieren wollen?« Mich verwirrte, daß Marshall und Jiro mir für das neue Lokal so unterschiedliche Pläne präsentierten.

»Jiro möchte unbedingt *kaiseki* machen, aber wir

dürfen nicht vergessen, daß die Leute zum Lunch nicht viel Zeit haben. Mittags wollen sie so schnell wie möglich einen Platz für ihre *tuchis* und ihr Essen, also wären *bento*-Kästchen sinnvoll. Außerdem können wir dann die Tische mehrfach belegen.« Marshall sah mich an, als erstaunten ihn meine Fragen. »Erzählen Sie mir doch von Ihren japanischen Kontakten. Vielleicht sollte ich mich direkt an sie wenden.«

Was waren wohl *tuchis*? fragte ich mich. »Meine japanischen Kontaktpersonen sprechen kein Englisch, also müßte ich für Sie anrufen. Normalerweise handle ich mit Antiquitäten, aber ich koche gern und kenne deshalb alle Läden in Kappabashi, dem kulinarischen Viertel Tokios.«

»Moment mal, erzählen Sie mir doch bitte mehr von den Antiquitäten.«

»Nun, ich habe ein ganzes Lager mit Waren aus Japan ...«

Marshall fiel mir ins Wort: »Ich suche noch Antiquitäten fürs Lokal.«

Mein Puls beschleunigte sich, denn meinen Finanzen würden ein paar Verkäufe sehr gut tun. »Wenn Sie wollen, zeige ich Ihnen das Lager. Was schwebt Ihnen denn vor?«

Marshall trommelte mit den Fingern auf der Tischfläche herum. »Nun, ich dachte an ein paar Accessoires für das Restaurant, die es gemütlicher wirken lassen. Das Ganze soll aber auch nicht zu japanisch aussehen.«

»Also keine blauen Baumwollkissen, kein Kiefernholz, nichts zu Modernes«, sagte ich, und er nickte. »Vielleicht sollten Sie sich an älteren Stilen orientieren, zum Beispiel dem der späten Meiji-Zeit?«

Marshall lachte. »Wann war denn die? Sagen Sie jetzt nicht vor fünfhundert Jahren. So viel Geld habe ich nicht.«

Auch ich mußte lachen. Allmählich wurde Marshall mir sympathisch. »Keine Sorge. Meiji und Späteres kann man sich noch gut leisten. Die ausgehende Meiji-Epoche war ungefähr zeitgleich mit dem viktorianischen Zeitalter. In Japan hatte man damals eine ziemlich starke Vorliebe für Ornamentik, mit der man die Geschmäcker von Ost und West auf opulente, aber auch gemütliche Weise zusammenbringen wollte.«

»Hm«, meinte Marshall. »In San Francisco gibt es ein tolles Restaurant, das hat genau die Atmosphäre, die mir vorschwebt. An der Decke haben sie dort ziemlich große alte Ventilatoren angebracht, die sich immer hin und her bewegen ...«

»Das Betelnut?« riet ich.

»Genau. Sie kennen sich wirklich aus in der Gastronomieszene.«

Das Betelnut befand sich nur ein paar Straßen vom Haus meiner Eltern entfernt, weswegen ich früher häufig dort gegessen hatte, aber das mußte ich ihm ja nicht verraten. »Während der Kolonialzeit wurden solche Ventilatoren hauptsächlich in Singapur und Malaysia benutzt. Möglicherweise gab es sie auch in den tropischeren Gegenden von Japan, wie zum Beispiel Okinawa; obwohl – das gehörte damals ja nicht zu Japan. Ich müßte recherchieren, ob ...«

»Nicht nötig.« Marshall seufzte tief. »Jetzt ist es ohnehin zu spät für größere Abweichungen vom Plan. Ich hatte so große Hoffnungen in das Restaurant gesetzt, und nun haben wir zur Eröffnung in ungefähr einem Monat nicht einmal richtiges Geschirr. Mit dem Personal sieht's ähnlich düster aus. Ich suche immer noch Hilfsköche. In einer Stunde finden wieder Vorstellungsgespräche statt. Möchten Sie mitkommen? Während Jiro und ich uns die Kandidaten ansehen, könnten Sie sich einen Eindruck vom Bento verschaffen.«

»Gut«, sagte ich, erhob mich und begleitete ihn zur Tür. »Ach, noch etwas: Sie haben da vorhin ein Wort benutzt, das ich nicht kenne.«

»Ja?«

»Was sind *tuchis*?«

Marshall lachte laut auf. Erst nach einer ganzen Weile antwortete er: »Das ist jiddisch und heißt ›Arsch‹.«

Ich kam mir ziemlich dumm vor, als ich in seinen Mercedes einstieg.

Das Bento befand sich in einem alten Ziegelgebäude an der H Street in der Nähe der Chinatown, gehörte aber offiziell dem Penn Quarter an, einem bislang eher heruntergekommenen Viertel, das durch ein paar neue In-Lokale wieder interessant wurde. Ich war seit meiner Collegezeit nicht mehr in Washingtons Chinatown gewesen. Viele der alten Lokale waren verschwunden. An Starbucks-Cafés hingegen herrschte kein Mangel.

»Sehr chinesisch wirkt Chinatown auf mich aber nicht mehr«, sagte ich zu Marshall. In der H und der Fifth Street hatten Drugstores und Irish Pubs all die kleinen Lokale verdrängt, an die ich mich erinnerte.

»Die Mieten sind gestiegen«, erklärte Marshall. »Das Viertel wird besser. Wenn es uns jetzt noch gelingen würde, die Banden zu vertreiben, wäre alles perfekt.«

»In San Francisco gab es in meiner Jugend regelrechte Bandenkriege. In einem chinesischen Restaurant kam es einmal zu einer Schießerei, die den Lokalen in Chinatown jahrelang das Geschäft verdarb.«

Marshall sah mich an. »Mit einer Schießerei rechne ich im Bento nicht gerade, aber so ganz glücklich sind unsere Nachbarn nicht über das neue Restaurant. Ich weiß nicht, ob es daran liegt, daß wir einen japanischen Chefkoch haben – Chinesen und Japaner sind sich ja seit dem Krieg immer noch nicht grün –, oder ob es bloß um die Konkurrenz geht.«

»Was ist denn bis jetzt passiert?«

»Einer der anderen Lokalbesitzer wollte nicht, daß ich im Hof einen Parkplatz anlege. Dabei hätte sich so mehr Parkraum auf der Straße schaffen lassen – ich sollte einfach nicht etwas bekommen, was er nicht hatte.«

Wie lächerlich, dachte ich, und betrachtete die Fassade des vierstöckigen Ziegelgebäudes, die so typisch war für den Washingtoner Baustil des frühen zwanzigsten Jahrhunderts. Es handelte sich um ein Eckhaus mit besonders hübschen Stukkaturen und pseudogotischen Verzierungen über Fenstern und Türen. Daneben stand ein ähnliches Ziegelgebäude, jedoch mit einer abblätternden weißen Farbschicht. Das Schild davor informierte, daß Kendalls Mann Win es als Makler zum Verkauf anbot. Durch einen Spalt zwischen den Brettern, mit denen die Fenster vernagelt waren, sah ich die sich lösenden Tapeten und den abgetretenen Holzfußboden. Die Fenster des Bento waren mit braunem Packpapier zugeklebt, so daß man von außen nicht hineinschauen konnte.

Und das aus gutem Grund, merkte ich, als ich das

Restaurant betrat, denn es herrschte fürchterliches Chaos: Zwischen den mit weißen Tüchern geschützten Möbeln standen Leitern und riesige Kästen mit Kabeln. Ein halbes Dutzend Männer bohrte und hämmerte in dem Raum.

»Die obere Hälfte der Wände soll seegrasgrün und die untere pflaumenfarben werden«, rief Marshall mir durch den Lärm zu. »Paßt das zum Meiji-Stil?«

»Perfekt. Und der Boden?«

»Unter den Planen befindet sich altes Kiefernholz aus Georgia. Das wollen wir abschleifen und teakfarben einlassen.« Er zog das Tuch von einem Rosenholzstuhl mit zimtfarbenem Polster zurück.

»Das sieht aus wie von einem alten Obi«, sagte ich.

»Ja, ist aber Synthetik und vollkommen unempfindlich gegen Flecken, genau das Richtige für das Lokal. Was mich an etwas anderes erinnert: Jiro möchte unbedingt Redwood, doch ich bin mir nicht so sicher, ob Holz den Belastungen des Restaurantbetriebs standhält. Was meinen Sie?«

Mir gefiel Jiros Traum von den *bento*-Lackkästchen aus Redwood, ich wußte aber auch, wieviel Mühe es kostete, den Glanz dieses Materials zu bewahren. Nach der Nutzung mußte man die Kästchen, auf denen jeder Fingerabdruck zu sehen war, vorsichtig mit der Hand spülen und trocknen.

»Ich glaube, ein Kompromiß zwischen Schönheit und Pragmatismus wäre das beste«, antwortete ich. »Es gibt *bento*-Kästchen aus so hochwertigem Plastik, daß man den Unterschied zu echtem Holz fast nicht erkennen kann. Ich lasse Ihnen gern Muster aus Japan kommen …«

»Schon entschieden. Genau das möchte ich. Aber bitte verraten Sie Jiro nicht, daß sie aus Plastik sind, ja? Das bleibt unser Geheimnis.«

Als ich ihm gerade erklären wollte, daß man einem Japaner in dieser Hinsicht nichts vormachen könne, gesellte sich eine junge Frau mit goldbrauner Haut und wippenden blonden Locken zu uns. »Marshall, einer der Bewerber für die Stelle als Koch ist da, der Typ vom Nora's ...«

»Wunderbar.« Marshall zwinkerte mir zu. »Wenn es mir gelingt, den abzuwerben, kann nichts mehr schiefgehen.«

»Ich dachte, hier kocht Jiro«, sagte ich verwirrt.

»Er hat das Kommando. Wir suchen aber noch Köche, die unter ihm arbeiten. Wer weiß, vielleicht schafft's von denen ja einer bis ganz nach oben und bekommt die Leitung meines nächsten Lokals. Andrea zeigt Ihnen jetzt, was wir für die Inneneinrichtung bereits haben, und dann ...«

»Wie bitte? Ich muß doch schon die Bewerber einweisen und mich um die Lichtschienen kümmern!« Andreas mandelförmige Augen verengten sich.

»Aber zuerst zeigen Sie Rei alles«, wiederholte Marshall. »Sie übernimmt die Innenausstattung, das macht Ihnen das Leben leichter.«

»Ach?« Andrea bedachte mich mit einem zweifelnden Blick.

»Ich komme gern an einem anderen Tag wieder, wenn es heute ungelegen ist«, sagte ich. Eine japanische Angestellte, dachte ich, hätte sich ihrem Chef gegenüber nie einen solchen Tonfall erlaubt. Mittlerweile rief Marshall den Arbeitern zu: »Seht zu, daß ihr vorankommt. Nur noch fünfunddreißig Tage bis zur Eröffnung. Andrea, es dauert keine fünf Minuten, Rei kurz einzuweisen. Danach können Sie sich wieder Ihren Aufgaben zuwenden. Rei, ich brauche Ihr Angebot bis morgen früh – es muß noch nicht endgültig sein, aber Sie sollten auflisten, was Ihrer Meinung nach zu kaufen ist und wieviel es kosten wird.«

Damit verschwand er durch die Schwingtür in die Küche, vermutlich, um sich mit dem Koch vom Nora's zu unterhalten.

»Zum Glück bezahlt er seine Leute anständig, sonst würde es niemand bei ihm aushalten«, murmelte Andrea.

»Tut mir leid, daß ich Ihnen zusätzliche Arbeit mache«, sagte ich. Es lag in meinem Interesse, mit ihr auszukommen, obwohl ich das Gefühl hatte, daß das gar nicht so leicht werden würde. Sie war eine dieser schicken, karrierebewußten jungen Frauen, die so oft für Restaurants, Modehäuser oder Fernsehsender arbeiten. Andrea hatte schräge Mandelaugen, hohe Wangenknochen und volle Lippen, die bestimmt mit Collagen aufgespritzt waren. Trotz des Kapuzensweatshirts und der tiefsitzenden Yogahose, die den Blick auf ihren mit einem glänzenden schwarzen Stein gepiercten Bauchnabel freigab, konnte sie sich durchaus mit einem Model messen. Ich zog meinen eigenen Bauch ein und betrachtete sie genauer. Irgendeinen Fehler mußte sie doch haben! Wahrscheinlich waren ihre Haare gefärbt.

»Schon okay«, meinte Andrea mürrisch. »Sie sparen mir tatsächlich Arbeit, wenn ich nicht weiter nach diesen dämlichen *bento*-Kästchen suchen muß.«

»Welche offizielle Funktion haben Sie eigentlich in diesem Restaurant?«

»Im Mandala weise ich den Gästen die Tische zu, und hier werde ich die gleiche Aufgabe haben. Ich kümmere mich um Menschen, nicht um Stühle. Zu Beginn des Projekts hatten wir eine Innenarchitektin, die für den Erwerb der Ausstattung zuständig war, das wissen Sie doch, oder? Nein? Tja, die hat sich nach einem Streit mit Marshall über die Bezahlung verdünnisiert.«

Andrea führte mich eine knarrende, staubige Treppe zum Keller des Lokals hinunter, wo Mobiliar lagerte, hauptsächlich Tische und Stühle, alle im selben Stil wie das, was ich oben bereits gesehen hatte. Außerdem befanden sich dort eine Mappe mit den Entwürfen für den Gastraum des Lokals und den Flur zu den Toiletten sowie ein Plan für die Anordnung der Möbel.

»Was haben Sie sonst noch?«

»Nun, Gabeln, Messer und so. Dann wären da noch das Pult des Tischanweisers und die Theke – haben Sie die schon gesehen?«

Ich ging mit der Mappe zurück nach oben, um sie mir anzuschauen. Mittlerweile waren zwei weitere Bewerber um die Stelle als Koch sowie ein Spüler eingetroffen, die Andrea zum Gespräch begleiten mußte, also sah ich mich allein in dem Raum um und versuchte, ein Gefühl dafür zu bekommen. Marshall hatte ausgezeichneten Geschmack bewiesen – handbemalte Jalousien für die Fenster, die pflaumenfarbenen Wände mit der grünen oberen Hälfte, die gut zum Stil des späten neunzehnten und frühen zwanzigsten Jahrhunderts passen würden. Doch die Toiletten fand ich langweilig. Im Geiste tapezierte ich die Wände bereits mit den Karpfenentwürfen der legendären Designerin Candace Wheeler. Und dann kam mir noch eine andere Idee: Die Kabinen könnte man aus den alten Lagerhaustüren fertigen, die Mr. Ishida mir aus Japan geschickt hatte.

Die Vorbereitungsarbeiten für Toiletten und Waschbecken waren abgeschlossen, allerdings ohne die eigentliche Installation, so daß man die Konsolen noch mit alten, gut erhaltenen *tansu* gestalten konnte. Imari-Schalen aus blau-weißem Porzellan würden als Becken dienen. Außerdem hatte ich einige alte blau-weiße chinesische Urinale, die sich als Pflanzschalen oder Behälter für Toilettenartikel nutzen ließen. Die Räume würden phantastisch aussehen.

Als ich die Toiletten verließ, um meine Pläne mit Andrea zu besprechen, brummelte sie gerade etwas in ihr Handy.

»Und?« fragte sie nach Beendigung des Gesprächs.

Mein Gott, hat die Frau schlechte Laune, dachte ich und erkundigte mich, wieviel von der Toiletteneinrichtung bereits gekauft sei.

»Nur das, was Sie sehen. Die Innenarchitektin ist nicht mehr zu den Waschbecken gekommen. Marshall wollte sie bestellen, aber er hatte bestimmt noch keine Zeit dazu.«

Wunderbar, dachte ich.

Ich verbrachte noch drei Stunden im Bento. Die Aufgabe war meiner Ansicht nach in fünfunddreißig Tagen zu bewältigen, und endlich ergab sich einmal die Möglichkeit, aus der Wohnung herauszukommen und das Gefühl loszuwerden, daß sich in meinem Leben nichts tat.

Um fünf streckte ich den Kopf in die Küche, wo Marshall in schnellem Spanisch auf einen der Köche einredete.

»Sie wollen gehen? Also bis morgen, so gegen neun«, sagte er.

»Hm, der Nachmittag wäre mir lieber, weil ich wahrscheinlich die Nacht durcharbeiten muß – in Japan ist es dann Tag. Und ein paar Stunden Schlaf werde ich brauchen.«

»Klar. Teilen Sie es sich selber ein. Dann bis zum späten Nachmittag im Mandala.«

Als Hugh gegen sieben nach Hause kam, saß ich am Computer, um mich herum auf dem Boden Dutzende von Inneneinrichtungs- und Antiquitätenzeitschriften. Ich hatte bereits drei gute Angebote für *bento*-Kästchen ausfindig gemacht und war nun damit beschäftigt, Gestaltungsvorschläge für das Restaurant zu erarbeiten. Aus dem Lautsprecher des Telefons drang die Stimme meiner Mutter.

»In San Francisco bekommen junge Inneneinrichter im Moment bis zu einhundert Dollar die Stunde; in Washington dürfte das nicht viel anders sein. Du solltest über die Höhe des Aufschlags auf deine Waren nachdenken. Wenn es dir gelingt, ihm ein paar von deinen eigenen *tansu* zu verkaufen, kannst du bestimmt einen ordentlichen Gewinn machen.«

»Danke, Mom. Hugh ist gerade gekommen; ich muß jetzt kochen«, unterbrach ich sie.

»Sag Hugh einen schönen Gruß von mir, und daß er sich die Sache genau anschauen und gut aufpassen soll.«

Nachdem meine Mutter aufgelegt hatte, küßte Hugh meinen Nacken.

»Aufpassen? Ich dachte, wir wollen schwanger werden.«

»Du willst das«, erwiderte ich, und da fiel mir ein, daß ich im Supermarkt nicht nur die Jakobsmuscheln, sondern auch die Kondome vergessen hatte. Ich löste mich aus seiner Umarmung und erzählte ihm von meinem neuen Auftrag.

»Soll ich dir helfen?« fragte er, als er die Papierstapel bemerkte.

»Könntest du dich ums Essen kümmern und dir später den Vertrag ansehen? Ich weiß immer noch nicht so genau, wieviel Honorar ich verlangen soll.«

»So viel wie möglich«, sagte Hugh lächelnd. »Und was hast du heute abend sonst noch zu bieten?«

»Jedenfalls nicht das, was dir offenbar durch den Kopf geht.« Wer hatte bei solchem Streß schon Lust auf Sex?

Während Hugh den Reis fürs Risotto kochte, hörte er sich an, was sich im Mandala und später im Bento ereignet hatte. Er fand meinen Plan gut, Stücke aus meinem eigenen Lager anzubieten und Waren von anderen Händlern mit dem mir gewährten Rabatt zu verkaufen. Für meine eigenen Dienste würde ich neunzig Dollar die Stunde berechnen, so daß das Ganze nach einem lukrativen Geschäft klang.

»Frag, ob wir gratis im Mandala und im Bento essen dürfen. Du wirst so viel Zeit dort verbringen, daß wir sicher nicht mehr zum Kochen kommen«, meinte Hugh, als wir uns über das nur mit Zwiebeln und Käse gewürzte Risotto mit zu hartem Reis hermachten.

Ich bereute sofort, Hugh die Zubereitung nicht richtig beigebracht zu haben.

»Eigentlich möchte ich das nicht«, erwiderte ich. »Die Leute dort sind ein bißchen nervös. Ich mag den japanischen Chefkoch Jiro sehr, aber wie soll ich ihm die *bento*-Kästchen aus Plastik als welche aus echtem Holz verkaufen?«

»Willst du den Job wirklich?« Hugh musterte mich genau. »Es hat keinen Sinn, mit schwierigen Leuten zusammenzuarbeiten, egal, wieviel du verdienst.«

»So schlimm ist es auch wieder nicht«, sagte ich. »Jiro und ich verstehen uns ganz gut. Marshall setzt alle unter Druck, aber was will man anderes erwarten, einen Monat vor der Eröffnung? Andrea, die den Gästen die Tische zuweisen soll, ist allerdings ziemlich unterkühlt. Mit ihr möchte ich so wenig wie möglich zu tun haben. Ich kann mir nicht vorstellen, wie sie den Gästen das Gefühl einer herzlichen Atmosphäre vermitteln soll.«

»Tja«, meinte Hugh grinsend. »Du stehst einfach nicht auf Mädels.«

»Wie bitte?« Ich trank einen Schluck Zinfandel.

»Eine wirklich enge Freundin hast du, seit ich dich kenne, noch nie gehabt. Du bist lieber mit Männern zusammen. Ich dachte, das liegt an Japan, aber jetzt fällt mir auf, daß es hier genauso ist.«

»Na ja, besonders scharf bin ich auf Kendalls Gesellschaft nicht, das gebe ich zu.«

»Obwohl es sehr nett von deiner Cousine war, dich zum Lunch ins Mandala mitzunehmen.« Hugh schüttelte den Kopf. »Übrigens hat sie mir eine Nachricht auf Band gesprochen – irgendwas mit Boxen. Ich nehme an, sie meint einen Kampf. Möchtest du da wirklich hingehen?«

Ich war so entsetzt, daß ich den Schluck Wein, den ich gerade im Mund hatte, in hohem Bogen ausspuckte.

»Was ist denn los, Schatz?« Hugh reichte mir seine Serviette.

»Es ging um deine Unterwäsche. Sie will wissen, ob du Boxershorts trägst. Kendall ist einfach unmöglich.«

Hugh mußte lachen. »Vielleicht solltest du in den Club eintreten, den Kendall erwähnt hat. Möglicherweise gibt's da ein paar Frauen, die dir besser liegen.«

Fast hätte ich mich verschluckt. »Den Teufel werde ich tun. Der Junior League of Washington trete ich nicht bei. Ich bin bereits Mitglied der Washington-Japan Friendship Society.«

»Aber da sind lauter alte Leute!«

»Ja, stimmt, doch bei dem Tag der offenen Tür vergangenen Monat haben wir auch ein paar junge Studenten kennengelernt, wie du dich vielleicht noch erinnerst.«

»Du bist keine Studentin mehr, Rei. Du brauchst Freundinnen in deinem Alter. Wenn das Baby erst da ist, bist du froh, wenn du ein Netzwerk hast.«

Ich stellte mein Glas ab. »Du scheinst anzunehmen, daß ich mit dem Arbeiten aufhöre und die ganze Zeit zu Hause bleibe, wenn wir ein Kind haben.«

»Das tust du doch jetzt schon«, meinte Hugh. »Deshalb freue ich mich ja über den Restaurantauftrag, weil der dafür sorgt, daß du rauskommst und Leute kennenlernst. Egal, ob Männer oder Frauen; Hauptsache, Gesellschaft. Ich muß bald eine Geschäftsreise machen und habe ein ungutes Gefühl, weil du noch nie so lange in einer amerikanischen Stadt allein warst. Du vergißt gern, daß es hier gefährlicher ist als in Tokio, wo man problemlos nach Mitternacht nach Hause kommen kann ...«

»Wo mußt du denn hin?« fragte ich. In vier Wochen hatten wir wegen der Hochzeit einen Termin mit einem ausgesprochen begehrten Catering-Service.

»Nach Japan. Tut mir wirklich leid, Schatz. Ich wünschte, ich könnte dich einfach im Koffer mitnehmen, aber die Kontrollen sind mittlerweile ziemlich streng.«

Plötzlich schmeckte mir der Wein nicht mehr. Ich schob das Glas weg.

Als könnte er meine Gedanken lesen, sagte Hugh: »Sie werden den Vermerk sicher irgendwann aus deinem Paß streichen. Paul McCartney durfte nach der Marihuana-Sache auch nicht mehr nach Japan, doch das Einreiseverbot wurde kürzlich aufgehoben.«

»Tja, aber bei mir wird es wohl nichts mit dem Ritterschlag.« Ich verzog das Gesicht. »Weißt du was? Ich verzeihe dir alle sexistischen Kommentare, wenn du mir hilfst, die Präsentation für das Restaurant vorzubereiten.«

Das brauchte ich ihm nicht zweimal zu sagen. Als wir den Computer gegen vier Uhr morgens ausschalteten, fühlte ich mich eher aufgedreht als erschöpft. Mein Entwurf war gut, und Marshall brauchte meine Hilfe. Eigentlich konnte nichts mehr schiefgehen.

3

Ich hatte gedacht, der Monat bis zur Eröffnung des Bento würde schnell vergehen, aber das war ein Irrtum. Meine Tätigkeit bestand hauptsächlich in Warten – auf die *bento*-Kästchen, die per Luftfracht aus Tokio und auf die Tapeten, die mit UPS aus New York geliefert werden sollten. Und ein hervorragender Schreiner in Virginia brauchte Ewigkeiten, um aus meinen alten japanischen Türen die Toilettenkabinen zu fertigen, obwohl er einen Eilzuschlag erhielt.

Jeden Tag ging ich ins Bento, um neue Lieferungen in Empfang zu nehmen und den allmählich ungeduldig werdenden Marshall zu beruhigen. Den einzigen Trost fand ich in der Küche, wo ich Jiro beim Experimentieren zusehen und seine Gerichte kosten konnte.

Die Krabbentörtchen mit dunkler Sojasauce, Chili, Koriander und Frühlingszwiebeln waren ein Genuß, die Soba-Nudeln in Süßkartoffelsud weniger. Ich freundete mich mit den Hilfsköchen, hauptsächlich Lateinamerikanern, an, die unter Jiro arbeiten sollten. Wenn sie sich auf spanisch unterhielten, versuchte ich mich an den Sprachunterricht während meiner kalifornischen Schulzeit zu erinnern. Die Latinos hatten Respekt vor Jiro und fürchteten Marshall. Und Andrea, da waren sie sich einig, brauchte einfach einen guten Fick.

Sie nannten mich »die Braut«, weil sie wußten, daß ich bald heiraten wollte. Ich sagte ihnen nicht, wie albern ich das fand. Jiro verriet mir, daß sich keine einzige Köchin beworben, er aber Jessica Olson, die

Patissière des Citronelle, für das Bento gewonnen habe. Jessica war etwa in meinem Alter, blond und ziemlich üppig. Sie arbeitete lieber zu Hause und lieferte ihre Kreationen, weil allein ihr Auftreten im Lokal für große Hektik sorgte. Nicht, daß sie sich von den Bemerkungen ihrer Kollegen hätte einschüchtern lassen – sie zahlte in breitem Minnesota-Akzent, der mich oft zum Schmunzeln brachte, mit gleicher Münze zurück.

Bis zur Eröffnung des Bento war es nur noch eine Woche, als Hugh nach Tokio flog, wo er in einem Prozeß Asiaten vertreten sollte, die im Zweiten Weltkrieg von Japanern mißhandelt worden waren. Obwohl ich wußte, wie wichtig die Verhandlung war, bedauerte ich, daß Hugh bei der Eröffnung nicht an meiner Seite sein würde.

»Kann ich nicht einen Tag zuvor kurz vorbeischauen, um einen Eindruck zu bekommen?« fragte er beim Packen.

»Das geht leider nicht«, antwortete ich. »Marshall läßt vor der offiziellen Eröffnung niemanden rein. Die Fenster sind mit Packpapier zugeklebt und die Türen verschlossen.«

»Klingt ja fast nach einem konspirativen Versteck«, meinte Hugh. »Na ja, dann muß ich es mir eben ansehen, wenn ich wieder zurück bin. Nimmst du jemanden zur Eröffnung mit?«

»Kendall und Win.«

»Schön, daß du dich endlich revanchierst.«

Ich erwähnte nicht, daß die Einladung mich praktisch nichts kosten würde, weil die Party auf Marshalls Rechnung ging. Die Gäste konnten gratis von der Speisekarte bestellen, was sie wollten; zahlen mußten sie lediglich für den Wein. Am folgenden Tag, einem Samstag, sollte das Restaurant dann für die Allgemeinheit öffnen.

Während er mich umarmte, fragte Hugh: »Was soll ich dir aus Japan mitbringen?«

»Nichts. Erledige nur deine Arbeit und komm so schnell wie möglich wieder nach Hause.«

»Aber ich liebe Shopping. Sag schon, was möchtest du: Shu-Uemura-Make-up oder Bücher von Yurindo oder einen ordentlichen Fischdampfkocher ...«

»Wie wär's mit ein paar alten Kimono? Geh am Sonntagmorgen auf den Flohmarkt und such zwanzig oder dreißig gut erhaltene aus. Die könnte ich an einen Museumsshop verkaufen. Jetzt, wo der Bento-Auftrag bald beendet ist, brauche ich eine neue Beschäftigung.«

»Nein, ich meine für *dich*.«

»Ich brauche nichts.« Nur dich, dachte ich, ohne es auszusprechen.

Als das Bento endlich an einem sonnigen Freitag eröffnete, rissen Marshall und Jiro das Packpapier von den Fenstern. Plötzlich wirkte der Raum, der so dunkel und klaustrophobisch gewesen war, weit und offen. Die spätnachmittägliche Sonne ließ die pflaumenfarbenen Wände erstrahlen. Erst jetzt merkte ich, daß die Atmosphäre viel freundlicher war als im Mandala. Die Wärme erzeugte größtenteils das Holz: der Honigton des Kiefernholzbodens, das rötliche Braun der Kryptomerie-Küchen-*tansu* aus der späten Meiji-Zeit, so teuer, daß ich fast schon nicht mehr geglaubt hatte, sie verkaufen zu können. Nun war diese *tansu* mit Cocktailgläsern gefüllt und stand hinter der alten Theke mit dem Zinktresen.

Das Bento war eine gelungene Mischung aus Japan und Amerika, davon zeugten zum Beispiel die blütenweißen Tischdecken, auf denen Platten aus Imari-Keramik standen. Die neuen *bento*-Kästchen, die Jiro sofort als Plastik erkannt, schließlich jedoch widerwillig akzeptiert hatte, würden später zum Einsatz kommen.

Die meisten von mir ausgesuchten Gegenstände befanden sich bereits an ihrem Platz. Ein Holzschnitt-Triptychon speisender Kurtisanen hing neben einem mit einer winterlichen Tokioter Marktszene an der Nordwand. Mr. Ishida würde mir noch weitere Werke schicken; ich hoffte, sie im Verlauf der nächsten beiden Wochen anbringen zu können. Für die Toilettentüren hatte ich hübsche alte Werbeplakate für Seife und Süßigkeiten aus den Zwanzigern gefunden. Und meine Idee, blau-weiße Waschbecken in kleine *tansu*-Kommoden einzubetten, erwies sich als sehr gelungen. Der Schreiner war gerade dabei, die japanischen Messingschlösser anzuschrauben, die er in einer Substanz künstlich auf antik getrimmt hatte.

Ob Marshalls Freunden die Inneneinrichtung des Lokals genauso gut gefiel wie mir, würde sich bei der Eröffnungsparty herausstellen. Aber viel wichtiger waren natürlich die Fähigkeiten der Köche, des Sommeliers und der Kellner, ganz zu schweigen von der Qualität der Gerichte.

Im Augenblick roch es in dem Restaurant nicht nach Essen, sondern intensiv nach den von Andrea entzündeten Räucherstäbchen. Sie schaute, ganz in Schwarz gekleidet, hinaus auf den frühabendlichen Pendlerverkehr.

»Wie viele haben sich denn für heute abend angekündigt?« fragte ich.

»Etwa zweihundert«, antwortete sie. »Sie bringen zwei Leute mit, stimmt's? Ich setze sie an einen Vierertisch an der Westseite.«

Ich sah in die Richtung, in die sie mit ihren langen roten Fingernägeln deutete. Es handelte sich nicht gerade um den schönsten Tisch des Lokals, aber ich gehörte ja auch nicht zu den wichtigen Leuten. »Aha. Kommen auch irgendwelche VIPs?«

»Wie bitte?«

»Prominente.« Wenn Moby und Hillary Clinton hier auftauchten, konnte nichts mehr schiefgehen.

Andrea verdrehte die Augen. »In Washington sind ›Prominente‹ und ›VIPs‹ nicht notwendigerweise synonym.«

»Verstehe«, sagte ich errötend. In dieser Hinsicht ähnelte Washington Japan. Senatoren, internationale Financiers und Topjournalisten – das waren die Leute, die zählten, die ich aber leider nicht erkannte. Als ich eines Tages im Mandala ein paar Kerzen für das Bento holte, war der neue Senatssprecher anwesend, und Marshall mußte schockiert feststellen, daß sein Gesicht mir nichts sagte. Das Problem, erklärte ich ihm daraufhin, bemüht, mein Unwissen mit einem Scherz zu überspielen, bestehe darin, daß ich nur schöne Dinge wahrnehme, egal, ob es sich um eine alte Vase oder einen attraktiven Kellner handle. Zum Glück beschäftigte das Bento von denen eine ganze Reihe, und inzwischen wußte ich fast alle ihre Namen. Da waren Phong, ein gutaussehender Amerikaner vietnamesischer Herkunft, der an der Bar Drinks mixte; der schwarzlockige Student Justin sowie David, ein immer etwas gelangweilt wirkender Blondschopf aus Australien. Des weiteren gab es zwei junge, attraktive Kellnerinnen namens Carla und Joan, deren Aufgabe sich aufs Abräumen der leeren Teller beschränkte. Auch sie erhielten, genau wie Andrea, einen Anteil am Trinkgeld, allerdings längst nicht so viel wie Justin, David und die anderen Männer.

Als die alte Seiko-Großvateruhr aus Rosenholz im Seitenflur des Lokals sieben schlug, trafen die ersten Gäste ein, die voll des Lobes waren für die Inneneinrichtung. Marshall führte mich untergehakt herum wie seine Partnerin und ermutigte mich, allen etwas über die Meiji-Zeit und die Herkunft der von mir gewählten Stücke zu erzählen.

Da hatte Kendall mit ihren hochgesteckten fuchsroten Haaren, dem schlichten schwarzen Minirockkostüm und den hochhackigen Manolo Blahniks ihren großen Auftritt. Begleitet wurde sie, für mich völlig unerwartet, von ihren Zwillingen.

Hätte sie mir doch Bescheid gesagt! dachte ich, denn ich hatte Marshall gegenüber nichts von Kindern erwähnt. Er musterte die beiden wie obdachlose Bettler, die aus Versehen in sein Lokal geraten waren.

»Hallo, Schätzchen«, begrüßte Kendall mich. »Das Restaurant ist super. Winnie, schau mal die hübsche Farbe an den Wänden. Wie heißt die?«

»Buh«, antwortete Win Junior.

»Nein, purpur, purpur!« kreischte Jacqueline so laut, daß sich einige Leute nach uns umdrehten.

»Laß uns an unseren Tisch gehen«, sagte ich zu Kendall und reichte der alles andere als begeisterten Andrea die schmutz- und rotzverschmierten Daunenjacken der Zwillinge.

»Wir brauchen zwei Kinderstühle und die Speisekarte für die Kleinen«, wies Kendall Andrea an.

»So etwas haben wir nicht«, erwiderte diese kühl.

»Ach. Sie eröffnen ein Restaurant ohne Kinderstühle?« fragte Kendall ebenso kühl.

»Wir sind hier nicht auf Kleinkinder eingestellt«, erklärte Andrea ungerührt. »Einen Kindersitz hätten wir, allerdings nur einen. Und was das Essen anbelangt: Unser Küchenchef kann kleinere Erwachsenenportionen zubereiten, wenn Ihnen das recht ist.«

»Na schön. Winnie kriegt den Sitz, und Jacqueline können Rei und ich abwechselnd auf den Schoß nehmen. Ich weiß, heute ist die Eröffnung, aber in Zukunft sollten Sie schon für angemessenere Ausstattung sorgen«, sagte Kendall mit fröhlicher Stimme.

Ohne etwas zu erwidern, führte Andrea uns zu unserem Tisch. Kendall verzog das Gesicht, und ich entschuldigte mich stumm bei ihr. Aber woher sollte ich Kinderstühle nehmen, die asiatisch und noch dazu antik aussahen?

Die Kinder vergnügten sich unter dem Tisch und zerrten so heftig an der weißen Decke, daß ich beinahe mit ihnen geschimpft hätte. Endlich brachte Carla uns den Kindersitz. Kendall schnallte ihn an einem Stuhl fest und hievte Win darauf.

»Eigentlich hatte ich nicht vor, die beiden mitzubringen«, erklärte Kendall. »Aber leider hat unser Au-pair-Mädchen heute frei, weil sie zum Tanzen in die

Naval Academy geht. Ich wollte dir keinen Korb geben, und außerdem habe ich Neuigkeiten.«

»Bist du schwanger?« fragte ich sofort.

Kendall sah mich an, als hätte ich ihr eine Ohrfeige gegeben. »Merkt man mir schon an, daß ich letzte Woche meine Fitneßstunde verpaßt habe? Wenn ich mit dem Krafttraining aussetze, spielt mein Stoffwechsel sofort verrückt.« Sie seufzte. »Tja, ich hatte nämlich keine Zeit, weil ich gerade ein Spendendinner für Harp Snowden organisiere. Und ich spiele mit dem Gedanken, es hier zu veranstalten.«

»Wow! Das würde Marshall und Jiro aber freuen!« Und mich auch, dachte ich, denn dann würden Menschen überall im Land, im Fernsehen und in Zeitschriften Bilder von meinem hübschen Lokal sehen.

»Das wird ein Mordsspaß, aber ziemlich arbeitsintensiv. Nächste Woche treffen wir uns, um das Essen, die Musik und das ganze Drum und Dran zu planen.« Kendall schnippte mit den Fingern, und die Zwillinge begannen zu kichern. »Für den musikalischen Teil versuche ich Coldplay zu gewinnen – die interessieren sich für liberale Politik, weißt du? Und Hugh mag die Gruppe doch auch, oder?«

»Das tun wir beide, aber Hugh ist Schotte, also kann er hier nicht wählen ...«

»Kein Problem. Spenden kann er trotzdem; dagegen gibt es kein Gesetz.« Kendall verzog das Gesicht. »Allerdings werd' ich mit Engelszungen reden müssen, um Win dazu zu bringen, daß er einen Scheck ausstellt. In letzter Zeit ist er ziemlich knausrig.«

»Er war doch Republikaner, als ihr geheiratet habt, oder?«

»Ist er immer noch. Zum Glück hab' ich Omas Geld, über das ich frei verfügen kann.«

»Kommt Win später nach?« erkundigte ich mich.

Kendall schüttelte den Kopf. »Er hat noch einen späten Termin in Nordvirginia. Mich treibt das zum Wahnsinn, aber warum habe ich auch einen Immobilienmakler geheiratet? Wo steckt eigentlich dein Zukünftiger?«

»In Japan.« Ich hätte gern mehr erzählt, aber da begann Jacqueline auf meinem Schoß unruhig zu werden. Kendall hatte mir versprochen, mir ihre Tochter abzunehmen, sobald sie die Speisekarte studiert hätte. Was mich daran erinnerte, daß wir auch etwas für die Kinder finden mußten.

»Jacqueline, magst du Nudeln?« fragte ich die Kleine. »Hier gibt's leckere Nudeln mit süßer Sauce.«

»Also, ich nehme das Steak«, entschied Kendall. »Die Pfunde müssen wieder runter, also werde ich mich wohl auf Atkins besinnen. Und zum Nachtisch gibt's Obst und Sahne. Das steht zwar nicht auf der Karte, aber ich weiß, daß Jessica Olson für die Süßspeisen zuständig ist. Die kann ich sicher bitten, etwas Besonderes für uns zu zaubern. Nimm du das doch auch, Rei. Sahne hat keine Kohlenhydrate.«

»Aber warum denn?« fragte ich. »Ich kenne Jessicas Kuchen und Törtchen; sie sind einfach himmlisch.«

»Ich hab mal einen Kochkurs mit ihr gemacht, bevor mir die Geschichte mit dem Gewicht wichtig wurde, und ich kann dir sagen, daß sie ein richtiges Biest sein kann. Als ich einmal vorschlug, keine Fertigprodukte zu verwenden, ist sie fuchsteufelswild geworden.«

»Nun, Jessica ist eine hochklassige Patissière ...«, begann ich, doch da plapperte Jacqueline etwas von Maccaroni, und Win begrabschte alle Besteckteile. Obendrein fing Kendalls Handy an zu klingeln, das sie aus der Kate-Spade-Windeltasche holte.

»Hallo, Harp!« sagte sie laut und vernehmlich mit einem bedeutungsvollen Blick in meine Richtung. »Könnten Sie ein bißchen lauter sprechen? Die Akustik hier ist beschissen.«

In dem Augenblick kam Justin mit zwei Gratis-Saketinis an unseren Tisch. Als er Kendall telefonieren sah, fragte er mich: »Hat man Sie denn nicht über die Handy-Regeln in unserem Haus aufgeklärt?«

»Nein. Wie lauten die?«

»Im Speisebereich sind Handys nicht erlaubt. Wenn jemand telefonieren möchte, soll er das im Gang bei den Toiletten machen.«

»Ich kann sie jetzt nicht unterbrechen, Justin. Sie spricht mit Senator Snowden. Wäre es möglich, einen Saft für die Kinder zu bekommen? Apfelsaft zum Beispiel, in Plastikbechern?«

Justin rümpfte seine hübsche Nase. »Wir haben weder Apfelsaft noch Plastikbecher. Ich kann Ihnen lediglich Perrier mit einem Spritzer Limonensaft anbieten ...«

»Mögt ihr Sprudelwasser?« fragte ich Win und Jacqueline.

Als sie voller Begeisterung zu kreischen begannen, bat ich Justin, das Perrier zu bringen, doch der wandte sich Kendall zu: »Miss, ich muß Sie bitten, an einem anderen Ort zu telefonieren.«

»Einen Augenblick bitte, Senator.« Kendall sah den

Kellner an. »Sind Sie immer so unhöflich zu Ihren Gästen?«

»Tut mir leid, das sind nun mal die Regeln. Bitte telefonieren Sie dort drüben weiter.«

Also ging Kendall mit ihrem Saketini und dem Handy hinüber in den Flur und ließ mich mit den Zwillingen allein.

Da ich nun keinen Erwachsenen mehr zum Plaudern hatte, betrachtete ich die Leute um mich herum. Einige Gäste waren elegant gekleidet, erstaunlich viele jedoch auch leger. Mindestens ein Dutzend junger Männer trug ein ganz normales Hemd über einer Freizeithose oder Shorts, und eine Frau hatte ein Hermès-Tuch als Wickelbluse um ihren Körper gewunden. Washington galt nicht als Modestadt; allmählich ging mir auf, daß Kendall die Ausnahme war, nicht die Regel. Ich hatte nicht erwartet, an meinen liebevoll gestalteten Tischen Menschen mit Tuch-Oberteilen und Shorts zu sehen, doch sie rechneten ihrerseits vermutlich auch nicht mit Kindern.

Nun nahm Justin unsere Bestellung auf: einen Karotten-Ingwer-Salat, Nudeln mit *ponzu*-Dip und eine süße Bohnen-Schokoladen-Paté für die Kinder. Statt einer umfangreichen *kaiseki*-Speisenfolge wählte ich das deutlich schnellere *bento* mit einem *daikon*-Salat, Soba-Nudeln und Red Snapper sowie für Kendall Spargel, *wakame*-Seetang und mit Sojasauce glasiertes Filet Mignon, weil sich das vermutlich noch am ehesten mit ihrer Atkins-Diät vereinbaren ließ. Was für ein Land war das bloß, in dem die Menschen sich von Diäten tyrannisieren ließen? Auch Marshall und Jiro hatten sicherheitshalber immer mindestens drei Atkins-konforme Gerichte auf der Speisekarte. Ich konnte mich nicht erinnern, ob Sojasauce erlaubt war oder nicht, also bat ich Justin, Kendall zu suchen und zu fragen.

»Das ist jetzt nicht Ihr Ernst, oder?« herrschte er mich an. »Rei, ich muß jede Menge Tische bedienen – verdammt, schauen Sie nur, was Ihr Kleiner mit den Blumen anstellt.«

Ihrer, nicht meiner, hätte ich sagen können, aber ich verkniff es mir. Win hatte das teure Blumenarrangement von einem Georgetowner Floristen neu geordnet. Eine Kamelie steckte in seinem Haar, die andere lag auf dem Teller seiner Schwester, die gerade Anstalten machte, die Blüte zu verspeisen.

»Nicht! Das Essen kommt bald«, sagte ich, nahm ihr die Blume weg und steckte sie zurück in die Schale. »Bitte, Justin, holen Sie sie für mich. Ich bin kein Kindermädchen – wenn sie mir die beiden nicht bald abnimmt, kann ich für nichts garantieren.«

Justin kehrte mit der Information zurück, daß Kendall sich nicht im Flur aufhalte und Marshall mich bitte, mich zu ihm an Tisch fünf zu gesellen, weil die Gäste dort eine Frage zu der *tansu* hinter der Bar hätten. Na wunderbar. Und was sollte ich mit Win und Jacqueline tun?

Ich hielt Jacquelines klebrige kleine Finger mit einer Hand fest, während ich Win aus dem Kindersitz befreite. Dann bewegten wir uns langsam in Richtung Tisch fünf, immer wieder behindert durch Winnies Versuche, Dinge von den Tischen zu stibitzen, an denen wir vorbeikamen.

Als wir Marshall und seine Gäste erreichten, gab ich mir größte Mühe, mich mit dem freundlichen älteren

Herrn, der einige Zeit in Japan verbracht hatte, einigermaßen intelligent über die *tansu* zu unterhalten, während Jacqueline wieder und wieder fragte, wo ihre Mami sei, und Win der Begleiterin des alten Mannes die Speisekarte entriß. Mir blieb keine Wahl, als mich hastig zu verabschieden. Kendall war immer noch nicht aufgetaucht.

»Kommt, ihr zwei, jetzt gehen wir zur Toilette!« sagte ich übertrieben fröhlich.

»Nein, ich will nicht auf den Topf!« schrie Jacqueline.

»Das mußt du ja gar nicht. Ich möchte dir bloß die ... Fische zeigen, die Fische an den Wänden. Magst du denn keine Fische?« Ich führte die beiden in die Damentoilette. Win wollte doch gerne den Topf ausprobieren, und so zog ich ihm die Hose herunter und mühte mich mit seiner Windel ab. Das dauerte zu lange, und die Bescherung landete auf den italienischen Fliesen.

Ich war gerade dabei, mit Papierhandtüchern den Boden sauber zu wischen, als ein paar Frauen hereinkamen und mich entsetzt ansahen. Ohne sie zu beachten, putzte ich weiter, und als ich nach allgemeinem Händewaschen mit den Kindern die Toilette verließ, entdeckte ich Andrea.

»Könnte ich kurz das Telefon benutzen?« fragte ich.

»Das ist nur für reinkommende Gespräche.«

»Es handelt sich um einen Notfall.«

»Um was für einen Notfall?« wollte Andrea wissen.

Allmählich verlor ich die Geduld. »Um einen Kindernotfall. Die beiden werden den ganzen Abend hier im Restaurant verbringen, wenn ihre Mutter nicht zurückkommt.«

Widerwillig überließ sie mir den Apparat, aber mein Anruf landete in Kendalls Mailbox, was vermutlich bedeutete, daß sie sich immer noch mit Harp Snowden unterhielt. Aber wo steckte sie? Weit konnte sie nicht sein, weil ich durch die offene Eingangstür ihren Volvo draußen auf der Straße sah.

Vielleicht war sie durch den Hinterausgang verschwunden. Die Kinder im Schlepptau, mühte ich mich zwischen den Tischen hindurch in Richtung Küchenschwingtür, wo ich fast eine Kellnerin mit Tablett aus dem Gleichgewicht brachte und Brühe aus einer Schale über mich schwappte.

»Falsche Tür!« zischte mich die Kellnerin an. Rechte rein, linke raus, wiederholte ich stumm, während ich die Kinder in die Küche lotste.

Dort herrschte Chaos. Die Kinder beobachteten mit offenem Mund, wie die weiß gekleideten Köche sich blitzschnell hin und her bewegten, um in Töpfen zu rühren. Aus einem Ghettoblaster dröhnte Salsa-Musik gegen das Klappern der Pfannen und das Zischen des auf dem Grill brutzelnden Fleisches an.

»Hat irgend jemand eine Frau hier durchkommen sehen?« fragte ich laut.

»Ich bin das einzige weibliche Wesen in der Küche, es sei denn, Sie zählen den da mit«, meinte Jessica, die Patissière, mit einem spöttischen Blick in Richtung Justin, der gerade einen Bestellzettel festpinnte.

»Ja, Schätzchen, aber ich habe immerhin keinen Körper wie ein Milchlaster«, konterte Justin.

»Ich suche nach meiner Cousine, hat irgend jemand sie gesehen?« jammerte ich. Dann fiel mir ein, daß die Hälfte des Küchenpersonals kein Englisch sprach.

»*Dónde a chica …*«, stotterte ich und deutete auf die Kinder. »*Madre.*«

»Sie haben Kinder, Rei? Das wußte ich gar nicht.« Jiro, der gerade einem der Hilfsköche zeigte, wie man *shiso*-Blätter rollte und schnitt, hob den Blick mit strahlendem Lächeln. Trotz der allgemeinen Hektik wirkte er beneidenswert gelassen.

»Ich nicht, meine Cousine. Ich suche sie – sie hat rote Haare, trägt ein schwarzes Kostüm und wollte im Flur, vielleicht auch draußen, ein Handy-Gespräch führen.«

»Aha. Ich frage mal.« Jiro sagte ein paar Sätze in raschem Spanisch, die ich nicht mitbekam, weil ich Win davon abzuhalten versuchte, in einen riesigen Mixer zu greifen.

Ein kleingewachsener, dunkelhaariger Mann antwortete Jiro auf spanisch und deutete auf eine Tür, über der ein nagelneues Schild mit der Aufschrift »Ausgang« hing.

Jiro bedankte sich mit einem kurzen Nicken und übersetzte mir dann, was der Mann gesagt hatte. »Sie war draußen. Alberto hat vor zehn Minuten ein paar Kisten rausgebracht, da war sie auf dem Parkplatz und telefonierte.«

Ich machte mich sofort mit den Kindern auf den Weg nach draußen. Mittlerweile war es dunkel, aber den übervollen Müllcontainer konnte ich deutlich sehen.

»Paßt auf, Kinder, hier sind Stufen. Die wollen wir doch nicht runterfallen, oder?« Ich hielt die beiden fest an den Händen. Vielleicht hatte Kendall ihr Gespräch hier geführt; allerdings konnte ich mir nicht vorstellen, daß sie sich mit ihrem eleganten Kostüm an den Container lehnte. Als ich den Blick senkte, entdeckte ich Scherben auf den Stufen: von einem zerbrochenen Martini-Glas wie dem, das Kendall mitgenommen hatte.

Also war Kendall tatsächlich hier draußen gewesen und hatte während des Telefonats hin und wieder einen Schluck getrunken. Irgendwann hatte sie dann, aus welchem Grund auch immer, das Glas fallen lassen.

Vielleicht war sie gestolpert, dachte ich, denn sie trug hohe Absätze.

Aber warum war sie dann nicht zurückgekommen?

4

Justin brachte mir einen weiteren Cocktail, den ich nicht anrührte. Immer wieder ging ich im Kopf durch, was ich wußte: Kendalls Wagen stand vor dem Bento, aber sie selbst war spurlos verschwunden.

Win schlief, den Kopf zur Seite, den Mund halb offen, zufrieden vor sich hinschnarchend, in seinem Kindersitz, obwohl der nicht besonders bequem aussah. Inzwischen war es halb neun.

Jacqueline wand sich auf meinem Schoß und quengelte: »Mami soll zurückkommen.«

Die Teller waren abgeräumt, ohne daß Kendall etwas von ihrem Filet Mignon gegessen hätte. Und ich hatte den sehr schmackhaften Red Snapper kaum genießen können, weil ich die Nudeln der Kinder kleinschneiden und sie füttern mußte. Das negative Ergebnis meines Schwangerschaftstests fiel mir ein, und wieder empfand ich ein Gefühl der Erleichterung. Auf geruhsame Mahlzeiten wollte ich noch nicht verzichten, das wußte ich jetzt. Ich holte die Kate-Spade-Windeltasche meiner Cousine unter ihrem Stuhl hervor und wühlte darin herum, bis ich ihren Palm Pilot fand.

Unter Harp Snowden waren drei Telefonnummern aufgeführt: Büro, zu Hause und Handy. Ich notierte sie auf einer Visitenkarte und steuerte zusammen mit den Zwillingen auf den Empfangsbereich zu.

Andrea sah mich entsetzt an, als ich schon wieder um das Telefon bat. »Marshall wird stinksauer und schmeißt mich raus, wenn die Leitung blockiert ist. Angestellte dürfen die Telefone im Lokal nicht benutzen.«

»Es wird eine Frau vermißt, ja? Und ich möchte mit der Person Verbindung aufnehmen, mit der sie zum Zeitpunkt ihres Verschwindens telefoniert hat. Dann könnte ich besser beurteilen, ob es ihr gut geht oder …«

»Was ist denn los?« wollte Marshall wissen, der sich mit mürrischem Blick zu uns gesellte. »Rei, sind Sie mit dem Essen fertig? Dann lasse ich den Tisch für die nächsten Gäste decken.«

»Ja, aber die Mutter dieser Kinder ist verschwunden. Ich bräuchte ein Telefon, um rauszufinden, wo sie steckt.«

»Geht es um Kendall? Daß es ein Problem wegen dem Kinderstuhl gab, habe ich mitbekommen, aber ansonsten …«

»Ja. Ich würde gern mit Senator Snowden reden, um festzustellen, wohin sie nach dem Gespräch mit ihm wollte.«

»Na schön, benutzen Sie mein Handy.« Marshall reichte es mir. »Aber bitte entfernen Sie die Kinder und ihren Kram vom Tisch. Vielleicht tauchen später noch Hillary und ihre Freunde auf. Und gehen Sie zum Telefonieren in Jiros und mein Büro, damit die anderen Gäste nicht gestört werden. Ach ja, vergessen Sie nicht, mir das Handy dann zurückzugeben.«

Das Bento-Büro von Marshall und Jiro war noch chaotischer als das im Mandala. Die Kinder bauten Türme aus Kochbüchern, während ich Senator Snowdens Nummern, eine nach der anderen, wählte. In seinem Büro war niemand, so blieben nur noch seine Privatnummer und das Handy. Als ich es auf dem Festnetz probierte, ging eine Frau ran, vermutlich seine Gattin. Ich stellte mich vor und erklärte ihr in kurzen Worten, daß ich auf der Suche nach einer Spendensammlerin sei, mit der der Senator sich vor kurzem unterhalten habe.

»Warum rufen Sie nicht seinen persönlichen Berater an?« fragte sie verärgert.

»Mrs. Snowden – Sie sind doch Mrs. Snowden?«

»Ja«, antwortete sie mürrisch.

»Meine Cousine und der Senator haben gerade noch miteinander telefoniert, aber jetzt ist sie plötzlich verschwunden. Möglicherweise weiß Ihr Mann, was passiert ist.«

»Mein Mann hat das Büro verlassen, ist jedoch noch nicht zu Hause. Ich kann Ihnen wirklich nicht weiterhelfen.«

»Hat er sein Handy dabei?«

»Ja, aber die Nummer gebe ich Ihnen nicht. Rufen Sie im Büro an wie andere Leute auch.« Damit legte Mrs. Snowden auf.

Na, herzlichen Dank. Ich wählte die Handy-Nummer. Bitte geh ran, betete ich, während es klingelte.

»Marshall?« Die Männerstimme am anderen Ende der Leitung klang überrascht, aber nicht ungehalten.

Offenbar hatte Harp Snowden Marshall Zangers Nummer gespeichert. »Senator Snowden, hier ist nicht Marshall, sondern Rei Shimura an seinem Telefon. Ich weiß nicht, ob Sie sich noch an mich erinnern.«

»Sagen Sie Harp zu mir«, forderte er mich freundlich auf. »Sie sind doch Kendalls Cousine. Kendall und ich haben gerade miteinander telefoniert, aber dann wurden wir unterbrochen.«

»Hat sie Ihnen gesagt, wo sie hinwollte?«

»Nein. Es ging um die bevorstehende Party, und plötzlich gab sie ein merkwürdiges Geräusch von sich, so etwas wie ein Keuchen oder ein Husten, dann war die Leitung tot. Warum rufen Sie an? Ist alles in Ordnung?«

»So genau weiß ich das nicht. Erinnern Sie sich noch, wann das Gespräch endete?«

»Ich glaube, vor etwa zwanzig Minuten. Ich muß mich kurz fassen. Hier herrscht starker Verkehr, und ich möchte die Spur wechseln ...«

Er legte auf, bevor ich mich verabschieden konnte. Ich wählte Kendalls Nummer noch einmal.

Nach dem dritten Klingeln meldete sich eine Männerstimme: »Werda.«

»Äh, ich rufe an wegen ...«

Es klang, als fiele der Apparat herunter, auf etwas Hartes, dann herrschte Stille.

Ich hielt das Handy weiter ans Ohr, Jacqueline an der Hand, doch es meldete sich niemand mehr, obwohl ich mehrmals »Hallo« in den Apparat hineinrief. Das Display zeigte an, daß ich die richtige Nummer gewählt hatte, aber es war ein gewisser »Werda« rangegangen – was für ein merkwürdiger Name. Erst nach einer Weile begriff ich, daß das wohl eher eine Frage gewesen war: *Wer da?*

Mir wurde ganz heiß vor Angst. Meine Cousine war also nicht allein.

Andrea gesellte sich zu mir. »Was haben Sie rausgefunden?«

Ich legte das Handy beiseite, ohne auf den »Aus«-Knopf zu drücken, und berichtete ihr, was es Neues gab.

»Besonders gut klingt das nicht«, meinte sie, ausnahmsweise einmal nicht arrogant.

»Ich rufe jetzt die Polizei. Es gibt hier doch sicher irgendwo noch ein anderes Telefon, oder?«

Andrea zog eine Schublade heraus, und ein schnurloses Telefon kam zum Vorschein. »Die werden Ihnen nicht glauben.«

»Wieso?« fragte ich, während ich die Nummer der Polizei wählte.

»Denen ist das egal. Wir sind hier in Washington. Wenn jemand zwanzig Minuten verschwindet, ist das kein Weltuntergang.«

Während die Verbindung aufgebaut wurde, überlegte ich, wie ich mein Anliegen formulieren sollte. Andrea hatte insofern recht, als Kendall für eine Vermißtenanzeige noch nicht lange genug verschwunden war. Als sich jemand meldete, berichtete ich von dem unterbrochenen Telefonat, dem kaputten Glas auf den Stufen und der fremden Männerstimme am anderen Ende der Leitung.

Ich wurde weiterverbunden zu einem Detective Burns vom Morddezernat.

Morddezernat. Daran hatte ich nicht gedacht. Ich erzählte alles noch einmal und betonte, daß der Senator, mit dem Kendall zum Zeitpunkt ihres Verschwindens gesprochen habe, sich Sorgen um sie mache. Wir waren hier in Washington, und da mußte man seine Beziehungen spielen lassen.

»Steht die Verbindung zu ihrem Handy noch?« fragte Burns.

»Das weiß ich nicht so genau«, antwortete ich. »Ich habe nicht aufgelegt, aber am anderen Ende war ein Geräusch …«

»Geben Sie mir die Nummer Ihrer Cousine, dann überprüfe ich das von hier aus«, sagte er. »Und unterbrechen Sie die Verbindung auf keinen Fall. Wir werden versuchen festzustellen, wo sich das Handy im Augenblick befindet. Bleiben Sie dran.« Kurz darauf meldete sich der Detective erneut. »Wir kommen nicht durch, also müssen wir doch unsere Technik einsetzen. Das dauert höchstens zehn Minuten.«

In der Zeit teilte ich Marshall mit, daß ich der Polizei vorübergehend sein Handy überlassen müßte.

»Einen besseren Abend hätten Sie sich nicht aussuchen können«, sagte Marshall, während ich die Zwillinge in den Eingangsbereich lockte, wo ich auf die Polizei zu warten gedachte.

»Tut mir leid, daß ich Ihnen Umstände mache«, erwiderte ich kühl. »Die Beamten wollen eigentlich nur mit dem Koch reden, der Kendall nach draußen gehen sah.«

»Na wunderbar. Wenn die Polizisten quer durchs Restaurant gehen, denken alle Gäste, das ist die Ausländerbehörde.«

»Nun seien Sie nicht so pessimistisch.«

»Ich, pessimistisch? Greifen Sie sich doch mal an die eigene Nase. Ich persönlich würde nicht gleich von einer Entführung ausgehen, wenn einer meiner Gäste seinen Tisch verläßt, um ein Telefongespräch zu führen.«

»Es tut mir wirklich leid. Vielleicht könnten Sie den Anwesenden ja erklären, daß die Sache nichts mit der Ausländerbehörde zu tun hat.«

»Toller Vorschlag. Dafür erzähle ich allen, daß die Kriminellen der Gegend unser Restaurant bereits für sich entdeckt haben.«

Es hatte keinen Sinn, weiter mit dem wütenden Marshall zu reden. Wenn ich mir keine so großen Sorgen um meine Cousine gemacht hätte, wäre ich sicher in der Lage gewesen, mehr Mitgefühl für ihn aufzubringen.

Nun begann Jacqueline zu weinen, weil Win sie schlug. Ich setzte mich auf die kleine Bank im Eingangsbereich, ein Kind auf jedem Knie. Andrea beobachtete mich mit leicht säuerlichem Gesichtsausdruck.

»Ganz ruhig, Kleines«, versuchte ich Jacqueline zu beruhigen und strich ihr übers Haar. »Es wird alles wieder gut. Win, magst du Polizisten? Bald siehst du echte!«

Als er keine Antwort gab, merkte ich, daß er Marshalls Telefon in der Hand hatte und wie wild auf den Tasten herumdrückte.

»Nein!« rief ich aus und entwand es ihm. Jetzt fing

er wie Jacqueline zu schluchzen an. Ich hielt den Apparat so hoch ich konnte.

Justin gesellte sich zu uns. »Na, ist die rothaarige Hexe auf ihrem Besen weggeflogen?«

»Wie können Sie so was sagen!« Ich gab mir keine Mühe, meinen Ärger zu verbergen. »Sie haben sie doch nach draußen geschickt zum Telefonieren, und da ist sie dann verschwunden. Es ist Ihre Schuld!«

»Ich habe ihr nicht gesagt, daß sie ganz rausgehen soll«, erwiderte Justin, »sondern sie nur gebeten, den Speisebereich zu verlassen.«

»Wenn Sie sie das Gespräch hätten beenden lassen …« Ich redete nicht weiter, weil mir zum Heulen zumute war und immer mehr Gäste eintrafen. Ein Schwarzer mit schickem braunem Anzug betrat das Lokal in Begleitung eines Uniformierten. Als ich aufstehen wollte, um sie zu begrüßen, kam Andrea mir zuvor: »Sir, auf welchen Namen haben Sie reserviert?«

»Ich bin nicht zum Essen hier. Mein Name ist Louis Burns, Morddezernat.«

Hastig stellte ich mich vor: »Ich heiße Rei Shimura. Wir haben gerade miteinander gesprochen. Das Telefon ist da drüben.«

»Gibt es hier irgendwo ein ruhiges Eckchen, wo wir unseren Computer an den Apparat anschließen können?« fragte Burns. Erst jetzt fiel mir der Laptop in der Hand des anderen Beamten auf.

»Vielleicht im Büro des Restaurantinhabers und des Kochs. Das Handy gehört dem Besitzer, Marshall Zanger, der es so schnell wie möglich wieder zurückhaben möchte.«

»Nun, das könnte eine Weile dauern. Und die Kinder brauchen nicht mitzukommen«, fügte Burns hinzu, als ich die Zwillinge an die Hand nahm.

»Das sind Kendalls Kinder. Es gibt niemanden außer mir, der auf sie aufpasst.« Hatte in Washington denn niemand ein Herz für Kinder?

»Wenn Sie sie nach Hause bringen, kann ich ungestört arbeiten und Sie telefonisch über unsere Erkenntnisse informieren«, sagte Burns.

Als ich die quengelnden Zwillinge betrachtete, wurde mir klar, wie sinnvoll sein Vorschlag war. Kendalls Volvo mit den beiden Kindersitzen stand ja vor der Tür. Damit konnte ich Win und Jacqueline nach Potomac bringen, und, wenn ich sie ins Bett gesteckt hatte, auf Nachricht von Kendall warten.

Ich griff in die Windeltasche und förderte ein Schminktäschchen, Windeln und feuchte Tücher zutage, bevor ich einen Gucci-Schlüsselring mit dem Volvo-Schlüssel fand. Allerdings merkte ich schon bald, daß das Anschnallen von Kleinkindern in Autos eine zeitaufwendige Angelegenheit ist.

Zu dieser Tageszeit waren nicht viele Fahrzeuge in Richtung Potomac unterwegs, so daß ich Gelegenheit hatte, über Kendalls Schicksal nachzudenken. Was hatte der Fremde ihr wohl inzwischen angetan?

Mit düsteren Gedanken lenkte ich den Volvo nach Treetops, der Wohnsiedlung, in der meine Cousine lebte. Die Planer hatten sich Mühe gegeben, die alten Bäume zwischen den Häusern und der Straße stehen zu lassen. Innerhalb der Siedlung jedoch nahmen die Gebäude so viel Platz ein, daß dazwischen kaum Raum für Pflanzen war. Ich fuhr langsam, um die richtige Abzweigung nicht zu verpassen; hier sah alles so gleich aus. Harmony Way – da war Kendalls Straße. Ihr Haus erkannte ich an dem Eukalyptustürkranz mit grünen und pinkfarbenen Bändern sowie an Wins Bobbycar auf dem Weg davor.

Ich klingelte für den Fall, daß Kendalls Mann bereits von seinem Termin zurück war, aber nichts rührte sich.

Hoffentlich ist die Alarmanlage ausgeschaltet, dachte ich, als ich die verschiedenen Schlüssel ausprobierte, doch da schwang die Tür auch schon auf, ohne daß eine Sirene losging. Ich eilte zum Wagen zurück, um die Kinder zu holen, die mittlerweile eingeschlafen waren. Obwohl ich sie kurzerhand unter den Arm klemmte, wachte nur Win auf, der mit seinem Bobbycar spielen wollte.

»Nein«, sagte ich. »Es ist schon dunkel.« Drinnen setzte ich Win auf den Perserteppich im Eingangsbereich und trug Jacqueline nach oben in ihr Bettchen. Dann hastete ich wieder hinunter, um für den quengelnden Win Milch warm zu machen. Er zeigte mir, wo sich Kindertassen und Sojamilch befanden. Während der Becher sich in der Mikrowelle drehte, sah ich mich in Kendalls und Wins Küche um. Natürlich war alles nur vom feinsten, riesige schwarze Granitarbeitsflächen und auf alt gemachte cremefarbene Schränke. Neben dem Kühlschrank befand sich eine Tafel mit handschriftlich notierten Namen und Telefonnummern, zum Beispiel die von Kendalls Büro und Handy sowie die von Win. Den würde ich anrufen, sobald ich beide Kinder im Bett hätte. Da klingelte das Telefon, und Louis Burns teilte mir mit, daß Kendalls Handy sich mit einer Geschwindigkeit bewege, die auf ein Auto hindeute.

»Sind Sie sicher?«

»Nein. Es könnte auch ein Lastwagen, ein Van oder ein Bus sein. Mehr läßt sich im Augenblick nicht sagen. Ich schicke Ihnen jemanden vorbei, der ein Foto Ihrer Cousine mitnehmen soll. Würden Sie eins für uns raussuchen?«

Nach einem Blick auf Win Junior, der auf dem Rükken liegend zufrieden an seiner Milch nuckelte, ging ich mit dem schnurlosen Telefon ins Wohnzimmer. Fotoalben sah ich nirgends, aber auf dem Kaminsims stand ein silbergerahmtes Hochzeitsbild von Kendall, die sich im weißen Brautkleid gegen Win, noch mit vollem Haar, drückte. Ich war seinerzeit in Japan gewesen und hatte die Feier verpaßt. Das Foto in der Hand, fragte ich Burns: »Geht ein gerahmtes auch?«

»Aber sicher. Wir nehmen's raus und stecken's wieder rein, wenn alles vorbei ist.«

»Heißt das, daß Sie ernsthaft nach ihr suchen?«

»Ja«, antwortete er nur.

»Sie verfolgen also das Handy. Was passiert, wenn der Akku leer ist?«

»Meist können wir den Aufenthaltsort des Fahrzeugs dann trotzdem bis auf eine Viertelmeile genau bestimmen. Und wenn wir wissen, wie der Wagen aussieht, ist er normalerweise relativ leicht aufzuspüren.«

Aber niemand hatte das Auto gesehen.

Wie besprochen, würde ein Beamter das Foto abholen. Außerdem wollte Burns sich mit Kendalls Mann unterhalten, also gab ich ihm die Nummer von der Küchentafel.

»Wie geht's den Kindern?« erkundigte sich Burns ein wenig mürrisch.

»Alles in Ordnung. Die Kleine schläft schon, und ihren Bruder wollte ich gerade ins Bett bringen.«

»Gute Idee. Gibt es jemanden, der Ihnen helfen könnte? Eine Großmutter vielleicht?«

»Kendalls Eltern sind im Moment auf St. Barth's. Das Au-pair-Mädchen ist gerade nicht da, aber irgendwann muß es ja heimkommen.«

»Falls niemand auftaucht, sollten Sie sich an die staatlichen Einrichtungen wenden.«

Als ich Win halb schlafend auf dem Teppich sah, kamen mir fast die Tränen. Mit einem Kloß im Hals sagte ich: »Ich will Sie nicht länger von der Suche nach meiner Cousine abhalten.«

Danach wechselte ich Wins Windel, zog ihm seinen Pyjama an und brachte ihn in sein Zimmer. Das Licht schaltete ich aus, doch die Tür ließ ich einen Spalt offen, weil er jammerte, es sei dunkel in dem Raum. Nach seiner Mutter hatte er immer noch nicht gefragt. Ich hätte ihm auch keine Antwort geben können.

Ich sah nach Jacqueline, und als ich aus beiden Zimmern nur noch tiefes, regelmäßiges Atmen hörte, ging ich nach unten.

Die staatlichen Einrichtungen. Wieso hatte Louis Burns sie erwähnt? An sie wandte man sich nur, wenn es keine Eltern oder Verwandten gab, die sich um die Kinder kümmern konnten. Glaubte Burns, Win wäre dazu nicht in der Lage? War der Ehemann automatisch verdächtig, wenn die Frau verschwand?

Mittlerweile war es elf Uhr. Ich blätterte das Adreßbuch der Familie durch, um die Nummer von Kendalls Eltern auf St. Barth's zu finden, aber ohne Erfolg. Nach einer Weile rief ich meine Mutter in San Francisco an, die gerade für den Fidschi-Urlaub mit meinem Vater und ein paar Freunden packte, auf den sie sich schon seit langem freuten. Als sie hörte, was passiert war, bot sie mir sofort an, die achtzehntägige Reise abzusagen.

»Mein Gott, Rei, das ist ja schrecklich! In was für einer Gegend war das denn? Bist du mit den Kindern jetzt in Sicherheit?«

»Es handelt sich um ein sehr gutes Restaurant, und im Moment bin ich mit den Kindern in Kendalls Haus. Weißt du zufällig, in welchem Hotel Tante Deborah und Onkel Bill wohnen?«

»In den Breakers – nein, das ist der Florida-Urlaub. Laß mich nachdenken. Ich glaube, auf St. Barth's sind sie immer in einer Pension. Letztes Jahr haben sie mir eine hübsche Postkarte geschickt, aber die ist beim Frühjahrsputz wahrscheinlich im Müll gelandet …«

»Tja, dann muß ich wohl warten, bis Win nach Hause kommt«, sagte ich.

»Ich kann mir nicht vorstellen, daß der was weiß«, erklärte meine Mutter, die von Win eine ähnlich schlechte Meinung hatte wie ich. »Frag lieber Dougie.«

Kendalls Bruder. »Kannst du mir sagen, wo er wohnt?«

»Irgendwo in Howard County … genau, in Millersville. Hast du ihn denn noch nicht getroffen?«

»Nein. Bisher hat sich von den Howards eigentlich nur Kendall für mich interessiert.«

»Tja, zu einer Freundschaft gehören immer zwei. Hast du Oma schon besucht?«

»Nein«, antwortete ich. Mein Verhältnis zu meiner Großmutter war, wie bereits erwähnt, nicht das allerbeste. »Mom, ich muß jetzt Schluß machen. Es ist jemand an der Tür, vielleicht der Beamte von der Polizei.«

»Was?«

»Tschüs, Mom.« Ich legte auf, weil ich mir keine weiteren Vorwürfe anhören wollte, daß ich den Kontakt zu den Verwandten nicht pflege. Außerdem hatte ich tatsächlich ein Geräusch gehört, also ging ich, Kendalls Hochzeitsfoto in der Hand, zur Tür, um einen Blick nach draußen zu werfen. Der Mann, den ich dort sah, schien gerade die Tür eindrücken zu wollen. Ein Adrenalinstoß durchzuckte meinen Körper: War das ein Einbrecher? Oder einer von Kendalls Entführern?

5

Ich überlegte gerade, ob ich zum Telefon in der Küche laufen sollte, als ich den Schlüssel im Schloß hörte und Kendalls Mann Win mit vom nächtlichen Regen feuchten Haaren und grünlich schimmernder Haut hereinstolperte.

»Hi, Rai. Waslos?« fragte er erstaunt.

»Rei«, korrigierte ich seine Aussprache. »Ich habe schlechte Nachrichten.«

»Das Lokal is'n Flop?« Er lachte. »Laß dich mal von 'nem mauen Eröffnungsabend nicht täuschen. Tut mir leid, daß ich nicht kommen konnte, aber ich hatte was andres vor …«

»Es hat nichts mit dem Restaurant zu tun«, erwiderte ich, um Fassung bemüht. »Kendall ist verschwunden.«

»Sie war nicht da?« Er runzelte die Stirn. »Am Telefon hat sie mir was vorgejammert von wegen Babysitterproblemen. Deswegen ist sie wahrscheinlich nicht hingefahren.«

»Nein, nein, sie war da, mit den Kindern. Aber nach einer Weile ist sie zum Telefonieren rausgegangen und nicht mehr wiedergekommen.«

»Wie bitte? Hast du die Polizei informiert?« Machte er sich tatsächlich Sorgen um seine Frau?

»Ja. Die Beamten versuchen schon die ganze Zeit, dich über Handy zu erreichen.«

»Das mußte ich ausschalten. Mein Gott, was ist bloß mit Kendall passiert?«

»Das weiß niemand. Aber ihr Handy ist in Bewegung, quer durch die Stadt.«

»Das begreife ich nicht.« Win, dessen Pupillen riesengroß waren wie zwei glänzende blauschwarze Scheiben, rieb sich die Schläfen, als hätte er Kopfschmerzen.

»Möglicherweise ist sie entführt worden.« Das Wort »ermordet« wollte mir nicht über die Lippen.

»Du lieber Himmel!« Win stützte sich an der Wand ab, als würde ihm plötzlich übel. Erst jetzt fiel mir auf, daß er keine Aktentasche dabei hatte und sein zerknittertes Hemd halb aus der Hose hing. Es sah aus, als wäre er mit jemandem im Wagen herumgerollt, oder als hätte er nach dem Pinkeln die Hose nicht richtig zugemacht.

»Hat Lisa die Kinder ins Bett gebracht?« fragte er unvermittelt.

»Nein, die ist beim Tanzen. Kendall hat das Babysitterproblem doch erwähnt. Ich hab die Zwillinge nach Hause gefahren und ins Bett gesteckt.« – Worauf ich offen gestanden stolz war. »Soll ich jetzt gehen oder noch ein bißchen bleiben?«

»Ich komm allein zurecht. Wieviel schulde ich dir?«

»Wie bitte?« fragte ich verwirrt.

»Fürs Aufpassen auf die Kinder.«

»Ich bin Kendalls Cousine, das hast du doch nicht vergessen, oder? Wenn du mir wirklich einen Gefallen tun möchtest, solltest du Detective Burns anrufen. Er schickt übrigens einen Kollegen vorbei, der das Bild hier mitnehmen wird.« Ich reichte ihm das gerahmte Hochzeitsfoto.

»Hätte ich sie nur heute abend begleitet«, murmelte Win, den Blick auf das Bild gerichtet. »Mein Gott, ist sie schön. Sie sieht immer noch so aus, weißt du ...«

»Wo warst du eigentlich heute abend?« fiel ich ihm ein wenig verärgert ins Wort.

»Ich hatte einen Termin«, antwortete er mit ausdruckslosem Gesicht.

»Wo?«

»In der Stadt.«

»Kendall hat gesagt, du wärst in Nordvirginia.«

»Du bist ihr so was von ähnlich«, fauchte Win.

»Tut mir leid, daß ich dich angefahren habe, aber ich mache mir große Sorgen wegen Kendall und den Kindern. Wenn du dich im Moment nicht ... äh ... wohl genug fühlst, um dich um sie zu kümmern, bleibe ich gern, bis Lisa wieder da ist.«

»Nein, nein, schon in Ordnung, du kannst gehen.«

»Tja, dann, gute Nacht. Macht es dir was aus, wenn ich Kendalls Wagen nehme? Mit dem habe ich die Kinder hergebracht.«

Als er nicht antwortete, ging ich einfach.

Es waren nicht allzuviele Autos unterwegs in dieser Nacht von Freitag auf Samstag; die wenigen, die ich sah, schienen von ziemlich jungen Leuten gelenkt zu werden, Partygängern, die vermutlich etwas getrunken oder Hasch geraucht hatten. Wie Win?

Als ich den Wagen die Columbia Road in Richtung Adams-Morgan lenkte, wurde es lebhafter: Obdachlose winkten Autofahrer in Parklücken, Tanzwütige kamen aus Nachtclubs, Betrunkene lehnten in Eingängen. Noch vor ein paar Wochen hatte diese Gegend zu meinen Lieblingsvierteln gehört, doch jetzt meinte ich, überall in den Schatten lauernde Männer zu entdecken. Hughs Rat, vorsichtig zu sein, fiel mir ein.

Da ich vor unserem Haus keinen Parkplatz fand, stellte ich den Wagen widerrechtlich am Ende der Straße im Halteverbot ab, denn ich wollte so schnell wie möglich in die Wohnung.

Als ich den Schlüssel im Schloß drehte, hörte ich das Telefon klingeln. Ich hastete hinein und nahm den Hörer ab. Hughs Stimme am anderen Ende der Leitung fragte, wie die Lokaleröffnung gelaufen sei.

Es dauerte ein paar Sekunden, bis ich in der Lage war, ihm von allem, auch von Wins merkwürdigem Verhalten, zu erzählen.

»Hat er irgendwie gerochen?« erkundigte sich Hugh.

»So nahe bin ich ihm nicht gekommen. Ich glaube nicht …«

»Dann war's vermutlich nicht Hasch oder Alkohol, sondern vielleicht eher Heroin. Angeblich ist das bei den Leuten in den Vororten wieder im Kommen.«

»Warum sollte ein Immobilienmakler und Vater von Zwillingen Drogen nehmen?«

»Du hast gesagt, seine Hose sei nicht richtig zu gewesen«, meinte Hugh. »Wenn er Sex hatte, war's wahrscheinlich doch nicht Heroin. Das macht nämlich impotent …«

»Du weißt aber gut Bescheid«, sagte ich. »Egal, was es war: Ich hoffe, die Wirkung hat inzwischen nachgelassen, denn sonst nimmt die Polizei ihn möglicherweise gleich mit.«

»Glaubst du, daß sie ihn verdächtigen, etwas mit Kendalls Verschwinden zu tun zu haben?« fragte Hugh.

»Tja, ich möchte nicht vorschnell urteilen«, antwortete ich. »Vielleicht ist er ein Arschloch, aber ich glaube, er liebt Kendall wirklich. Wie er ihr Foto angeschaut hat …«

»Jedenfalls ist er ganz anders als deine japanischen Verwandten«, stellte Hugh fest. »Ich war gestern abend zum Essen bei deiner Tante Norie. Es gab diesen köstlichen Eintopf, der am Tisch zubereitet wird. Wie heißt der, *nabe*?«

»Tut mir leid, Hugh, aber im Moment habe ich andere Dinge im Kopf …« Und ich wollte das Telefon nicht blockieren, falls die Polizei oder Kendall anriefe.

»Du fehlst ihr. Sie sagt, du hättest dich vor deiner Abreise nicht richtig von ihr verabschiedet.«

»Ich weiß. Ich mußte so schnell weg …«

»Was hältst du davon, sie zu uns einzuladen? Sie könnte uns bei den Hochzeitsvorbereitungen helfen …«

»Gute Idee. Gern, jederzeit. Aber jetzt bin ich müde, Schatz. Ich mag nicht mehr weiterreden.«

Bevor ich auflegte, nahm er mir das Versprechen ab, die Glendinning-Kur gegen Kümmernisse zu machen – ein Glas heiße Milch in einem heißen Bad – und hinterher sofort ins Bett zu gehen. Dort stellte ich allerdings fest, daß ich nicht schlafen konnte. Ich lauschte in die Stille hinein, auf das Klopfen der Heizkörper, und irgendwann war es sechs Uhr morgens. Ich beschloß, meine Nervosität wegzujoggen. Als ich meine Shorts anzog, klingelte das Telefon.

Burns, mit guten Nachrichten: Meine Cousine war am Leben.

Ich bedankte mich voller Freude und fragte, wo sie sei.

»Im Notarztwagen, auf dem Weg ins General Hospital. Sie hatten recht: Sie wurde tatsächlich entführt.«

»Ist sie verletzt?« fragte ich besorgt.

»Wir wissen noch nicht genau, was passiert ist. Sie hat keine sichtbaren Verletzungen, wird aber in die Notaufnahme gebracht, um sicherzustellen, daß ihr wirklich nichts fehlt.«

»Wie haben Sie sie gefunden?«

»Tja, leider hat die Technologie, die wir zuerst einsetzten, versagt, aber dafür war LoJack erfolgreich. Wissen Sie, was das ist?«

Das kannte ich von Hughs Wagen. »Ist das nicht ein Chip im Auto?«

»Genau. Vor ein paar Stunden wurde ein 1998er Mercedes von einem Bewohner des Kalorama-Viertels als gestohlen gemeldet, und den verfolgte jemand im Revier mit Hilfe des Chips. Der Wagen wurde verlassen in Südost-Washington aufgefunden, mit Mrs. Johnson im Kofferraum.«

»Weiß sie, was die Entführer wollten?«

»Sie hat uns die Geschichte grob erzählt, aber ich möchte mich noch ausführlicher mit ihr unterhalten. Sie können sie in ein paar Stunden besuchen.«

»Warum wurde sie entführt?«

»Das wissen wir noch nicht. Ich kann Ihnen nur sagen, daß sie am Leben und offenbar bei guter Gesundheit ist und ihr Mann gerade zum Krankenhaus fährt, um sie zu treffen.«

»Und wer paßt in der Zwischenzeit auf die Zwillinge auf?«

»Soweit ich weiß, ist das Au-pair-Mädchen jetzt zu Hause. Mr. Johnson sagt, die Kinder schlafen noch.«

»Ja, für sie ist es gestern spät geworden.« Vermutlich würden sie nie begreifen, daß diese Nacht ihr Leben beinahe von Grund auf verändert hätte.

6

In San Francisco war es noch zu früh, als daß ich meine Mutter anrufen und ihr die guten Neuigkeiten hätte mitteilen können, und Hugh, das wußte ich, saß in Tokio gerade bei einem Geschäftsessen. Mangels besserer Ideen ging ich joggen.

Die Sonne schickte ihre Strahlen durch das Blattwerk der hohen Bäume im Park, und unter meinen Füßen federte der weiche Boden. Trotzdem wurde ich schon bald müde und verlegte mich aufs Walking, immer ein Auge auf die Männer, denen ich begegnete. Da man in Washington Fremde jedoch genausowenig anstarrt wie in Japan, senkte ich bald den Blick auf die Narzissen am Wegrand. Vermutlich litt ich ohnehin unter Paranoia: Wenn mich jemand angreifen wollte, würde er mir sicher im Wald auflauern und sich nicht hier, in aller Öffentlichkeit, auf mich stürzen.

Obwohl ich kaum ins Schwitzen gekommen war, duschte ich nach meiner Heimkehr wie immer. Erst als das Wasser auf meine verspannten Schultern prasselte, wurde ich ein wenig ruhiger. Danach rief ich im Krankenhaus an, wo man mir sagte, daß Kendall bereits entlassen worden sei.

Ich beschloß, mir mit meinem Besuch in Potomac noch ein paar Stunden Zeit zu lassen, damit sie ihre Kinder gebührend begrüßen konnte. Inzwischen würde ich im Bento vorbeischauen, Marshall und den anderen die gute Nachricht überbringen und mir anhören, wie Jiro den Eröffnungsabend beurteilte. Ich freute mich schon darauf, eine Weile fröhlich über Belanglosigkeiten zu reden und Reste aus der Küche zu stibitzen. Seit ich wußte, daß meine Cousine in Sicherheit war, hatte ich wieder Appetit.

Ich fuhr mit Kendalls Wagen zur H Street, wo ich wegen der frühen Uhrzeit tatsächlich einen Parkplatz ganz in der Nähe des Bento ergatterte. Durchs Fenster beobachtete ich, wie die Tische gedeckt wurden und Marshall sich mit Andrea unterhielt. Jetzt herrschte noch eine beinahe familiäre Atmosphäre; das Restaurant würde erst um sechs Uhr abends öffnen. Nächste Woche sollte dann jedoch alles so laufen wie immer: von elf bis elf, jeden Tag außer Montag.

»Hallo!« sagte ich, als ich eintrat.

»Sie haben aber gute Laune«, erwiderte Marshall nicht besonders fröhlich.

»Die Polizei hat meine Cousine gefunden«, verkündete ich. »Sie wurde entführt, genau, wie ich dachte. Aber sie lebt, und es geht ihr gut, und nachher werde ich sie besuchen. Mein Gott, bin ich erleichtert!«

»Toll!« freute sich Phong mit mir.

»Das habe ich schon gehört«, sagte Marshall. »Sie haben mir heute morgen mein Handy zurückgebracht.«

Andrea musterte mich kopfschüttelnd, bevor sie in der Küche verschwand.

»Was ist denn?« fragte ich, verwirrt über Marshalls und Andreas verhaltene Reaktion auf meine Neuigkeiten.

»Ach, bloß der Streß. Aber der war unter den gegebenen Umständen zu erwarten«, antwortete Marshall. »Ich muß rüber ins Mandala, ein paar Kokosnüsse holen. Alberto!« rief er.

Alberto, der Koch, der mir am Vorabend gesagt hatte, wohin Kendall verschwunden war, kam, mit weißer Jacke und schwarzkarierter Hose bekleidet, aus der Küche.

»Komm mit ins Mandala, ein paar Lebensmittel für heute abend holen«, wies Marshall ihn an.

»Gut. Ich schlüpf' nur schnell in meinen Mantel ...«, hob Alberto in stockendem Englisch an, doch Marshall fiel ihm ins Wort: »Keine Zeit. Mein Wagen steht vor der Tür.« Und schon scheuchte er ihn hinaus.

Ich schlenderte in die Küche. Jiro saß auf einem Hocker an der Edelstahlarbeitsfläche, ein halbvolles Glas mit bernsteinfarbener Flüssigkeit in der Hand, eine aufgeschlagene Zeitung vor sich.

»Hallo«, begrüßte ich ihn. »Wie geht's?«

»Darf ich Sie auf einen Drink einladen?« fragte er mit Blick auf eine Whisky-Flasche. Whisky! Ich hatte Jiro noch nie Alkohol trinken sehen.

»Mir ist es dafür ein bißchen zu früh«, antwortete ich. »Aber wenn noch Gemüse von gestern abend da wäre ...«

»Ach was, ich mache Ihnen frischen Fisch. Heute abend werden sowieso nicht allzuviele Leute kommen.«

»Warum denn das?« Erst jetzt fiel mir auf, wie bedrückt er wirkte.

»Haben Sie denn die *Post* nicht gelesen?«

Ich schüttelte den Kopf. Die hatte ich vor dem Joggen nur schnell in der Wohnung abgelegt, und nachdem ich von Kendalls Rettung erfahren hatte, war für die Lektüre keine Zeit mehr gewesen.

Über Jiros Schulter blickend, las ich den Artikel:

Potomac-Bewohnerin aus neuem City-Lokal entführt

Gestern am frühen Abend verschwand Kendall Howard Johnson, eine der jüngsten und bekanntesten politischen Spendensammlerinnen, bei der Eröffnung des Bento, eines neuen japanischen Restaurants von Marshall Zanger. Zuverlässigen Quellen zufolge hatte Kendall Howard Johnson ihren Tisch verlassen, um ein Telefonat mit Senator Harp Snowden zu führen, während eine Angestellte des Lokals auf ihre zweijährigen Zwillinge aufpaßte. Das Bento mit seinen der extravaganten Inneneinrichtung angepaßten Preisen befindet sich nur wenige Häuserblocks vom Mandala, Zangers beliebtem Restaurant im Penn Quarter, entfernt.

Die Leitung des Bento hat der frühere Fernsehkoch Jiro Takeda, der auch im Mandala mit Marshall zusammenarbeitet. Im Bento werden einfallsreich benannte Speisen in einem Ambiente aus echten und imitierten japanischen Antiquitäten serviert, darunter eine große Sendai-*tansu* aus dem neunzehnten Jahrhundert, die die Bar beherrscht. Wie heute bei Edel-Restaurants in Washington allgemein üblich, setzt sich das Personal aus affektierten Kellnern internationaler Herkunft und einer Dame zusammen, deren unterkühlte Art, den Gästen die Tische zuzuweisen, den Gratis-Sake-Martinis am Eröffnungsabend in nichts nachsteht. Trotz der exklusiven Innenausstattung befindet sich das Bento in einem Abschnitt der H Street mit sehr unterschiedlichen Etablissements, darunter chinesische

Lokale, ein Pornovideoshop und Sozialwohnungen. Die H Street ist in den vergangenen Jahren bereits mehrfach Schauplatz kleinerer Überfälle geworden; Detective Louis Burns vom Morddezernat bewertet die Entführung gestern jedoch als schlimmsten Vorfall dieser Art seit Jahren.

Offenbar war die Verfasserin die schweigsame Begleiterin des Mannes, der sich bei mir nach der *tansu*-Kommode erkundigt hatte. »Solche Artikel sind doch bei inoffiziellen Eröffnungen nicht üblich, oder?« fragte ich. »Und warum erwähnt sie nicht, daß Kendall inzwischen gefunden wurde? Na ja, wahrscheinlich hat sie die Information erst nach Redaktionsschluß erhalten.«

»Marshall hat sich telefonisch bei der Zeitung beschwert«, antwortete Jiro und nahm einen Schluck Whisky. »Er sagt, die Frau schreibt normalerweise für den Heim- und Gartenteil; er hat sie zu der Eröffnung eingeladen. In dem Folgeartikel wird dann stehen, daß Ihre Cousine wohlbehalten gefunden wurde.«

»Das ist ja schon was«, sagte ich. »Finden Sie nicht?«

»Die Sache schadet unserem Ruf trotzdem«, erwiderte Jiro. »Seit heute morgen treiben sich Reporter hier rum, die das Restaurant fotografieren wollen. Ich habe mich geweigert, mich davor zu stellen, weil ich mich nicht zum Gespött der Leute machen möchte.«

»Aber wieso denn? Sie sind ein Genie! Schade, daß die Frau nichts über die Qualität des Essens geschrieben hat.«

»Tja, in dieser Hinsicht halten die Zeitungen sich strikt an die Regeln. Kritiker besuchen ein Lokal immer mehrmals, um sich ein Bild zu machen.«

Ich seufzte. »Nun, das wird nicht das letzte Wort sein. Kendall ist wieder daheim, und die lokalen Fernsehsender reißen sich um ein Interview mit ihr. Nach dem guten Ausgang der Geschichte bekommt das Restaurant mit Sicherheit eine zweite Chance.«

»Ich glaube, die Entführung war – wie sagt man? – arrangiert.«

»Sie meinen vorgetäuscht? Warum denn das?«

»Im Penn Quarter herrscht starke Konkurrenz. Vielleicht wollte einer der anderen Gastronomen die Leute auf die Idee bringen, daß unser Viertel gefährlich ist. Sie wissen ja, daß das Parken sich hier schwierig gestaltet; und die Leute, die wir angeheuert hatten, um die Autos für die Gäste unterzubringen, waren gestern abend ziemlich langsam. Möglicherweise gehörte das zum Plan.«

»Die Polizei wird dieser Theorie sicher nachgehen, wenn Sie sie darauf aufmerksam machen«, sagte ich, obwohl ich Jiros Gedanken absurd fand.

»Ich vermute, Ihre Cousine wird nicht in der Lage sein, die Entführer zu identifizieren – bestimmt handelt es sich nicht um die Lokalbesitzer selbst, sondern um Handlanger. Das kenne ich aus Brasilien und Japan. Da heuert die *yakuza* sogenannte *chinpira* an, Leute, die die Drecksarbeit für sie erledigen. In Brasilien hatte ich einen Leibwächter und einen Wagen mit kugelsicheren Scheiben!«

»Ich werde versuchen, meiner Cousine so viel wie möglich zu entlocken, sobald ich bei ihr bin.«

»Aber jetzt haben Sie Hunger. Ich koche Ihnen was.« Jiro kippte den Whisky aus seinem Glas in die Spüle. »Im Kühlschrank stapeln sich die Meeresfrüchte, die verderben, wenn heute abend niemand kommt. Was hätten Sie denn gern?«

Die Riesengarnelen aus Louisiana sahen wunderbar aus, also brachte Jiro mir die Zubereitung von Yin-Yang-Garnelen bei: Man wälzt sie auf der einen Seite mit schwarzem und auf der anderen Seite mit weißem Sesam und brät sie aus. Die kleine Kochlektion schien Jiro aufzumuntern, denn wir unterhielten uns angeregt darüber, wie gesund Sesam sei, als Andrea hereinkam, ausnahmsweise nicht in eleganter Kleidung, sondern mit tiefsitzender Jeans und Montgomery-College-T-Shirt. In ihrem Nabel glänzte ein Silberring, der jedoch schon bald hinter einer sauberen weißen Schürze verschwand.

Sie öffnete die Obst- und Gemüsekühlung und wandte sich Jiro zu. »Wie viele Karotten haben wir noch?«

»Ungefähr sechs Pfund. Die sollen zu Julienne verarbeitet werden. Ich zeig's Ihnen.« Jiro holte ein Messer.

»Was ist denn los?« fragte ich verblüfft, als ich sah, wie Andrea versuchte, die Karotten in hauchdünne Streifen zu schneiden.

»Marshall hat mir heute morgen telefonisch mitgeteilt, daß ich wegen des Artikels nach hinten muß«, murmelte sie. »Als Küchenhilfe.«

»O je. Und wer macht den Job vorn?«

»Marshall bildet dieses Arschloch Justin dafür aus.«

»Aber Justin war doch der Auslöser der ganzen Sache, weil er Kendall partout nicht am Tisch telefonieren lassen wollte«, sagte ich.

»Tja, ich hoffe bloß, daß das geringere Trinkgeld ihm eine Lehre sein wird.« Andrea legte mir die Hand auf die Schulter. »Übrigens freut es mich wirklich, daß die Polizei Ihre Cousine aufgespürt hat.«

»Danke.« Ich war erstaunt über die Berührung und ihre offenbar aufrichtige Freude. Andrea hatte als einzige mit Sorge auf Kendalls Entführung reagiert.

Ich stellte mich neben sie, um Jiro bei seiner Julienne-Technik zuzusehen. Die Karotten sprangen in die Luft, wenn das Messer in atemberaubender Geschwindigkeit heruntersauste. Ich hätte sie nie so fein schneiden können. Wie würde Andrea wohl mit ihrer neuen Aufgabe zurechtkommen?

»Ich möchte mich mit Ihnen über etwas unterhalten. Könnten wir uns morgen treffen? In Adams-Morgan gibt es einen Coffee-Shop, den ich gern besuche, das Urban Grounds«, sagte Andrea, als Jiro ihr das Messer überließ.

»Den kenne ich. Er ist gar nicht weit von meiner Wohnung entfernt«, sagte ich, überrascht, daß Andrea das offenbar wußte. »Paßt es Ihnen am Vormittag? Am Nachmittag muß ich zum Flughafen.«

Wir verabredeten uns für zehn, dann verließ ich das Bento und fuhr mit Kendalls Wagen in Richtung Potomac. Diesmal hätte nicht einmal ich es geschafft, ihr Haus zu verpassen, weil zwei Streifenwagen und drei Fernseh-Vans davor standen. Als ich klingelte, öffnete eine Blondine in meinem Alter mit langem, gestuftem Pony die Tür.

»In den nächsten beiden Stunden ist Ms. Johnson mit Interviews ausgebucht. Bitte vereinbaren Sie telefonisch einen Termin«, sagte sie.

»Ich bin ihre Cousine Rei Shimura und bringe den Wagen zurück. Wer sind Sie?« Wie schrecklich, daß

Kendall bereits wenige Stunden nach der Entführung von dieser Frau in ein Interview-Korsett gezwungen wurde, dachte ich.

»Sie sind Kendalls Cousine?« Die Frau hob ungläubig eine Augenbraue. Offenbar erschien ich ihr zu asiatisch, um mit Kendall verwandt zu sein. Doch dann entdeckte mich Jacqueline.

»Tante Way! Tante Way!« rief sie aus und wackelte, eine Decke nachschleifend, auf dem glatten Holzfußboden unsicher auf mich zu.

»Kommen Sie rein«, sagte die Frau und öffnete die Tür weiter. »Ich möchte Kendall nicht mit zu vielen Besuchern belasten. Mein Name ist Martina Shattuck. Ich bin Harp Snowdens Pressechefin, aber im Moment helfe ich Kendall aus. Sie hat mich vom Krankenhaus aus gebeten, hierher zu fahren. Es ist der reine Wahnsinn.«

Shattuck. Ähnlich wie Howard war das ein guter alter Name – diesmal aus dem nördlichen Kalifornien. Kaum zu glauben, daß Snowden Kendall seine Pressechefin zur Verfügung stellte! Offensichtlich waren Kendall und Harp sich in sehr kurzer Zeit handelseinig geworden.

»Kendall ist mit ein paar Polizeibeamten im Arbeitszimmer. Wenn Sie wollen, können Sie mit den Presseleuten im Wintergarten warten. Es gibt Kaffee und Bagels.«

»Ich würde lieber bei den Kindern bleiben«, antwortete ich, nahm Jacqueline auf den Arm und schnupperte an ihrem Haar.

»Sie müssen sich nicht verpflichtet fühlen, auf sie aufzupassen. Das ist Aufgabe des Au-pair-Mädchens«, sagte sie mit einem strahlenden Lächeln. »Wenn Sie sich unbedingt nützlich machen wollen, könnten Sie ab vier die Journaille für mich übernehmen. Da muß ich zurück ins Büro und mich wieder um die Angelegenheiten des Senators kümmern.«

»Mit der Presse habe ich keinerlei Erfahrung.« Abgesehen davon, daß ich schon mal vor japanischen Reportern weggelaufen war, dachte ich düster.

»Ach, es geht lediglich darum, daß jemand am Telefon die Interviewtermine ausmacht. Wer sofort eine Aussage will, kriegt einen vorformulierten Text.«

»Von wem?«

»Kendall hat ihn mir vom Krankenhaus aus telefonisch diktiert.«

Ich setzte mich mit Jacqueline auf das Wohnzimmersofa, vor dem Win Junior mit Lisa, einem schlanken, rehäugigen Mädchen aus Südafrika, das kaum dem Teenageralter entwachsen war, Ball spielte. Dafür, daß sie eine durchtanzte Nacht hinter sich hatte, schien sie eine ganze Menge Energie zu besitzen.

Martina brachte mir eine Tasse Kaffee und ein Blatt Papier mit ihrem Namen und ihrer Büronummer am rechten oberen Rand. Der Text darunter begann mit einer schmeichelhaften Beschreibung Kendalls als Harp Snowdens Hauptspendensammlerin in Maryland, Washington und Virginia. Als Absolventin der University of Virginia, Förderin der Washingtoner Junior League und Vorsitzende des Treetop-Gartenclubs, Gattin von Win Johnson, dem erfolgreichsten Immobilienmakler der Gegend, und Mutter von Zwillingen war Kendall ein bekanntes Mitglied der Gesellschaft.

Die nächsten Sätze überflog ich, um möglichst schnell zu der Beschreibung der Entführer zu gelangen, aber Jiros Vermutung, daß Kendall nicht viel über sie zu sagen hätte, bestätigte sich. Die Männer hatten Skimasken getragen, so daß sie ihre Gesichter nicht sah, und ihr einen Kissenbezug über den Kopf gestülpt, bevor sie sie in den leeren Kofferraum des Wagens drückten. Das Handy nahmen sie ihr ab, damit sie nicht die Polizei rufen konnte. Die Fahrt dauerte mehrere Stunden und wurde dreimal kurz unterbrochen. Dabei hörte Kendall neue Stimmen, was sie vermuten ließ, daß Leute zustiegen. Insgesamt waren es ihrer Aussage nach vier Stimmen, die, so Kendall, wahrscheinlich Afroamerikanern unter dreißig aus der Washingtoner Gegend gehörten. Beim dritten Halt wurde es still – bis die Polizei den Kofferraum öffnete.

Die Presseerklärung endete mit einem Dank Kendalls für die hervorragende Arbeit der Polizei sowie mit der Bemerkung, sie habe ihres Wissens keine Feinde und hoffe, an der Geschichte seien keine politischen Gegner des Senators beteiligt.

Seufzend legte ich die Erklärung weg. Jiro hatte die gastronomische Konkurrenz im Verdacht, die Entführung inszeniert zu haben; Kendall brachte die politischen Rivalen des Senators ins Gespräch.

»Kendall ist wirklich sehr, sehr tapfer«, sagte Martina, als ich die Lektüre beendet hatte.

»War es Ihre Idee, die politischen Rivalen in der Erklärung zu erwähnen?« fragte ich.

Martina zuckte mit den Achseln. »Ich habe ihr geraten, das Thema offensiv anzugehen, und sie ist ganz meiner Meinung. Außerdem könnten durchaus Harps

Gegner dahinterstecken. Es ist das beste, den Stier bei den Hörnern zu packen, damit so etwas nicht noch einmal passiert.«

»Wie steht er im Vergleich zu den anderen potentiellen Präsidentschaftskandidaten seiner Partei da?«

»Nun, im Hinblick auf die finanzielle Ausstattung befindet er sich an vierter Stelle, aber seinen Namen kennen die meisten Leute. Bald werden auch die Spenden kräftiger fließen, da bin ich mir sicher.«

Besonders jetzt, da Kendall wieder in der Lage war, sich an die Strippe zu hängen und Leute zu Partys einzuladen.

7

In diesem Moment betrat Detective Burns das Wohnzimmer.

»Könnten Sie mir diese sogenannte Presseerklärung zeigen?« fragte er Martina.

»Sicher.« Sie reichte sie ihm mit einem aufgesetzten Lächeln.

Nachdem Burns den Text überflogen hatte, zerriß er das Blatt Papier. »Vernichten Sie das.«

»Wir haben das Recht auf freie Meinungsäußerung …«, begann Martina.

»Ich habe Ms. Johnson erklärt, daß sie mit ihrer

Beschreibung der Entführer unsere Ermittlungen behindert und ihre Mutmaßung, es seien politische Rivalen des Senators an der Sache beteiligt, ihr und uns viel Ärger bringen kann.«

Als Martina den Mund aufmachte, um etwas zu erwidern, mischte ich mich mit einem klassischen japanischen Ablenkungsmanöver ein: »Detective Burns, noch einmal herzlichen Dank dafür, daß Sie meiner Cousine das Leben gerettet haben.«

Nun schien er meine Anwesenheit zum erstenmal zu bemerken. »Miss Shimura, hatte ich Sie nicht gebeten, Ihre Cousine erst zu besuchen, nachdem ich mit ihr gesprochen habe?«

»Nun, ich dachte, das hätten Sie inzwischen.«

Er verdrehte die Augen. »Nein, ich fange gerade erst an. Ein bißchen Ruhe würde ihr jetzt besser tun als eine Pressekonferenz. Wenn Menschen unter Schock stehen, sagen sie oft Dinge, die sie später bereuen.«

»Glauben Sie, jemand, der unter Schock steht, könnte eine Presseerklärung verfassen?« konterte Martina.

»Eine typische Reaktion nach traumatischen Erlebnissen.«

Martina bedachte ihn mit einem vernichtenden Blick und marschierte aus dem Zimmer.

»Ich werde Kendall raten, ein bißchen kürzer zu treten«, versprach ich dem Detective, als wir allein waren.

»Tun Sie das. Und übrigens: Das war eine Klassereaktion gestern abend, uns Ihren Entführungsverdacht sofort mitzuteilen. Die meisten Menschen warten bei so etwas bis zum nächsten Tag oder zumindest ein paar Stunden.« Er sah mich an. »Gibt es noch andere

Gründe, warum Sie Ihre Cousine für gefährdet hielten?«

»Nun, ich konnte einfach nicht glauben, daß sie jemanden, der so wenig Erfahrung mit Kindern hat wie ich, mit ihren Zwillingen allein läßt«, antwortete ich, obwohl Jacqueline seit meiner Ankunft nicht von meinem Schoß gewichen war und Win Junior ständig irgendwelche Spielsachen anschleppte, die er mir zeigen wollte.

»Ich meine, gibt es im Leben Ihrer Cousine irgendwelche Probleme?«

»Da fällt mir im Augenblick nichts ein.« Abgesehen davon, daß ihr Mann zwei unterschiedliche Erklärungen für seine Abwesenheit an jenem Abend gegeben hatte.

»Die Ärzte im Krankenhaus haben ein paar ältere blaue Flecken entdeckt und sicherheitshalber Fotos davon gemacht.«

Ältere blaue Flecken – das gefiel mir gar nicht. »Haben Sie Win schon befragt?«

»Ja, und ich werde mich noch einmal mit ihm unterhalten. Allerdings möchte ich zuerst mit Ms. Johnson sprechen.«

Da kam Martina mit einem großen Tablett Bagels herein. »Rei, sie möchte jetzt mit Ihnen reden. Sie freut sich sehr, daß Sie hier sind.«

»Ich würde gern zuerst mit ihr sprechen«, mischte Burns sich ein.

Martina bedachte ihn mit einem kühlen Blick. »Sie hat gesagt, sie möchte mit Rei reden.«

»Es dauert nicht lange«, versuchte ich Burns zu beruhigen, bevor ich mich erhob.

Auf dem Weg ins Untergeschoß machte ich mir Gedanken über die blauen Flecken, die Burns erwähnt hatte. Konnte es sein, daß Win Kendall schlug? Oder daß er eine Entführung inszenierte? Aber wieso? Kendalls Familie – die Verwandten ihres Vaters und meiner Mutter – stammten von einem englischen Lord ab, dem einmal ein großer Teil von Maryland gehört hatte, und Win erwähnte das so oft, daß meine Mutter manchmal spottete, sie frage sich, warum Win nicht Kendalls Nachnamen Howard angenommen habe. Allerdings hatten die Howards unserer Linie keinen nennenswerten Grund- und Geldbesitz mehr. Kendalls Vater nannte ähnlich wie meine Mutter ein paar wunderbare Antiquitäten sein eigen, aber ansonsten brächte Kendalls Tod keinen Vorteil. Wenn sie sterben würde, ginge das Treuhandvermögen meiner Großmutter an Kendalls Zwillinge, nicht an Win. Doch er würde vermutlich als Nachlaß- und Vermögensverwalter fungieren …

Da streckte Kendall den Kopf durch die halb offene Tür des Arbeitszimmers, begrüßte mich mit einem »Schätzchen!« und eilte mit ausgebreiteten Armen auf mich zu. Ich sah sofort, daß ihre Handgelenke dick bandagiert waren.

»Danke, danke und noch mal danke«, sagte sie, nachdem wir uns voneinander gelöst hatten.

»Was ist denn mit deinen Handgelenken passiert?«

»Die Schweine haben sie mit Isolierband verklebt. Ich wollte mich im Kofferraum durch Reiben an etwas Scharfem befreien, habe mich dabei aber verletzt.«

»O je«, sagte ich. »Wenn der Kellner dich nur nicht gezwungen hätte, den Tisch zum Telefonieren zu verlassen.«

»Tja, das wird ihm noch leid tun«, meinte Kendall. »Und Marshall Zanger auch, sobald er merkt, daß ich ihn verklage.«

»Was um Himmels willen ...«

»Die Anweisung des Kellners hat direkt zu dem geführt, was mir passiert ist. Glaubst du, Hugh könnte mich vertreten?«

O Gott! Dann wäre nicht nur das gesamte Personal des Bento sauer auf mich, sondern auch Hugh. »Nun, Kendall, soweit ich weiß, besitzt Hugh nicht die amerikanische Zulassung für solche Fälle. Vielleicht solltest du dir die Sache mit dem Anwalt nochmal überlegen. Bist du denn nicht dankbar, am Leben zu sein?«

»Soll ich Marshall nicht verklagen? Win hat das vorgeschlagen. Seiner Ansicht nach haben wir gute Aussichten zu gewinnen.«

»Ich an deiner Stelle würde eher versuchen, die Verantwortlichen zu finden und sie ihrer gerechten Strafe zuzuführen.« Nach kurzem Schweigen fügte ich hinzu: »Auch nach der Lektüre deiner Presseerklärung sind mir einige Dinge nicht ganz klar. Haben die Entführer dir denn nicht gesagt, was sie wollten?«

»Meine Handtasche, aber die war ja im Lokal. Ich hatte solche Angst, daß mir das Glas runterfiel. Sie haben mich nach meinem Namen gefragt«, fügte Kendall mit verzogenem Gesicht hinzu, als wäre sie den Tränen nahe. »Mir kam nicht in den Sinn zu lügen; vielleicht hätte ich das tun sollen. Jetzt wissen sie, wo ich wohne; in den Medien ist auch ständig die Rede von Potomac.«

»Was haben sie sonst noch gesagt?«

»Daß ich nicht schreien und mich nicht wehren, sondern ganz ruhig in den Kofferraum klettern soll, doch das war furchtbar schwierig mit meinen Schuhen – dabei ist der Absatz von einem meiner Manolos abgebrochen. Die Leute von der Polizei haben ihn mir zurückgegeben, aber der Schuh wird nie mehr so sein wie früher.«

Anders als Kendall, dachte ich. Das bewies ihr Verhalten jetzt. Laut sagte ich: »O je.«

»Als der Kofferraumdeckel zu war, konnte ich nichts mehr sehen. Ich wußte nicht, was schlimmer sein würde: Im Wald ermordet zu werden oder im Kofferraum zu ersticken.«

Ich nahm Kendall tröstend in den Arm. »Ich kann mir vorstellen, wie du dich gefühlt hast.«

»Das glaube ich nicht«, widersprach Kendall.

Ich hatte keine Lust, meiner Cousine zu erklären, daß ich das Gefühl tatsächlich kannte: Einmal hatte man mich gefesselt in einer dunklen, abgelegenen Höhle gefangen gehalten, ein andermal in einem stockfinsteren Lagerhaus eingesperrt. Solche Orte machten immer angst. Anders als bei Kendall hatten die Verantwortlichen jedoch in beiden Fällen ihre gerechte Strafe erhalten.

»Sind dir irgendwelche körperlichen Besonderheiten bei den Entführern aufgefallen?«

»Es ging alles so schnell. Sie sahen aus wie ... wie Typen von der Straße: weite Hosen, Daunen- oder Lederjacken, dazu Strickmützen. Der, der mit mir redete, hatte eine Skimaske über dem Gesicht. In meiner Angst hab ich die ganze Zeit gehofft, daß einer von den Köchen den Abfall rausbringt und sieht, was los ist, aber wie gesagt: Es ging alles unheimlich schnell.«

»Kannst du dich noch an andere Einzelheiten erinnern?«

»In dem Wagen, ich meine im Kofferraum, war eine Schachtel, wahrscheinlich mit Take-Away-Essen, die roch ziemlich stark.«

»Wonach?« Jiro hatte gesagt, er könne sich vorstellen, daß es sich bei den Entführern um Konkurrenten aus der Gastronomie handle.

»Nach chinesischem Essen. Als ich in den Kofferraum geklettert bin, hab ich die Aufschrift gesehen. Es stand ›Plum Ink‹ drauf.«

Das Plum Ink war das chinesische Lokal, dessen Inhaber Marshall daran gehindert hatte, einen eigenen Parkplatz einzurichten. Steckte er hinter der Entführung? Oder hatte sich die Schachtel aus dem Restaurant aus einem banaleren Grund im Kofferraum befunden? »Vielleicht haben die Entführer sich einen Imbiß gegönnt. Dann könnte sie vermutlich jemand aus dem Plum Ink beschreiben.«

»Aber die Leute von der Polizei sagen, der Wagen war gestohlen«, erwiderte Kendall. »Ist es nicht wahrscheinlicher, daß die Eigentümer das Essen im Kofferraum vergessen haben?«

»Das hängt davon ab, wo der Wagen gestohlen wurde, aber so etwas läßt sich leicht herausfinden.« Plötzlich wirkte meine Cousine fast ein bißchen zerbrechlich. »Mir gefällt der Gedanke, daß diese Männer frei herumlaufen, genausowenig wie dir. Bis sie hinter Schloß und Riegel sind, kann sich keine Frau in Washington sicher fühlen.«

Mit einem Seufzen sagte Kendall: »Ich glaube, da brauchst du dir keine Gedanken zu machen. Die

Typen hatten es eindeutig auf mich abgesehen. Meine gesamte Barschaft und die Kreditkarten waren im Lokal, also wollten sie mit Sicherheit kein Geld.«

»Glaubst du, sie hatten vor, dich zu vergewaltigen?«

Kendall überlegte kurz. »Nein, den Eindruck hatte ich nicht.«

»Du meinst also, daß sie weder Geld noch Sex wollten. Was bleibt dann noch?« fragte ich.

»Möglicherweise besteht eine Verbindung zur Wahlkampagne. Inzwischen hat sich sicher herumgesprochen, daß ich für Harp arbeiten werde. Ich will mich ja nicht selbst loben« – sie schwieg kurz und senkte bescheiden den Blick – »aber ich bin ziemlich gut. Wenn ich und die anderen Spendensammler genug Geld für ihn zusammenbekommen, wird er der demokratische Spitzenkandidat, das weiß jeder. Und in dieser Stadt sind politische Rivalen durchaus zu Verbrechen fähig. Du erinnerst dich doch noch an Watergate, oder?«

»Damals waren wir kaum geboren, Kendall. Wir können uns nicht an Watergate erinnern. Aber wenn du das alles tatsächlich glaubst, warum hast du dann in deiner Presseerklärung geschrieben, die Entführung hätte deiner Meinung nach *keine* politischen Hintergründe?«

»Man nennt das unterschwellige Beeinflussung«, antwortete Kendall. »Hab ich in einem Uni-Seminar über Werbepsychologie gelernt.«

»Das habe ich schon befürchtet.«

»In der Welt der Politik wird mit harten Bandagen gekämpft«, sagte Kendall. »Glaub mir, Rei, ich kenne diese Leute.«

»Win ist sicher froh, daß du heil wieder da bist«, stellte ich fest. »Nur das zählt …«

»Ja, er war wirklich rührend. Heute morgen hat er mir sogar versprochen, Harp zu unterstützen. Weil er im Augenblick selbst ein bißchen knapp bei Kasse ist, werden wir Omas Treuhandvermögen anzapfen müssen.«

»Tatsächlich?« fragte ich. Ein Scheck von Win reichte mir nicht als Beweis, daß er ein guter Ehemann war. »Soweit ich weiß, haben die Ärzte ältere blaue Flecken an deinem Körper entdeckt.«

»Wie bitte?« fragte Kendall verärgert.

»An deinen Beinen.«

»Ach, bestimmt ein Tritt von Win.«

»Kendall!« rief ich entsetzt aus.

»Von Win Junior!« fügte Kendall hinzu. »Win haßt das Windelwechseln, da strampelt er schon mal. Wenn du dir solche Sorgen um mich machst: Bleibst du und hilfst mir, die Pressetiger zu bändigen?«

»Darum hat Martina mich bereits gebeten. Ich komme so gegen vier wieder.«

»Prima. Um noch einen Gefallen wollte ich dich bitten: Würdest du hier schlafen? Win kommt wahrscheinlich wieder spät nach Hause, und ich bin irgendwie … nervös.«

»Natürlich«, sagte ich. »Du kannst dich auf mich verlassen.«

8

Ein Abend mit Kendall und den Kindern. Wie würde der wohl aussehen? Nun, er entpuppte sich als Fernsehmarathon. Während Win und Jacqueline mit ihren Spielsachen das Wohnzimmer verwüsteten, rannte Kendall aufgeregt im Haus herum, um alle Nachrichtensendungen aufzuzeichnen. Sie bediente gleichzeitig drei Videorecorder im Schlaf-, Wohn- und Arbeitszimmer. Auch Hugh liebte technische Spielereien, aber so extrem wie Kendall und ihr Mann war er nicht, dachte ich, als ich nach oben ging, um die NBC-Aufnahme im Zimmer des Au-pair-Mädchens zu überwachen. Am Samstag tat sich in Washington normalerweise nicht viel, und so beherrschten die Berichte über Kendalls Entführung die Abendnachrichten. Inzwischen war es elf, und ich döste immer wieder ein, weil ich nachts zuvor kaum geschlafen hatte. Nur Kendalls Auftrag, alles aufzunehmen, hielt mich noch wach. Bei den Interviews war sie vorsichtig vorgegangen und hatte nichts von ihrem Verdacht hinsichtlich Harps politischer Rivalen erwähnt. Aber da die Presseerklärung den Journalisten bereits vorlag, als Burns Kendall die Anweisung gab, sie zu vernichten, fragten diese natürlich nach. – Genau wie von ihr geplant.

»Ich weiß wirklich nicht, wer mich entführt hat und warum«, sprach Kendall in die Kameras. »Die Männer wollten kein Geld von mir und haben mich, abgesehen vom Fesseln, körperlich nicht behelligt.« Während die Kamera auf ihre bandagierten Handgelenke zoomte, ließen die Reporter sich über die Verbrechensrate in Washington aus oder leiteten zum Bento über, vor dem weitere Teams positioniert waren. Marshall hatte sich geweigert, sie hineinzulassen.

Ich saß, den Rücken ans Bett gelehnt, auf dem Boden und ließ meinen Blick durch den Raum schweifen, weil nun die Sportberichterstattung begann. Das Au-pair-Mädchen Lisa hatte am Morgen ganz normal reagiert: schockiert über das, was Kendall passiert war, und voller Mitgefühl für die Kinder.

Was für ein Teenagerzimmer, dachte ich. An der Wand hing ein Britney-Spears-Poster, und auf dem Bett, das gut und gerne im Haus meiner Großmutter hätte stehen können, lag eine Überdecke mit indianischem Muster in pink und purpur. Kendall hatte ein paar hübsche Möbel von meiner Oma geschenkt bekommen, unter anderem die viktorianische Frisierkommode, auf deren Marmoroberfläche alle möglichen Schminksachen herumstanden: Feuchtigkeitscreme, Lip Gloss, Parfüm, Vaseline …

Vaseline? Nun, Lisa war neunzehn und damit erwachsen. Ich sah mich weiter um. Auf dem Nachtkästchen hatte sie mehrere Fotos aufgestellt. Auf einem sah man Lisa lächelnd, einen Blumenstrauß in der Hand, flankiert von Eltern und Geschwistern, bei der Schulabschlußfeier, auf einem anderen mit Freunden in ländlicher Umgebung, vermutlich Südafrika. Schließlich entdeckte ich noch ein Bild von einem ernst dreinblickenden jungen Mann im Smoking, daneben Lisa im langen Kleid, was mich auf einen Schülerball schließen ließ. Aber warum hatte sie Vaseline auf der Frisierkommode, wenn ihr Freund sich zu Hause in Südafrika befand?

Da hörte ich das Wort »Bento« und drückte sofort auf die Aufnahmetaste des Videorecorders. Als der Bericht zu Ende war, spulte ich das Band zurück und brachte es Kendall, die gerade die Weingläser vom Abendessen spülte.

»Haben sie's in den NBC-Nachrichten gebracht?« fragte sie.

»Ja. Hier ist die Kassette.«

Kendall lächelte. »Wahrscheinlich findest du das alles doof, aber für mich ist es total aufregend! Weißt du, sonst sorge ich immer nur dafür, daß die Leute, für die ich arbeite, im Rampenlicht stehen.«

Das war immer noch der Schock, dachte ich. Wenn der nachließ, würde die Fassade mit Sicherheit bröckeln, und die Tränen würden fließen. Um das Thema zu wechseln, erkundigte ich mich nach Win, den ich den ganzen Tag über nicht gesehen hatte. Mied er mich wegen unserer seltsamen Begegnung gestern nacht?

»Er ist früh aufgestanden, um Interessenten Häuser zu zeigen. Hoffentlich gelingt ihm ein Abschluß.«

»Dein Mann arbeitet ganz schön viel.«

»Vierundzwanzig Stunden täglich, sieben Tage die Woche.« Kendall lächelte matt. »Ich bin so froh, daß du heute nacht hier bleibst.«

»Nun, bis Mitternacht wird er schon wieder da sein«, sagte ich mit einem Blick auf die Uhr.

»Nein, das kann länger dauern. Er behauptet, er schafft das Pensum nur, indem er arbeitet, wenn die anderen Feierabend haben.«

»Verstehe. Und Lisa ist wohl mit ihrem Freund unterwegs?«

»Mein Gott, sie hat einen Freund? Hat sie dir das erzählt?« stöhnte Kendall.

»Nein, heute morgen war kaum Gelegenheit zu einer Unterhaltung, aber in ihrem Alter haben doch die meisten Mädchen einen Freund.«

»Der Hauptgrund dafür, daß ich sie eingestellt habe, war ihr Verlobter in Johannesburg, denn das bedeutete, daß sie nicht so oft ausgehen und abends öfter auf die Kinder aufpassen würde. Aber leider läuft es anders. Sie hat jede Menge Freundinnen, und mit denen ist sie ständig in Georgetown oder anderen Vierteln unterwegs, süße Boys treffen. Tja, ich kann's ihr nicht verdenken. Wir waren in dem Alter auch nicht anders.«

Kendall, daran erinnerte ich mich, war ein ausgesprochen hübsches, beliebtes und temperamentvolles Mädchen gewesen. »Wie verstehst du dich eigentlich mit Lisa?«

»Sie ist nett. Die Kinder lieben sie, und als sie die Halsentzündung hatten, war sie meine Rettung.«

»Ich meine, wie ihr beide miteinander zurechtkommt«, hakte ich nach.

Kendall zögerte einen Augenblick. »Ganz ordentlich, denke ich, obwohl sie es nicht gut findet, daß ich so viel Zeit außer Haus verbringe und Hilfe brauche, wenn ich daheim bin. Aber Win ist einfach so oft weg, daß ich Unterstützung benötige.«

»Gibt es auch Zeiten, in denen du beruflich unterwegs bist und Win sich zu Hause um die Kinder kümmert?«

»Wenn er daheim ist, muß Lisa ihm helfen. Allein, sagt er, schafft er das nicht. Das ist bei allen Männern so. Noch mag Hugh dir perfekt erscheinen, aber ... er ist kein Windelwechsler, das sehe ich an seinen Händen.« Kendall goß den Rest Wein in ihr Glas.

»Wieso, was ist mit Hughs Händen?«

»Sie sind zu groß. Er wird sich ungeschickt anstellen.« Kendall nahm lächelnd einen Schluck Wein.

»Vor noch gar nicht so langer Zeit hast du behauptet, die Größe seiner Hände deute auf seine Virilität hin. Jetzt soll sie plötzlich von elterlicher Inkompetenz zeugen?«

Kendall kicherte. »Tja, das hängt wohl davon ab, welchen Experten ich gerade zitiere. Leute in meiner Branche machen das gern, weißt du.«

Allmählich begann sie mir auf die Nerven zu gehen. Ich versuchte, meine Verärgerung durch einen Themenwechsel zu kaschieren: »Kendall, erinnerst du dich noch an die Barbies? Als ich mit vier Jahren bei dir zu Besuch war, durfte ich mit deinen Puppen spielen, mir am Ende der Ferien welche aussuchen und sie mit nach Kalifornien nehmen. Das war wirklich großzügig von dir.«

»Mach dir darüber mal keine Gedanken, Rei, die mußt du mir nicht zurückgeben. Jacqueline kriegt immer welche bei Geburtstagspartys geschenkt.«

»Das meine ich nicht«, sagte ich. »Damals war alles so einfach mit uns. Und als du gestern abend verschwunden bist, wußte ich sofort, daß etwas nicht stimmt. Ich hatte das Gefühl, daß dieses innige Verständnis von früher wieder hergestellt war.«

»Glaubst du, das hat was mit Voodoo zu tun?« fragte Kendall. »Ich hab tatsächlich intensiv an dich gedacht und gehofft, daß du meine Abwesenheit bemerkst, auch wenn du natürlich sowieso keine Chance gehabt hättest, mich in dem Wagen zu finden.«

»Ich habe mir sofort Sorgen gemacht, und wirklich beruhigt bin ich immer noch nicht. Kendall, die Polizei muß rauskriegen, wer dich entführt hat ...«

»Das wird sie bestimmt. Aber die Wahrheit wird sie nie ergründen. Die ist zu politisch.«

»Deine Entführer könnten tatsächlich etwas mit dem Wahlkampf zu tun haben. Möglicherweise hat die Tat aber auch einen völlig anderen Hintergrund. Vielleicht bist du nur zufällig Opfer dieser Leute geworden« – hier dachte ich an Jiros Theorie einer Diffamierungskampagne gegen das Bento – »oder jemand, der dich kennt, hat die Sache inszeniert, jemand, an den du noch gar nicht gedacht hast, zum Beispiel aus einem« – wie sollte ich das nur höflich ausdrücken? – »Dreiecksverhältnis ...«

»Meinst du, ich betrüge Win?« Kendalls Augen begannen zu funkeln. »Mit wem denn? Aha, du glaubst, mit Harp Snowden.«

»Nein, daran habe ich nicht gedacht.« Mir war eher die Konstellation Win-Lisa durch den Kopf gegangen.

»Laß dir eins sagen, Rei: Die Zügel in dieser Beziehung halte ich fest in der Hand, weil ich das Geld bringe. Kein ehrgeiziger Politiker wäre dumm genug, eine Spendensammlerin zu verführen oder sexuell zu belästigen. Das würde sich so schnell herumsprechen, daß er sofort seine Karriere an den Nagel hängen könnte.«

»Ach.« Ich war verblüfft über ihre Vehemenz.

»Für Harp bin ich die Heilige Jungfrau Maria. Er darf vor mir niederknien, wenn er mag, aber mehr ist nicht. Ich habe dich für ziemlich schlau gehalten, Rei, doch wenn dir das nicht klar ist, scheinst du ganz schön naiv zu sein ...«

»Tut mir leid, Kendall, meine Gedanken gingen überhaupt nicht in diese Richtung.« Angesichts ihres Zorns wagte ich nicht zu erwähnen, daß Win am Abend zuvor wie unter Drogeneinfluß gewirkt hatte. Mit Sicherheit hätte sie eine Entschuldigung für ihn und weitere aggressive Worte für mich gefunden. »So, jetzt ist aber Zeit fürs Bett. Ich habe morgen jede Menge zu tun.«

»Was denn?« fragte Kendall, wieder ruhiger geworden.

»Ich muß die Wohnung aufräumen, dann treffe ich mich mit jemandem im Café. Anschließend will ich zum Markt und danach Hugh vom Flughafen abholen.«

»Ja, ja, das sorglose Leben ohne Kinder«, sagte Kendall mit einem Zwinkern. »Doch auch deine Tage im Café sind gezählt.«

Vielleicht, dachte ich, während ich ins Gästezimmer ging und zwischen die hübschen, wenn auch kratzenden Laken aus Polyester-Baumwollgemisch schlüpfte – aber so wie Kendall würde ich nie leben wollen.

Am nächsten Morgen fuhr ich gegen halb sieben nach Hause. Da ich Kendall nicht aufwecken wollte, rief ich ein Taxi, um zur Metro-Station zu gelangen. Eine Stunde später war ich in Hughs Wohnung, und eine weitere Stunde benötigte ich, um sie sauber zu machen. Dann joggte ich zum Markt am Dupont Circle. Wie üblich wimmelte es dort von Menschen und teuren Lebensmitteln. Eigentlich hatte ich Morcheln kaufen wollen, um sie später mit Knoblauch anzubraten, aber jemand schnappte mir den letzten Korb weg. Nun, dann eben Spargel, dachte ich. Als ich mir gerade den schönsten Bund aussuchte, hörte ich eine vertraute japanische Stimme hinter mir.

»Ach, hallo!« begrüßte ich Jiro, der Jeans trug und eine Segeltuchtasche über der Schulter hatte. Nur sein hüftlanges weißes Hemd erinnerte an die Küchenkleidung.

»Nehmen Sie die dicken Stangen«, riet er mir. »Die lassen sich leichter schälen.«

»Ich dachte, die dünneren schmecken besser.« Skeptisch nahm ich den Bund, den er mir reichte.

»Glauben Sie mir: Die hier sind besser. Blanchieren Sie sie kurz, schneiden Sie sie diagonal ein und schwenken Sie sie in *mirin* und Sesamöl. Hinterher verzieren Sie das Ganze mit geröstetem Sesam.«

»Danke für den Tip. Kaufen Sie zum Vergnügen hier ein oder fürs Restaurant?«

»Fürs Restaurant«, sagte er mit einem kurzen Lachen. »Zu Hause habe ich keine Zeit zum Kochen.«

»Wäre es nicht billiger und einfacher, sich die Lebensmittel vom Großhändler liefern zu lassen?« fragte ich.

»Natürlich, aber hier gibt es besondere Zutaten, zum Beispiel *shiso*-Blätter, die man sonst nirgends kriegt. Manchmal kaufe ich auch Wachteleier zur Garnierung bestimmter Gerichte. Was haben Sie sonst noch ausgesucht?« fragte er mit Blick auf meine Umhängetasche.

»Nichts«, antwortete ich. »Ich bin zu spät hergekommen. Eigentlich wollte ich Hugh ein leckeres Willkommensessen kochen, aber die Morcheln fürs Risotto waren schon aus.«

»*Ah so desu ka*«, meinte Jiro. »Warum machen Sie keinen Fisch?«

»Ich dachte, Fisch soll man nicht am Sonntag kaufen«, antwortete ich.

»Versuchen Sie's bei dem Stand da hinten. Die Forellen dort stammen aus einem Gebirgsbach in West Virginia. Ich persönlich mag Forelle am liebsten in der Salzkruste gegrillt. Wissen Sie, wie das geht?«

»Klar. Die Franzosen bereiten sie so zu.«

»Die Japaner auch. Wenn Sie so weitermachen, stehen Sie bald bei mir in der Küche. *Sayonara.*« Er verabschiedete sich mit einem Lächeln.

Als ich den Spargel zahlte, fragte ein schlanker Mann hinter mir: »War das nicht der Japaner aus der Kochsendung?«

Ich nickte.

»Cool«, sagte er. »Darf ich mir Ihren Spargel genauer ansehen?«

»Gehen Sie doch einfach mal ins Bento; das wurde gerade erst eröffnet«, riet ich ihm, während ich mich zum Fischhändler verdrückte, um einen Blick auf die Forellen zu werfen.

Eine halbe Stunde später hatte ich meine Einkäufe auf dem Markt erledigt und erwarb eine Packung grobes Meersalz in einer Bodega unseres Viertels. Ich legte Fisch und Gemüse zu Hause in den Kühlschrank und ging hinüber ins Urban Grounds, um mich mit Andrea zu treffen. Das Café befand sich nicht weit entfernt von der Eighteenth Street mit ihren asiatischen und afrikanischen Lokalen und kleinen Geschäften und wirkte knallbunt mit seinen pink-orangefarbenen

Wänden und seiner Dekoration aus übergroßen Tassen. In einer Vitrine befanden sich morgens Croissants, Scones und Buns und nachmittags Gebäckstücke sowie Kuchen. Ich liebäugelte mit einem Haselnußcroissant, doch dann fiel mir ein, wie Kendall mich vor einem Monat gefragt hatte, ob ich schwanger sei. Also entschied ich mich für ein sogenanntes *toad in the hole*, ein gekochtes Ei, umhüllt von Vollkorntoast, weil ich das Gefühl hatte, Protein zu benötigen.

Andrea saß bereits an einem Platz im hinteren Teil, als ich das Café betrat. Ich winkte ihr zu, um ihr zu signalisieren, daß ich mir ein Frühstück zusammenstellen würde, bevor ich zu ihr käme. Merkwürdig, dachte ich, daß Andrea keinen besseren Tisch weiter vorn gewählt hatte.

»Danke, daß Sie sich die Zeit für mich genommen haben«, begrüßte sie mich, als ich mich zu ihr gesellte. Sie trug eine tiefsitzende Jeans und ein pinkfarbenes Top mit mehreren Stoffschichten, das knapp über dem Nabel endete, in dem heute ein purpurfarbener Kristall steckte. Wie schlank und sexy sie doch aussah, dachte ich neidisch und berührte geistesabwesend meinen eigenen Bauch. Andrea nippte an ihrem schwarzen Kaffee und beobachtete mit ungläubigem Blick, wie ich drei Löffel Zucker in meinen Latte rührte.

»Wie läuft's in der Küche?« eröffnete ich das Gespräch.

»So lala«, antwortete sie. »Hoffentlich schießt Justin vorn einen so kapitalen Bock, daß Marshall mir meinen Job wiedergibt.«

»Tja, das war Pech mit dem Artikel«, sagte ich.

»Jemand in meiner Position muß selbstbewußt sein.

Ich bin nun mal, wie ich bin, und im Mandala hat's gut funktioniert. Wenn Sie wüßten, was für Trinkgelder ich dort von Lobbyisten bekommen habe …« Ihre Gedanken schweiften ab.

»*Toad in the hole*!« erschallte ein Ruf von der Theke, und ich erhob mich, um das Tablett mit meinem Gericht zu holen. Als ich wieder am Tisch war, gab Andrea mir zu verstehen, daß ich mit dem Essen anfangen solle.

»Aber Ihres ist noch nicht fertig«, sagte ich.

»Ich esse nichts.« Andrea räusperte sich. »Darf ich Sie was fragen?«

»Soll ich bei Marshall ein gutes Wort für Sie einlegen?« erkundigte ich mich, ob Andreas kühlem Umgang mit Menschen ein wenig unsicher.

»Nein, nein, es hat nichts mit dem Lokal zu tun; eher mit Ihnen und mir.«

»Ich weiß, daß wir am Anfang Probleme miteinander hatten, aber wenn Sie wollen, können wir's gerne noch mal versuchen.«

»Darum geht es nicht. Das, was ich Ihnen gleich sagen werde, verrate ich nicht vielen Menschen: Wir haben etwas gemeinsam. Meine Mutter stammt aus Japan.«

9

»Wie bitte?« rief ich aus und betrachtete Andrea zum erstenmal genau. »Natürlich. Ihre asiatischen Augenlider hätten mir auffallen müssen. Aber wahrscheinlich habe ich mich durch Ihre Haarfarbe ablenken lassen.«

»Tja, die ist nicht echt.« Andrea strich sich die strohblonden Locken aus dem Gesicht. »Mich würde niemand als amerikanische Asiatin bezeichnen. Mein Vater ist schwarz, das macht den Unterschied.«

»Für Sie vielleicht, aber es gibt viele Menschen in unserem Alter, in deren Adern sowohl japanisches als auch amerikanisches Blut fließt. Vor zehn Jahren kam ein Dokumentarfilm über schwarze Japanerkinder raus, der war großartig.«

»Tatsächlich?« Andrea legte den Kopf ein wenig schräg, als wollte sie mich genauer begutachten. »Ich kenne niemanden wie mich. Hier in Amerika wird man doch schon durch den geringsten Anteil schwarzes Blut definiert. Jiro habe ich nie erzählt, daß ich zur Hälfte Japanerin bin, weil ihm das nicht so wichtig ist wie Ihnen.«

»Ich trage einen japanischen Namen. Daran erkennt man mich. Was mich interessieren würde: Wie gefällt es Ihrer Mutter hier?«

»Keine Ahnung. Deswegen benötige ich ja Ihre Hilfe.«

»Sie meinen, wegen meiner Japanischkenntnisse?« fragte ich verwirrt.

»Nein. Ich möchte, daß Sie sie finden.« Andrea

beugte sich zu mir herüber, als hätte sie meinen Fluchtimpuls gespürt. »Sie verschwand, als ich zwei war. Ich weiß nicht mal, ob sie noch am Leben ist.«

»Andrea, es tut mir leid, ich habe keine Ahnung, wie ich Ihnen helfen soll.«

»Sie wußten, daß Ihre Cousine in Gefahr schwebte – in einer Situation, in der jeder andere Mensch gedacht hätte, sie habe nach dem Telefonieren einfach noch etwas erledigt«, sagte Andrea, ohne den Blick von mir zu wenden. »Jemand anderes hätte gewartet oder wäre nach Hause gegangen, aber Sie haben die Polizei gerufen. Vielleicht könnten wir uns an diesen Detective Burns wenden, der Ihre Cousine aufgespürt hat.«

»Nun, Kendall wurde eher zufällig gefunden, weil ein Beamter einen gestohlenen Mercedes verfolgt hat.«

»Sind die Entführer mittlerweile gefaßt?«

»Nein. Wir sind hier nicht in Japan.«

»Was wollen Sie damit sagen?« Andrea hob fragend die Augenbrauen.

»In Japan gibt es viel weniger Kriminelle als hier, und es ist leichter, jemanden festzunehmen und zu befragen.«

»Soweit ich weiß, hat die japanische Polizei dafür gesorgt, daß Sie das Land verlassen mußten.«

Ich verschluckte mich an meinem Latte. »Wo haben Sie denn das her?«

»Nun, als Sie von Marshall den Auftrag erhielten, das Lokal auszustatten, wurde ich neugierig und habe im Internet recherchiert. Die meisten Artikel waren leider auf japanisch, aber letztlich reichten mir die Einträge aus den englischsprachigen Zeitungen in Japan.«

»Und das haben Sie sicher alles Marshall erzählt.«

Andrea schüttelte den Kopf. »Nein. Ich bin bei Pflegeeltern aufgewachsen. Da lernt man, andere nicht zu verpfeifen. Aber Wissen ist Macht, den Spruch kennen Sie sicher. Und nach allem, was ich übers Internet erfahren und gestern abend mit eigenen Augen gesehen habe, könnte ich mir vorstellen, daß Sie zur Privatdetektivin taugen.«

»Danke fürs Kompliment, aber ich kann Ihnen wirklich nicht helfen. Setzen Sie sich lieber mit der Polizei in Verbindung oder heuern Sie einen echten Privatdetektiv an.«

»Das habe ich bereits. Vor zehn Jahren, sobald ich mein erstes eigenes Geld verdient hatte. Der Detektiv grub eine Kopie eines alten Polizeiberichts sowie die Aussage meines Vaters aus, jedoch nichts, was mir wirklich weitergeholfen hätte.«

Wie merkwürdig es sein mußte, die Aussage des eigenen Vaters aufzubewahren, statt mit ihm selbst zu sprechen. »Könnten Sie mir die Geschichte in groben Zügen erzählen?«

»Mein Vater lernte meine Mutter in Japan kennen. Zum Zeitpunkt meiner Geburt in Virginia war er immer noch bei den Marines und hatte sich für vier Jahre verpflichtet. Als meine Mutter verschwand, war er im Dienste des Pentagon unterwegs. Im Polizeibericht steht, daß sie mich eines Morgens bei den Nachbarn abgab und sagte, sie müsse zum Arzt und wäre bis Mittag wieder zurück. Tja, als sie weder an diesem noch am nächsten Tag auftauchte, informierte die Nachbarin meinen Vater. Wenig später entdeckten Touristen ihre Kleidung und ihre Schuhe am Ufer des Potomac River.«

»Selbstmord?«

»Die Leiche wurde nie gefunden. Aber würde jemand sich tatsächlich ausziehen, bevor er zum Sterben ins Wasser geht? Ich meine, man möchte doch sicher lieber angezogen entdeckt werden, oder?«

»Vermutlich schon.«

»Aus dem Bericht weiß ich außerdem, daß meine Mutter in Japan als Perlentaucherin gearbeitet hatte – ohne Sauerstoffflasche. Jemand, der sich im Wasser so zu Hause fühlt, kann eigentlich nicht ertrinken. Es sei denn, er wird von irgend etwas nach unten gezogen, und ihre Kleidung hatte sie ja abgelegt.«

»Soweit ich weiß, arbeiten Perlentaucher nur auf der Halbinsel Shima. Hat Ihr Vater Ihre Mutter dort kennengelernt?«

Andrea schüttelte den Kopf. »Der Name sagt mir nichts. Mein Vater war in Sasebo stationiert.«

»Hm«, meinte ich. Die Geschichte mit der Perlentaucherin kaufte ich Andrea nicht ab. Bereits im neunzehnten Jahrhundert hatten die Japaner gelernt, in Kulturen Perlen zu züchten, die weit schöner und runder waren als die unregelmäßig geformten natürlichen, nach denen die Frauen früher tauchten. Folglich konnte Andreas Mutter dieser Arbeit eigentlich nur für die Touristen nachgegangen sein, aber dafür hielt sie sich nicht in der richtigen Region auf. Sasebo befand sich auf der Insel Kyūshū, und die Perlentaucher zogen ihre Show auf der Halbinsel Shima, genauer gesagt, in der Präfektur Mie, ab.

»Die Polizei in Arlington, Virginia, hat die Akte nach ein paar Jahren geschlossen«, fuhr Andrea fort. »Offiziell gilt meine Mutter als vermißt, vermutlich nicht mehr am Leben. Doch diese Information genügt mir nicht.«

»Die Jahre des Wartens müssen für Sie und Ihren Vater furchtbar gewesen sein«, sagte ich.

»Wir haben sie nicht zusammen verbracht.« Andrea senkte den Blick. »Er hat mich einen Monat nach dem Verschwinden meiner Mutter weggegeben. Seiner Aussage nach konnte er sich nicht um mich kümmern, weil er zu oft beruflich unterwegs war.«

»Warum hat er nicht Ihre amerikanischen Verwandten gebeten, Sie aufzuziehen?«

»Er glaubte, daß sie mich nicht gut behandelt hätten, weil sie meine Mutter nicht leiden konnten.« Andrea seufzte. »Ich wurde also von Fremden großgezogen, und die Polizei suchte ein paar Jahre lang nach meiner Mutter. Irgendwann wurde sie dann für tot erklärt, und kurze Zeit später heiratete mein Vater wieder.«

»Und warum sind Sie da nicht zu ihm gegangen?« fragte ich.

»Sie formulieren das, als hätte ich irgendwelche Entscheidungen treffen können.« Andrea klang verärgert. »Er wollte mich nicht. Er hat mich nie schlecht behandelt, aber seine neue Frau, Lorraine, mochte mich von Anfang an nicht. Sie versucht immer noch, ihn an einem Treffen mit mir zu hindern. Glauben Sie mir: Ich möchte ihm gar nicht nahe sein, sondern lediglich herausfinden, was aus meiner Mutter geworden ist.«

»Ich muß mich entschuldigen, Andrea.«

»Sie haben doch gestern abend im Restaurant so etwas ähnliches gesagt wie: ›Welche Mutter würde ihre Kinder zurücklassen?‹ Ich glaube, daß sie getötet wurde. Ohne mich wäre sie nie weggelaufen, auch nicht, wenn sie unglücklich war mit meinem Vater.«

»Immerhin hat sie Sie nicht mit ins Wasser genommen«, sagte ich leise, »sondern in Sicherheit gebracht.«

»Tja, ich sehe mir immer wieder ihr Gesicht an und versuche herauszufinden, ob das so stimmt, aber es will mir nicht gelingen.« Andrea holte einen braunen Umschlag mit alten, verblichenen Bildern aus der Tasche, wie ich sie aus den Alben meiner Eltern kannte. Jedes Foto steckte in einem eigenen kleinen Kuvert. Vorsichtig reichte sie mir das erste, ein Hochzeitsfoto mit einer lächelnden Frau, die einen roten Brautkimono trug und deren Haare ihr vom Wind ins Gesicht geweht wurden, daneben ein ebenfalls lächelnder, schwarzer Bräutigam in Militäruniform, die Hände locker an den Seiten. Da die Frau die ihren vor dem Bauch verschränkt hielt, fiel mir auf, daß sie ziemlich groß waren – wie der restliche Körper. Sie reichte fast an ihren Mann heran, und ihre breiten Schultern erinnerten mich ein wenig an die von Kendall, seit sie mit dem Krafttraining begonnen hatte. Hinter den beiden war das Meer zu sehen.

»Schade, daß der Wind ihr die Haare ins Gesicht bläst«, sagte ich. »Man kann sie gar nicht richtig erkennen.«

»Dann schauen Sie sich das hier an«, erwiderte Andrea und reichte mir ein Bild von ihrer Mutter mit Baby auf dem Arm. In den ernsten Zügen des schmalen Kindes ließ sich schon die Andrea von heute erahnen. Die Haare hatte sie zu zwei Zöpfchen gebunden, und sie trug ein pink-weißes Rüschenkleid mit farblich passenden Söckchen und weißen Schnürschuhen. Ihre Mutter wirkte sehr natürlich: Die glatten Haare reichten ihr bis zur Schulter, und abgesehen von ein bißchen Lip Gloss schien sie kein Make-up aufgelegt zu haben.

»Wie hieß Ihre Mutter denn?« fragte ich.

»Sadako. Mein Vater nannte sie Sadie, weil er ihren Namen zu ...«

»Schwierig fand?« Ich konnte es nicht leiden, wenn Leute Ausländern neue Namen gaben, um ihnen die Integration zu erleichtern.

»Nein, angeblich war ihm der Name zu traurig. Ihren Familiennamen, fürchte ich, kann ich nicht aussprechen. Und ich glaube, Dad konnte es auch nicht.« Andrea reichte mir eine Kopie der 1972 in San Diego ausgestellten Heiratsurkunde, auf der als Name der Mutter Sadako Tsuchiya angegeben war.

»Man spricht es, wie man's schreibt«, erklärte ich. »Den Namen habe ich schon mal gehört. Wo lebt ihre Familie?«

»Keine Ahnung«, antwortete Andrea. »Ich weiß nur, daß die Polizei damals versucht hat, mit ihr in Kontakt zu treten, ohne Erfolg.«

»Das ist lächerlich«, sagte ich. »Sie hätten einen japanischen Polizeibeamten bitten können, bei der Familie vorbeizuschauen.«

»Dad sagt, man hat meine Mutter aus dem Register genommen, was das auch immer bedeuten mag.«

»In jedem Ort Japans wird ein Register geführt, mit allen Namen der dort lebenden Familien«, erklärte ich. »Wenn eine Frau heiratet, wird ihr Name gestrichen und in das Register der Familie ihres Mannes eingetragen. In welchem Ort lebte sie denn?«

»Sasebo ist das einzige, was ich weiß«, antwortete Andrea. »Erzählen Sie mir mehr von diesen Familienregistern. Wurde ihr Name gestrichen, weil sie keinen Japaner geheiratet hat?«

Leider war Andrea auf der richtigen Spur. »Vielleicht. Wenn Kinder ihre Eltern verärgern, steht es diesen frei, ihren Namen herausnehmen zu lassen.«

Ohne den Blick von mir zu wenden, fragte Andrea: »Könnte es damit zu tun haben, daß ihr Mann schwarz war?«

»Schon die Heirat mit einem Amerikaner ist in den Augen vieler Japaner etwas Unehrenhaftes. Meine Großeltern ließen meinen Vater aus dem Register streichen, weil er eine Amerikanerin geheiratet hat. Aber irgendwann überlegten sie es sich anders und nahmen ihn wieder auf.« – Angeblich, weil ich zur Welt kam. Babys können harte Großelternherzen erweichen.

Andrea preßte die Lippen zusammen. »Ich bezweifle, daß das bei mir auch so war.«

»Ich weiß es nicht.« Ich wechselte das Thema. »Erzählen Sie mir mehr über die Freunde Ihrer Mutter in den Staaten – was dachten die über ihr Verschwinden?«

»Die Nachbarin, bei der sie mich damals abgab – Joanne Bridges, angeblich ihre beste amerikanische Freundin –, wußte letztlich überhaupt nichts über Sadako. Ich habe mich einmal persönlich mit ihr unterhalten. Sie war nett, aber sie konnte mir nicht weiterhelfen.«

»Lebt Ihr Vater immer noch in der Nähe von Washington?«

Andrea schüttelte den Kopf. »Am Ende seiner Dienstzeit, als ich vier war, zog er nach Orange zurück, wo er und Lorraine ursprünglich herkommen. Sie kennen sich aus der High-School. Die Sache mit meiner Mutter war, wie Lorraine es ausdrückt, so eine ausländische Affäre.«

»Orange County in der Nähe von Los Angeles?«

»Nein, in Virginia. Charlottesville ist die nächstgrößere Stadt.«

»Eine gute Weingegend«, kam mir über die Lippen, bevor mir bewußt wurde, wie unsensibel diese Äußerung war.

»Es gibt auch hervorragende Restaurants dort«, sagte Andrea. »Wenn ich ein besseres Verhältnis zu meinem Vater hätte, wäre ich vermutlich dort auf Jobsuche gegangen.«

»Vielleicht sollten Sie einfach mal versuchen, sich mit ihm zu treffen«, schlug ich vor.

»Das würde auch nichts ändern. Es hat keinen Sinn.«

»Ein paar Dinge sollten Sie Ihren Vater allerdings schon fragen«, sagte ich mit einem Blick auf den Polizeibericht. »Zum Beispiel fällt mir auf, daß das Geburtsjahr Ihrer Mutter in dem Bericht sich von dem auf der Heiratsurkunde unterscheidet. Da hat jemand nicht sehr gründlich gearbeitet.«

»Sie haben das sofort gemerkt. Ich wußte doch, daß Sie die Richtige für diese Aufgabe sind!« rief Andrea überglücklich aus.

»Ich finde, Sie sollten noch einmal versuchen, mit Ihrem Vater Kontakt aufzunehmen. Sie sagen, seit Ihrem letzten Treffen sind zehn Jahre vergangen. Vielleicht kommen Sie heute besser an ihn heran. Zumindest dürfte er noch Fotos oder Dokumente Ihrer Mutter haben, die er Ihnen geben könnte.«

»Ich habe schon oft angerufen, aber jedesmal fällt ihnen eine andere Ausrede ein, warum sie mich nicht treffen können. Bei uns geht's nicht zu wie in einer normalen Familie. Außerdem habe ich keinen Wagen, und mit dem Zug kommt man nicht in so abgelegene Gegenden.«

Allmählich bekam ich Mitleid mit Andrea. Was sie schon alles hatte erleiden müssen: den Verlust ihrer Mutter, den Verrat ihres Vaters, die Einsamkeit in ihrem Erwachsenenleben. Kein Wunder, daß sie so distanziert wirkte. »Andrea, ich fürchte, eine große Hilfe werde ich Ihnen nicht sein, aber immerhin könnte ich Sie mit dem Auto zu Ihrem Vater fahren.«

»Das würden Sie tun? Ich wußte gar nicht, daß Sie einen Wagen haben.«

»Mein Freund hat einen. Er leiht ihn mir bestimmt, besonders wenn ich auf dem Rückweg ein paar gute Tropfen von einem Weingut mitnehme.« Ich bedachte sie mit dem gleichen ernsten Blick, mit dem ich in Japan immer meine Schüler angesehen hatte, wenn ich vermutete, sie würden ihre Hausaufgaben nicht machen. »Die Fahrt soll erfolgreich verlaufen, deshalb wäre es gut, wenn Sie Ihren Vater zuerst anrufen, um sicherzustellen, daß er da ist.«

»Wenn ich anrufe, geht Lorraine ans Telefon. Und wenn ich ihr sage, daß ich kommen möchte, erklärt sie mir, sie haben keine Zeit. Das war die letzten Male immer so.«

»Tja, dann hat's wohl keinen Sinn, sie vorher zu informieren«, pflichtete ich ihr bei. »Könnten Sie mir verraten, wann Sie das letzte Mal Kontakt zu ihnen hatten? Doch sicher nicht vor zehn Jahren. Gab es seitdem irgendwelche Telefonate oder Geburtstagskarten?«

»Nein«, sagte Andrea. »Wenn ich nicht hin und wieder im Internet nachsehen würde, könnte ich meinen, er sei tot. Vor drei Monaten habe ich eine Anfrage an die Militärbehörde geschickt, aber ich warte immer noch auf eine Antwort.«

»Rufen Sie noch mal dort an. Und was haben Sie im Internet über Ihren Vater gefunden?«

»Aktualisierte Informationen seiner High-School, eine Erwähnung seines Lokals in der örtlichen Zeitung und ähnliches.«

»Seines Lokals?« Hatte sie sich deshalb für ihren Beruf entschieden?

»Na ja, es ist eigentlich eher ein Diner, wo die Leute hingehen, um Pfannkuchen, Hamburger und so zu essen. Er kocht selbst.«

»Wissen Sie die Adresse?« fragte ich. »Vielleicht sollten wir lieber dorthin fahren als zu ihm nach Hause.«

»Es liegt an der Route 47, kurz vor Orange«, antwortete Andrea. »Ich kenne den Weg.«

Da das Bento montags Ruhetag hatte, wählten wir diesen Tag für unseren Ausflug und machten aus, daß ich Andrea am nächsten Morgen um sieben abholen würde. Außerdem bat ich sie, alle Fotos und anderen Unterlagen, die sie besaß, zu fotokopieren, damit nichts verloren ging.

Als ich mich von Andrea verabschiedete, dachte ich über die merkwürdige Entwicklung der Dinge nach. Hugh hatte gesagt, ich habe keine richtigen Freundinnen; jetzt half ich zwei Frauen meines Alters, beide alles andere als unkompliziert, bei der Lösung ernsthafter Probleme.

Dann ging mir das Bild von Win und Jacqueline durch den Kopf, wie sie auf dem Teppich spielten, während im Fernsehen die Nachrichten mit Kendall liefen. Ich mußte nur die Augen schließen, um mir Andrea im gleichen Alter vorzustellen, ebenfalls vor dem Fernseher, in einem Haus, aber nicht bei ihren Eltern.

Es würde mir nicht gelingen, das Leben meines Neffen und meiner Nichte umzuformen, die nach allgemeinem Dafürhalten ohnehin als privilegiert galten, aber Andrea, die als Kind völlig allein gewesen war und noch immer niemanden hatte, an den sie sich wenden konnte, bat mich, ihr zu helfen. Und das würde ich tun.

10

Normalerweise nahm Hugh vom Dulles International Airport ein Taxi nach Hause, obwohl die vierzigminütige Fahrt nicht ganz billig war. Aber am Abend zuvor hatte er eine Nachricht aufs Band gesprochen und mich gebeten, ihn mit leerem Kofferraum abzuholen.

Wahrscheinlich ist er Einkaufen gewesen, dachte ich, als ich den Wagen auf dem Parkplatz vor dem Terminal aus Glas und Stahl abstellte, das aussah wie eine Kreuzung aus Raumstation und High School aus den fünfziger oder sechziger Jahren. Hugh war der einzige Mann in meinem Bekanntenkreis, der gern Shoppen ging. Was er mir wohl mitgebracht hatte? Hoffentlich keine elektronischen Geräte, denn die topaktuellen japanischen High-Tech-Spielereien funktionierten wegen der unterschiedlichen Stromspannung in Amerika meist nicht. Von seiner letzten Japanreise hatte Hugh einen elektrischen Toilettensitz mit eingebautem Bidet angeschleppt, der aber leider nicht auf unsere Schüssel paßte.

Hughs Flugzeug war zehn Minuten früher als geplant gelandet, informierte mich die Anzeigetafel im Terminal. Da Hugh Business Class reiste, war er für gewöhnlich bei den ersten, die den Flieger verließen, aber an der Gepäckrückgabe konnte es immer dauern. Also holte ich die Post aus meiner Tasche, die ich wegen der Aufregungen der letzten Tage noch nicht hatte durchgehen können: den vierteljährlichen Rundbrief der Washington-Japan Friendship Society mit der Information, daß es am Children's Day in ein paar Monaten ein Essen geben würde, zu dem alle etwas mitbringen sollten; außerdem suche man Freiwillige fürs Schmücken des Raumes. Ich hatte ein paar Karpfendrachen, die ich zur Verfügung stellen würde. An der Veranstaltung teilzunehmen würde zwar bedeuten, daß ich ziemlich weit mit der Metro fahren mußte, aber ich könnte bei dieser Gelegenheit Fragen über Andreas Mutter stellen. Die seit Urzeiten existierende Society erachtete es als ihre Aufgabe, japanischen Einwanderern zu helfen. Vielleicht erinnerte sich jemand an eine Sadako Tsuchiya Norton …

»Schatz!« riß mich Hughs Stimme aus meinen Überlegungen. Als ich den Blick über die Menge schweifen ließ, entdeckte ich seinen rotblonden Haarschopf in einem Meer dunkelhaariger Menschen. Erst jetzt merkte ich, wie sehr er mir gefehlt hatte, wie sehr ich mich nach seiner Umarmung, nach seinen Zärtlichkeiten sehnte. Doch zu denen würde es vermutlich erst kommen, wenn er ausgeschlafen hatte. Immerhin konnten wir uns auf ein schönes Abendessen freuen: Forelle und Spargel lagen vorbereitet im Kühlschrank, und ein knuspriges Baguette sowie eine Flasche Wein warteten in der Küche. Als Nachspeise würde es frische Erdbeeren mit Sahne geben.

Da fiel mir unmittelbar vor Hugh eine kleine Japanerin mittleren Alters auf, die mich an Tante Norie erinnerte. Ich schaute genauer hin. Es *war* Tante Norie.

Ich hielt die Luft an, als Norie mich ebenfalls entdeckte und, ihren Trolley über die Füße eines Mitreisenden rollend, auf mich zueilte.

»Obasan«, begrüßte ich sie – mit der Formel für »Tante«, die ich immer für sie benutzte. Während wir uns umarmten, sah ich über ihre Schulter Hugh an und versuchte, ihm mit einem Blick meinen Schrecken zu signalisieren. »Was für eine wunderbare Überraschung!«

»Du hast meine Nachricht doch bekommen, oder?« fragte Hugh, der sich mittlerweile zu uns gesellt hatte. »Den leeren Kofferraum brauchen wir, weil sie Gepäck für ein ganzes Jahr dabei hat.«

»Du lieber Himmel«, entfuhr es mir.

»Hoffentlich hast du in deiner Wohnung Platz für mich«, sagte Tante Norie. »Tut mir leid, daß ich dich nicht vorher gefragt habe, aber Hugh-san war der Meinung, die Reise wäre eine gute Idee.«

Meine Tante wußte nicht, daß Hugh und ich zusammenwohnten, und vermutlich würde sie sich nicht wohl bei uns fühlen, wenn sie merkte, daß wir als Unverheiratete im selben Bett schliefen. Das entsprach nicht den japanischen Regeln des Anstands; selbst mein Vater, der seit mittlerweile über dreißig Jahren in den Staaten lebte, hatte sich erst nach meiner Verlobung mit dieser Tatsache abgefunden.

Ich packte den Griff von Nories riesigem Samsonite-Koffer und begann, ihn hastig durch die Menge zu ziehen. Was ich jetzt brauchte, war eine Gelegenheit, allein mit Hugh zu sprechen.

»Rei, was machst du denn?« Hugh eilte mir nach, genau wie ich gehofft hatte. »Norie bleibt zurück. Es ist nicht höflich, schneller zu gehen als sie …«

»Hast du Norie gesagt, daß wir zusammenleben?« Ich erwartete die Antwort mit angehaltenem Atem.

»Nein.« Hugh wand sich. »Ich dachte, es wäre besser, wenn du ihr das erklärst.«

»Sie darf nicht wissen, daß wir zusammenleben, weil sie zu Hause das Gesicht verliert, wenn sie unsere gemeinsame Wohnung toleriert und bei uns übernachtet. Wenn sie es erfährt, wird sie darauf bestehen, sich eine andere Bleibe zu suchen, und dann ist meine Beziehung zu ihr im Eimer.«

»Aber in Japan haben wir doch auch zusammengelebt.« Hugh war verwirrt.

»Nur ein paar Monate, bevor ich meine eigene Wohnung hatte. Und anfangs konnte sie dich auch nicht sonderlich gut leiden, das weißt du doch noch, oder? Sie dachte, du nutzt mich aus.«

Hugh stieß einen leisen Pfiff aus. »Und was machen wir jetzt? Die Wohnung ist voll mit meinen Sachen, und außerdem brauche ich einen Platz zum Schlafen. Besonders nach diesem Flug. Normalerweise hätte ich ein bißchen gedöst, aber sie wollte die ganze Zeit reden, Englisch üben ...«

»Du könntest zu Win und Kendall«, schlug ich ziemlich verzweifelt vor.

»Nein, ich will mich nicht aufdrängen. Abgesehen davon möchte ich in meinem eigenen Bett schlafen, und zwar mit dir.« Er bedachte mich mit einem bedeutungsvollen Blick.

»Tja, dann wirst du mich wohl bei meinem Plan unterstützen müssen«, sagte ich.

»Und wie sieht der aus?« fragte Hugh mißtrauisch.

»Setz mich mit dem ganzen Gepäck vor unserem Haus ab, aber laß sie um Himmels willen nicht aus dem Wagen. Fahr mit ihr spazieren, zeig ihr die Sehenswürdigkeiten. Ich werde ungefähr eine Stunde brauchen, um die Wohnung ein bißchen weniger männlich wirken zu lassen. Du bleibst zum Essen bei uns und verschwindest dann. Sobald sie schläft, rufe ich dich über Handy an. Dann kannst du dich wieder zurückschleichen. – Ach, Obasan, wenn ich doch bloß die Wohnung für dich aufgeräumt hätte!« rief ich aus, als Norie uns einholte. »Hugh macht eine kleine Rundfahrt mit dir, während ich das nachhole.«

»Aber ich bin ein wenig müde«, entgegnete Norie.

»Weißt du denn nicht, daß man in einer fremden Zeitzone gleich so viele Stunden wie möglich im Tageslicht verbringen soll? Dann fällt es dem Körper leichter, sich an die neuen Gegebenheiten anzupassen«, erklärte ich. »Unser Wagen ist da drüben. Laß mich die Tasche tragen, Obasan.«

»Ich habe mein eigenes Bettzeug dabei«, sagte Norie. »Über ein Bett für mich brauchst du dir keine Gedanken zu machen. Ich bin es gewöhnt, auf dem Boden zu schlafen.«

»Im Arbeitszimmer habe ich einen Futon«, erwiderte ich. Der ist noch aus meiner Zeit in Japan.«

»Ein Arbeitszimmer! Das klingt, als wäre deine Wohnung jetzt deutlich größer als die letzte. Es scheint dir finanziell gut zu gehen. Natürlich würde ich auch gern das Haus deiner Eltern in San Francisco sehen. Sie haben mich eingeladen, so lange zu bleiben, wie ich möchte. Aber ich bin hier, um dir bei den Vorbereitungen für die Hochzeit zu helfen.«

»Nun, mit der Hochzeit habe ich mich bisher kaum beschäftigt, weil ich so viel mit der Restauranteröffnung zu tun hatte.«

»Ja, davon hat Hugh mir erzählt. Wie läuft es?«

»Das Essen ist wunderbar«, sagte ich. »Aber am Eröffnungsabend gab es ein Problem, mit dem sie immer noch zu kämpfen haben.«

»Wie meinst du das?« fragte Norie.

»Es kam zu einem peinlichen Zwischenfall, doch der ist mittlerweile hoffentlich vergessen.«

»Was für ein peinlicher Zwischenfall? Hatte es etwas mit dem Essen zu tun?«

»Nein. Meine Cousine Kendall wurde aus dem Restaurant entführt.« Als ich Nories schockierten Gesichtsausdruck sah, fügte ich hinzu: »Am nächsten Morgen war sie wieder bei ihrer Familie. Aber leider haben die Zeitungen über den Vorfall berichtet, so daß die Leser den Eindruck bekamen, es sei dort nicht sicher.«

»Zeitungsberichte können sehr schlecht fürs Image sein. Das wissen wir aus eigener Erfahrung, nicht wahr, Rei?« Norie nickte weise. »Ich habe keine Angst, dieses Restaurant zu besuchen. Wollen wir morgen hingehen?«

»Nun, morgen fahre ich nach Virginia. Aber am Dienstag könnten wir im Bento essen, wenn dir das recht ist.«

»Ein Ausflug nach Virginia? Daß du gleich am Anfang so schöne Pläne für mich machst!«

»Möchtest du dich morgen denn nicht ausruhen?« fragte ich.

»Nein, nein. Ich will mich sofort ... wie sagt man? ... an den amerikanischen Rhythmus anpassen. Ich werde heute das Tageslicht nutzen, meine innere Uhr neu stellen, und morgen werde ich dich begleiten.«

Ich atmete ein paarmal tief durch und versuchte mir klarzumachen, daß ich mich über Nories Besuch freuen sollte. Sie war in den Jahren, die ich zwischen zwanzig und dreißig in Japan verbracht hatte, so etwas wie eine Ersatzmutter für mich gewesen. Außerdem würde sie ja nicht ewig bleiben; es war sinnvoll, während ihres Aufenthalts hier für gute Stimmung zu sorgen.

Hugh setzte mich mit dem Gepäck ab, das ich nach oben schleppte, bevor ich mich daran machte, die Wohnung weiblicher erscheinen zu lassen. Obwohl ziemlich viele alte japanische Möbel herumstanden und an den Wänden ein paar Holzdrucke hingen, wirkte das Apartment nicht wie meines, hauptsächlich, weil Hugh die Wände in Blau- und Ockertönen gestrichen hatte. Im Wohnzimmer befanden sich zudem ein Ledersofa, eine Stereoanlage sowie jede Menge CDs von Hugh. Ich machte mir nicht die Mühe, sie wegzuräumen, da Norie den Unterschied zwischen Grace Jones (mein Geschmack) und Norah Jones (seiner) ohnehin nicht kannte. Aber alle juristischen Zeitschriften nahm ich vom Beistelltischchen und versteckte sie unter seiner Seite des Mahagonibetts, das sich zum Problem auswachsen konnte, denn Norie wußte, daß ich immer nur einen Futon mein eigen genannt hatte. Nun, ich würde ihr weismachen müssen, daß ich das Bett zusammen mit dem hübschen Biedermeier-Schrank erstanden hatte. Sobald ich im Wohnzimmer fertig war, ging ich ins Bad und packte Hughs Toilettenutensilien in einen Korb, den ich ebenfalls unters Bett stellte. Anschließend trug ich Hughs Mäntel, Jakken und Schuhe von der Garderobe im Flur in unseren schmalen, bereits zum Bersten vollen Kleiderschrank im Schlafzimmer. Die Rudermaschine konnte ich nicht verschwinden lassen – Norie würde mir abkaufen müssen, daß ich diese Sportart angefangen hatte.

Ich war gerade dabei, das Klingelschild mit der Aufschrift »Glendinning« durch mein eigenes zu ersetzen, als Norie und Hugh zurückkamen.

»Alles in Ordnung?« fragte Hugh besorgt.

»Natürlich.« Ich lächelte ihm aufmunternd zu. »Willkommen, Tante Norie! Hugh, bleibst du noch auf eine Tasse Tee?«

Beim Anblick der Wohnung stieß Norie einen Entzückensschrei aus, wunderte sich aber, als Hugh sein Gepäck mit nach oben nahm.

»In Amerika kann man nichts im Auto lassen, Obasan«, sagte ich. »Das ist zu gefährlich.« Ich zeigte ihr das Arbeitszimmer, wo sie schlafen würde, und riet ihr, vor dem Essen ein heißes Bad zu nehmen. Der Fisch war köstlich; da ich nur zwei Forellen gekauft hatte, teilte ich sie auf, damit keiner sich benachteiligt fühlen mußte. Voller Mitleid sah ich, wie Hugh hastig seine Portion aß und fast über dem Teller einnickte.

»Du bist müde. Ich glaube, es ist besser, wenn du jetzt nach Hause gehst. Aber kannst du überhaupt noch fahren? Wo wohnst du überhaupt?« fragte Norie interessiert.

»Näher, als du ahnst«, antwortete Hugh, bevor er sich mit einem langen Blick, jedoch ohne Kuß, von mir verabschiedete.

Ich unterhielt mich mit Norie, bis sie sich auf den Futon im Arbeitszimmer zurückzog. Zwanzig Minuten später wählte ich Hughs Handynummer, der im Irish Pub an der Union Station mit seinen Rugby-Freunden wettete, wie lange die Geschichte mit der Wohnung funktionieren würde. Als ich ihn daran erinnerte, seinen Freunden zu sagen, daß sie ihn nur im Büro oder auf dem Handy anrufen sollten, stöhnte er.

»Wenn es eine so große Sünde ist, ohne Trauschein zusammen zu wohnen, sollten wir auf der Stelle heiraten«, sagte Hugh. »Ich gehe morgen aufs Standesamt, um alles in die Wege zu leiten. Zum Teufel mit der großen Hochzeit.«

»Aber das wäre eine Riesenenttäuschung für unsere Eltern«, erwiderte ich. »Schatz, komm bitte nach Hause. Sie schläft jetzt. Wir können alles in Ruhe besprechen.«

Doch als Hugh in der Wohnung eintraf, war er zu erschöpft zum Reden. Er wusch sich leise im Bad, schlüpfte in den Pyjama, den ich ihm hingelegt hatte, und begann zu schnarchen, kaum eine Minute, nachdem er ins Bett gegangen war. Ich wälzte mich eine ganze Weile herum, bevor ich einschlief. Am nächsten Morgen weckte Hugh mich mit einem Kuß. Gott sei Dank schien er mir nicht mehr böse zu sein.

»Ich habe noch ein Mitbringsel für dich«, sagte Hugh, naß vom Duschen und in einen Frotteebademantel gehüllt.

Als ich verschlafen das Päckchen öffnete, fiel mein Blick auf ein winziges pink-schwarzes Handy.

»Sieht aus wie ein Sexspielzeug«, sagte ich.

»Könnte es noch werden«, grinste Hugh. »Aber mal im Ernst: Es wird höchste Zeit, daß du ein Handy kriegst. Was wäre wohl aus Kendall geworden, wenn sie in der Nacht keins gehabt hätte?«

»Danke. Funktioniert das denn hier auch?«

»Ja, es ist ein Exportmodell. Du kannst es auf der ganzen Welt benutzen und bist überall erreichbar.«

Dabei war er doch derjenige, der ständig herumjettete! Allerdings hatte ich meinen Traum, eines Tages nach Japan zurückzukehren, noch nicht ganz aufgegeben. Ich legte das Handy aufs Nachtkästchen und schlüpfte wieder unter die Decke.

Hugh ließ den Bademantel von den Schultern gleiten und kroch zu mir, ganz offensichtlich nicht, um weiterzudösen.

»Lieber nicht. Meine Tante könnte uns hören.«

Er brachte mich mit einem langen Kuß zum Schweigen, bevor er sagte: »Ich hab die Dusche nicht abgedreht. Bei dem Lärm, den das Wasser macht, hört sie nichts. Und außerdem hätte ich da was für uns!« Er hielt mir ein extradünnes japanisches Kondom hin.

»Was für eine Verschwendung«, seufzte ich, als er wieder unter der Decke verschwand.

»Das finde ich nicht. Im Moment können wir uns das eher leisten als ein Baby …«

»Nein, ich meine das Wasser.«

»In Washington herrscht kein Wassermangel. Und hier unten geht's, soweit ich das beurteilen kann, auch eher feucht zu«, sagte Hugh mit undeutlicher Stimme.

Er hatte recht. Ich vergaß alle Bedenken, die sich bei morgendlichem Sex einstellen können – Mund- oder Körpergeruch zum Beispiel –, als Hugh begann, mich zu liebkosen.

Der Sex mit ihm war einfach perfekt, weil er sich ständig veränderte und entwickelte, genau wie meine Gefühle, je näher ich der magischen Dreißigergrenze kam. Ich reagierte intensiver, ließ mich bereitwilliger auf Experimente ein. In der Zeit ohne Hugh hatte ich viel gearbeitet, aber wenn ich abends ins Bett ging, immer an das gedacht, was mir fehlte. Hughs Kopfkissenbezug hatte ich erst unmittelbar vor seiner Rückkehr gewechselt, um wenigstens seinen Geruch bei mir zu haben.

Ich stellte mir vor, wie der Sex nach unserer Heirat sein würde. Langweiliger? Würde Hugh jemals wie Win mit offener Hose heimkommen, weil es da draußen eine Aufregendere gab als mich?

»Was ist denn los, Schatz?« Hugh strich mir tröstend übers Haar, als spürte er meine Sorge.

Ich wollte nicht neurotisch klingen, also lobte ich ihn lieber: »Ich hab' grad an deinen neuen Fingertrick gedacht.«

»Hat er dir gefallen?« fragte Hugh stolz.

»Sehr. Woher hast du ihn?«

Hugh lachte leise. »Aus einem japanischen Kopfkissenbuch in Kinokuniya. Sie haben es mir in einfaches braunes Packpapier eingewickelt! Wenn du möchtest, zeige ich es dir.«

»Gern.«

Hugh schlüpfte in seine Unterwäsche, bevor er zu seinem Koffer ging. Während er darin herumwühlte, schilderte er mir die Reaktion der jungen Verkäuferin auf seine Frage nach dem Titel. Dann gab er mir das Buch, und wir betrachteten kichernd die Bilder. Plötzlich wurde das Wasser im Bad abgedreht, und es klopfte an der Schlafzimmertür.

»Das Wasser ist eiskalt. Ich habe den Hahn zugedreht!« rief Norie. »Wie funktioniert denn der Boiler?«

Hugh grinste mich stumm an, während er sein Thomas-Pink-Hemd zuzuknöpfen begann. Ich schlüpfte hastig in Hughs Bademantel und ging zur Tür, wo ich mit lauter Stimme erklärte, es gebe keinen Boiler im Bad, Norie müsse etwa zehn Minuten warten, dann könne auch sie heiß duschen.

»Sie geht einfach ins Bad, obwohl die Dusche läuft. Hat sie denn keinerlei Respekt vor meiner Intimsphäre?« flüsterte ich Hugh zu, während wir uns fertig anzogen.

»Vielleicht müssen wir durchbrennen«, flüsterte er zurück.

»Ja«, sagte ich. »Aber wohin?«

11

Während der Fahrt durch Virginia versuchte ich mir vorzustellen, wie Hugh und ich abhauen würden. Die grünen Hügel mit den Schafen und windschiefen Scheunen waren fast schon obszön pittoresk. Nur einen Nachteil hatte die Gegend: Hier gab es vermutlich weder für Juristen noch für Innenarchitektinnen Arbeit, also würden Hugh und ich uns auf Schafschur und Käserei verlegen müssen.

Andrea, der ich Norie beim Abholen vorgestellt hatte, saß schweigend auf dem Rücksitz. Inzwischen kannte ich sie gut genug, um zu wissen, daß ihre Distanziertheit wahrscheinlich Ausdruck ihrer Angst vor der bevorstehenden Konfrontation war.

Andrea war leger gekleidet, sie trug eine langärmelige Voilebluse mit Orchideenmuster und dazu eine fließende cremefarbene Seidenhose. Ihre Schuhe mit den schwindelerregend hohen Absätzen streifte sie im Auto sofort ab. Dann holte sie eine Packung Virginia Slims aus ihrer Handtasche. Ich bat sie, das Päckchen wegzustecken.

»Tschuldigung«, sagte sie. »Ich wußte nicht, daß Sie militante Nichtraucherin sind.«

»Es ist Hughs Wagen«, erwiderte ich. »Er würde ihn mir nie wieder leihen, wenn ich ihn verraucht zurückbringe. Außerdem begreife ich nicht, wie Sie in Ihrer Branche rauchen können. Das ruiniert doch die Geschmacksnerven.«

»Mehr als die Hälfte des Küchenpersonals raucht«,

erklärte Andrea. »Das ist ganz normal. Unsere Geschmacksnerven sind vollkommen in Ordnung. Außerdem bildet eine Zigarette einen wunderbaren Abschluß für ein gutes Essen.«

»Andrea, im Bento wäre Ihnen das mit Sicherheit nicht recht«, sagte ich. »Stellen Sie sich mal vor, Sie müßten jeden Tag sechs Stunden in einem verqualmten Restaurant verbringen. Da stinken doch die Kleider.«

»Und dem Teint tut's auch nicht gut«, mischte Tante Norie sich ein. »Ihre wunderschöne goldene Haut würde vor der Zeit altern, genau wie Ihre Augen. Reichan, findest du nicht, daß die Augen deiner Freundin fast ein bißchen japanisch aussehen?«

Ich betrachtete Andreas Gesicht im Rückspiegel. »Darf ich es ihr erzählen?«

»Nur zu. Schlimmer kann der Streß kaum werden.«

Ich erklärte Norie Andreas Geschichte auf japanisch, damit sie begriff, wie wichtig die Fahrt war. Am Ende sah Norie aus, als könnte sie eine von Andreas Zigaretten vertragen.

»Darf ich meine Hilfe anbieten? Ich könnte zum Beispiel Ihre japanischen Verwandten aufspüren, wenn ich wieder zu Hause bin«, sagte Norie auf englisch. Hier, das fiel mir auf, schien sie die Sprache weit besser zu beherrschen als in Japan.

»Jetzt beschäftigen wir uns erst mal mit dem, was heute vor uns liegt, Obasan. Offen gestanden habe ich sogar ein wenig Angst, daß deine Anwesenheit in Andreas Vater Erinnerungen weckt«, sagte ich auf englisch, damit auch Andrea mich verstand.

»Mrs. Shimura, wie alt sind Sie?« fragte Andrea

geradeheraus. Norie antwortete ohne jede Verlegenheit, sie sei im Jahr 1951 zur Welt gekommen.

»Tatsächlich? Ich hätte Sie für jünger gehalten«, meinte Andrea. »Wissen Sie, wir könnten Sie als die Schwester meiner Mutter vorstellen, die 1954 geboren wurde.«

»Was hätte das für einen Sinn?« fragte ich.

»Wenn mein Vater glaubt, daß Sie beide Verwandte meiner Mutter und gekommen sind, um die Wahrheit herauszufinden, muß er mit uns reden«, antwortete Andrea.

Ich bremste so unvermittelt, daß der Fahrer hinter mir hupte. Als ich mich wieder ein wenig beruhigt hatte, sagte ich: »Andrea, ich werde nicht lügen. Und meine Tante soll das auch nicht tun. Lügen bringen nur Probleme. Deswegen bin ich aus Japan rausgeflogen.«

»Sie brauchen kein Wort zu sagen«, erwiderte Andrea. »Das Reden übernehme ich.«

Eine Stunde später erreichten wir das JL Café. Andrea öffnete die Glastür, an der Plakate mit der Aufforderung klebten, die Bundespolizei zu unterstützen sowie für die Freiheit Amerikas und für Jesus Christus zu kämpfen. Im Innern empfing uns ein Smiley, darunter der Text: »Wählen Sie selbst Ihren Platz!«

Es war ein Diner wie aus dem Bilderbuch, genau wie die meiner Kindheit, wenn wir aufs Land fuhren, um Obst zu pflücken oder Antiquitätenmärkte zu besuchen. Mit dem einzigen Unterschied, daß hier nur Schwarze saßen. Ich hatte sofort das Gefühl, daß sich alle Blicke auf uns richteten, und fragte mich, ob es schwarzen

Gästen im Bento, wo fast nur Weiße verkehrten, ähnlich erging.

Andrea entschied sich für eine Nische im hinteren Teil, nicht für einen Platz direkt an der Theke, hinter der ein großgewachsener, ein wenig gebeugter Mann um die Sechzig Pfannkuchen wendete. Nach einem kurzen Nicken rief er: »Marie!«

Marie, eine schlanke Frau um die Vierzig mit zahllosen Sommersprossen auf der karamelfarbenen Haut, kam sofort mit einer Kaffeekanne an unseren Tisch. Als sie wieder weg war, sagte Andrea leise: »Der Mann hinter der Theke ist mein Dad.«

Nories fragender Blick verriet mir, daß sie Andrea nicht verstanden hatte, also übersetzte ich für sie, und meine Tante schaute mißbilligend in seine Richtung. »Er hat uns nicht begrüßt. In Japan wird man in jedem Restaurant erstmal begrüßt.«

»Jetzt bitte kein Englisch mehr, ja?« flüsterte Andrea, als Marie sich uns näherte, um unsere Bestellung aufzunehmen. Andrea erkundigte sich nach Spezialitäten. Dabei nahm ihre Stimme einen deutlich südlicheren Tonfall an. Das Phänomen kannte ich – auch mein Japanisch veränderte sich je nach Gesprächspartner.

»Wollen Sie Frühstück oder was von der Mittagskarte?« erkundigte sich Marie.

Als ich Nories fragenden Blick sah, wurde mir klar, wie schwer sie sich mit dem Südstaatendialekt tat. Sie hatte ja nach zwei Jahren immer noch Probleme, Hugh mit seinem schottischen Einschlag zu verstehen. Also übersetzte ich wieder, und wir studierten gemeinsam die Speisekarte. Norie wollte Fisch, was mich nicht überraschte, weil Japaner eigentlich zu jeder Mahlzeit Meeresgetier essen. Am Morgen – nachdem Hugh unbemerkt aus der Wohnung geschlüpft war – hatte Norie einen getrockneten Bonitothunfisch für die Frühstückssuppe aus ihrem Gepäck geholt. Da die Suppe nicht nach meinem Geschmack gewesen war, entschied ich mich jetzt für ein mit Käse überbackenes Sandwich. Andrea orderte eines mit Speck, Salat und Tomate und schloß die Bestellung mit dem Satz: »Und Robert Norton können Sie sagen, daß Verwandte von auswärts da sind.«

Marie sah uns ungläubig an. »Tatsächlich?«

»Ja«, antwortete Andrea. »Ich bin seine Tochter, aus Washington.«

»Wow!« rief Marie aus und sah sich Andrea genauer an. »Seine Nase haben Sie, und groß sind Sie auch, wie er. Wie heißen Sie denn, Schätzchen?«

»Andrea. Andrea Norton.«

Nachdem Marie den Bestellblock in die Schürze gesteckt hatte, verschwand sie mit großen Augen in Richtung Theke.

»Glauben Sie, die Leute hier wissen über Sie Bescheid?« fragte ich Andrea, als wir wieder allein waren.

»Sieht nicht so aus. Psst, ich glaube, er kommt.«

Andreas Vater trug eine makellos weiße Schürze über einem kurzärmeligen Karohemd und eine Art Haarnetz über seiner kurzen, graumelierten Afrokrause. Bei unserem Anblick zuckte er zusammen.

»Warum bin ich bloß hierher gekommen?« murmelte Andrea.

»Nicht die Nerven verlieren«, flüsterte ich. »Sobald

er da ist, gehen Norie und ich zur Toilette. Dann haben Sie die ersten paar Minuten für sich.«

Als wir zum Tisch zurückkamen, war das Essen bereits serviert. War das hervorragender Service, oder wollte Andreas Vater uns so schnell wie möglich wieder loswerden?

Robert Norton saß Andrea gegenüber, von ihr sah ich nur das Gesicht. Früher einmal hätte ich ihre Miene als arrogant interpretiert; inzwischen wußte ich, daß sie schreckliche Angst hatte.

Als wir den Tisch erreichten, verbeugte sich Norie, und ich tat es ihr gleich.

»Tante Norie, darf ich meinen Vater Robert vorstellen?« begrüßte uns Andrea. »Und das ist Nories Tochter Rei, meine Cousine. Sie hat in der Schule Englisch gelernt, aber Tante Norie beherrscht die Sprache nicht sonderlich gut.«

»Sie leben in Japan?« fragte Robert Norton, ohne mir die Hand zu reichen, denn aus seiner Zeit in Sasebo wußte er sicher noch, daß man sich in Japan mit einer Verneigung, nicht mit einem Händedruck begrüßte.

»Bis vol kulzem habe ich in Tokio gewohnt.« Ich zog die Vokale in die Länge und ersetzte dem Klischee entsprechend die »Rs« durch »Ls«, und Tante Norie lächelte zufrieden, weil ich endlich so Englisch sprach wie sie und ihre Freunde.

»Was für eine Überraschung.«

»Wilklich?«

»Ja. Ihre Familie war seinerzeit nicht gerade erfreut über meine Ehe mit Andreas Mutter.«

»Es gibt ein japanisches Sprichwort: Wasser wäscht

alles weg«, sagte ich, angestrengt meinen Akzent aufrechterhaltend. »Das heißt, Zeit bringt Vergeben.«

»Rei meint, die Familie würde gern wissen, was mit Mom passiert ist. Besonders Tante Norie.« Andrea nickte ihr zu. »Sie möchten die Sachen meiner Mutter, die noch existieren, um sie begraben zu können.«

»Begraben?« wiederholte Robert.

»Auf dem Friedhof. Wenn Mom tatsächlich tot ist, sollte sie irgendwo eine Gedenkstätte haben. Um die will sich ihre Familie in Japan kümmern.«

»Davon höre ich zum ersten Mal.« Robert klang verunsichert.

Andrea hatte gerade einen kapitalen Fehler gemacht: Japaner begraben Erinnerungsstücke nicht, sondern bauen einen Familienaltar dafür. Aber wußte Robert das?

»Wir haben Familienaltar, also Bilder und persönliche Erinnerungsstücke wären willkommen«, sagte ich. »Wir suchen wahre Geschichte von was passiert. Sie können sagen in Englisch. Ich übersetze für Tante.«

»Nicht hier«, erklärte Andreas Vater mit angespannter Stimme.

»Wir warten, bis du hier fertig bist«, sagte Andrea.

Robert schien gegen eine komplexe Mischung verschiedenster Gefühle anzukämpfen: Wut, Trauer und Müdigkeit. »Na schön. Ich rufe Davon an, daß er mich hier ablösen soll. Dann könnt ihr mich nach Hause begleiten. Ich habe noch ein paar Kartons mit Sachen deiner Mutter. Die kannst du haben.«

»Danke, ich bringe sie auch zurück«, sagte Andrea.

»Bitte behalt sie.«

»Kannst du uns außerdem verraten, was damals passiert ist?« fragte Andrea.

»Ich hab' dir doch schon vor zehn Jahren gesagt ...«

»Aber die beiden hier haben's noch nicht gehört«, erwiderte Andrea. »Sie interessiert das sicher.«

Sonderlich begeistert wirkte Robert Norton nicht, als er sich erhob, um von der Küche aus zu telefonieren. Sobald er weg war, klärte Andrea uns auf, daß Davon ihr Halbbruder, Roberts Kind mit Lorraine, sei. Ich versuchte, mein Sandwich zu essen, doch es war inzwischen kalt geworden und schmeckte mir nicht mehr. Auch Tante Norie würde den gebratenen Fisch bestimmt nicht mögen. Doch nach dem ersten Bissen schloß sie verzückt die Augen.

»*Oishi!*« rief sie aus.

»Köstlich«, übersetzte ich für Andrea, bevor ich fragte: »Wie haben Sie sich unser weiteres Vorgehen vorgestellt?«

»Sie und Ihre Tante machen das ganz prima.«

»Du mußt den Fisch probieren!« sagte Norie und trennte mit der Gabel, die ich nicht benutzte, ein Stück für mich ab. »Er ist hervorragend. Ob Andreas Vater mir das Rezept gibt?«

Ich schob mein Sandwich auf dem Teller herum, und auch Andrea wirkte nicht gerade hungrig. Fünfzehn Minuten später betrat ein großgewachsener, schlanker Mann von kaum zwanzig Jahren mit Milchgesicht, umgekehrt aufgesetzter Baseballmütze, Arbeitsanzug und Muscle-Shirt das Diner.

»Davon«, flüsterte Andrea mir zu, während er sie ansah, ohne sie zu erkennen, und hinter der Theke verschwand.

»Wahrscheinlich hat Ihr Vater ihm nicht erklärt, warum er kommen soll«, sagte ich.

»Das verraten ihm sicher die Angestellten«, seufzte Andrea. »Ich sehe ihn heute das erste Mal. Lorraine hat ein Treffen bisher immer verhindert.«

»Sie sollten ihm sagen, wer Sie sind. Vermutlich würde er sich über eine Halbschwester freuen.«

»Er hat bestimmt nur Schlechtes über mich gehört«, murmelte Andrea.

»So ein Bild läßt sich verändern …«

»Da kommt mein Vater. Gehen wir zu ihm, damit er nicht abhaut.« Andrea legte einen Zwanziger auf den Tisch.

»Aber wir haben doch die Rechnung noch gar nicht«, wandte ich ein.

»Das reicht mit Sicherheit. Und Marie freut's.«

»Danke für das Mittagessen«, sagte Tante Norie, stand auf und verbeugte sich. »Aber ich bin älter als ihr beide, also sollte ich zahlen …«

»Pst. Nicht so viel Englisch, ja?« flüsterte Andrea, als wir uns in Richtung Ausgang bewegten. Draußen war Robert Norton gerade dabei, in seinen Pickup zu steigen.

»Weißt du noch, wo das Haus ist?« fragte er durch das offene Fenster.

Andrea schüttelte den Kopf. »Nein. Wir folgen dir lieber.«

12

»Natürlich weiß ich, wo das Haus ist«, sagte Andrea mit verkniffenem Mund, sobald sie im Lexus neben mir saß; diesmal hatte Norie hinten Platz genommen. Ich mußte einen Blitzstart hinlegen, weil Robert Norton so schnell losfuhr, daß er eine kleine Staubwolke hinterließ. Bald hatte ich fast achtzig Stundenkilometer erreicht, obwohl nur fünfzig erlaubt waren. Legte er es darauf an, daß ich von einem Cop angehalten wurde?

»Er telefoniert.« Das sah ich an seiner Kopfhaltung.

»Wahrscheinlich ruft er Lorraine an«, sagte Andrea. »Da vorne geht's links ab. Er hat den Blinker nicht gesetzt; er möchte wohl, daß wir die Abzweigung verpassen.«

»Nein, er hat einfach keine Hand frei«, erwiderte ich und folgte Robert Norton nach links in einen Kiesweg, von dem ein Stein gegen die Windschutzscheibe sprang und ein winziges Loch hineinsprengte. Hoffentlich würde Hugh das nicht merken.

Zur Farm waren es nun nur noch fünf Minuten. Es handelte sich um ein vermutlich in den sechziger Jahren erbautes Ziegelgebäude, an dessen Vorderfront eine Satellitenschüssel prangte. Rechts und links davon erstreckten sich Felder mit Mais und etwas Grünem, niedrig Wachsendem. Als ich anhielt, kletterte Norie hinaus, um die Felder zu fotografieren.

»Was soll denn das?« fragte Robert Norton, der inzwischen aus seinem Pickup ausgestiegen war, mit Blick auf Norie.

»Sie macht Fotos«, antwortete Andrea. »Das ist doch verständlich nach ihrer weiten Reise aus Japan.«

Ich gesellte mich zu Norie, um sie von weiteren Schnappschüssen abzuhalten.

»Sie haben dich also überredet, sie hierher zu bringen«, sagte Robert Norton gerade zu Andrea. »Wie haben sie dich gefunden?«

»Ach, mit dem Internet ist das heute ganz leicht.«

»Und was treibst du so?«

»Ich arbeite in einem Restaurant in Washington«, antwortete Andrea. »Vielleicht hast du schon davon gehört. Es heißt Bento.«

»In einem Restaurant?« wiederholte Norton ungläubig. »Mit deiner Schulausbildung hättest du wirklich was Besseres anfangen können ...«

»Ja, die Washingtoner Schulen sind einfach toll«, fiel Andrea ihm voller Sarkasmus ins Wort. »Und das College, auf das du mich geschickt hast – das war meine Garantie für die Zukunft!«

Er seufzte. »Du siehst aus wie eine Städterin, und du klingst auch so. Offenbar geht's dir nicht schlecht.«

Ich dirigierte Norie sanft aus dem Feld heraus zu den beiden zurück. Als wir sie erreichten, teilte Andrea uns mit: »Mein Vater holt die Sachen meiner Mutter aus dem Keller. Wir sollen im Haus oder auf der Veranda warten.«

»Es ist so schönes Wetter heute«, sagte ich, weil ich keine Lust hatte, in das Haus hineinzugehen und möglicherweise in einem Keller wie aus dem Film *Das Schweigen der Lämmer* zu landen.

»Wollen Sie was trinken?« erkundigte sich Robert Norton.

Ich übersetzte für Norie, und sie schüttelte den Kopf.

»Ich schon«, sagte Andrea. »Hast du Cola im Kühlschrank?«

»Pepsi«, antwortete Norton.

»Gut. Ich geh' mir eine holen, während du die Sachen aus dem Keller raufbringst«, erklärte Andrea.

»Lorraine kann jede Minute kommen. Sie verbringt die Mittagspause immer zu Hause«, sagte Norton.

»Um so besser«, gab Andrea zurück.

Norie und ich genossen in Plastikliegestühlen die Aussicht von der Zedernholzveranda. Als ich in der Ferne die Blue Ridge Mountains entdeckte, machte ich Norie darauf aufmerksam.

»Er scheint ein ziemlich komplizierter Mensch zu sein«, sagte sie auf japanisch zu mir.

»Meinst du? Da bin ich mir nicht so sicher«, erwiderte ich. Sein Gespräch mit Andrea hatte mir den Eindruck vermittelt, daß es für ihn durchaus nicht leicht gewesen war, all die Jahre mit den Schuldgefühlen zurecht zu kommen. Und wer ein schlechtes Gewissen haben konnte, der hatte zumindest Emotionen, dachte ich.

»Er kommt mir unehrlich vor«, sagte Norie.

»Woran siehst du das?«

»Wart ab, wie er unsere Fragen beantwortet«, meinte Norie.

Ich legte eine Hand auf ihren Unterarm. »Obasan, bitte vergiß nicht, daß du in seiner Gegenwart kein Englisch sprechen sollst.«

»Ich werde Fragen auf japanisch stellen wie bisher, und du wirst sie für mich übersetzen«, erklärte sie.

Als ich hörte, wie sich die Tür hinter uns öffnete, wandte ich mich in der Erwartung um, Andrea zu sehen, erblickte aber eine sehr großgewachsene, ziemlich hellhäutige Schwarze um die Sechzig mit elegant hochgestecktem Haar, schwarz-rotem Strickkleid und dazu passender Jacke. An ihren Handgelenken klimperten Goldreifen, und um ihren Hals hing ein Plastikausweis.

»Was für eine Überraschung. Ich bin Mrs. Norton.« Lorraine klang streng wie die Leiterin einer Schule, doch ein Blick auf die Ausweiskarte verriet mir, daß sie im örtlichen Büro der Social-Security-Behörde arbeitete.

»Hallo, Mls. Nolton. Schön, Sie kennenzulelnen. Ich heiße Lei Shimula, und das ist meine Tante Nolie Shimula. Wil sind zu Besuch aus Japan hiel«, sagte ich, wieder angestrengt radebrechend.

Norie stand hastig auf, verneigte sich und murmelte die bei einem ersten Treffen üblichen Begrüßungsworte. Lorraine hob eine ihrer strichdünnen Augenbrauen und sagte: »Ich dachte, Sie sind Mutter und Tochter, nicht Tante und Nichte.«

Hoppla. »Ich ... wir sind Tante und Nichte. Es ist manchmal schwer, für Fremde zu übersetzen; wir machen Fehler«, erklärte ich.

»Hm.« Sie klang alles andere als überzeugt. »Sie sind hier, um die Sachen von Andreas Mutter zu holen? Es wäre alles ein bißchen einfacher gewesen, wenn Sie zeitiger angerufen hätten. Ich weiß nicht, ob Robert auf die Schnelle was findet.«

Nun öffnete sich die Tür erneut, und Andrea kam mit einer Dose Pepsi in der Hand heraus.

»Wir wohnen schon zwanzig Jahre in dem Haus«, sagte Lorraine und wandte den Kopf. »Hallo, Andrea. Du hast dir was aus dem Kühlschrank geholt? Bitte mach die Tür hinter dir zu, damit keine Fliegen reinkommen.«

»Dad hat gesagt, ich kann mir was zu trinken nehmen«, antwortete Andrea und schloß die Tür.

Auf japanisch sagte Norie zu mir: »Frag Mrs. Norton, warum sie beim Umzug hierher Sadakos Sachen mitgenommen haben.«

Ich übersetzte: »Meine Tante ist sehr dankbar, daß Sie die wertvollen Dinge ihrer Schwester so viele Jahre aufgehoben haben. Sie waren sicher eine Belastung für Sie. Warum haben Sie sie nicht weggeworfen?«

»Nun, viel ist sowieso nicht mehr übrig. Robert hat ihre Klamotten in die Kleidersammlung gegeben. Abgesehen von dem Kimono waren sie nicht viel wert, und den haben wir für eine Kirchenauktion zur Verfügung gestellt.«

»Weißt du noch, wie der Kimono aussah?« fragte Andrea.

»Rot, starr und glänzend. Oder war er orange?« überlegt Lorraine laut.

»Rot? Dann war das der Brautkimono«, sagte Andrea. »Den kenne ich von dem Hochzeitsfoto, das Dad mir gegeben hat. Ihre Familie hätte ihn sicher gern gehabt.«

»Tja, tut mir leid, wenn ich das jetzt so unverblümt sage, aber wo steckte die Familie denn vor dreißig Jahren, als das alles aktuell war?« erwiderte Lorraine. »Wir konnten nicht ahnen, daß ihr euch mal dafür interessieren würdet. Die Familie hatte sie doch offensichtlich wegen der Heirat verbannt. Besonders freundlich war das meiner Meinung nach nicht.«

Da hörten wir erneut, wie jemand die Tür öffnete. Diesmal streckte Robert den Kopf aus dem Haus. »Ich hab den Karton gefunden, aber mit meinem Rükken ist er mir zu schwer zum Rauftragen. Tut mir leid.«

»Ich helfe dir«, bot Andrea sofort an.

»Nein, Andrea, besser, du leistest mir Gesellschaft. Wir haben eine Menge miteinander zu bereden«, mischte sich Lorraine ein.

Ich hätte Widerspruch von Robert erwartet, doch als der nicht kam, stand ich auf und betrat das Haus, bevor irgend jemand mich zurückhalten konnte. Inzwischen hatte ich zwei Dinge herausgefunden: Erstens, daß Lorraine alles tun würde, um ein Vieraugengespräch zwischen Andrea und ihrem Vater zu verhindern, und zweitens, daß ich keine Angst vor ihm haben mußte. Fast tat er mir sogar leid.

Robert ging mir voran in ein ordentliches Wohnzimmer voll heller Möbel im Achtziger-Jahre-Stil mit pastellfarbenem Floralmuster und Plastikschonbezug. Auf den Beistelltischchen standen Vasen mit Seidenblumen und kleine Glastiere. Meine Mutter hätte die Hände über dem Kopf zusammengeschlagen, aber ich versuchte mich eines Urteils über Lorraines Geschmack zu enthalten. Die beigefarbenen Wände waren über und über mit Fotos bedeckt: Lorraine und Robert bei ihrer Hochzeit, Lorraine mit ihren College-Freundinnen. Ich sah mir die Namen darunter an – Lorraine Neblett, die Dritte von links. Ihre hübsche hohe Stirn und der eindringliche Blick hatten sich seit damals kaum verändert. Mit der war vermutlich nie gut Kirschen essen gewesen, dachte ich, als ich das große gerahmte Familienbild betrachtete, auf dem Robert hinter ihr und Davon, etwa zehn Jahre alt, neben ihr standen.

»Das Zimmer ist groß«, bemerkte ich. »Darf ich es ansehen?«

»Wenn Sie wollen.« Robert schien sich nicht besonders wohl zu fühlen, als ich langsam im Wohnzimmer herumging und mir alles anschaute. »Sind Sie sicher, daß Sie den Karton tragen können?« fragte er.

»Ich habe Kraft«, antwortete ich. Nun durchquerten wir die kleine Küche mit avocadofarbenen Schränken und dazu passendem Linoleumfliesenboden. Die Farbe war so altmodisch, daß sie fast schon wieder modern wirkte.

Er schüttelte den Kopf. »Nun, ich weiß, daß japanische Frauen für gewöhnlich zierlich, aber ziemlich stark sind. Sadie hat mal ein Sprichwort erwähnt, etwas über kleine Pfefferschoten …«

»Japanische Pfefferschoten sind klein, aber sehr scharf«, sagte ich zuerst auf japanisch, dann auf englisch.

»Ja, genau. Das gilt auch für Andrea, trotz ihrer Größe. Sie kommt nach Ihrer Tante.«

»*Heh?*« fragte ich verwirrt, denn Tante Norie war sehr klein, noch kleiner als ich.

»Sie ist wie Andreas Mutter, stellt ständig Fragen und gerät über die Antworten aus der Fassung.« Nun öffnete er eine Tür, die über und über mit Informationen über Kirchenchor und Recycling bedeckt war, und betätigte einen Lichtschalter. Mein Blick fiel auf eine steile, mit goldbraunem Karoteppichboden belegte Treppe. Robert hielt sich am Geländer fest; es war deutlich zu sehen, daß ihm das Treppensteigen Mühe bereitete. Ein Mann mit Knieproblemen würde mir sicher nichts tun, dachte ich.

In dem hell erleuchteten, ordentlich aufgeräumten Kellerraum befanden sich ein Billardtisch sowie eine Vitrine mit Davons Basketball- und Leichtathletikpokalen. An der Wand hingen militärische Auszeichnungen für Robert. Offenbar gehörte der Keller den Männern, während oben Lorraine herrschte.

In einer Ecke stapelten sich Kartons. Einer davon lag auf der Seite, so daß Papier herausquoll.

»Er war ganz oben; er ist ausgekippt, als ich ihn runternehmen wollte«, erklärte Robert. »Lorraine sagt, ich soll für solche Sachen eine Leiter nehmen, aber dazu war keine Zeit.«

Ich ging in die Hocke, um den mit Sicherheit zwanzig Kilo schweren Karton hochzuheben.

»Verletzen Sie sich nicht«, sagte Robert.

»Keine Sorge.« Ich ging in Richtung Treppe; er folgte mir.

»Ich hab' Rückenprobleme wegen der ewigen Steherei im Diner«, erklärte Robert. »Und die Knie sind seit dem Krieg hinüber.«

»Was ist passiert?«

»Ein Schuß von einem Kameraden. Die Kniescheibe wurde zertrümmert.«

»Krieg ist schrecklich«, sagte ich.

»Ja«, pflichtete er mir bei und machte sich auf den Weg nach oben.

In der Küche blieb ich stehen. »Wo soll ich hinstellen?«

»Könnten Sie ihn gleich zu Ihrem Wagen bringen?«

Doch ich schob ihn auf die Arbeitsfläche. »Norton-san, meine Tante und Andrea-san, sie haben vielleicht noch Fragen.«

»Tut mir leid, aber im Moment kann ich nicht über solche Dinge sprechen. Lorraine …«

Allmählich verlor ich die Geduld mit diesem Kriegsveteranen, der sich vor seiner Frau fürchtete. »Wir machen Probleme für Sie, tut mir leid. Vielleicht war Reise nicht eine gute Idee.«

»Nein, ich muß mich entschuldigen. Ich habe immer noch ein schlechtes Gewissen wegen damals. Vielleicht habe ich ihre Sachen nicht weggeworfen, weil ich hoffte, daß sie später jemandem etwas bedeuten würden.«

»Können Sie mir Grund für Sadako-sans Tod verraten? Ich verstehe nicht ganz«, sagte ich mit fragendem Blick. »Es heißt, sie ist ertrunken in Wasser.«

Robert zögerte einen Moment, bevor er antwortete: »Ein solcher Tod muß schwierig für sie gewesen sein. Wie Sie und Ihre Familie wissen, war sie eine sehr gute Schwimmerin.«

Und offenbar war sie nackt ins Wasser gegangen. Mit Steinen hatte sie sich bestimmt nicht beschwert, wie Virginia Woolf.

»Hat man sie je gefunden?« fragte ich in der Erwartung, die Information zu bekommen, die ich schon von Andrea kannte.

Doch er überraschte mich. »Ein paar Jahre später wurden im Fluß die Überreste eines weiblichen Körpers entdeckt. Die Beamten hielten es für möglich, daß das Sadie war. Ich konnte es nicht beurteilen, aber vermutlich hatten sie recht. Jedenfalls habe ich sie offiziell identifiziert. Daraufhin wurde die Akte geschlossen.«

»Was war mit Zähnen?«

»Wir hatten kein Dentalprofil, weil Sadie sich weigerte, zum Zahnarzt zu gehen. Ich mußte sie ja schon zum Gynäkologen schleppen.«

»Noch eine Frage«, sagte ich. »Sie und Mrs. Norton haben geheiratet, kurz nachdem Sadako-san für tot erklärt wurde, stimmt?«

»Zwei Wochen danach«, bestätigte er. »Lorraine war der Ansicht, sie habe lange genug gewartet.«

»Aber das bedeutet, daß Sie und Lorraine schon eine Weile zusammen waren, in Zeit, als Sie nicht wußten, was mit Sadako passiert ist.«

»Ich kenne Lorraine seit der High-School. Sie arbeitete fürs Pentagon, während ich ... Sie war meine Stütze. Ohne sie hätte ich das alles nicht geschafft. Selbst wenn Sadie nicht Selbstmord begangen hatte, wäre sie bestimmt nicht zurückgekommen.« Als er meinen verständnislosen Blick sah, fügte er hinzu: »Ich glaube, sie hat mich verlassen.«

»*Honto?* Wirklich? Normalerweise stehen japanische Frauen zu ihrem Mann.« Ich kannte keine einzige Japanerin, die sich hatte scheiden lassen.

»Es fiel ihr schwer, sich an das Leben in Amerika anzupassen und Freunde zu finden. In den Siebzigern ging es in Virginia noch ganz anders zu als heute. In Washington gab's eine einzige japanisch-amerikanische Vereinigung, aber zu der wollte sie nie, weil ihr der Weg zu weit war. Sie selbst fuhr nicht Auto, und die Metro wurde gerade erst gebaut. Sie fühlte sich hier eingesperrt.«

War diese japanisch-amerikanische Vereinigung am Ende meine Washington-Japan Friendship Society?

»Viele Ehen wie die unsere hielten den Belastungen

nicht stand. Als Sadie weg war, ging ich ihre Sachen durch und stellte fest, daß sie ihren Paß mitgenommen hatte. Vermutlich wollte sie zurück in die Heimat.«

»Hat Polizei überprüft, ob sie nach Japan zurückgereist ist?«

»Ja, aber es gab keinen Eintrag.«

»Wann?« fragte ich.

»Gleich 1974. Das FBI führte die Nachforschungen bis 1977 weiter, als die Frauenleiche gefunden wurde.«

Möglicherweise war Sadako untergetaucht und erst später unbemerkt nach Japan zurückgekehrt.

»Ich verstehe nicht«, sagte ich vorsichtig. »Wenn das alles stimmt, wenn sie nicht Selbstmord begangen hat, sondern weggelaufen ist, warum hat sie dann Andrea nicht mitgenommen?«

»Keine Ahnung«, antwortete Robert. »Besonders, weil das Baby das einzige war, was ihr Freude zu machen schien.«

13

Eine halbe Stunde später verließen wir die Nortons. Meine Bemühungen, den Besuch noch ein wenig hinauszuzögern, um Andrea eine Möglichkeit zum Gespräch mit ihrem Vater zu verschaffen, schlugen fehl. Lorraine fiel Andrea jedesmal ins Wort, wenn diese etwas sagen wollte, schaute immer wieder auf die Uhr und erklärte, sie müsse bald zurück ins Büro. Ich hoffte, daß sich dann eine Gelegenheit für eine Unterhaltung zwischen Vater und Tochter ergäbe, aber irgendwann verkündete Robert, er müsse nach Charlottesville zum Einkaufen.

»Vielleicht wollen Sie ja noch mal auf die Toilette, bevor Sie aufbrechen? Es ist eine lange Fahrt«, meinte Lorraine.

Wir schlugen ihr Angebot aus.

»Wann fliegen Sie zurück nach Japan?« fragte Lorraine.

»Erst in ein paar Monaten«, antwortete ich mit einem breiten Lächeln. »Sobald wir alles über Sadako-sans Tod wissen.«

»Ach wirklich?« sagte Lorraine mit versteinertem Gesicht.

»Ja, vielleicht besuchen Sie uns in Washington, wenn Ihnen etwas einfällt. Sie können bei Andrea übernachten«, fügte ich hinzu.

»Nun ...«, hob Andrea an, doch da begann Lorraine sich schon über die schlechte Luft in Washington zu beklagen, die ihr beim letzten Mal so zugesetzt hatte, daß sie eine Allergie bekam.

Also blieb der Karton ziemlich das einzige, was wir von dem Ausflug mitnahmen. Ich setzte vorsichtig aus der Ausfahrt zurück, Roberts Pickup auf der einen Seite, ein silberfarbener Honda Accord, vermutlich Lorraines Wagen, auf der anderen. Sie hatte so dicht neben unserem Lexus geparkt, daß ich beim Einsteigen den Bauch einziehen mußte.

Während ich die Landstraßen sehr viel gemächlicher entlangfuhr als zuvor, döste Tante Norie ein, bei der sich der Jetlag nun offenbar doch bemerkbar machte.

»Was war in der Küche? Ich habe Sie mit ihm sprechen gehört«, sagte Andrea.

»Ich habe versucht, ihm mehr über die Vergangenheit zu entlocken.« Ich erzählte Andrea von der Leiche, die gefunden und als die ihrer Mutter identifiziert worden war.

»Das kann nicht sie gewesen sein«, meinte sie.

»Nun, leider gab es kein Dentalprofil von ihr, um das mit eindeutiger Sicherheit festzustellen. Aber möglich wäre es doch, oder?«

»Sie wollen auch nur eine schnelle Antwort, wie die anderen.« Andrea klang bitter.

»Ich habe Ihnen immerhin geholfen, an den Karton mit den Dokumenten zu kommen«, erwiderte ich. »Die können Sie durchsehen, wann immer Sie wollen. Und außerdem weiß Ihr Vater nun, wo Sie arbeiten. Vielleicht setzt er sich ja mit Ihnen in Verbindung, wenn seine Frau ihn mal aus den Augen läßt. Oder Davon meldet sich bei Ihnen.«

»Gute Idee«, meldete Tante Norie sich gähnend vom Rücksitz zu Wort. »Eine Familie sollte alle ihre Mitglieder kennen. Ich werde Ihre japanischen Verwandten für Sie aufspüren, sobald ich wieder zu Hause bin.«

»Ach«, schnaubte Andrea ziemlich verärgert. »Meine Verwandten hier wollen doch schon nichts von mir wissen. Glauben Sie, bei den japanischen wird das anders sein?«

»Obasan, vielleicht hat sie gar nicht so unrecht«, sagte ich. »Möglicherweise bin ich zu weit gegangen; dafür möchte ich mich entschuldigen. Aber Andrea, Sie müssen zugeben, daß Sie selbst mich gebeten haben, Sie hierher zu bringen, weil Sie nicht allein fahren wollten.«

»Ja, doch ich habe Sie nicht gebeten, mein Leben auf den Kopf zu stellen. Ich fühle mich gedemütigt.«

»Tja, dann sollten wir die Sache vergessen«, versuchte ich, sie zu beruhigen. »Immerhin haben Sie den Karton. Wahrscheinlich wollen Sie jetzt auch nicht mehr hören, was Ihr Vater mir erzählt hat, oder?«

»Doch, natürlich!« rief Andrea aus.

»Er sagt, Ihre Mutter hätte sehr zurückgezogen gelebt, weil es ihr schwerfiel, sich mit Amerikanern anzufreunden. Angeblich hat sie bei ihrem Verschwinden ihren Paß mitgenommen, aber es gibt keinerlei Hinweise darauf, daß sie nach Japan gegangen ist. Allerdings hat die Polizei nicht jedes Jahr bei der Einwanderungsbehörde nachgefragt. Ich könnte mir denken, daß sie ein paar Jahre in den Staaten blieb, um zu arbeiten, und dann, als sie genug Geld hatte, zurückkehrte.«

»Das werde ich herausfinden«, sagte Norie verschlafen. »Sobald ich zu Hause bin.«

Es herrschte eine ganze Weile Stille, als wir in die spätnachmittägliche Rush-hour eintauchten, und Tante Norie schlief wieder ein.

»Tut mir leid, daß ich etwas heftig geworden bin«, sagte Andrea irgendwann. »Ich dachte, nach zehn Jahren wäre die Sache weniger schlimm, aber da habe ich mich wohl getäuscht.«

»Das kann ich Ihnen nachfühlen«, pflichtete ich ihr bei.

»Allmählich bekomme ich wieder Boden unter die Füße«, meinte Andrea. »Jetzt, da mein Vater weiß, wo ich arbeite, schaut er vielleicht tatsächlich mal vorbei.«

Ich nickte, obwohl ich das nicht glaubte.

Am nächsten Morgen, nachdem Hugh die Wohnung in der Dämmerung verlassen hatte, duschte ich müde und ging in die Küche, um ein Frühstück zuzubereiten, von dem ich annahm, daß es meiner Tante schmecken würde: Toast mit hausgemachter Erdbeermarmelade, Kaffee und frisch gepreßter Orangensaft.

»Du bist aber sehr reinlich«, begrüßte Norie mich auf japanisch, als sie die Küche betrat.

»*Heh?*« fragte ich verwirrt, und dabei fiel mein Blick auf einen Marmeladenfleck auf meinem Pullover.

»Du hast heute morgen zweimal geduscht, zuerst um fünf und dann um halb sieben. Was ist denn los?«

Es dauerte ein paar Sekunden, bis mir eine Erklärung einfiel: »Ich bin früh aufgewacht, Joggen gegangen, und habe hinterher nochmal geduscht.«

»*Ah so desu ka*«, sagte Norie mit einem Nicken. »Das war eine gute Idee, wenn du heute vormittag Kleider anprobieren willst.«

»Wie bitte?« fragte ich, während ich ihr den Toast hinstellte.

»Heute suchen wir das Hochzeitskleid für dich aus, und am Abend schauen wir in deinem Restaurant vorbei.« Norie biß ein Stück Toast mit Erdbeermarmelade ab und sagte lächelnd: »Köstlich.«

»Ich könnte dich zum Lunch ins Bento einladen.« Hatte Marshall etwas davon gesagt, daß ich Freunde zu einem kostenlosen Essen mitbringen dürfe? Hoffentlich, denn im Augenblick war ich ziemlich knapp bei Kasse.

»Wäre es nicht besser am Abend? Dann könnte Hugh-san uns begleiten.«

»Er muß heute länger arbeiten, deshalb habe ich mir

gedacht, ich koche uns beiden was.« Hugh war den Pub leid und wollte im Büro essen, wo er sich auch ein paar Stunden auf die Couch legen konnte.

»Füttere keinen gefangenen Fisch«, sagte Norie auf japanisch.

»Wie bitte?«

»Ein altes japanisches Sprichwort. Bevor man einen Fisch fängt, verwöhnt man ihn. Aber sobald er im Netz zappelt ...« Norie hob die Augenbrauen, »... ist Schluß mit der Sonderbehandlung.«

»Willst du damit sagen, daß ich nicht heiraten soll?« fragte ich entsetzt.

»Ach was«, antwortete Norie. »Man sollte sich bloß nicht ums Vergnügen bringen, solange es sich bietet.«

»Gut, dann gehen wir beide also heute abend zusammen aus«, sagte ich entschlossen. »Jiro, unser Chefkoch, wird dir sicher gefallen.«

»Sehr gut. So gegen sieben, wäre dir das recht? Tja, dann müssen wir uns nur noch darüber einigen, wo wir uns Brautkleider anschauen.«

Ich schlug die in Maryland liegenden Washingtoner Vororte Chevy Chase und Bethesda vor. Neiman Marcus, Saks-Jandel und Saks Fifth Avenue seien deutlich kleiner als japanische Kaufhäuser, warnte ich sie, aber es gebe sicher noch andere Brautmodengeschäfte. Ich wollte in Chevy Chase anfangen, weil ich meine japanischen Drachen bei der Washington-Japan Friendship Society abliefern und dabei möglicherweise etwas über Sadako erfahren konnte.

Da wir gegen den morgendlichen Strom fuhren, ergatterten wir in der Metro Sitzplätze, und Norie genoß die Aussicht auf die nordwestlichen Vororte, die sie an die von Yokohama früher erinnerten. Ich begriff, was sie meinte: In dieser Gegend standen keine Wohnblocks, sondern inmitten grüner Rasenflächen kleine, etwa fünfzig Jahre alte Häuser, die über eine Million Dollar kosteten – mehr, als Hugh und ich uns leisten konnten. Als ich die Preise erwähnte, nickte Norie weise:

»Natürlich gibt es hier größere Häuser als in Japan, aber sie sind trotzdem zu teuer. Ich finde ein Apartment bei uns zu Hause besser. Je weniger Räume, desto weniger muß man putzen, *neh*? Du hast offenbar keine Zeit, deine Wohnung sauberzumachen. Wenn sie doch nur kleiner wäre.«

Ich ging nicht auf ihre Bemerkung ein. »Weißt du, ich würde gern nach Japan zurückkehren, Obasan.«

»Und wie willst du das anstellen?« fragte sie.

»Nun, jemand hat mir gesagt, daß ich etwas Großes leisten muß, um die Aufmerksamkeit der japanischen Regierung zu erregen. Vielleicht werde ich berühmt, verdiene Unmengen Geld und erhalte den Ritterschlag.«

»Ha ha, Rei, sehr lustig. Frauen können nicht zum Ritter geschlagen werden. Aber ich habe auch schon überlegt, ob du nicht etwas zum Nutzen der japanischen Nation tun könntest.«

»›Zum Nutzen der japanischen Nation‹?« wiederholte ich. »Wenn du damit meinst, daß ich eine japanische Staatsbürgerin in Amerika herumführe und versuche, ihr Land und Leute zu erklären, mache ich das gern.«

»Nein, du könntest den Mörder einer unbescholtenen japanischen Bürgerin finden, die von ihrem Volk vergessen wurde, der aber Gerechtigkeit widerfahren sollte. Wenn dir das gelingt, haben die Behörden sicher ein Einsehen.«

»Ich weiß doch nicht mal, ob sie wirklich umgebracht wurde ...«

»Würde eine Japanerin mit ihrem Paß verschwinden und nicht nach Hause fliegen?« fiel Norie mir ins Wort.

»Einen Paß braucht man auch, wenn man keine Reisepläne hat. Vielleicht wollte sie in einem anderen Teil der Staaten ein neues Leben beginnen.«

»Ganz meine Meinung, aber die neue Mrs. Norton hat da etwas erwähnt.«

»Was denn?« fragte ich.

»Während du zusammen mit Mr. Norton im Keller warst, hat Andrea-chan sich mit der neuen Mrs. Norton unterhalten. Als Andrea-chan sagte, vielleicht sei ihre Mutter noch am Leben und wohne in einem anderen Teil Amerikas, erwiderte die neue Mrs. Norton, das sei unmöglich. Sie arbeitet für den Staat; sie muß es wissen.«

»Stimmt, für die Social Security Administration, das stand auf dem Ausweisschild um ihren Hals.«

»Die neue Mrs. Norton sagt, wenn Sadako-san am Leben ist, irgendwo arbeitet, ins Krankenhaus muß oder staatliche Beihilfen erhält, braucht sie die Social-Security-Nummer. Und die hat die neue Mrs. Norton selbst abgefragt, das letzte Mal vor zehn Jahren – ohne Erfolg. Ihrer Ansicht nach ist Sadako-san bei einem tragischen Unfall ums Leben gekommen.«

»Ich würde Lorraine Norton nicht alles glauben«, erwiderte ich. »Schließlich hat sie allen Grund, sich zu wünschen, daß Sadako nicht wieder auftaucht. Wenn Sadako noch lebt, ist Robert nämlich mit ziemlicher Sicherheit Bigamist.«

14

In Bethesda wurden wir bei Claire Dratchs Salon abgewiesen, weil wir keinen Termin vereinbart hatten, also fuhren wir weiter nach Chevy Chase, wo wir Laden um Laden abklapperten und ich die wenigen Kleider anprobierte, auf die meine Tante und ich uns einigen konnten. Leider gefiel mir keines davon. Vielleicht lag es daran, daß ich nicht mehr so dünn war wie in Japan und mir darin irgendwie verkleidet vorkam.

Zum Glück schienen die Verkäuferinnen Kundinnen, die sich nicht entscheiden konnten, gewöhnt zu sein. Norie jedoch wurde ziemlich ungeduldig.

»Immerhin habe ich nicht Unsummen für etwas ausgegeben, das mir nicht gefällt«, sagte ich, während wir die Wisconsin Avenue zum Kaufhaus Saks überquerten.

»Wenn Geld der Grund ist, helfe ich dir gerne aus«, erklärte Norie sofort. »Dadurch, daß ich bei dir wohnen kann, spare ich mir Tausende von Dollar fürs Hotel. Eigentlich sollte ich dir das Kleid kaufen.«

Darauf würde ich mich keinesfalls einlassen, und

zum Glück gefielen mir die Sachen bei Saks sowieso nicht.

»Wie wär's mit Sushi zum Lunch?« fragte ich meine Tante.

Wir gingen ins Tako, einen Alltagsjapaner an der Wisconsin Avenue, nicht weit vom Büro der Washington-Japan Friendship Society entfernt. Bei meinem ersten Washington-Besuch hatte Hugh mir das Geheimnis des köstlichen Räucheraals dort verraten. Warum bot das Bento den nicht auch an? fragte ich mich, als ich mich in dem mehr als vollen Lokal umsah. Dann meldete sich mein schlechtes Gewissen, weil ich schon am Vortag im Bento hätte vorbeigehen sollen, um Marshall mitzuteilen, wann die Holzschnitte für die Wände vom Rahmen kommen würden. Spätestens am Abend mußte ich mit ihm sprechen.

Als Vorspeise bestellten Norie und ich Misosuppe, die sie schrecklich fand, die mir jedoch schmeckte. Meine Red-Snapper-Sushi waren frisch und zart, aber Norie verglich sie mit *tai*, einem wunderbar leichten Fisch, den man außerhalb Japans kaum bekommt.

»Der amerikanische Fisch gestern hat dir doch auch geschmeckt«, erinnerte ich sie.

»Ja, aber der war auf amerikanische Art zubereitet.«

Ich sah meine Tante skeptisch an. »Willst du damit sagen, daß man japanische Gerichte nur in Japan zubereiten und essen sollte und amerikanische ausschließlich hier?«

»Nun, grundsätzlich ja. Aber das Restaurant, in dem du aushilfst, ist sicher trotzdem wunderbar. Es hat doch einen japanischen Chefkoch, *neh*?«

»Ja, und der ist sogar schon im Fernsehen aufgetreten. Er heißt Jiro Takeda.«

»Von dem habe ich noch nie gehört«, sagte Norie mit einem Stirnrunzeln.

»Er ist wirklich sehr gut«, erklärte ich. »Ein paar Rezepte hat er mir bereits verraten. Im Moment arbeitet Andrea bei ihm in der Küche, um alles über die Essenszubereitung zu lernen.«

»Ich dachte, sie weist die Tische an?«

»Am Eröffnungsabend gab es Probleme, da hat Marshall sie nach hinten genommen. Ich glaube aber, daß sie bald wieder nach vorn kommt.«

»Die Arbeit in der Küche ist etwas ganz Besonderes. Vielleicht lernt sie dort so viel, daß sie eines Tages selbst Chefköchin wird. Wäre das nicht wunderbar?« Norie klatschte vor Begeisterung in die Hände.

»Ja, warum nicht?« sagte ich. »Hier gibt es durchaus weibliche Chefköche. Wie sieht das in Japan aus?«

»Ich weiß nur von ganz wenigen«, antwortete Norie. »Als ich jung war, galt Koch nicht als angemessener Beruf für eine Frau. Auch heute kenne ich keine Frau, die Sushi zubereitet. Es heißt, unsere Hände seien zu warm. Lächerlich, *neh*?«

Wäre Norie gern Köchin geworden? fragte ich mich, als wir um die Ecke zur Washington-Japan Friendship Society gingen. Ihre *nabe*-Gerichte – Brühen mit allerlei Meeresgetier, Gemüse und Fleisch – waren unvergleichlich. Viele kühle Winterabende in Japan hatte ich mit den anderen an ihrem *kotatsu*-Tisch verbracht, über dem eine Quiltdecke lag, damit die Kochwärme auch nach unten, zu unseren Füßen, gelangte.

Mittlerweile hatten wir die Washington-Japan

Friendship Society erreicht, die in der einen Hälfte eines einstöckigen Doppelhauses aus den dreißiger Jahren untergebracht war. In der anderen befand sich eine auf New-Age-Printerzeugnisse spezialisierte Druckerei mit zwei japanbegeisterten langhaarigen Weißen mittleren Alters.

»Ich möchte nur die Drachen für das Fest abgeben«, erklärte ich Tante Norie und hielt die Einkaufstüte hoch, die ich schon den ganzen Morgen mit mir herumschleppte. »Es dauert nicht lange.«

Das Büro war in einem kleinen, fröhlich geschmückten Raum mit alten Plakaten der japanischen Touristeninformation. Der lange, vermutlich aus einer Schule stammende Tisch war voll von Papier und Umschlägen. Ein älterer japanischstämmiger Amerikaner mit gestreiftem Pullover faltete die Blätter und steckte sie in Kuverts. Da ich ihn nicht kannte, nickte ich ihm nur stumm zu und schaute zu Betty Nagano hinüber, einer ziemlich gut erhaltenen Siebzigerin mit freundlichem Mondgesicht.

Sie lächelte mir zu, ohne das Telefonat, das sie gerade führte, zu unterbrechen. »Wir brauchen noch Dosen mit *inari-zushi-no-moto*. Du erkennst sie an dem Bild von dem gefüllten Tofu vorne drauf. Und Reis wäre gut.« Sie schwieg kurz. »Kauf oder leih dir einen Reiskocher. Den gibt's auch im Asienladen.«

»Klingt ganz so, als wollte sie jemandem für das Fest die Zubereitung von *inarizushi* beibringen«, flüsterte ich Tante Norie zu.

»*Inarizushi*? Dazu braucht man doch kein Rezept«, erwiderte Norie verwundert.

Mittlerweile hatte Betty das Gespräch beendet und

lächelte uns an. »Tut mir leid, Rei, daß ich nicht gleich Zeit für Sie hatte, aber ich mußte einer der jüngeren Frauen das Reiskochen erklären. Sie hat noch nie selbst welchen gemacht, ihn bisher nur in Lokalen gegessen. Bedauerlich, finden Sie nicht auch?«

Sollte ich mich geschmeichelt fühlen, daß Betty mich offenbar nicht als eine der jüngeren in der Gruppe erachtete? »Mrs. Nagano, darf ich Ihnen meine Tante Norie Shimura vorstellen? Sie ist zu Besuch aus Japan hier.«

»Sagen Sie doch Betty zu mir.« Nach einer tiefen Verbeugung begrüßte sie Norie mit den für diesen Anlaß üblichen japanischen Worten. Norie verbeugte sich noch tiefer und sprach ihrerseits die angemessenen Floskeln. Dann lächelten die beiden Damen einander an. Der ältere Mann, der die Briefe in die Umschläge steckte, sah interessiert zu uns herüber.

»Das ist mein Mann Yuji«, stellte Betty ihn vor. »Du kennst Rei nicht, oder, Yuji? Und das ist ihre Tante Shimura Norie-san.«

An Yuji Naganos Reaktion merkte ich, daß er aus Japan stammte, während seine Frau Betty gutes, damenhaftes hawaiisches Japanisch sprach. Mir fiel ein, daß Yuji Anfang der vierziger Jahre mit seinen Eltern, Reisbauern, nach Hawaii emigriert war, von wo aus die amerikanische Regierung die ganze Familie nach dem japanischen Angriff auf Pearl Harbor in ein Internierungslager schickte. Die Naganos verloren ihre Farm an die Leute, die ihnen versprochen hatten, sich während des Krieges darum zu kümmern. Aber immerhin lernte Yuji im Lager seine Frau Betty kennen, die er in den fünfziger Jahren heiratete.

Meine Tante verbeugte sich gerade in seine Richtung und fragte ihn, aus welcher Region Japans er stamme. Aus Nagano, antwortete er, der Provinz, deren Namen er selbst trage.

»Ich habe zwei Karpfendrachen für Sie dabei«, sagte ich. »Vielleicht brauchen Sie die für das Fest. Sie funktionieren, also könnten die Kinder sich damit vergnügen.«

»Ach, das ist aber nett. Darf ich sie mal sehen?« fragte Betty. Mr. Nagano machte Platz auf dem Tisch, damit ich den ausgeblichenen rot-orangefarbenen Papierfisch ausbreiten konnte.

»Aber das ist ja ein altes Stück!« rief Betty aus.

»Naja. Er dürfte so um die fünfzig Jahre alt sein, genau wie der andere, bloß daß der blau und grün ist. Ich wußte nicht, welche Farbkombination Sie bevorzugen oder ob Sie beide brauchen können.«

»Der Drachen gehörte früher meinem Bruder«, sagte Norie. »Ich habe ihn Rei vor Jahren geschenkt. Keine Ahnung, warum sie ihn unbedingt wollte.«

»Er ist wunderschön.« Betty war völlig verzückt. »Aber ich habe Angst, daß die Kinder ihn kaputt machen. Die kennen doch heutzutage nur noch die Plastikdinger.«

Was wollte sie mir damit wirklich sagen? Gefiel ihr der Drachen nicht, weil er sich nicht mit den bunten Plastikfluggeräten messen konnte, die in einer Ecke lehnten?

»Wenn Sie ihn nicht verwenden wollen, ist das auch kein Problem«, sagte ich.

»Er sieht alt und ein wenig schmutzig aus«, fügte Norie hastig hinzu. Sie hatte meine Gedanken erraten und setzte das, was ich Betty anbot, auf typisch japanische Art herab.

»Nein, nein, er gefällt mir wirklich sehr«, widersprach Betty. »Ich finde nur, daß er einen Ehrenplatz erhalten sollte ... vielleicht im Ausstellungsbereich, wo wir unser kleines Geschichtsbuch präsentieren wollen. Ja, das ist eine gute Idee; das zieht die Besucher an.«

»Ich habe vorhin gesehen, daß Sie noch Beiträge für das Buch suchen. Leider bin ich noch nicht lange genug hier, um etwas über die Geschichte dieser Gesellschaft sagen zu können. Aber wenn Sie wollen, lese ich gern Korrektur«, bot ich an.

»Viel Material haben wir noch nicht«, sagte Betty. »Mein Mann schreibt nicht gern, doch er besitzt das beste Gedächtnis von uns allen, also spricht er seine Erinnerungen auf Band.«

»Betty, existierte die Gesellschaft eigentlich bereits in den siebziger Jahren?«

»Aber natürlich. Sie wurde Ende der vierziger Jahre gegründet, um Kriegsbräuten zu helfen, die damals ins Land kamen.«

»Gibt es Aufzeichnungen über die Mitglieder in den Siebzigern?«

»Sicher. Das ist alles in dem Aktenschrank da drüben.« Betty sah mich an. »Warum interessieren Sie sich denn für diese Zeit?«

Ich holte tief Luft. »Weil die Mutter einer Freundin von mir damals aus Kyūshū hierher kam. Mutter und Tochter haben sich aus den Augen verloren, und die Tochter würde gern herausfinden, was passiert ist.«

»Tatsächlich? Könnten Sie den Zeitraum genauer

eingrenzen? Und wie lautet der Name der Mutter?« Betty ging hinüber zu dem Schrank und zog die mittlere Schublade heraus.

»1971 bis 1974«, sagte ich. »Die Frau hieß Sadako, ihr Mädchenname war Tsuchiya, und nach der Heirat hieß sie Norton.«

»Ach, das Mädchen aus Kyūshū mit dem schwarzen Soldaten?« fragte Betty.

»Genau«, antwortete ich, erstaunt über Bettys schnelle Reaktion.

»Und Ihre Freundin ist die Tochter? Ich habe mich immer schon gefragt, was wohl aus ihr geworden ist. Nach Sadako-sans Verschwinden wollten Polizeibeamte wissen, ob wir sie gesehen hätten. Doch das hatten wir leider nicht. Wie kamen ihr Mann und die Kleine denn allein zurecht?«

»Nach Sadakos Verschwinden hat ihr Mann Andrea – so heißt die Tochter – zu Pflegeeltern gegeben. Sie ist inzwischen dreißig, und wir arbeiten beide im Bento«, antwortete ich.

»Es macht ihr sehr zu schaffen, daß sie nicht weiß, ob ihre Mutter noch lebt oder nicht«, sagte Norie auf japanisch. »Und sie hat keine richtige Familie, die sich um sie kümmern könnte.«

»Das war eine tragische Geschichte«, erklärte Betty und senkte den Blick auf einen Bogen Papier, den sie aus dem Aktenschrank geholt hatte. »Ein Subkomitee von Damen besuchte damals alle Kriegsbräute, um ihnen beim Eingewöhnen zu helfen, aber Sadako Norton wollte keine Hilfe. Ich habe die Damen selbst ein paarmal begleitet – ja, in diesem Bericht wird mein Name erwähnt.«

»Was ist das?« fragte ich und stellte mich neben Betty.

»Wir verfaßten solche Berichte über alle unsere Besuche, egal, ob bei Kriegsbräuten oder Invaliden. Die meisten sind sehr kurz, doch Sadako suchten wir so oft auf, daß wir ziemlich umfangreiche Informationen über sie haben. Lesen Sie ruhig, wenn Sie wollen.«

Ich setzte mich gegenüber von Mr. Nagano an den Tisch und versenkte mich in einen mit Kugelschreiber auf vergilbtem, liniiertem Papier verfaßten monatlichen Bericht über die Besuche bei Kriegsbräuten mit Namen, Adressen und Telefonnummern der Betroffenen. Drei Frauen – Betty, Joanie Iwata und Fumiko Sugiyama – hatten Sadako drei Monate nach der Geburt von deren Tochter in ihrer Arlingtoner Wohnung mit einem Korb voll Babykleidung, Büchern, Fläschchen und Windeln, dazu Kuchen von Betty und Brownies von Joanie, aufgesucht.

Sadako hatte die Tür bei vorgelegter Kette geöffnet und die Damen erst nach einer ganzen Weile in die spartanisch eingerichtete, sehr saubere Wohnung gelassen, wo die kleine Akiko friedlich in ihrer Wiege schlummerte.

»Akiko!« rief ich aus. »Andrea weiß nichts von diesem Namen. Handelt es sich wirklich um ein und dasselbe Baby?«

»Ja, natürlich. Uns war bewußt, daß die Kleine eigentlich Andrea hieß, doch wir wollten Sadako einen Gefallen tun, indem wir sie Akiko nannten. Viele von uns haben sowohl einen japanischen als auch einen englischen Namen. Ich war selbst nicht immer Betty, aber inzwischen habe ich mich daran gewöhnt. Yuji hingegen ist seit jeher Yuji; anders kann ich ihn mir nicht vorstellen.« Betty bedachte ihren Mann mit einem zärtlichen Blick, worauf er errötete.

»Was steht sonst noch in dem Bericht?« erkundigte sich Norie und nahm neben mir Platz.

Ich übersetzte für sie: »Sadako hat die Damen ins Wohnzimmer geführt, ihnen Tee zum Gebäck serviert und ihnen anvertraut, daß Akiko-chan ein schwieriges Kind sei und ihr Mann sich durch das nächtliche Geschrei des Mädchens gestört fühle.«

»Ich kann Ihnen auch sagen, warum«, erklärte Betty. »Sadako wollte die Kleine stillen, aber ihr Mann war dagegen.«

»Wieso denn das?« fragte ich und verschränkte unwillkürlich die Arme vor der Brust.

»Damals war man sich noch nicht darüber einig, was besser ist – Brust oder Flasche. Manche hielten das Stillen für altmodisch«, antwortete Betty.

Mr. Nagano rutschte mit einem deutlich vernehmbaren Geräusch auf dem Stuhl zurück. Offenbar war unser Gespräch ihm peinlich.

»Soll ich den Bericht lieber fotokopieren und mit nach Hause nehmen?« fragte ich. Dann konnte ich ihn auch Andrea zeigen.

»Eigentlich dürfen solche Dokumente nicht aus dem Büro entfernt werden – besonders in diesem Fall, weil der Bericht so viele traurige intime Details enthält.« Betty seufzte. »Aber es ist hochinteressant, wieder damit konfrontiert zu werden. Vielleicht sollten wir in unserer kleinen Geschichte auch die Belastungen erwähnen, denen die Kriegsbräute ausgesetzt waren.«

»Was für Belastungen?« wollte ich wissen.

»Die jungen Frauen, die ihren Männern nach Amerika folgten, verloren die Unterstützung ihrer japanischen Familien; das Ganze war für sie fast wie die Umsiedelung auf einen fremden Planeten. Sie mußten sich nicht nur in einer neuen Welt orientieren, sondern wurden auch von ihren Männern mit anderen Augen gesehen. Die verführerischen Mädchen von Japan fanden sich hier nicht im Supermarkt zurecht, konnten sich nicht mit den Nachbarn unterhalten, Auto fahren oder amerikanische Gerichte kochen.«

»Moment«, mischte Norie sich ein. »Japanische Frauen können durchaus Auto fahren und im Supermarkt einkaufen, und manche von uns haben auch einen westlichen Herd, ich zum Beispiel ...«

»Obasan, Betty will doch nur sagen, daß es vor dreißig Jahren anders war«, erklärte ich.

»Ja, stimmt. Damals war es ziemlich hart für die Frauen; die Männer wurden oft ungeduldig oder langweilten sich mit ihnen und reichten die Scheidung ein. Leider wußten die Kriegsbräute nicht, daß sie ein Recht auf Unterhalt besaßen, so daß sie mit der Scheidung alles bis auf die Kinder verloren. Deshalb kümmerten wir uns um sie.«

»Das macht die Geschichte mit Sadako noch interessanter«, bemerkte Norie. »Liest du weiter, Rei-chan?«

»Ja, natürlich«, sagte ich. »In dem Bericht steht, eine der Damen habe vorgeschlagen, daß Sadako bei dem Baby im Kinderzimmer schlafen solle wie in Japan.«

»Genau«, bestätigte Norie. »Ich habe bei meinen Kindern geschlafen, bis meine Tochter sechs und mein Sohn acht war. Jungen brauchen einfach mehr Zuwendung, nicht wahr?«

Als ich Yujis Stirnrunzeln sah, las ich hastig weiter. »Sadako antwortete, sie hätten nur ein Schlafzimmer, und ihrem Mann sei es lieber, wenn das Baby nicht dort schlafe, weil er nicht gestört werden wolle. Also blieb das Kind im Wohnraum.« Ich hob den Blick von dem Bericht und sagte: »Immerhin hatte sie Freunde, denen sie alles erzählen konnte.«

»Nun, so einfach war das nicht«, erwiderte Betty. »Wir wollten sie überreden, sich der Gruppe der jungen Mütter anzuschließen, aber sie sagte, das gehe nicht. Damals gab es die Metro noch nicht, und sie hatte ja keinen Führerschein. Die amerikanischen Busse waren ihr, soweit ich mich erinnere, nicht geheuer. Sie fürchtete, an der falschen Haltestelle auszusteigen und sich zu verlaufen. Mehr Unterstützung konnten wir ihr nicht geben. Als wir zwei Monate nach unserem ersten Besuch noch einmal bei ihr vorbeischauten, ließ ihr Mann uns nicht ein.«

»Mit welcher Begründung?« fragte ich.

»Daß sie Ruhe brauche. Vielleicht stimmte das sogar. Jedenfalls fuhren wir nie mehr zu ihr hinaus, weil ihr Mann so unhöflich war und ein paar von den Damen es mit der Angst zu tun bekamen.«

»Wenn sie tatsächlich Probleme mit dem Bus hatte, saß sie zu Hause sozusagen im Gefängnis.« Ich schüttelte den Kopf. »Schon merkwürdig für jemanden aus Japan, wo es so viele öffentliche Verkehrsmittel gibt.«

»Sie kam von der Küste, nicht aus dem Landesinneren. Deshalb hatte sie Angst«, meldete sich plötzlich Mr. Nagano zu Wort.

»Wie meinen Sie das? Angeblich war sie Perlentaucherin, aber offen gestanden glaube ich das nicht«, sagte ich.

»Vielleicht war sie eine *ama-san*«, warf Norie ein.

»Genau, eine *ama-san*«, pflichtete Mr. Nagano ihr bei.

»Was genau ist das?« fragte ich.

»*Ama* bedeutet ›Meer‹«, antwortete Norie. »Folglich ist eine *ama-san* eine Meerestaucherin, die Austern und Muscheln aus der Tiefe holt. In Ise und anderen Regionen gibt es sie heute noch.«

»Andreas Mutter stammt angeblich aus Kyūshū.«

»Aus einem kleinen Ort, hat sie uns einmal erzählt«, sagte Mr. Nagano. »Dort gibt es nach wie vor mehrere Hundert Taucherinnen, die an einem einzigen Tag so viel verdienen wie eine Verkäuferin in einem ganzen Monat. Die Männer lenken die Boote, die Frauen erledigen die Unterwasserarbeit, jeweils zu zweit, vom frühen Morgen bis zwei Uhr nachmittags. Früher waren sie nur im Sommer draußen, aber heute, mit den Neopren-Anzügen, können sie das ganze Jahr über tauchen.«

»Das klingt fast so, als würden Sie den Ort kennen«, sagte ich. »Erinnern Sie sich an den Namen?«

»Leider nein. Außerdem weiß ich nicht mehr so genau, was sie mir erzählt hat und was ich aus meiner eigenen Jugend in Japan weiß.«

»Das kann ich verstehen.« Ich selbst verwechselte oft genug mein altes Leben in Tokio und mein neues in Washington. »Jedenfalls hört es sich an, als wäre das Dasein einer *ama-san* bedeutend interessanter als die tägliche Monotonie eines Salaryman, nicht wahr?«

»Nun, weil die Fähigkeiten dieser Frauen so wertvoll sind, dürfen sie nur Männer heiraten, die ebenfalls aus Meerestaucherfamilien stammen. Wie gesagt: Die

Männer lenken die Boote, das ist Tradition«, erklärte Mr. Nagano.

»Und das hat gute Gründe«, ergänzte Norie. »Frauen finden Dinge sehr viel schneller als Männer. Die Taucherin muß die Muscheln mit angehaltenem Atem rasch aufspüren und sie mit einem Messer vom Untergrund ablösen, ohne die Baby-Muscheln daneben zu verletzen. Nur Frauen besitzen genug Fingerspitzengefühl für so etwas.«

Betty nickte. »Stimmt. Nun schäme ich mich fast ein bißchen, weil ich dachte, Sadako sei im Wassergewerbe gewesen.«

»Das stimmt doch auch«, sagte ich, bis ich merkte, daß Betty wohl das japanische Wort *mizu-shobai* im Sinn gehabt hatte, das sich auf Prostitution und Bars bezog.

»Viele Mädchen hatten ihre zukünftigen Ehemänner aus dem Militär damals in Bars kennengelernt. Wir fragten nicht weiter nach, und sie erzählten nichts.«

»Sadako war also an harte, ehrliche Arbeit und eigenes Geld gewöhnt. Der Umzug nach Amerika, wo sie sich einem Mann unterordnen mußte, der den Lebensunterhalt verdiente, muß ihr sehr schwer gefallen sein ...« Ich schwieg, als mir klar wurde, daß mich das ein bißchen an meine eigene Geschichte erinnerte.

»Ich weiß noch, daß sie sich weigerte, zum Zahnarzt zu gehen, obwohl die Militärzugehörigkeit ihres Mannes ihr in dieser Hinsicht viele Vorteile verschafft hätte«, sagte Betty. »Wir hatten genug Probleme damit, sie zu einem Arztbesuch zu überreden, als sie schwanger war. Es hat sie immer entweder jemand mit dem Wagen chauffiert oder im Bus begleitet, um sicherzustellen, daß sie tatsächlich hinging.«

»Andrea kam im Walter Reed Army Hospital zur Welt«, erklärte ich. »Sadako hatte am Tag ihres Verschwindens einen Arzttermin. Ob sie sich an einen Psychologen im Krankenhaus wenden wollte? Das Leben mit ihrem Mann scheint ziemlich deprimierend gewesen zu sein.«

»Das glaube ich nicht«, antwortete Betty. »Als Sadako verschwand, war Andrea bereits zwei Jahre alt, und da sind Kinder längst nicht mehr so schwierig wie als Baby.«

»Tatsächlich?« fragte ich im Gedanken an das Chaos mit Kendalls Zwillingen im Bento.

»Ja, Rei-chan. Wenn du erst selber Kinder hast, wirst du das schon feststellen«, meinte Norie.

»Stimmt, Sie wollen ja bald heiraten«, sagte Betty mit einem freundlichen Lächeln. »Wie geht's Ihrem Verlobten, Henry oder …«

»Hugh«, korrigierte ich sie. »Dem geht's gut. Es tut ihm leid, daß er das letzte große Essen der Gesellschaft verpaßt hat, aber am Children's Day möchte er mit von der Partie sein.«

»Ich bin gerade dabei, die Hochzeit zu organisieren«, sagte Norie. »Ohne mich würde sie wohl nie stattfinden.«

»Wirklich? Wie schön für Rei.« Betty zwinkerte mir zu, als merkte sie, daß das für mich nicht das reine Vergnügen war. »Wie lange haben Sie vor zu bleiben, Shimura-san? Es wäre schön, Sie wiederzusehen.«

»Gern. Es wird genug Zeit sein, denn ich möchte

mich bis nach der Hochzeit in Amerika aufhalten«, antwortete Norie.

Mir blieb die Luft weg. Bis nach der Hochzeit? Das wären ja noch Monate. So lange würde ich den Schwindel mit der Wohnung keinesfalls aufrechterhalten können.

Während Betty noch eine Schublade aus dem Aktenschrank herauszog, murmelte Yuji Nagano etwas.

»Entschuldigung, könnten Sie das wiederholen?« fragte ich.

»Ich habe gesagt, Sie sollten uns mit Sadako-sans Tochter bei uns zu Hause besuchen«, antwortete Yuji Nagano.

»Herzlichen Dank, das richte ich ihr gern aus. Aber wissen Sie, sie ist ein bißchen ... schwierig. Ich denke, die Jahre bei den Pflegeeltern haben ihre Narben hinterlassen.«

»Wir hätten Sadako noch einmal besuchen sollen, um sicher zu sein, daß alles in Ordnung ist«, sagte Yuji.

Betty schlug die Augen nieder, und auch ich wurde nachdenklich. So viele mißachtete Hinweise, so viele Fehler. Andreas Leben hätte völlig anders verlaufen können.

Yuji meldete sich noch einmal zu Wort. »Bringen Sie Sadakos Tochter zu uns, damit wir uns bei ihr entschuldigen können.«

15

Nun war ich froh, daß wir im Bento zu Abend essen würden, denn ich hatte Andrea allerlei mitzuteilen, und außerdem hoffte ich, Tante Norie mit Jiro Takeda bekannt machen zu können.

Als Norie mich fragte, was sie anziehen solle, antwortete ich bedauernd, daß die Washingtoner beim Ausgehen nicht sehr viel Wert auf stilvolle Kleidung legten. Daraufhin entschied meine Tante sich für ein auberginefarbenes Seidenkostüm und glänzende schwarze Pumps. Ich zog einen schwarzen ärmellosen Rollkragenpulli an, der mir enger vorkam, als ich ihn in Erinnerung hatte, dazu einen knielangen schwarz-weißen Rock mit Zebramuster und hohe schwarze Wildlederstiefel. Während ich mich zufrieden im Spiegel betrachtete, schüttelte Norie seufzend den Kopf.

»Jetzt begreife ich, warum es dir so schwerfällt, ein Hochzeitskleid zu finden.«

Wir brauchten eine ganze Weile von der Metro-Station zum Restaurant, weil meine Tante so entzückt von dem alten bunten Tor war, das an der H Street den Eingang zur Chinatown markierte. Erst als sie mich darunter fotografiert hatte, ließ sie sich zum Weitergehen bewegen. Mittlerweile war es halb sieben.

Justin, der nun an Andreas Stelle die Tische anwies, begrüßte uns mit einem mißbilligenden Blick. »Soweit ich sehe, haben Sie nicht reserviert.«

»Ich habe vergessen anzurufen. Aber das dürfte doch kein Problem sein, oder?« fragte ich, denn etwa die Hälfte der Tische war nicht besetzt. Außerdem hatte Hugh mir vor einer halben Stunde telefonisch mitgeteilt, daß er im Bento auf uns warten würde. Allerdings konnte ich ihn nirgends entdecken.

»Gibt's Schwierigkeiten?« fragte Norie auf englisch.

»Nein, nein. Obasan, darf ich dir Justin vorstellen? Justin, das ist meine Tante Norie, die eine weite Reise von Japan hierher hinter sich hat und gerne etwas essen würde. Im Lokal wartet jemand auf uns, der vermutlich unter dem Namen Glendinning einen Tisch reserviert hat.«

»Ist das dieser Schotte?« fragte Justin interessiert.

»Die beiden sind verlobt«, antwortete Norie lächelnd.

»Er hat tatsächlich einen Dreiertisch für Viertel nach sieben reserviert und ist mit ein paar wichtigen Leuten an der Bar.«

Ich entdeckte ihn in einer Gruppe von Männern, die Senator Snowden umringten. Phong, der Barkeeper, sorgte hinter der Theke unaufdringlich dafür, daß alle ihren Drink hatten – harte Sachen wie Whisky, keine Saketinis oder Mojitos.

Als Hugh mich bemerkte, löste er sich sofort von den anderen, die gebannt dem Senator und seinen Ausführungen über das Washingtoner Politikgeschäft lauschten.

»Möchtest du eine von den Austern probieren? Mit der Wasabi-Sauce sind sie einfach köstlich.« Hugh hielt mir einen kleinen Teller hin.

»Nein, danke.« Er weiß ganz genau, daß ich Austern hasse, dachte ich verärgert.

»Norie-san, du vielleicht? Wir können den Teller mit an unseren Tisch nehmen.«

»Woher stammen diese Austern?« wollte Norie wissen.

»Das sind Kumamoto-Austern«, mischte sich Phong in unser Gespräch ein. »Sie kommen aus dem nordwestlichen Pazifik. Angeblich gehören sie zu den besten und größten der Welt.«

»Kumamoto ist in Japan, aber heutzutage gibt es dort keine Austernkulturen mehr. Warum servieren Sie keine aus der Chesapeake Bay? Über die habe ich neulich in einem japanischen Gourmet-Magazin gelesen«, sagte Norie.

Da Phong darauf keine Antwort wußte, erzählte ich meiner Tante, daß die Austernbestände in der Chesapeake Bay nach zwei großen Epidemien drastisch zurückgegangen seien.

»Es gibt Pläne, neue, widerstandsfähige Kulturen aus Asien dort anzusiedeln, aber die Risikobewertung ist noch nicht abgeschlossen«, hörte ich plötzlich Senator Snowden sagen. »Soll man es wagen, zur Rettung eines Ökosystems etwas Fremdes einzuführen? – Immerhin vermehrt sich diese sogenannte asiatische Auster bereits seit vierzig Jahren erfolgreich in Kalifornien und im nordwestlichen Pazifik. Wann wird aus einer fremden eine heimische Spezies? Diese Frage, übrigens eine der wenigen, bei denen ich klinge wie ein businessorientierter Republikaner, kann heute niemand definitiv beantworten.«

»Hallo, Senator Snowden!« begrüßte ich ihn erstaunt. »Ich wollte Sie mit unserem Austerngespräch nicht von Ihren Ausführungen über das diesjährige Budget ablenken …«

»Das tun Sie nicht. Es freut mich sehr, Ihren

Zukünftigen kennengelernt zu haben. Wir hatten schon Gelegenheit, uns zu unterhalten.«

Ich sah Hugh überrascht an, der mir zulächelte. »Kendall war vorhin hier und hat uns vorgestellt. Wir hatten gerade eine interessante Diskussion über die hiesigen und die britischen Staatsfinanzen.«

»Und wer ist die hübsche Dame in Ihrer Begleitung? Ihre großen Schwester?« erkundigte sich Snowden mit einem Nicken in Richtung Tante Norie.

Norie strahlte ob dieses Standardkompliments. Nun, mir sollte es recht sein.

»Darf ich Ihnen meine Tante Norie vorstellen?« Während ich Norie nach vorn schob, flüsterte ich ihr zu, daß Senator Snowden einer der bekanntesten Männer des Landes sei.

»Der Anti-Rüstungssenator«, wandte sie sich lächelnd an ihn. »Sie mögen keine Waffen, stimmt's? Das weiß ich aus den japanischen Nachrichten.«

»Es ist mir fast ein bißchen peinlich, daß die Leute mich hauptsächlich wegen meiner Haltung in dieser Frage kennen«, sagte Snowden kopfschüttelnd. »Sind Sie aus Japan, Mrs. Shimura?«

»Ja, aus Yokohama. Das liegt eine halbe Stunde südlich von Tokio«, antwortete Norie.

»Ach, aus der hübschen Stadt mit den berühmten Iris-Gärten und der Chinatown voll wunderbarer Lokale ...«

»Sie kennen sich aber gut aus!« Norie strahlte.

»Ich war in den siebziger Jahren das erste Mal in Japan, und es gehört immer noch zu meinen Lieblingszielen«, erklärte Snowden. »Mir gefällt es, wie man dort die Traditionen hochhält. Man hat das Gefühl, die Zeit sei stehengeblieben.«

»Wie schön!« rief Norie aus. »Besuchen Sie mein Land doch so bald wie möglich wieder. Die Frauen dort fahren Auto und haben richtige Herde zum Kochen.«

»Wie bitte?« fragte der Senator mit verständnislosem Blick.

»Ein Mineralwasser und ein Glas Horton Viognier bitte!« rief ich Phong zu, verzweifelt bemüht, das Thema zu wechseln. Doch der schenkte mir, fasziniert von dem zunehmend absurden Gespräch zwischen dem Senator und meiner Tante, keine Beachtung.

Also wandte ich mich wieder dem Senator zu: »Übrigens, ich wollte mich noch entschuldigen, daß ich neulich Sie und Ihre Frau angerufen habe, aber ich wollte unbedingt herausfinden, wo Kendall steckt, und fand Ihre Nummern in ihrem Palm Pilot.«

»Kein Problem.« Harp Snowden errötete leicht, und ich fragte mich, ob ich etwas Falsches gesagt hatte. »Es ist alles gut ausgegangen, nicht wahr? Mrs. Johnson war vor ein paar Minuten hier, und sie wirkte ausgesprochen lebendig. Wir spielen sogar mit dem Gedanken, mein Dinner im Bento zu veranstalten.«

»Und ich soll dir von Kendall ausrichten, daß sie leider nach Hause mußte«, mischte sich Hugh ein. »Du brauchst dir keine Sorgen zu machen: Ich habe sie zum Wagen begleitet.«

»War sie hier, um mit Marshall zu sprechen?« Wie verwirrend. Warum nannte Snowden, der Kendall doch so nahe zu stehen schien, sie plötzlich beim Familiennamen?

»Das könnte man so ausdrücken.« Hugh drehte den anderen halb den Rücken zu, damit sie das, was er nun sagte, nicht mitbekamen. »Ich habe mich als Vermittler angeboten.«

»Wieso denn das?« fragte ich.

»Vor ungefähr einer Stunde haben wir ein kurzes, aber produktives Gespräch mit Marshall geführt. Offenbar fühlte er sich durch deine Cousine in die Defensive gedrängt, aber soweit ich das beurteilen kann, ist das Schlimmste abgewendet. Immerhin will sie ihn jetzt nicht mehr verklagen.«

»Ich dachte, du kannst sie nicht vertreten!« sagte ich. »Du bist doch auf ganz andere juristische Gebiete spezialisiert.«

»Ich habe versucht zu vermitteln und eine außergerichtliche Einigung herbeizuführen. Das wolltest du doch, oder?« fragte er stirnrunzelnd.

»Ja, aber ... was hat Kendall davon? Irgendeine Art von Entschädigung erwartet sie sicher von Marshall.«

»Er bietet ihr die Lebensmittel für Senator Snowdens Dinner zum Selbstkostenpreis an.« Hugh wandte sich meiner Tante zu. »Norie-san, ich glaube, wir sollten uns jetzt allmählich an unseren Tisch setzen.«

»Bitte bleiben Sie noch etwas, Mrs. Shimura«, sagte Senator Snowden. »Probieren Sie doch die Vorspeise, die der Chefkoch für uns zubereitet hat, eine Variation aus *yuzu* und Süßkartoffel.«

Als ich meine Tante kenntnisreich mit Snowden über die Vorzüge von *yuzu* plaudern hörte, konnte ich mich des Eindrucks nicht erwehren, daß eines ihrer Lieblingssprichwörter genau auf den Senator paßte: »Es stinkt, aber es ist *tai.*«

Trotz seiner Oberflächlichkeit war Harp Snowden wie *tai*, der beste mir bekannte Fisch – jedenfalls unter der Glattheit, die Snowden sich im Umgang mit den Washingtoner Polithaien zugelegt hatte.

Hugh dirigierte mich, eine Hand auf meinem Rükken, in Richtung Tisch. »Bevor deine Tante wieder bei uns ist, möchte ich dir sagen, daß ich heute nacht nicht bei dir in der Wohnung schlafen werde. Kendall hat mir ihr Gästezimmer angeboten, und unter den gegebenen Umständen halte ich das für die einfachere Lösung.«

Ich blieb unvermittelt stehen. »Die einfachere Lösung? Was redest du da? Sie wohnt in Potomac!«

»Schatz, du willst nicht, daß deine Tante etwas von unserem Zusammenleben erfährt«, sagte Hugh und schob mich zu unserem Platz, wo Justin schon mit der Speisekarte wartete. »Da ist es vermutlich am unkompliziertesten, wenn ich mich fürs erste nicht blicken lasse. Es war doch deine Idee, daß ich mich bei Kendall einquartieren soll.«

»Ich habe es mir anders überlegt«, sagte ich.

»Rei, sie steht immer noch unter Schock nach der Entführung und fühlt sich zu Hause nicht sicher, weil Win meistens spät heimkommt. Sie war sehr erleichtert über mein Versprechen, erst einmal bei ihr zu bleiben, und hat gestrahlt wie ein Honigkuchenpferd.«

»Das kann ich mir lebhaft vorstellen«, sagte ich grimmig.

»Schatz, du bist doch nicht etwa eifersüchtig auf deine Cousine?«

»Na ja«, antwortete ich. Hugh war mir schon einmal untreu geworden, als ein Meer und zahllose Mißverständnisse zwischen uns lagen. Und eine Verlobung machte nicht immun gegen eine Frau mit einem fast nie anwesenden Mann, die sich meiner Ansicht nach viel zu sehr für Hughs Unterwäsche interessierte.

»Na schön, Schatz, ich gebe mir Mühe, sowohl dir als auch Kendall gerecht zu werden. Aber die heutige Nacht verbringe ich bei ihr. Während ihr den Nachtisch eßt, werde ich in die Wohnung fahren, um ein paar Sachen zu packen. Dann komme ich mit dem Wagen hierher zurück, bringe dich und Norie nach Hause und mache mich anschließend auf den Weg zu Kendall.«

»Nicht nötig. Wir können die Metro nehmen.«

»Aber dann müßt ihr am Dupont Circle aussteigen und den restlichen Weg zu Fuß gehen. Zwei Frauen um diese Tageszeit allein unterwegs – das ist keine gute Idee.«

»Ach. Es wäre nicht das erste Mal, daß ich nachts zu Fuß gehe. Achtung, da kommt Norie. Tu mir einen Gefallen und sprich über was anderes.«

Wir setzten uns an den Tisch und studierten die Speisekarte. Während Hugh und ich schwiegen, zeigte Norie uns fröhlich plappernd das Foto von ihr und dem Senator, das jemand mit ihrer Digitalkamera gemacht hatte. Nach einer Weile kam Marshall zu uns an den Tisch. Ich wollte ihm gerade Tante Norie vorstellen, doch er fiel mir ins Wort:

»Es gibt Probleme mit der Damentoilette. Könnten Sie sich die Sache für mich anschauen?«

»Klar.« Ich sprang auf, dankbar, von Hugh und meiner Tante wegzukommen.

»Der Tag heute hat's in sich«, jammerte Marshall. »Der Barkeeper hat gekündigt, zwei Hilfsköche sind krank, und einer der beiden Spüler sitzt im Knast. Die

Aushilfe stellt sich so dämlich an, daß ich Prinzessin Andrea mit dem schmutzigen Geschirr behelligen muß, und wie ihr das gefällt, können Sie sich vorstellen. Der Fisch wurde nicht geliefert, und bei den fünf Pfund Morcheln für das Gericht des Tages ist die Verpackung beschädigt. Und zu allem Überfluß sitzt an Tisch 10 vermutlich der Restaurantkritiker der *Post*.«

»Sollte der nicht inkognito hier sein?« fragte ich.

»Ja, natürlich, aber Justin hat seine Telefonnummer erkannt, als er den Tisch reservierte.«

»Wow«, sagte ich. Justin schien seine Sache doch besser zu machen, als ich dachte.

»Ich glaube, im Augenblick sind ein paar Frauen in der Toilette«, sagte Marshall. »Ich warte vor der Tür, während Sie reingehen.«

»Ist sie verstopft? Mit solchen Dingen kenne ich mich nicht aus.«

»Andrea sagt, es geht um die Waschtische, und für die sind Sie zuständig. Ich wäre für ganz normale Waschbecken gewesen, aber Sie wollten ja unbedingt *tansu*«, erklärte er.

Ich hielt Marshalls Kritik für ungerecht, holte aber trotzdem mein *kuginuki*, ein japanisches Allzweckwerkzeug, das ich immer bei mir trug, aus der Tasche. Als ich die Toilette betrat, erkannte ich sofort das Problem: Vom undichten Kaltwasserhahn gelangte Feuchtigkeit auf einen Waschtisch und verfärbte seine schöne rotbraune Holzoberfläche an der hinteren Seite weißlich. Ich stellte das Wasser ab und machte mich an die Arbeit. Doch das *kuginuki* eignete sich nicht sonderlich gut für Installationsarbeiten. Hier brauchte man einen Schraubenschlüssel und einen Fachmann.

Die Oberfläche der *tansu* fiel leicht nach hinten ab, das hatte der Installateur schon brummelnd festgestellt, als er die Ausbuchtungen für die blau-weißen Keramikschalen fräste. Außerdem war das Holz nicht eingelassen, und ohne eine Wachsschutzschicht würde es weiteren Schaden nehmen. Ich tupfte es mit einem Zipfel meines weichen Baumwollrocks ab, steckte das *kuginuki* weg und ging hinaus, um Marshall Bericht zu erstatten.

»Ein Installateur muß sich die Wasserhähne ansehen, und die Waschtische sollten mit Wachs eingelassen werden. Außerdem wäre es gut, wenn man regelmäßig mit einem weichen Tuch die Feuchtigkeit von der *tansu*-Oberfläche abtupfen würde.«

Marshall sah mich verständnislos an. »Mit Wachs? Sind wir ein Schönheitssalon, oder was?«

»Schon gut«, sagte ich. »Ich komme morgen früh vorbei und erledige das.«

»Und was Ihre Empfehlung mit dem weichen Tuch anbelangt: Unser Reinigungspersonal kommt immer um halb elf morgens. Während der Mittagszeit ist von denen keiner mehr hier, schon gar nicht mit weichen Tüchern.«

»Wie gesagt: Ich werde die *tansu* morgen wachsen. Vielleicht löst sich das Problem dadurch von selbst. Und heute abend kann ich die Oberfläche trockentupfen.«

Als ich mich wieder an unseren Tisch setzte, studierte Hugh noch immer die Speisekarte, aber Norie war nirgends zu sehen.

»Sie läßt sich die Küche zeigen«, beantwortete Hugh meine unausgesprochene Frage.

»Ausgerechnet heute abend? Sie weiß doch, daß zwei von den Hilfsköchen krank sind und der eine Spüler im Gefängnis sitzt.« Hughs Übernachtungspläne bei Kendall erwähnte ich nicht mehr. Sollte er ruhig denken, daß mir das egal war!

»Dein Freund Jiro hat mir erzählt, daß der Spüler wegen Diebstahls sitzt«, sagte Hugh. »Er wurde auf der New York Avenue mit einer Lieferung Hummer erwischt, die er verkaufen wollte.«

»Ach. Vielleicht ist deswegen auch der Fisch nicht hier angekommen. Daß Marshall daran noch nicht gedacht hat!«

»Ich finde es übertrieben, jemanden wegen so etwas einzulochen, aber der Typ scheint Vorstrafen zu haben. Tja, jedenfalls herrscht in der Küche jetzt Chaos. Offenbar hat Marshall deine Freundin Andrea zum Geschirrspülen eingeteilt, und Jiro sagt, sie sei zu langsam.«

»O je. Ich sollte zu ihr gehen und ihr helfen ...«

»Beim Geschirrspülen? Laß dich nicht von Marshall ausnutzen. Du hast doch noch nicht mal für deine bereits geleistete Arbeit Geld gesehen, oder?«

»Marshall hat im Moment viel um die Ohren«, sagte ich. »Ich vertraue ihm.«

Hugh schüttelte den Kopf. »Mir gefällt die Sache nicht, und ich finde es auch nicht richtig, daß du die Damentoilette saubermachst. Du bist freiberuflich hier beschäftigt, aber nicht als Fußabstreifer.«

»In einem Restaurant arbeitet man als Team«, erwiderte ich. »Ähnlich wie in deiner Rugby-Mannschaft. Da hilft man den anderen, wenn sie Unterstützung brauchen.«

Hugh schnaubte verächtlich. »Egal, laß uns bestellen. Was würdest du empfehlen? Das Sashimi Flower Garden oder das Carpaccio, das sie hier Red Paper nennen? Diese komischen Namen sind eine Unsitte der Neunziger.«

»Ich esse kein dunkles Fleisch, also kann ich nichts über das Rinder-Carpaccio sagen«, antwortete ich gereizt. »Aber für einen blutrünstigen Menschen wie dich ist es sicher das richtige.«

»Gut, ich probier's. Immerhin hat es kaum Kalorien.« Dabei klopfte er sich auf den Bauch, der mir flacher vorkam denn je. Seit seiner Rückkehr aus Japan hatte er viel Zeit im Fitneßstudio und beim Schwimmen zugebracht. Vermutlich weil ich ihn nicht mehr in seine eigene Wohnung ließ.

Obwohl es nun Justins Aufgabe war, die Tische anzuweisen, nahm er unsere Bestellung höchstpersönlich auf. Er strahlte Hugh an, der sein Lächeln erwiderte und sich nach der Qualität des Carpaccio erkundigte. Als mir die Flirterei zu viel wurde, machte ich mich auf die Suche nach meiner Tante. Den beiden schien gar nicht aufzufallen, daß ich den Tisch verließ.

16

In der Küche war es heiß wie in einer Sauna. Die Herde glühten, Flammen leckten an Pfannenböden, in den Töpfen brodelte Wasser. Das gesamte Personal war mit Kochen beschäftigt, auch die Latinos, die normalerweise Gemüse putzten. Ich entdeckte einen neuen Spüler mit olivfarbener Haut, langem Pferdeschwanz und üppiger Schlangentätowierung auf dem Bizeps. Im Vergleich zu den anderen wirkte er alt und ausgelaugt.

Andrea stand neben ihm, bekleidet mit Jeans und knappem Top, beides geschützt durch eine lange Schürze. Beeindruckt beobachtete ich das Spiel ihrer beachtlichen Muskeln, als sie eine Pfanne in die Spüle hievte. Sie hatte ein Tattoo an der Schulter, einen kleinen schwarzen Schmetterling, der mir zuvor nicht aufgefallen war. Tätowierungen und Piercings, sagte mein Vater, seien Verletzungen des Körpers und Anzeichen dafür, daß die betreffende Person sich nicht wohl fühle in ihrer Haut. Ob das stimmte, wußte ich nicht. Andreas Tattoo fand ich sehr hübsch – auch wenn es, wäre sie erst einmal fünfzig, vielleicht genauso billig aussehen würde wie die bunte Schlange des neuen Spülers.

»Hallo«, begrüßte ich sie. »Soll ich mit anpacken?«

»Nein, danke. Toro mußte an die Spüle, weil er den Thunfisch angekokelt hat. Zu zweit kommen wir schon zurecht.« Andrea nickte in Richtung ihres Kollegen, der lustlos Geschirr und Töpfe reinigte, ohne den Blick zu heben. Anders als Andrea, deren Finger rot waren, trug er Gummihandschuhe. Ich fragte sie: »Ziehen Sie keine Handschuhe an?«

»Im Moment hab ich ganz andere Dinge im Kopf«, gab Andrea zurück. »Wissen Sie, was heute mit der Post gekommen ist? Die Unterlagen der Militärbehörde über meinen Dad. Gut, daß Sie mir geraten haben, noch mal dort anzurufen.«

»Steht was Interessantes drin?«

»Na ja, es ergeben sich neue Fragen. Eigentlich sollte mein Vater dreizehn Monate in Vietnam verbringen, aber bereits nach elf wurde er nach Japan abkommandiert. Ich wußte von seinem Japanaufenthalt, jedoch nicht, daß er vorzeitig dorthin gegangen war. Warum wohl?«

»Der Vietnamkrieg war kein Zuckerschlecken«, sagte ich. »Vielleicht wurde er wegen seiner Knieverletzung versetzt.«

»Die Verletzung hat er sich ganz am Anfang zugezogen, und nach der Behandlung war er wieder an der Front«, widersprach Andrea. »Außerdem begreife ich nicht, wieso irgend jemand meinem Vater einen Gefallen getan haben soll. Als er später im Pentagon arbeitete, liefen mehrere Disziplinarverfahren gegen ihn, die schließlich zu seinem Ausscheiden aus dem Dienst führten.«

»Möglicherweise wollte er das Militär sowieso verlassen, als Ihre Mutter verschwand«, mutmaßte ich. »Aber egal. Was ist eigentlich mit der Schachtel, die wir mitgebracht haben? War was Interessantes drin?«

»Ich bin die Sachen noch nicht richtig durchgegangen, weil mir die Nachricht von der Militärbehörde dazwischengekommen ist. Die konnte ich nämlich im

Gegensatz zu den Unterlagen in dem Karton, die alle auf japanisch sind, lesen. So ziemlich das einzige, was ich entziffern konnte, waren Adressenteile auf ein paar von ihren Briefen nach Japan, die ungeöffnet zurückkamen.«

»Briefe Ihrer Mutter an ihre Familie in Japan?«

»Das weiß ich nicht. Die Adressen sind, abgesehen von dem Wort ›Japan‹ und der Postleitzahl, ebenfalls auf japanisch geschrieben.«

»Das macht nichts. Meine Tante und ich können sie für Sie übersetzen. Vielleicht wissen wir jetzt tatsächlich, wo Ihre japanische Familie lebt. Möglicherweise befand sich diese Information all die Jahre in dem Karton!« In meiner Euphorie drückte ich Andrea fest an mich.

Sie tätschelte mir die Schulter und löste sich hastig aus meiner Umarmung. »Ich will keinen Kontakt mit meinen Verwandten aufnehmen, aber es würde mich interessieren, was in den Briefen steht. Allerdings wäre es mir nicht so recht, wenn Ihre Tante sie übersetzt. Was, wenn sie darin etwas entdeckt, das ihr ein negatives Bild von uns vermittelt?«

»Sadakos Handlungen haben nichts mit Ihnen zu tun«, versicherte ich ihr. »Übrigens habe ich in der Washington-Japan Friendship Society mit Leuten gesprochen, die Ihre Mutter hier in Amerika kannten. Sie würden sich gern mit Ihnen unterhalten. Wußten Sie, daß Ihre Mutter Sie Akiko nannte?«

»Akiko«, sagte Andrea. »Nein. Ja. Ich weiß nicht ...«

»Vielleicht liegen da noch Erinnerungen verschüttet«, meinte ich aufgeregt.

»Wir brauchen Bratpfannen!« rief Carlos.

An den verärgerten Blicken von Andreas Kollegen merkte ich, daß ich sie zu lange von der Arbeit abgehalten hatte. »Andrea«, sagte ich, »ich gehe jetzt besser zurück an meinen Tisch. Soweit ich sehe, ist unser Essen fertig, und außerdem muß ich noch meine Tante suchen.«

»Ich glaube nicht, daß sie Zeit zum Essen hat«, erklärte Andrea.

»Wieso nicht? Deswegen sind wir doch hier.«

»Schauen Sie, sie steht neben Carlos und kocht. Als sie hörte, daß heute abend ein paar Köche fehlen, hat sie sich sofort eine Schürze umgebunden.«

Verblüfft erkannte ich meine Tante. Beim Betreten der Küche hatte ich sie von hinten für einen kleingewachsenen Latino gehalten, weil sie die Haare kurz trug und eine lange weiße Schürze ihr Seidenkostüm verdeckte. Die beiden Hilfsköche, die ihr zuarbeiteten, lauschten artig ihren Anweisungen.

»Sie bereitet eine Art Eintopf zu, ›Yosi-Nobi‹ oder so ähnlich«, erzählte Andrea.

»*Yosenabe*«, korrigierte ich sie. »Jiro läßt sie kochen?«

»Er wollte nicht, aber Marshall läßt sie machen. Beim Gespräch über Alternativen zu den Gerichten des Abends, für die keine oder zuwenig Zutaten geliefert worden waren, hatte sie eine großartige Idee. Sie peppt unsere asiatische Standardfischsuppe mit frischen Gemüsen, Red Snapper, Garnelen und Glasnudeln auf. Das Gericht wurde bereits zweimal bestellt, und die Kellner berichten, daß es den Gästen ausgezeichnet schmeckt.«

»Aber sie darf nicht hier arbeiten«, flüsterte ich. »Sie hat lediglich ein Touristenvisum.«

»Sie hilft nur aus«, erklärte Andrea grinsend. »Warum tun Sie so schockiert? Sie halten sich doch auch nicht immer an den Buchstaben des Gesetzes, oder?«

Ich versuchte meine Tante zu überreden, daß sie ihre Arbeit einem der anderen Köche überließ, aber sie war zu beschäftigt. Nein, sagte sie, sie könne sich keine Pause zum Essen gönnen, und außerdem habe sie das *yosenabe* ohnehin schon probiert, um sicherzustellen, daß es richtig schmecke. Normalerweise wurde das Gericht am Tisch zubereitet; es war komplizierter, es in kleinen Mengen vorzukochen, den Fisch nicht ganz durchzugaren und danach alles in vorgewärmten irdenen Behältern zu servieren.

»Augenblick, ich koste nur schnell eine Garnele«, sagte Norie, tauchte den Kochlöffel in den Topf und probierte. »Ja, noch nicht ganz durch, wunderbar. Am Tisch ist sie dann perfekt.« Mit erhobener Stimme fügte sie hinzu: »Bestellung für Nummer zwanzig!«

Ich entwand ihr den Löffel, bevor sie ihn wieder in den Topf gleiten lassen konnte. »Das hier ist ein Restaurant! Da hat der Probierlöffel nichts im fertigen Gericht verloren.«

»Entschuldigung«, sagte Norie unbeeindruckt. »Rei-chan, bitte geh zurück an den Tisch und mach dir einen schönen Abend mit Hugh-san. Takeda-san hat gesagt, ich muß zügig arbeiten.«

Erst jetzt entdeckte ich Jiro Takeda beim Gemüseschneiden. Der Chefkoch bei den niederen Tätigkeiten? Nun, die Hilfsköche waren alle beschäftigt. Jiro formte mit dem Messer Karotten zu Blüten. Mit solchen Verzierungen aus Karotten, *daikon* und Lotuswurzeln schmückte meine Tante für gewöhnlich ihre *nabe*-Eintöpfe.

»Das ist überhaupt nicht mein Stil«, brummelte Jiro, »aber bei *nabe* durchaus Tradition.«

»Und warum schneiden Sie das Gemüse?« fragte ich.

»Wir haben heute abend einfach zu wenig Personal. Und leider können wir dieses Gericht auch nicht auf die typische Art servieren, weil wir keine Kochgelegenheiten für die Tische haben. Das Bento ist nicht darauf ausgerichtet.«

»Tja, schade«, sagte ich. Vermutlich ging es ihm sehr gegen den Strich, einer japanischen Hausfrau das Kommando zu überlassen. »Soll ich das für Sie machen? Sie haben wirklich Wichtigeres zu tun, als Gemüseblumen zu schneiden.«

Jiro sah mich erstaunt an. »Haben Sie das denn schon mal gemacht?«

»Oft.« Ich warf einen Blick auf den Bund Schalotten neben dem Schneidebrett. »Ich kenne die japanische Technik für Frühlingszwiebeln, diagonal ...«

»Bitte nicht.« Jiro verdrehte die Augen. »Wenigstens hier will ich mich durchsetzen. Ich möchte sie spiralförmig. Darf ich es Ihnen zeigen?« Jiro nahm eine Zwiebel in die Hand und demonstrierte mir seine Technik.

Ich versicherte ihm, daß ich das schaffen würde, doch ich sollte mich an den weniger empfindlichen Gemüsen versuchen. Als nach einer Weile mein Magen zu knurren begann, merkte ich erschrocken, daß ich Hugh völlig vergessen hatte. Ich legte das Messer weg und machte einen kurzen Abstecher zu den Toilettenräumen, um die Wassertropfen abzutupfen, wie ich es

Marshall versprochen hatte, bevor ich den Gastraum betrat. An unserem Tisch saß ein fremdes Paar, und ich fragte Justin, was los sei. Er holte einen Zettel aus der Tasche, auf den Hugh mit seiner eleganten, schnörkeligen Handschrift notiert hatte:

Das Essen war wunderbar, aber bitte sag ihnen, sie sollen nicht so viel roten Chili in den Dip fürs Carpaccio geben. Ich habe alles bezahlt und fahre nach Hause, um Deine Portion in den Kühlschrank zu legen und ein paar Sachen zusammenzupacken. An meinen Übernachtungsplänen hat sich nichts geändert, also weißt Du, wo Du mich erreichen kannst, wenn Du reden möchtest. Und falls es später wird: Bitte nehmt ein Taxi; fahrt nicht mit der Metro.
Herzliche Grüße an Deine Tante,
H.

Ich schluckte. Herzliche Grüße an meine Tante, aber kein liebes Wort für mich.

Ich kehrte in die Küche zurück und schuftete bis halb zwölf, als die letzten Gäste allmählich das Lokal verließen. Alles hatte geklappt – der *nabe*-Eintopf war ein Erfolg gewesen. Die Kostprobe, die Norie mir gab, schmeckte mir sogar noch besser als das *yosenabe*, das ich von ihr zu Hause kannte. Der Ingwer brachte Jiros Fisch voll zur Geltung, und die Meeresfrüchte waren zart und gleichzeitig knackig. Schalotte und *shiso*-Blatt verliehen dem Gericht verblüffende Komplexität, fast wie bei einem Wein, dachte ich. Auch bei den Standardgerichten des Lokals hatte es keine Probleme gegeben – sämtliche Thunfisch- und Steakvorräte waren aufgebraucht. Zwar wußten wir nicht, wie es dem Restaurantkritiker geschmeckt hatte, aber alle waren bemüht gewesen, das Essen so perfekt wie möglich an seinen Tisch zu bringen. Er und seine vier Begleiter hatten nichts übrig gelassen und fünf Flaschen Wein getrunken. Insgesamt waren 201 Bestellungen erledigt worden, meine unangetastete, aber von Hugh bezahlte Portion mitgerechnet. Marshall äußerte sich nicht über den Umsatz, aber beim Abschied lächelte er.

»Kommen Sie noch mit ins Plum Ink auf ein Glas Wein?« fragte Andrea mich. »Dann erzähle ich Ihnen mehr über die Unterlagen von meiner Mutter.«

Das Plum Ink. Ich bekam eine Gänsehaut. Im Wagen von Kendalls Entführern hatte sich eine Pappschachtel mit der Aufschrift des Lokals befunden. »Lust hätte ich ja, aber meine Tante ist sicher müde. Ich bringe sie lieber nach Hause.«

»Geh ruhig und gönn dir ein Gläschen Wein mit deiner Freundin, Rei-chan«, sagte Norie, die neben Andrea stand und Geschirr spülte. »Takeda-san bringt mich mit dem Wagen nach Hause. Wenn du mir die Adresse aufschreibst und den Schlüssel gibst, komme ich schon zurecht.«

»Gern.« Dann fügte ich, vielleicht als Entschuldigung, weil ich zuvor so unwirsch zu ihr gewesen war, hinzu: »Obasan, deine Komposition war ein großer Erfolg. Ich finde es wirklich beeindruckend, wie du hier eingesprungen bist.«

»*No problemo*«, probierte Norie das Küchenspanisch an mir aus, das sie an diesem Abend gelernt hatte.

»Vielen Dank.« Jiro, der sich mittlerweile zu uns gesellt hatte, verbeugte sich steif vor Norie. Seinem Gesichtsausdruck konnte ich nicht ansehen, was er dachte. Tante Norie hatte den Abend gerettet, aber eigentlich gehörte sich ihr Verhalten nicht für eine Außenstehende.

Norie erwiderte seine Verbeugung mit einer noch tieferen. »Danke, daß ich es versuchen durfte. Allzuviel konnte ich nicht tun, aber falls Sie meine Hilfe noch einmal benötigen sollten, komme ich gern wieder. Ich habe vor, länger hierzubleiben, stehe also zur Verfügung.«

»*Ah so desu ka*«, sagte Jiro. »Sie sind eine Dame. Wenn Sie das nächste Mal zu uns kommen, bestehe ich darauf, Sie als Gast zu begrüßen, und erbitte höflichst, alles für Sie kochen zu dürfen, was Sie sich wünschen.«

Ich verfolgte diesen Austausch von Floskeln und versuchte, den Sinn dahinter zu ergründen. Jiro hatte Nories Hilfe eigentlich nicht gewollt und wies sie nun in ihre Schranken. Mädchen wie Andrea und ich konnten Gemüse schneiden, aber die Anweisungen für ein Hauptgericht zu geben stand einer Frau nicht zu. Norie verzog den Mund, und obwohl sie sich freundlich bei Jiro bedankte, wirkte sie alles andere als glücklich.

»Obasan, möchtest du Andrea und mich in das chinesische Lokal begleiten?« fragte ich, als Jiro außer Hörweite war.

»Ich kann Takeda-sans großherziges Angebot nicht ausschlagen. Außerdem wird es sicher interessant, noch ein bißchen Zeit mit ihm zu verbringen. Er ist wirklich ein merkwürdiger Japaner.«

»Ich habe im Moment nur diesen einen Schlüssel«, sagte ich. »Könntest du ihn bitte unter dem Schirmständer vor der Wohnungstür deponieren?«

»Ist das denn nicht gefährlich?« fragte Norie ängstlich.

»Ach was«, beruhigte ich sie. »Ich glaube nicht, daß es spät wird. In einer Stunde oder zwei bin ich zu Hause.«

17

Das Plum Ink war ein schickes chinesisches Restaurant: Glas-Chrom-Tische, Ledersitze und pflaumenfarbene Wände mit riesigen kalligraphischen Schriftzeichen, von denen ich ein paar kannte. Wasser, Frieden, Geld – die wichtigen Dinge eben.

Ich hatte geglaubt, im Bento sei der Abend gut gelaufen, doch im Plum Ink drängten sich noch mehr Gäste, hauptsächlich junge Washingtoner Nachtschwärmer. Die Preise schienen hier etwas niedriger zu sein als drüben, stellte ich fest, als ich die gerahmten Besprechungen aus *Washingtonian* und *Washington Post* an der Bar las. Ein edles Restaurant mit vernünftigen Preisen – da konnte fast nichts schiefgehen.

Andrea, David, Justin, Phong, der Sommelier Kevin, Carlos und Alberto setzten sich an die Bar. Alle außer mir rauchten. Schon bald wurde mir klar, daß sie Stammgäste hier waren, denn es gab sofort ein freundliches Hallo mit dem Barkeeper, einem jungen chinesischstämmigen Amerikaner namens Mark mit stachelig vom Kopf abstehenden schwarzen Haaren und einem Ohrring in Kreuzform. Ich wurde ihm als Mutter der Kompanie vorgestellt, weil ich so gut wie verheiratet war. Um mir Marks Wohlwollen zu erwerben, ließ ich mir die Scherze gefallen. Vielleicht könnte ich ihn später nach der Pappschachtel in dem Wagen von Kendalls Entführern fragen.

»Wenn alle ihre Drinks haben und es richtig laut wird, können wir uns unterhalten«, raunte Andrea mir zu. »Was möchten Sie trinken? Er mixt gute Cosmos.«

»Am liebsten einen Kaffee«, antwortete ich. Es war spät, und ich wollte wach bleiben.

»Irish Coffee in einem chinesischen Restaurant?« Andrea lachte.

Ich bestellte die Getränke, um mit Mark ins Gespräch zu kommen.

»Soso, Rei, die bald heiratet. Laß mal deinen Ring sehen.« Er griff meine linke Hand und begann, sie zu streicheln.

»Der ist aber längst nicht so interessant wie meine Cousine«, sagte ich, meine Hand immer noch in der seinen. »Die hat's bis in die Nachrichten geschafft. Kendall Johnson.«

»Klingt nach Weingut. Ist sie auch aus Kalifornien, wie du?«

Er hatte sich Andreas Ausführungen über mich gemerkt. »Nein, sie kommt aus Washington. Nichts von ihr gehört? Sie ist die Spendensammlerin, die letzte Woche bei der inoffiziellen Eröffnung des Bento entführt wurde.«

»Ach, jetzt erinnere ich mich! Die Polizei war letzten Samstag da, weil eine Schachtel mit dem Aufdruck unseres Restaurants im Kofferraum des Wagens gefunden wurde. Wir mußten sämtliche Belege des Tages durchgehen.«

»War irgend etwas Aufschlußreiches darunter?«

»Keine Ahnung. Die Cops wollten rausfinden, ob jemand scharfen Spinat, Jakobsmuscheln mit Ingwer oder gebratenen Reis mit Hühnchen hier gegessen oder mitgenommen hatte ...« Er wandte sich einem beleibten Asiaten um die Fünfzig im Jogginganzug zu, der in schnellem Mandarin auf ihn einredete.

Mark nickte und antwortete kurz. Der Mann betrachtete daraufhin abschätzig die Gruppe aus dem Bento und entfernte sich wieder.

»War das der Inhaber des Restaurants?« fragte ich.

»Ja, Mr. Chow. Er wollte wissen, aus welchem Lokal du bist, weil er dich noch nie hier gesehen hat.«

»Hatte er was gegen unsere Unterhaltung?«

»Nein. Ich soll dir nur sagen, daß die Küche bald schließt, und wenn du was essen möchtest, wär's sinnvoll, jetzt zu bestellen.«

»Hm«, meinte ich. Allzu glücklich schien Chow über unsere Anwesenheit nicht gewesen zu sein. Vielleicht fürchtete er, daß wir konsumierfreudigeren Gästen den Platz wegnahmen.

»Hast du Hunger? Dann solltest du dich wirklich schnell entscheiden.«

Ich schüttelte den Kopf. »Die andern haben bereits bestellt, und ich kann so spät am Abend nichts mehr essen.«

»Aber andere Dinge machst du schon noch, zum

Beispiel reden.« Mark legte flirtend den Kopf ein wenig schräg.

Ich lächelte zurück und erkundigte mich, ob denn ein Kassenbon für die von der Polizei erwähnten Gerichte aufgetaucht sei.

»Spinat und Jakobsmuscheln wurden an dem Abend dreimal bestellt, aber nur ein Tisch wollte die Reste mit nach Hause nehmen, und da war kein gebratener Reis dabei.«

»Wer waren diese Gäste?«

»Der zuständige Kellner meint, das war ein komisches älteres Pärchen, und sie hätten bar bezahlt, also wissen wir nicht, wie sie heißen. Ich glaube nicht, daß die irgendwas mit der Entführung zu tun haben.«

Ich nickte. »Hat die Polizei sich damit zufrieden gegeben?«

»Sie wollten sich die Sache genauer ansehen, aber sonderlich begeistert waren sie, glaube ich, nicht.«

»Wie ist das mit den Take-Away-Bestellungen?« fragte ich. »Werden die genauso erfaßt wie die normalen im Restaurant?«

»Hey, wir sind kein Allerwelts-Chinese, klar?«

»Sorry. Das Lokal ist super.«

»Gehen die Drinks auf Rechnung?« fragte er und stellte zwei Gläser auf die Theke.

Ich sah Andrea an, die meinen Blick ungeduldig erwiderte. »Ja, bitte.«

Dann mußte ich nicht sofort zahlen, und vielleicht würde Andrea halbe-halbe mit mir machen. Während die Kellner des Bento sich über die guten Trinkgelder des Abends freuten, hatte ich nichts vorzuweisen. Andrea als Spülerin erging es vermutlich ähnlich.

»Wieso haben Sie sich denn so lange mit ihm unterhalten?« fragte Andrea. »Wollte er unter Ihren Zebra-Rock gucken, der übrigens tatsächlich ganz hübsch ist?«

»Nein. Wahrscheinlich flirtet er mit allen Frauen.«

Andrea lächelte wissend. »Ich kenne Mark von früher, aus dem Mandala. Er ist nicht schlecht im Bett. Ich kann ihn empfehlen ...«

»Tatsächlich?« Nicht, daß ich mich für ihn interessiert hätte.

»Ja.« Andrea zuckte mit den Achseln. »Ich bin nicht verliebt in ihn oder so. Ihnen ist vielleicht schon aufgefallen, daß ich mich nicht gern auf emotionale Sachen einlasse.«

»Mark hat also im Mandala gearbeitet. Warum ist er nicht auch ins Bento gewechselt, wie Sie?«

»Mark hatte das Mandala schon verlassen, als Marshall noch nicht einmal an die Eröffnung des Bento dachte. Er wurde vom Inhaber des Plum Ink mit einem beachtlichen Anfangsgehalt abgeworben. – Das passiert oft in dieser Branche.«

»Jaja, das Geld ...« Ich machte eine Pause, weil ich nicht allzu neugierig klingen wollte. »Wie geht's Ihnen eigentlich finanziell, seit Sie hinten Geschirr spülen?«

»Nicht besonders gut. Ich hoffe bloß, daß Justin sich schrecklich blamiert, damit ich meinen ursprünglichen Job wieder kriege.« Andrea bedachte Justin mit einem kühlen Blick und sah dann mich an. »Aber erzählen Sie mir doch etwas von den Leuten, die meinen japanischen Namen kennen.«

Ich berichtete von Sadakos Angst, das Haus zu verlassen und mit dem Bus zum Arzt zu fahren, und davon, daß sie praktisch keine Freunde gehabt und sich an japanische Erziehungstraditionen geklammert habe. Auf Andreas Frage antwortete ich, daß Sadako in ihrer Nähe schlafen wollte, um sie stillen zu können, Robert jedoch dagegen gewesen sei.

»Es sieht fast so aus, als hätte Ihr Vater Probleme mit der neuen Situation gehabt. Das geht vielen Männern so.« Win fiel mir ein.

»Versuchen Sie nicht, Entschuldigungen für ihn zu finden«, fiel Andrea mir ins Wort. »Haben sie Ihnen noch andere Dinge erzählt?«

»Es tut ihnen sehr leid, daß Sie bei Pflegeeltern gelandet sind. Das wußten sie nicht. Sie würden sich freuen, wenn sie sich persönlich mit Ihnen darüber unterhalten könnten.«

»Ein andermal«, sagte Andrea. »Im Moment habe ich ziemlich viel zu tun. Ich bin nämlich auf eine Aussage gestoßen, in der es heißt, jemand habe meine Mutter beobachtet, wie sie in einen Bus gestiegen sei.«

»Von Arlington nach Washington?«

»Nein, am Greyhound-Busbahnhof, in Richtung Delaware. Viel Sinn ergibt das nicht, denn Sie haben mir ja gerade von ihrer Angst vor Bussen erzählt«, erklärte Andrea. »Möchten Sie noch einen Kaffee? Ich lade Sie ein.«

Obwohl der erste inzwischen kalt geworden war, schüttelte ich den Kopf. Die Gespräche der Bento-Leute wurden lauter. Sie machten sich lustig über den Spüler, der so dumm gewesen war, sich beim Verkauf der Meeresfrüchte an einer der Hauptstraßen Washingtons erwischen zu lassen. Justin äffte Jiro nach, und Phong mimte Andrea beim Geschirrspülen, ihre Unbeholfenheit und ihren Ekel. Andrea lachte genauso schallend wie die anderen.

Restaurantangestellte sind wilde Gesellen mit ziemlich schwarzem Humor, aber sie schuften und funktionieren als Team. Ein paar von ihnen, die bereits vormittags da gewesen waren, hatten zwölf harte Stunden hinter sich. Ein Blick auf die Uhr sagte mir, wie spät es war. Ich wollte nach Hause, hatte jedoch Angst, allein zu gehen.

Als Justin und David sich verabschiedeten, beschloß ich, mich an sie zu hängen. Beim Verlassen des Lokals stolperten wir fast über einen Mann, der, den Kopf auf der Brust, vor dem Eingang kauerte. Neben ihm stand ein Pappbecher mit ein paar Münzen.

Leider brauchte ich mein ganzes Geld für die Metro oder ein Taxi.

»Widerlich«, sagte Justin. »Marshall duldet keine Bettler vor der Tür. Da muß man konsequent sein.«

»Er hat bestimmt Hunger«, erwiderte ich.

»Tatsächlich? Wenn ich ihm das da gebe« – Justin hielt eine Plastiktüte mit Essen aus dem Plum Ink hoch – »wirft er's doch bloß weg.«

»Das wäre einen Versuch wert«, sagte ich und griff nach der Tüte.

»Hey, das ist mein Essen! Ich werde …« Den Rest hörte ich nicht mehr, weil plötzlich eine Schar ausgelassener Leute, die offenbar aus einem Konzert kamen, unseren Weg kreuzte.

»Hast du Stoff?« fragte David Justin, als die Gruppe vorbei war.

Justin schüttelte den Kopf. »Aber Lust hätte ich. Laß uns an der P Street vorbeischauen.«

Als ich das hörte, beschloß ich, mich abzuseilen, Hughs Rat zu folgen und ein Taxi zu nehmen.

Doch nachdem ich mich von Justin und David verabschiedet hatte, wurde mir klar, daß meine Entscheidung zu spät kam. Die Taxis waren mittlerweile mit den Konzertbesuchern besetzt.

Also ging ich zur H Street zurück, vorbei am Bento und dem leeren Nachbarhaus, das Win zu verkaufen versuchte. Mir fiel auf, daß sein Name nicht mehr auf dem Schild davor stand. Interessant. Also hatte Kendalls Entführung den örtlichen Immobilienmarkt offenbar doch beeinflußt.

Als ich Justin und David eineinhalb Häuserblocks vor mir sah, gesellte ich mich wieder zu ihnen. Beim Betreten der Metro-Station Chinatown unterhielten sie sich laut und vernehmlich über verschiedene Marihuanasorten.

»Nicht zu fassen, daß ihr noch Energie für so was habt«, sagte ich in der Hoffnung, sie würden leiser sprechen. Als wir den Zug bestiegen, bedachten ein paar ältere Leute uns mit kühlen Blicken.

»Mein Gott, ist doch keine große Sache«, meinte Justin mit gerümpfter Nase.

»Sie erzählen's nicht Marshall, oder?« fragte David.

»Nein. Aber Sie müssen beide morgen wieder arbeiten. In der Früh wird es Ihnen sicher schlecht gehen.«

»Na und? Unsere Schicht beginnt erst am Nachmittag. Es könnte bloß sein, daß wir nach dem Stoff einen Mordshunger kriegen, aber wir haben ja das leckere chinesische Essen von Mark.« Justin hielt die Plastiktüte hoch, aus der an einer Ecke Sojasauce tropfte.

»Das gute Verhältnis zu Mark wundert mich«, sagte ich. »Ich dachte, zwischen den beiden Restaurants gäb's Rivalitäten.«

»Ach, die Welt der Gastronomie ist klein. Mark war früher im Mandala, und jetzt arbeitet er eben im Plum Ink. Vielleicht fängt Justin auch bald dort an«, erklärte David.

»Ja, ich habe die Tischanweiserei satt«, bestätigte Justin. »Eigentlich dachte ich, ich krieg anständiges Trinkgeld, wenn ich den Leuten einen guten Tisch gebe, aber das funktioniert nicht. Als Kellner hab' ich mehr verdient.«

»Tatsächlich? Vielleicht sollten Sie und Andrea Marshall sagen, daß Sie Ihre alten Jobs wiederhaben wollen«, schlug ich vor.

»Ach, der hört doch nicht zu.« Aber plötzlich wirkte Justin nachdenklich, als hätte ich ihn auf eine Idee gebracht.

Als wir den Dupont Circle erreichten, verabschiedete ich mich von Justin und David und wählte den Ausgang an der Q Street, weil ich glaubte, dort eher ein Taxi zu erwischen als an dem belebten Platz. Außerdem ging die Straße in Richtung Adams-Morgan. Doch die Taxis waren, genau wie im Penn Quarter, alle besetzt.

Sollte ich die fünfundzwanzig Minuten bis zur Wohnung zu Fuß gehen? Die Connecticut Avenue in nördlicher Richtung war um diese Zeit nicht gerade belebt, aber es handelte sich um kein schlechtes Viertel, und die Straße führte zur Columbia Road, wo noch genügend Lokale geöffnet hatten, um mir ein Gefühl der Sicherheit zu vermitteln.

Also marschierte ich los. Daß ich hochhackige Stiefel trug, bereute ich bald, weil ich darin jeden Schritt spürte. Ich sehnte mich nach meinen Laufschuhen. Joggend hätte ich den Heimweg in der Hälfte der Zeit geschafft.

An der Florida Avenue gab es einige Hotels, und vor Hotels warteten immer Taxis, dachte ich. Ich hastete auf das Hilton zu, wo ein leeres Taxi an mir vorbeifuhr. Halt. War da nicht noch eines um die Ecke an der T Street?

Als ich in die Straße einbog, stolperte ich. Es dauerte ein wenig, bis ich das Gleichgewicht wieder fand und den Wagen bemerkte, der auf mich zuraste und mit quietschenden Reifen neben mir zum Stehen kam. Ein Mann sprang heraus.

Kurz darauf spürte ich eine Hand mit etwas Metallenem auf meinem Mund. Ein Arm legte sich um meine Taille, und ich wurde zu dem Wagen gezerrt. Ich trat verzweifelt gegen die Beine des Mannes, der mich festhielt und fluchend in den Kofferraum stieß. Dann knallte der Deckel zu, der Motor heulte auf, und es ging los.

18

Wenn man einen Kofferraum belädt, ist nie genug Platz, egal, was die Werbeprospekte versprechen. Und wenn man selbst in einem liegt, ergeht es einem ganz ähnlich. Ich reagiere normalerweise nicht klaustrophobisch – schließlich habe ich eine ganze Weile in Tokio gelebt –, aber in diesem Kofferraum litt ich Höllenängste. Es war schrecklich dunkel, und ich kam mir vor wie in einem Sarg. Neuere Modelle wie Hughs Lexus haben ein Leuchtschloß innen für Notfälle, doch hier fand ich lediglich ein aufgerolltes Seil.

Ein Seil. Wofür? Meine Panik mischte sich mit Selbstvorwürfen. In dem Wagen wäre ich nicht gelandet, wenn ich mehr Geduld bei der Taxisuche bewiesen hätte. Ich wäre nicht einmal auf der Straße unterwegs gewesen, wenn ich mich wie Tante Norie von Jiro nach Hause hätte bringen lassen.

Kendall hatte die Entführung überlebt, redete ich mir gut zu. Vielleicht waren es dieselben Kidnapper. Allerdings begriff ich den Ablauf nicht. Wenn sie mir im Wagen von der H Street aus gefolgt waren, hatten sie nicht wissen können, wohin ich mit der Metro wollte. Nein, vermutlich war es viel einfacher: Sie hatten mich irgendwo auf der Connecticut Avenue entdeckt und mich beim Einbiegen in die T Street geschnappt, völlig unabhängig von der Sache mit Kendall oder dem Restaurant.

Da spürte ich in meiner Tasche eine Ausbuchtung.

Einen Moment dachte ich, es handle sich um mein neues Handy von Hugh, doch das hatte ich zum Aufladen in der Wohnung gelassen. Nein, in der Tasche befand sich mein kleines japanisches Allzweckwerkzeug.

Da meine Entführer mich nicht gefesselt hatten, konnte ich die Uhr vom Handgelenk nehmen, deren Zifferblatt auf Knopfdruck leuchtete, und sie zwischen Ellbogen und Kofferraumboden klemmen. Nun erhellte ein kleiner Lichtkreis die Dunkelheit, und ich hatte nicht mehr das Gefühl, mich in einem Sarg zu befinden.

Je schneller der Wagen fuhr, desto lauter wurde es – bis ich glaubte, auf einer Autobahn mit Schlaglöchern zu sein. Mit Sicherheit handelte es sich um die 295, nicht um die 495, deren Pflege den Staaten Virginia und Maryland oblag. Die 295 führte erst nach einer ganzen Weile nach Virginia. Vielleicht waren wir dorthin unterwegs.

Dort würde mit Sicherheit niemand nach mir suchen. Ich mußte also allein aus dem Kofferraum herauskommen. Aber selbst wenn es mir gelingen sollte, den Deckel zu öffnen, konnte ich nicht bei über hundertzwanzig Stundenkilometern aus einem fahrenden Wagen springen.

Ich atmete tief durch.

Ich schaffe es, hier rauszukommen.

In einer Hinsicht war es gut für mich, daß wir so schnell fuhren, denn so hörten meine Entführer nicht, wie ich klappernd und kratzend am Schloß werkelte. Doch egal, was ich anstellte, es passierte nichts.

Schon bald war ich vor Anstrengung klatschnaß. Das *kuginuki* rutschte mir aus der schwitzigen Hand, und als ich danach angelte, berührte ich versehentlich die Uhr, deren winziges Licht sofort ausging. Meine Beine waren eingeschlafen. Ich bewegte die Zehen, damit die Blutzirkulation wieder in Gang kam.

Bildete ich mir das ein, oder fuhren wir langsamer? Inzwischen hatte ich keinerlei Zeitgefühl mehr. Meine Finger ertasteten das *kuginuki*, und ich verletzte mich daran. Nun fand ich auch die Uhr, schaltete das Licht wieder ein und setzte die Arbeit am Schloß des Kofferraumdeckels fort.

Der Wagen nahm erneut Geschwindigkeit auf, allerdings war er nicht mehr so schnell wie auf der Autobahn. Und ich hörte das Geräusch anderer Fahrzeuge neben uns. Vielleicht befanden wir uns auf einer Vorortstraße.

Endlich bewegte sich das Schloß, und ich drückte den Kofferraumdeckel ein kleines Stück nach oben, so daß ich den dunklen Himmel sah und das Fahrgeräusch lauter hörte. Den Deckel festhaltend, damit er sich nicht vollends öffnete, gelang es mir, mich vorsichtig hinzuknieen, obwohl sich meine Füße immer noch ein wenig taub anfühlten.

Wie schnell fuhr der Wagen jetzt? Fünfzig, vielleicht sechzig Stundenkilometer? Noch befanden wir uns in Gesellschaft anderer Autos. Vielleicht wäre das schon bald nicht mehr so. Ich sah auf die Uhr. Wir waren seit fast einer Stunde unterwegs, was bedeutete, daß wir mindestens siebzig Kilometer außerhalb von Washington sein mußten.

Der Wagen nahm eine Kurve, und ich wurde an die Kofferraumwand gedrückt. Wir bogen in eine andere Straße ein; vermutlich näherten wir uns unserem Ziel.

Ich atmete tief durch und lugte hinaus. Tatsächlich fuhren wir nun auf einer zweispurigen Landstraße mit von Zäunen gesäumten Feldern zu beiden Seiten. Straßenlaternen oder andere Autos konnte ich nirgends entdekken. Vermutlich würde es noch einsamer werden, denn meine Entführer lenkten den Wagen in Richtung plattes Land.

Ich öffnete den Kofferraumdeckel weiter und ging in die Hocke. Ohne länger nachzudenken, sprang ich hinaus.

Im Vergleich zum Wagen kam ich mir unendlich träge vor. Einen Augenblick lang schien ich in der Luft zu schweben, und ich zog den Kopf ein, um mich auf dem Boden abzurollen.

Letztlich war ich dann doch zu schnell, ich landete auf der linken Seite, genauer gesagt, auf dem *kuginuki*, das ich wieder in die Tasche gesteckt hatte. Mein Gott, tat das weh. Am liebsten wäre ich liegengeblieben, aber das konnte ich nicht. Ich blutete und wußte nicht, ob ich mir etwas gebrochen hatte.

Das Geräusch quietschender Bremsen ließ mich den Schmerz vergessen. Ob es von vorne oder hinten kam, wußte ich nicht.

Dann erklangen Stimmen, so weit entfernt, daß ich weder Rasse noch Geschlecht der dazugehörigen Menschen heraushören konnte, nur den Südstaateneinschlag.

Ich wälzte mich auf den Bauch und begann, in Richtung Straßengraben zu kriechen. Der Schmerz strahlte so intensiv von meiner Leibesmitte aus, daß ich die Zähne zusammenbeißen mußte, um nicht laut aufzuschreien.

Ein Lichtkegel huschte über den Asphalt. *Bitte entdeckt mich nicht. Dunkelheit, nimm mich auf.* Ich trug einen schwarzen Rollkragenpullover und hatte schwarze Haare. Mein Rock mit dem Zebramuster war bis zum Bund aufgerissen. Ich rollte mich zusammen und bedeckte die Beine, so gut es ging.

Der Schmerz war mittlerweile so schlimm geworden, daß ich Arme und Beine nicht mehr bewegen konnte und spürte, wie sich mein Geist aus meinem Körper entfernte, ihn von oben betrachtete. Eine kleine japanische Frau im Straßengraben. Wir waren ein und dieselbe. Dreißig Jahre trennten uns, aber die Zeit, das hatte ich in dieser Nacht gelernt, besaß keinerlei Bedeutung.

Der Lichtstrahl erfaßte mich. Ich spürte ihn an Wange und Rücken, machte mir aber nicht die Mühe, den Kopf zu heben, weil ich wußte, daß sie mich gefunden hatten. Nun hörte ich Stimmen, von schwarzen und weißen Männern aus dem Norden und den Südstaaten. Mehr als zwei, schlimmer, als ich gedacht hatte.

Kurz senkte mein Geist sich wieder auf die Erde hinab, und ich sah Stiefel, große Bauarbeiterstiefel mit Stahlkappen. Dieser Anblick war das letzte, was ich wahrnahm, bevor Hände meinen Körper umdrehten und ich das Bewußtsein verlor.

19

»Sie wacht auf.«

Ich versuchte die Augen aufzuschlagen, doch das gelang mir nur mit einem, und ich sah grelles Neonlicht, das die weißen Laken hell erstrahlen ließ. Ich schloß das Auge wieder.

Erneut hörte ich die Frauenstimme von vorhin, diesmal auf japanisch: »Du bist hier bei uns, in Sicherheit, Rei-chan. Es ist alles in Ordnung.«

Als ich das eine Auge noch einmal öffnete, nahm ich verschwommen die Silhouette einer Japanerin mittleren Alters wahr. War das Sadako? Dann war ich zwar am Leben, aber schmorte in der amerikanischen Hölle für auf Abwege geratene Japanerinnen.

»Sie erkennt mich nicht, Hugh-san«, sagte die Stimme.

Hugh? Jetzt war ich vollends verwirrt. Wieder machte ich das eine Auge auf und sah tatsächlich undeutlich meinen Verlobten.

Mit trockenem Mund fragte ich: »Wo?«

»Du bist in einem Krankenhaus in Quantico, Virginia, und Tante Norie und ich sind auch da«, antwortete Hugh. »Dich hat's ganz schön erwischt. Ein paar Marines, die zu ihrem Stützpunkt unterwegs waren, haben dich auf der Straße gefunden und die Sanitäter gerufen.«

Dann hatten die schwarzen Stiefel also meinen Rettern gehört.

»Entführt«, preßte ich hervor. »Ein Wagen. Zwei Männer.« Mein Gott, wie schwer mir das Reden fiel. Wahrscheinlich lag das an den Schmerzmitteln.

»Das kannst du alles der Polizei erzählen, wenn du so weit bist«, sagte Hugh und hielt mir ein Glas Wasser hin. Ich nahm gierig einen großen Schluck.

»Was ist passiert?« fragte ich mit kräftigerer Stimme.

»Die Beamten sagen, die Marines haben zuerst dich gesehen, dann den Wagen ein Stück vor dir. Er verschwand, als sie anhielten.«

»Sie haben mir das Leben gerettet.« Zum erstenmal bereute ich meine militärkritische Einstellung.

»Stimmt«, pflichtete Hugh mir bei. Warum klang er bloß so gedämpft?

»Rei-chan, ich hätte dich nicht allein nach Hause gehen lassen dürfen«, hörte ich Tante Norie sagen. »In Japan habe ich mich um dich gekümmert, hier ist es mir nicht gelungen. Ich fürchte, das wirst du mir nie verzeihen.«

Ich schüttelte den Kopf.

»Norie«, bat Hugh sie, »könntest du mir einen Gefallen tun und die Schwester suchen? Sie soll noch ein Kissen bringen.«

»Natürlich«, sagte Norie, dann hörte ich, wie sich eine Tür schloß.

»Rei, Schatz, es tut mir alles so leid.« Hugh legte sein Gesicht an meines. »Wenn ich nicht nach Potomac gefahren wäre, hätte es für dich auf dem Heimweg keine Probleme gegeben.«

»Es sollte wohl so sein.«

»Wie meinst du das? Daß die Typen dich auf jeden Fall entführt hätten, daß sie dich im Visier hatten wie Kendall?«

»Keine Ahnung. Es war irgendwie schicksalhaft.«

Ich konnte das merkwürdige Gefühl, das ich im Straßengraben gehabt hatte, nicht erklären – daß Sadakos und meine Geschicke auf seltsame Weise miteinander verknüpft waren.

»Das sehe ich anders«, widersprach Hugh energisch. »Rei, ich muß dir was sagen, bevor deine Tante zurückkommt. Während deiner Entführung ist etwas sehr Trauriges passiert.«

»Du meinst mit dir und Kendall.« Ich schwieg deprimiert.

»Mit Kendall und mir?« fragte Hugh verwirrt.

»Ich dachte … vielleicht … habt ihr was miteinander angefangen.«

»Tja, deine wunderbare Cousine«, sagte Hugh. »Als ich bei ihr ankam, führte sie gerade eine Telefonkonferenz mit Snowdens Wahlhelfern und bemerkte weder mich noch die Kinder, die das Haus auf den Kopf stellten. Ich mußte dem Au-pair-Mädchen helfen, die beiden ins Bett zu bringen. Dann trudelte Win sternhagelvoll ein, und den hab ich auch ins Bett gesteckt. Hinterher war ich so erschöpft, daß ich mich im Gästezimmer aufs Ohr gehauen habe, ohne dich noch mal anzurufen. Das tut mir leid.«

Sofort bekam ich Gewissensbisse. »Ich hab dich ja praktisch dazu getrieben, bei ihr zu übernachten. Du mußt dich nicht entschuldigen.«

»Nein, das, was passiert ist«, sagte Hugh und schwieg eine Weile, als fiele es ihm schwer weiterzusprechen, »hat mit dir zu tun.«

»Hab ich ein Auge verloren?« fragte ich, als mir wieder einfiel, daß ich nur eines öffnen konnte.

»Nein. Die Hornhaut auf der rechten Seite wurde bei

dem Sturz verletzt, deswegen ist eine Bandage drüber. Aber das heilt wieder. Nein, es geht um … Ach, Scheiße.«

Wie schlimm waren meine Verletzungen? Würde ich den Rest meines Lebens im Rollstuhl verbringen müssen?

»Durch den Sturz hast du das Kind verloren.«

»Das Kind?« fragte ich und starrte ihn entgeistert an. »Wie kann das sein?«

»Während der Fahrt ins Krankenhaus hattest du Blutungen, und da ist es abgegangen …«

»Mein Gott, Hugh.« Das also war der Schmerz in meinem Unterleib gewesen.

»Wußtest du Bescheid?« fragte Hugh. »Seit meiner Rückkehr haben wir noch keine Zeit für uns gehabt. Unter Umständen hatte sich ja keine Gelegenheit ergeben, es mir zu sagen.«

»Wenn ich es gewußt hätte, wäre ich nicht gesprungen.«

Hugh seufzte tief. »Tja, aber dann wärst du jetzt möglicherweise tot. Und das wäre noch schlimmer.«

»Vielleicht hätten sie mir ja gar nichts getan?« Schweiß trat auf meine Stirn. »Kendall hat gewartet, bis sie gerettet wurde. Das war vernünftig.«

»Deine Flucht war mutig. Trotzdem bricht es mir das Herz«, sagte Hugh. »Solche Gefühle hätte ich nicht für möglich gehalten. Ich wußte ja nichts von dem Baby und hatte keine Zeit, eine Bindung aufzubauen, und dennoch …«

»Wie dumm von mir, daß ich daran nicht gedacht habe.« Die Gewichtszunahme, das lustlose Joggen und der Ekel vor Wein. Unbewußt hatte ich das Kind in meinem Bauch geschützt – und es dann doch getötet.

»Normalerweise merkt man so was«, sagte Hugh.

»Die letzte Periode hatte ich vor ungefähr sechs Wochen.« Sie war ziemlich leicht gewesen, aber das hatte ich dem Streß zugeschrieben: die Restauranteröffnung, Kendalls Entführung und dann auch noch der Besuch meiner Tante. Der Gedanke führte mich zu einer anderen Frage: »Was weiß Norie?«

»Nicht alles«, antwortete Hugh. »Die Geschichte mit der Hornhautverletzung und daß du dir bei dem Sturz die Finger gebrochen hast. Von dem Baby habe ich ihr nichts erzählt, und die Ärzte sollen ihr auch nichts sagen. Deine Eltern habe ich auf den Fidschi-Inseln erreicht. Sie sind schockiert, aber froh, daß du am Leben bist.«

»Wie lange muß ich im Krankenhaus bleiben?« Je länger, desto schlimmer, dachte ich.

»Vielleicht darfst du heute schon nach Hause, aber dann mußt du dich eine Woche lang schonen. Ich habe mir frei genommen und werde dich nicht aus den Augen lassen, bis du wieder ganz auf dem Damm bist. Norie habe ich vorgeschlagen, daß ich bei dir einziehe, um euch beide zu beschützen, und sie war dafür.«

»Dann mußt du dich also nicht mehr im Fitneßstudio oder im Büro herumtreiben«, sagte ich lächelnd.

»Nein. Es tut mir wirklich leid, daß ich gestern abend unbedingt so früh ins Bett gehen wollte. Wäre ich nicht zu deiner Cousine gefahren, hätte das alles nicht passieren können.«

Da hörte ich, wie die Tür aufging und Norie sagte: »Rei-chan, ich habe dein Kissen. Und einer der Soldaten, die dich gefunden haben, ist hier.«

»Möchtest du ihn sehen?« fragte Hugh leise.

»Ja. Ich muß mich bei ihm bedanken.«

»Die Ärzte sagen, es sollen sich nie mehr als zwei Besucher gleichzeitig an deinem Bett aufhalten, also gehe ich besser.«

Als Hugh verschwand, versuchte ich, mein gesundes Auge auf den großgewachsenen Mann im Tarnanzug zu richten, der, die Mütze in den Händen, vor mir stand.

»Ich bin Obergefreiter Henderson, Ma'am, und war bei der Gruppe dabei, die Sie gefunden hat. Ich wollte nur sehen, ob alles in Ordnung ist.« Ein wenig erinnerte mich der vermutlich gerade mal Zwanzigjährige mit dem blonden Haarflaum an ein zu groß geratenes Küken.

»Ich bin Ihnen sehr dankbar«, sagte ich. »Könnten Sie mir verraten, wie das passiert ist?«

»Zuerst dachten wir, Sie sind ein Hund – Sie wirkten nicht besonders groß. Mein Kumpel liebt Hunde, also wollte er anhalten. Es gab Streit, weil es schon zwei Uhr morgens war und wir bei Sonnenaufgang wieder in der Kaserne sein mußten. Aber dann hat mein Kumpel die Kleidung gesehen, und wir sind stehen geblieben.«

»Was war das für ein Wagen, aus dem ich gefallen bin?« fragte ich.

»Eine Limousine mit offenem Kofferraumdeckel. Sie fuhr ziemlich schnell rückwärts auf Sie zu. Aber als wir anhielten, bremste der Fahrer und verschwand in der entgegengesetzten Richtung. Sie wurden aus dem Auto gestoßen, stimmt's?«

»Ich bin rausgesprungen«, erwiderte ich. »Konnten Sie das Nummernschild erkennen?«

»Nein, Ma'am, tut mir leid. Erst als die Polizei kam, ist uns klar geworden, daß Sie möglicherweise aus dem Wagen gefallen sind.«

»Verstehe. Danke trotzdem.«

»Tja, schade, daß wir die Typen nicht erwischt haben.« Der Soldat verneigte sich leicht. »Wenn wir schneller reagiert hätten, wäre das nicht schwierig gewesen.«

»Sie haben mir das Leben gerettet. Ich finde, das genügt für eine Nacht«, sagte ich.

»Ebenfalls herzlichen Dank«, schloß Norie sich an. »Aber ich glaube, sie ist jetzt müde.«

Nachdem sich der Soldat verabschiedet hatte, blieb Tante Norie schweigend an meinem Bett sitzen.

Während sie meine kalte Hand in der ihren wärmte, fiel mir ein, daß es in fast jedem Ort in Japan mindestens einen Tempelgarten mit kleinen Statuen von Jizo-sama gibt, dem buddhistischen Schutzgott der Kinder, auch der zu früh gestorbenen. Die japanischen Frauen kaufen eine der kleinen Steinfiguren, kleiden sie in selbst geschneiderte, gestrickte oder gehäkelte Jäckchen und Mützen und legen Frucht- und Blumengaben davor nieder. Sie wiederholen ihre Besuche so oft, wie es ihnen nötig erscheint, manchmal bis zur Geburt eines zweiten Kindes, manchmal auch ihr ganzes Leben lang.

Doch in den Vereinigten Staaten gab es keinen Garten mit Steinbabys. Selbst wenn, hätte ich ihn nicht betreten können, denn ich hatte mein Kind nie kennengelernt, mir nie Sorgen darum gemacht, es nie geliebt. Und jetzt war es zu spät dazu.

20

Noch drei Tage nach der Heimfahrt tat mir alles weh, weil ich die Schmerzmittel aus dem Krankenhaus, von denen mir regelmäßig übel wurde, die Toilette hinuntergespült hatte.

Meine Eltern, die einzigen, mit denen ich reden wollte, riefen jeden Tag von den Fidschi-Inseln aus an. Hugh wich mir nicht von der Seite, erledigte die Wäsche, den Haushalt und die Einkäufe. Außerdem hielt er mir Leute vom Hals, besonders Journalisten. Die Marines hatten freudig Interviews gegeben und sich fotografieren lassen, doch ich weigerte mich und bat die Polizei, meinen Namen geheim zu halten – was diese jedoch nicht durfte. Immerhin war die Sache mit dem Baby nicht an die Öffentlichkeit gelangt.

Nach drei langen Tagen verloren die Fotografen die Lust am Warten und wandten sich wieder Kendall zu, die sich nur zu gern zu den Geschehnissen äußerte. Sie hatte mich gleich angerufen, um mir Trost zu spenden. Ihr gegenüber versuchte ich, die Geschichte so einfach wie möglich zu halten, und so erfuhren sie und die restliche Familie lediglich von der Entführung und meinen oberflächlichen Verletzungen, nicht jedoch von der Fehlgeburt. »Wie kalifornisch«, wäre der Kommentar meiner Oma vermutlich gewesen, und die anderen hätten den Kopf geschüttelt, weil ich mich, obwohl ich einen festen Freund hatte, nicht mit Empfängnisverhütung auskannte, und weil ich – eine Frau von fast dreißig Jahren – mich nach Mitternacht allein in Washington herumtrieb.

Kendall hatte mir das Angebot gemacht, eine Presseerklärung zu der Entführung zu verfassen, doch ich schlug es aus. Daraufhin wollte sie mich auf einen Drink ins Zola einladen, und wieder gab ich ihr einen Korb. Am Ende versprach sie, einmal abends nach der Arbeit vorbeizuschauen. Warum nicht, dachte ich, vielleicht half ein Gespräch mit ihr meinem Gedächtnis in puncto Entführer auf die Sprünge.

Detective Burns, der mich gleich nach meiner Entlassung besuchte, war enttäuscht von unserer Unterhaltung, das wußte ich. Ich hatte es mir gerade mit einer alten japanischen Patchworkdecke auf Hughs Sofa bequem gemacht, als es klingelte. Über die Gegensprechanlage hörte ich Burns' Stimme.

Norie öffnete ihm, und er nickte zuerst ihr, dann mir zu. »Guten Tag, Miss Shimura. Ich möchte Ihnen mein Bedauern über Ihren Verlust aussprechen.«

»Danke«, sagte ich hastig, in der Hoffnung, daß er die Fehlgeburt nicht erwähnen würde.

»Darf ich mich mit Ihnen unterhalten?« fragte Burns mit sanfter Stimme. »Ich habe die Berichte meiner Kollegen in Virginia gelesen, aber da Sie hier in der Stadt entführt wurden und die Ereignisse eine gewisse Ähnlichkeit mit dem Fall Ihrer Cousine haben, obliegen die Ermittlungen mir.«

Ich nickte und bat meine Tante auf japanisch: »Obasan, würdest du einen Kirschblütentee für den Detective kochen?«

Als sie in der Küche verschwand, fragte Burns: »Ihre Mutter?«

»Nein, meine Tante Norie Shimura aus Japan. Meine Mutter ist Amerikanerin und macht im Moment

Urlaub auf den Fidschi-Inseln, also kann ich mich glücklich schätzen, Norie an ihrer Stelle hier zu haben. Bitte erwähnen Sie das mit dem Baby nicht. Sie weiß nichts davon.«

»Keine Sorge. Ich bin hier, um Sie über den amerikanischen Teil Ihrer Familie zu befragen. Sind Sie mütterlicherseits mit Kendall Howard Johnson verwandt?«

»Ja. Meine Mutter ist die Schwester von Kendalls Vater Douglas Howard.«

»Haben Sie noch andere Cousins oder Cousinen, mit denen ich Kontakt aufnehmen könnte?«

»Nur Kendalls Bruder, mein Cousin Dougie Junior. Er lebt in Millersville. Wir stehen uns nicht sehr nahe, deshalb kenne ich weder seine Telefonnummer noch seine Adresse.«

»Hm. Wieso? Gab es in Ihrer Jugend irgendwelche Probleme?«

Ich wurde rot und bekam sofort Schuldgefühle. »Nein. Wir sind einfach nur auf unterschiedlichen Seiten des Kontinents aufgewachsen, und er ... naja, mit Kendall komme ich besser zurecht.« Obwohl das nicht viel zu sagen hatte.

»Besteht Grund zu der Annahme, daß es bei den Howards Schwierigkeiten gibt? Daß es jemand auf sie abgesehen hat?«

Ich schüttelte den Kopf. »Die Howards sind eine alte Marylander Familie, aber unser Zweig hat weder nennenswerten Grundbesitz noch viel Geld. Kendall und ihrem Bruder steht ein Treuhandvermögen zur Verfügung, doch das beläuft sich jeweils nur auf ein paar Hunderttausend Dollar, nicht auf Millionen.«

»Und dennoch wurden Kendall und Sie entführt«,

sagte Burns. »Sie sind Cousinen und wohnen beide in Washington.«

»Kendalls Aussage nach wollten die Entführer ihren Namen wissen, bevor sie sie mitnahmen. Ich hingegen war einfach nur nachts nach Adams-Morgan unterwegs, als sie mich in einer dunklen Straße ergriffen. Sie fragten nicht nach meinem Namen, sondern stießen mich sofort in den Kofferraum.«

»Glauben Sie, die Männer kannten Sie?«

»Eigentlich ist das unmöglich«, antwortete ich. »Wie Sie wissen, bin ich zu Fuß vom Penn Quarter losgegangen und habe dann die Metro von Chinatown zum Dupont Circle genommen. Wie hätten sie mir da mit dem Wagen folgen sollen?«

»Sie sagten, es seien zwei gewesen. Vielleicht hat einer Sie in der Metro beschattet und seinen Partner per Handy informiert, als Sie ausstiegen.«

»Ich habe niemanden bemerkt.« Doch da war dieses unsichere Gefühl gewesen, das fiel mir jetzt ein.

»Was haben Sie überhaupt im Plum Ink gemacht?«

»Ich war das erste Mal in dem Restaurant«, antwortete ich. »Küchenpersonal und Kellner des Bento lassen den Abend nach der Arbeit gern dort ausklingen. Ich bin mitgegangen, weil ich mich mit Andrea Norton unterhalten wollte – sie hatte bei der Eröffnung die Tische angewiesen. Und dann habe ich die Gelegenheit genutzt und dem Barkeeper ein paar Fragen im Zusammenhang mit der Entführung meiner Cousine gestellt.«

»Wieso denn das?« Er sah mich fragend an.

»Die Schachtel mit den Take-Away-Gerichten im Kofferraum der Entführer stammte doch aus dem Plum Ink.«

»Stimmt. In diese Richtung haben wir bereits ermittelt.«

»Und sind zu keinem Ergebnis gelangt?« überlegte ich laut. »Wissen Sie, im Plum Ink nehmen nicht nur Leute Essen mit, die dafür zahlen.«

»Was wollen Sie damit sagen?«

»Zwei der Kellner, mit denen ich an dem Abend dort war, bekamen zum Abschied eine Tüte mit chinesischem Essen geschenkt. Möglicherweise war es bei der Schachtel im Kofferraum auch so. Der Inhaber des Restaurants wüßte davon nichts, weil es sich um einen Freundschaftsdienst handelte.«

»Interessant.« Burns strich sich übers Kinn, auf dem, das fiel mir jetzt auf, der Hauch eines Ziegenbärtchens sproß. »Aber noch interessanter finde ich, daß Ihre Kollegen überhaupt in diesem Restaurant verkehren. Schließlich sind das Plum Ink und das Bento Konkurrenten.«

»Genau das dachte ich auch, doch einer der Kellner hat mir erklärt, daß die Leute aus der Gastronomie sehr gesellig sind und nach der Arbeit gern andere Lokale besuchen, um sich zu entspannen.«

»Marshall Zanger und Ken Chow, der Inhaber des Plum Ink, scheinen aber nicht das allerbeste Verhältnis zu haben.«

»Nun, besonders begeistert wirkte Mr. Chow in der Tat nicht, als er uns alle an der Bar seines Restaurants sah.«

»Ken Chow hat sich bei der Behörde am heftigsten gegen die Eröffnung des Bento gewehrt. Soweit ich mich erinnere, ging's um einen nicht genehmigten Parkplatz im Hof. Daraufhin hat Zanger das Plum Ink wegen Verstößen gegen die Hygienevorschriften angeschwärzt.« Burns räusperte sich. »Entschuldigung – eine Allergie. Aber zurück zu Ihrem Besuch im Plum Ink. Sie erwähnten gerade, daß Ihre Freunde Essensreste geschenkt bekamen. Auch das fällt in die Kategorie Verstoß gegen die Hygienevorschriften.«

Da betrat Tante Norie mit einer Imari-Teekanne und zwei kleinen Schalen auf einem Lacktablett das Zimmer und verkündete auf englisch: »Frischer Tee aus Kirschblüten.«

»Er riecht wunderbar«, sagte Detective Burns, während meine Tante den Tee einschenkte. »Haben Sie schon die japanischen Kirschbäume an der Mall gesehen? Die Blüte beginnt gerade.«

»Nein, ich muß mich um meine Nichte kümmern«, antwortete Norie. »Sie sind also der Detective?«

»Wie unhöflich von mir, mich nicht gleich vorzustellen. Mein Name ist Louis Burns.«

»*Ah so desu ka*«, sagte Norie. »Darf ich Sie etwas fragen?«

»Aber natürlich.«

»Der Wagen war in Richtung Virginia unterwegs, *neh*?« hob Norie an. »Haben Sie schon Mr. und Mrs. Norton befragt?«

»Wen?« Burns sah verwirrt mich an.

»Vater und Stiefmutter meiner Freundin Andrea aus dem Bento«, erklärte ich. »Die Polizei in Virginia weiß bereits, daß wir sie letzte Woche alle gemeinsam in Orange County besucht haben.«

»In dem Bericht aus Virginia steht nichts von irgendwelchen Nortons. Was haben die mit der Sache zu tun?«

»Das ist eine lange Geschichte«, antwortete ich. »Und ich finde, Andrea sollte sie Ihnen erzählen.«

»Die frage ich später. Sagen Sie mir bitte, was Sie wissen.«

Als ich meine Ausführungen beendet hatte, murmelte Burns: »Hm, interessant.« Allmählich begann ich zu glauben, daß das Burns' Äquivalent zu der japanischen Floskel »*Ah so desu ka*« war, die so viel bedeutet wie »Tatsächlich?«.

»Meiner Ansicht nach gibt es unterschiedliche Erklärungen«, sagte ich. » Vielleicht wurden Kendall und ich von einem ähnlichen Typ Männer entführt, die es einfach auf leichtsinnige Frauen abgesehen hatten.«

Burns nickte. »Tja, möglich.«

»Andererseits ist offenbar ein mörderischer Konkurrenzkampf zwischen den benachbarten Restaurants im Gange. Da ergäbe es Sinn, wenn Mr. Chow Kendall vom Parkplatz entführen ließe und dann dieselben Handlanger auf mich ansetzte.«

»Aber was ist mit den Nortons?« beharrte Norie. »Andrea-san glaubt, daß ihre Mutter ermordet wurde. Wenn Mr. Norton etwas damit zu tun hat, versucht er möglicherweise, Rei-chan an ihren Nachforschungen zu hindern. Bitte, Sie müssen sich intensiver mit dem Mann und seiner Frau beschäftigen.«

»Ich überprüfe, ob dieser Norton irgendwelche Vorstrafen hat«, versprach Burns. »Außerdem werde ich mich um ein Gespräch mit ihm bemühen. Allerdings kann ich ohne Durchsuchungsbefehl nicht einfach bei ihm hereinplatzen. Und dafür bräuchte ich eindeutige Hinweise darauf, daß er in ein Verbrechen verwickelt ist. Soweit ich das bisher verstanden habe, existieren derartige Hinweise aber nicht. Sie wollten alte Dokumente von ihm, und die hat er Ihnen überlassen.«

»Ich hatte noch keine Zeit, sie gründlich durchzugehen«, sagte ich. »Möglicherweise steht etwas darin ...«

»Es handelt sich um alte Papiere. Wie läßt sich eine Verbindung herstellen zwischen etwas, das vor dreißig Jahren aufgeschrieben wurde, und dem, was Ihnen erst vor kurzem widerfahren ist? Miss Shimura, ich hätte da noch eine ganz andere Frage an Sie.«

»Ja?«

»Warum sind Sie gesprungen?«

»Weil ich dachte, sie würden den Kofferraumdeckel öffnen, mich herauszerren und ...« Ich sah meine Tante an und beschloß, den Rest so vage wie möglich auszudrücken: »... mir weh tun.«

»Ihre Cousine war unverletzt, als sie in dem Kofferraum aufgefunden wurde. Haben Sie daran nicht gedacht?«

»Meine Nichte ist mutig und sehr sportlich«, verteidigte Norie mich. »Deshalb hat sie sich für diesen Weg entschieden.«

»An der Fahrweise merkte ich, daß wir die Stadt verlassen hatten. Außerdem befand sich im Kofferraum ein aufgerolltes Seil, und das machte mich nervös«, erklärte ich.

»Ein Seil? Das haben Sie der Polizei in Virginia gegenüber nicht erwähnt.«

»Nein? Die Erinnerungen kommen und gehen. Tut mir leid.«

»Ein Seil, das klingt nicht gut. Es war wirklich vernünftig, aus dem Wagen zu springen«, sagte Burns.

»Vielleicht sollten Sie den Kofferraum von Mr.

Norton und dem chinesischen Restaurantbesitzer nach Seilen durchsuchen lassen«, meinte Norie.

»Dazu bräuchte ich einen richterlichen Beschluß, und für den fehlen uns die Beweise.« Allmählich hörte Burns sich an wie eine Schallplatte mit Sprung.

»Aber was können wir sonst tun?« wollte Norie wissen, deren japanische Zurückhaltung mit jedem Tag ihres Aufenthalts in den Staaten geringer wurde.

Ein bißchen kam sie mir vor wie die Kirschblüten, die sich unter widrigsten Umständen zu voller Pracht entfalten. Wenn ich das doch nur auch gekonnt hätte!

21

Weil mein Magen mir die Schmerzmittel immer noch verübelte, hatte ich nicht viel Appetit. Norie kochte mir das klassische japanische Allheilmittel Haferschleim, und den vertrug ich. Zehn Tage nach meiner Heimkehr aus dem Krankenhaus saßen alle meine Jeans locker, aber echte Freude bereitete mir das nicht.

Andrea hatte mehrfach angerufen, weil sie mich besuchen und mit mir reden wollte, doch ich lehnte jedesmal ab. Zwar machte ich ihr keine Vorwürfe, aber ich ahnte, daß ein Zusammenhang zwischen dem Ausflug nach Virginia und meiner Entführung ein paar Tage später bestehen mußte. Und die Täter waren noch nicht gefaßt, also konnten sie Andrea zu Hughs Wohnung folgen, meiner einzigen Zuflucht.

Erst nach einer ganzen Weile gab ich Andreas Drängen nach, und am ersten Tag, als Hugh wieder zur Arbeit ging, machten Norie und ich uns auf den Weg zum Urban Grounds, um uns mit ihr zu treffen.

Norie bestand darauf, daß ich mich bei ihr unterhakte, auch wenn eine kaum mehr als einsfünfzig große Frau vermutlich niemanden daran hindern konnte, mich zu entführen. Abgesehen davon hielt ich einen solchen Versuch am hellichten Tag, wenn so viele Menschen sich auf den Straßen tummelten, ohnehin für eher unwahrscheinlich. Das Wetter war endlich besser geworden; es hatte zu regnen aufgehört, und die Tulpenkelche begannen sich zu öffnen. Meinen Rat, die Kamera mitzunehmen, befolgte Norie nicht, weil die sie angeblich von ihrer Aufgabe als meine Leibwächterin abgelenkt hätte.

Andrea, die am selben Tisch saß wie bei unserem ersten Treffen dort, begrüßte uns mit einem breiten Lächeln. Ich winkte ihr zu und machte mich auf den Weg zur Theke, um einen Kaffee zu bestellen, doch sie rief: »Schon erledigt. – Latte mit einer doppelten Portion Zucker, stimmt's? Und für Ihre Tante eine Kanne grünen Tee.«

»Wie aufmerksam«, murmelte Norie, als wir in den hinteren Teil des Coffee-Shops gingen.

»Ich bin so froh, daß Sie's geschafft haben.« Andrea klang fast sanft.

»Ach, es ist gut, wenn ich mal rauskomme. Ich schlage schon Wurzeln auf der Couch«, scherzte ich.

»Nein, ich meine, ich bin froh, daß Sie's überlebt

haben. Wenn Sie verschwunden wären, hätte ich …«
Tränen traten in ihre sorgfältig geschminkten Augen.

»Nun, es ist ja alles gut ausgegangen.« Plötzlich wußte ich, woran sie dachte – an die Geschichte ihrer Mutter.

»Der Detective, der damals ins Bento gekommen ist, hat mich angerufen.« Andrea tupfte sich die Augen ab. »Louis Burns. Er wollte alles mögliche wissen, zum Beispiel warum ich im Plum Ink war und wen ich dort kenne. Er hat gesagt, er könnte vielleicht die alten Polizeiberichte über das Verschwinden meiner Mutter ausgraben, wenn ich ihm helfe.«

»Das muß er sowieso«, sagte ich. »Als Teil der Ermittlungen im Zusammenhang mit Kendalls und meiner Entführung.«

»Ich glaube, er sieht mich als Informantin.« Andrea schwieg kurz. »Obwohl ich ihm nichts sagen konnte. Warum interessiert ihn wohl das Verschwinden meiner Mutter?«

Norie antwortete für mich: »Ich habe ihm gesagt, daß die merkwürdigen Leute in Orange County möglicherweise etwas mit Reis Entführung zu tun haben.«

»›Die merkwürdigen Leute‹ – meinen Sie meinen Dad und Lorraine?« fragte Andrea.

»Ja«, bestätigte Norie.

»Die flippen aus, wenn Burns zu ihnen fährt!« Andrea stellte ihre Kaffeetasse mit einem Knall auf dem Tisch ab.

»Ich glaube nicht, daß er ihnen auf die Nerven gehen wird«, versuchte ich sie zu beruhigen. »Ihm fehlen die Beweise für eine Hausdurchsuchung. Außerdem hat er seine eigenen Theorien über die Hintergründe der Entführung.«

»Hm. Hat er mich deshalb gefragt, ob ich Ken Chow je beim Bento herumschnüffeln gesehen hätte? Natürlich nicht, obwohl er ein paarmal Angestellte rübergeschickt hat, die sich Speisekarte und Preise anschauen sollten.«

»Der Detective muß im Bento nachforschen«, erklärte Norie. »Ich habe neulich Rei-chan gegenüber erwähnt, daß mir etwas Seltsames an Takeda-san aufgefallen ist. Sie wollte ich damit lieber nicht belasten.«

»Was meinen Sie mit ›seltsam‹? Wenn Sie glauben, er steht auf Männer, täuschen Sie sich«, sagte Andrea. »Ich könnte Ihnen Geschichten erzählen …«

»Nein, es geht um etwas ganz anderes. Jiro Takeda ist kein Japaner.«

»Wie bitte?« riefen Andrea und ich unisono aus.

»Er spricht Japanisch, aber mit Akzent. Und er kann nicht richtig Gemüseblumen schneiden.«

»Obasan, die entsprechen eben nicht seinem persönlichen Geschmack. Und in Japan gibt es regionale Unterschiede. Erinnerst du dich noch an den Akzent, den Chika sich in Kyoto zugelegt hat?« Ich verkniff mir ein Lachen.

»Wer ist Chika?« Andrea sah verwirrt zuerst mich, dann Norie an.

»Nories Tochter, meine Cousine. Sie lebt in Japan. Nories Theorie kann nicht stimmen. Jiro ist genauso japanisch wie sie.«

»Es ist keine Schande, aus dem Ausland zu kommen«, sagte Norie. »Ich habe eine koreanische Freundin, eine sehr nette Dame, die die Kunst des Blumenarrangierens hervorragend beherrscht.«

»Und woher stammt Jiro Ihrer Ansicht nach?« fragte Andrea skeptisch.

»Vielleicht aus China, Taiwan oder Korea. Dort gibt es sehr clevere Leute. Und den meisten Asiaten fällt es nicht schwer, die japanische Sprache zu lernen.«

»Dann ist die Wurzel allen Übels deiner Meinung nach also ein asiatischer Chefkoch, der seine Herkunft vertuscht. Das müssen wir sofort Louis Burns erzählen«, sagte ich spöttisch.

»Wenn das stimmt, wäre es in der Tat ein Skandal«, gab Andrea zu bedenken. »Die meisten japanischen Restaurants hier werden von Koreanern oder Vietnamesen geleitet. Japanische Chefköche sind teuer, weil selten. Jiro verleiht Marshalls Projekt Prestige. Wenn rauskäme, daß er gar kein Japaner ist, wäre das ein schwerer Schlag fürs Bento.«

Vielleicht wußte Ken Chow von der Sache und erpreßte Jiro. Hatten Kendalls und meine Entführung damit zu tun?

»Takeda-san ist nicht das einzige Problem. Einige der anderen Köche im Bento wirken auch nicht gerade professionell. Überhaupt geht es dort merkwürdig zu«, sagte Norie.

»Stimmt«, pflichtete Andrea ihr bei. »Was ist mit dem neuen Koch, der letzte Woche als Aushilfe kam?«

»Toro-san?« fragte Norie.

»Ja, genau. Angeblich hat er Erfahrung aus dem Jaleo, aber davon merkt man nichts. Er brät alles auf höchster Stufe, als wären es Hamburger. Nach der Geschichte mit dem Thunfischsteak dachte ich, Jiro feuert ihn. Doch er hat nur den Spitznamen ›Toro‹ gekriegt und wurde von Jiro zum Geschirrspülen abkommandiert.«

»Toro« ist die Bezeichnung für eins der besten Thunfischstücke; jetzt wurde mir manches klar.

»Was hältst du von Toro, Obasan?« fragte ich Norie.

»Ich hatte keine Zeit, ihm auf die Finger zu schauen. Ich war mit Kochen beschäftigt.«

»Norie, wissen Sie schon, daß die Leute nach dem Gericht fragen, das Sie an dem Abend improvisiert haben – nach dem *yosenabe*? Das wurde nämlich in der Zeitungsbesprechung erwähnt. Marshall hat Jiro gebeten, es dauerhaft in die Speisekarte aufzunehmen, aber natürlich kennt er Ihr Rezept nicht, und jetzt sitzt er in der Klemme.«

»Wann ist die Besprechung erschienen?« fragte ich.

»Letzten Sonntag. Sie war ... gemischt«, antwortete Andrea. »Haben Sie sie denn nicht gelesen?«

Tja, ich hatte mich auf Hughs Kalbsledersofa in Selbstmitleid gesuhlt. Ich mußte die Zeitung unbedingt aus der Papiertonne holen.

»Ich würde gern Takeda-sans *yosenabe* probieren«, erklärte Norie mit verschmitztem Lächeln. »Wollen wir doch mal sehen, ob er ein japanisches Gericht ohne Kochbuch zubereiten kann.«

Andrea und ich wechselten einen schnellen Blick.

»Warum begleitest du Andrea nicht einfach und gibst Jiro ein paar Tips?« schlug ich vor.

»Aber ich kann dich nicht allein lassen ...«

»Tja, dann kommen Sie doch auch mit, Rei«, sagte Andrea. »Marshall wartet sowieso schon darauf, daß

Sie die *tansu* in der Damentoilette wachsen. Und für Sie, Norie, habe ich Kopien von den Briefen meiner Mutter gemacht. Sie sind in meinem Spind im Lokal.«

»Rei kann aber die Finger noch nicht benutzen«, widersprach Norie.

»Wirklich?« Andrea warf einen Blick auf meine geschienten Hände.

Das hatte der Arzt gesagt, aber trotzdem wollte ich die beiden begleiten. »Es ist schon viel besser. Ein bißchen arbeiten kann ich bestimmt. Wenn's weh tut, höre ich auf.«

Vielleicht, dachte ich, würde ich dann endlich aus meinem emotionalen Tief herauskommen.

Es gab ein großes Hallo, als ich etwa eine Stunde vor dem Mittagsgeschäft die Küche betrat, und die Köche und Kellner, die nach Schweiß, Knoblauch und Ingwer rochen, umarmten mich alle, sogar Justin.

Der Hilfskoch Alberto, der mir bei der Geschichte mit Kendall geholfen hatte, fragte mich, was ich essen wolle.

»Im Moment nichts«, antwortete ich. »Ich muß mit Marshall reden und mich um die *tansu* in der Damentoilette kümmern. Außerdem hat meine Tante ein Rezept für Jiro ...«

»Marshall und Jiro sind im Büro und unterhalten sich über die Kritik in der Zeitung«, sagte Justin.

»Soweit ich weiß, ist darin das *yosenabe* erwähnt«, mischte sich Norie ein und fügte – sehr japanisch – hinzu: »Ich hoffe, meine kümmerlichen Kochkünste haben dem Restaurant keine Schande gemacht.«

»Nein, nein, das war der gute Teil der Besprechung«, erklärte Phong, der gerade hereingekommen war. »Begleiten Sie mich doch an die Bar, Mrs. Shimura. Da liegt eine Kopie.«

Ich schob Norie in Richtung Bar, während ich selbst mich mit einer Dose Bienenwachs und ein paar weichen Tüchern zu den Toiletten begab.

Nach einer halben Stunde Arbeit mit Handschuhen über meinen noch nicht hundertprozentig beweglichen Fingern war die *tansu* eingelassen. Nun mußte ich warten, bis das Wachs einzog, bevor ich die Oberflächen polieren konnte, und diese Zeit wollte ich nutzen, um mit Marshall zu sprechen. Durch die Scheibe der Bürotür sah ich, wie er sich am Schreibtisch mit Jiro unterhielt; Marshalls Gesichtsausdruck wirkte ernst. Als er mich entdeckte, winkte er mich hinein.

»Armes Mädchen«, begrüßte er mich und kam zu mir, um mich zu umarmen.

Jiro erhob sich ebenfalls, machte aber keine Anstalten, mich in den Arm zu nehmen. »Geht es Ihnen wieder gut, Rei-san? Sie dürfen sich jetzt nicht übernehmen.«

Das klang so japanisch; er mußte Japaner sein.

»Ich habe mir mehrere Finger gebrochen, aber sie sind schon wieder so weit verheilt, daß ich endlich die *tansu* in der Damentoilette einlassen konnte. Vermutlich werden in nächster Zeit keine Probleme mehr mit Wasserflecken auftreten.«

»Hat die Polizei die Entführer schon gefaßt?« erkundigte sich Marshall.

»Noch nicht, aber sie sind dran. Ich bin jetzt erst mal froh, am Leben und wieder auf den Beinen zu sein. Wie sind die Geschäfte in der letzten Woche gelaufen?«

»Nicht so gut«, antwortete Marshall niedergeschlagen.

»Ich hatte den Eindruck, daß ziemlich viel los ist«, sagte ich.

»Nicht genug. Der Artikel vom letzten Sonntag hat sicher was damit zu tun.«

»Alle reden von dieser Besprechung, doch mir ist sie leider entgangen.«

Marshall nahm eine Zeitung von seinem Schreibtisch. »Wollen Sie sie lesen?«

»Gern. Aber das kann ich auch draußen machen. Ich will Sie nicht stören«, sagte ich.

»Ach was, setzen Sie sich. Achten Sie gar nicht auf uns«, meinte Marshall.

»Ja, bitte ruhen Sie sich aus. Wir unterhalten uns gerade über das *yosenabe* für heute abend.« Jiro klang alles andere als glücklich. Für ihn mußte es wie ein Schlag ins Gesicht sein, daß er ein Gericht in die Speisekarte aufnehmen sollte, das sich nicht in seinem persönlichen Repertoire befand.

Ich setzte mich zum Lesen auf das gelbe Sofa. Der Kritiker erklärte die Bedeutung des Begriffs *kaiseki ryoori*, den Jiro und Marshall seiner Meinung nach für das Bento nicht korrekt benutzten. Dann beklagte er sich über die Zähigkeit des Kobe-Rinds und den Sand in den Muscheln, lobte allerdings auch ein paar Gerichte, zum Beispiel den in der Salzhülle gegrillten Red Snapper und den *yosenabe*-Eintopf, dem er »geschmackliche Komplexität« bescheinigte. Doch in der Besprechung ging es um weit mehr als ums Essen.

> Trotz der hübschen antiken Inneneinrichtung fehlt dem Bento der Glanz des Mandala, und es wirkt anders als dieses nicht luftig-schick, sondern gekünstelt und ein wenig altmodisch. Es ist nicht ungemütlich, strahlt aber längst nicht die Energie eines Mandala oder Ten Penh aus.

»O je«, sagte ich. »Er findet die Inneneinrichtung zu altmodisch. Marshall, es tut mir wirklich leid.«

»Ich habe Sie ja gebeten, alte Möbel zu verwenden«, winkte Marshall ab. »Den Kunden gefallen unser Geschirr und die *bento*-Kästchen. Ich begreife es einfach nicht.«

Inzwischen hatte ich mich den letzten Zeilen der Besprechung zugewandt:

> Erschwerend kommt die Lage des Restaurants hinzu. Es befindet sich zu weit südöstlich, um Teil der hippen Szene im Penn Quarter zu sein, und gehört doch auch nicht zur Chinatown. Außerdem gibt es in der Gegend keinen zuverlässigen Parkservice. Die Entführung einer Besucherin vor noch nicht allzulanger Zeit zeigt, wie unsicher das Viertel ist. Die Küche erscheint vielversprechend, aber es wird sehr viel gutes Karma nötig sein, damit das Konzept dieses Lokals zum Erfolg führt.

»Jetzt begreife ich, warum Sie so aus der Fassung sind«, sagte ich, nachdem ich zu Ende gelesen hatte.

»Wir werden's überstehen«, meinte Marshall.

»Wie sieht es mit den Reservierungen für heute

abend aus?« fragte ich, mit dem Gedanken spielend, Hugh und alle meine Freunde zu mobilisieren, daß sie ins Lokal kamen.

»Die Hälfte der Tische ist gebucht, und wenn sich noch ein bißchen Laufkundschaft zu uns verirrt, reicht's. Allerdings bezweifle ich das. Jetzt haben alle Angst vor der H Street.«

Leider bestätigten meine eigenen Erfahrungen seine Aussage, obwohl ich sogar in einer vermeintlich besseren Gegend entführt worden war. Sicher war es letztlich nirgends.

22

Norie war nach unserem Ausflug ins Bento müde, was bedeutete, daß sie lieber ein Nickerchen machte, als die Briefe von Andreas Mutter zu lesen. Also begann ich im Schlafzimmer selbst mit der Lektüre. Am Ende verstand ich mehr als erwartet; meine *kanji*-Studien im Internet zahlten sich aus. Zu einer richtigen Übersetzung war ich allerdings nicht in der Lage.

Während Norie schlief, kam ein Anruf der Naganos. Sie wollten zum Abendessen *tempura* zubereiten und fragten, ob Norie, Hugh und ich ihre Gäste sein wollten. Hausgemachte *tempura*, locker fritiertes Gemüse, hatte ich schon Ewigkeiten nicht mehr gegessen!

Beim Gedanken an zarten *kabocha*-Kürbis oder süße Zwiebeln lief mir das Wasser im Mund zusammen.

»Was für eine nette Idee«, sagte ich. »Hugh muß heute leider länger arbeiten, aber Norie und ich hätten Zeit. Was sollen wir mitbringen?«

Betty Nagano bestand natürlich darauf, daß wir nichts mitbrachten, doch nach einer Weile gab sie zu, daß sie noch kein Dessert hatte. Ich bot an, auf dem Weg zu ihr in dem japanischen Laden in Rockville Grünteeeis zu kaufen. Um fünf weckte ich meine Tante.

»Wie großzügig«, sagte sie, als sie von der Einladung erfuhr. »Ich muß unbedingt auch ein Mitbringsel besorgen.«

Norie entschied sich für *manju*, Süße-Bohnen-Törtchen. Die ganze Strecke von Rockville bis Bethesda steckten wir im Stau, so daß das Eis fast schmolz, bis wir bei den Naganos ankamen, und ich am Ende froh über Nories *manju* war. Betty stellte das Eis in die Tiefkühltruhe, und Yuji schenkte allen Kirin-Bier ein, als es irgendwo zu piepsen begann.

»Hat jemand ein Handy?« fragte ich.

»Wir nicht«, antwortete Yuji. »Das Geräusch kommt aus Ihrer Handtasche.«

Erst da fiel mir mein neues Handy ein, das ich auf Hughs Anraten überallhin mitnahm, an das ich mich aber noch nicht gewöhnt hatte. Als ich es endlich fand, war bereits die Mailbox angesprungen.

Es war Andrea, die mir vom Bento aus mitteilte, daß bei ihr eingebrochen worden sei. Sie habe bereits die Polizei informiert, brauche jedoch jemanden, der anwesend sei, wenn sie eintreffe. Ob ich das übernehmen könne?

»Was ist los, Rei-chan?« fragte Norie.

»So genau weiß ich das auch nicht, aber Andrea braucht Hilfe. Ich rufe sie kurz im Restaurant an.« Ich wählte die Nummer des Bento.

»Guten Abend, hier ist das Restaurant Bento. Was kann ich für Sie tun?« fragte Justin mit gekünstelt britischem Akzent.

»Justin, ich bin's, Rei. Ich würde gern mit Andrea reden.«

»Dieser Apparat ist leider nicht für Privatgespräche ...«

»In der Küche befindet sich auch ein Telefon. Könnten Sie mich nicht durchstellen? Justin, es handelt sich um einen Notfall.«

»Ach, Sie meinen den Einbruch bei Andrea? Seit dem Anruf von ihrer Nachbarin ist sie nur noch am Jammern, aber Marshall kann ihr nicht freigeben, weil wieder mal zu wenig Leute da sind.«

Also brauchte sie tatsächlich meine Hilfe. Aber der Gedanke, mich in der Dämmerung in ein mir unbekanntes Viertel zu begeben, behagte mir nicht. »Wo genau wohnt Andrea?«

»Irgendwo bei der Fourteenth Street, in der Nähe vom Logan Circle. Nicht gerade eine der besten Gegenden«, fügte Justin ein wenig arrogant hinzu.

»Lassen Sie mich mit bitte Andrea sprechen«, wiederholte ich.

»Na schön, auf eigene Gefahr«, sagte Justin schnippisch und legte mich in die Warteschleife. Nach fünf langen Minuten wurde ich endlich in die Küche durchgestellt. Alberto ging ran und gab den Hörer sofort an Andrea weiter.

»Danke für den Anruf«, sagte sie mit gedämpfter Stimme. »Meine Nachbarin Lucy hat mich vor ungefähr einer Stunde informiert. Es muß jemand in der Wohnung sein, wenn die Polizei kommt.«

»Wäre es nicht besser, wenn Lucy mit den Beamten spricht? Ihr ist bestimmt etwas aufgefallen, und außerdem befindet sie sich vor Ort ...«

»Sie hat's nicht so mit der Polizei. Während des Einbruchs hat sie sich in ihrem Bad versteckt und konnte die Gangster deshalb nicht sehen, aber sie sagt, das Schloß zu meiner Wohnung sei weggerissen. Das heißt, es kann jeder rein. Bitte nehmen Sie die Dokumente meiner Mutter an sich.«

»Die Briefe haben wir doch schon ...«

»Ich weiß, und dafür bin ich Ihnen auch dankbar, aber in der Schachtel befinden sich Fotos und schriftliche Aufzeichnungen – das ist alles, was ich von ihr besitze. Bitte, Rei.«

»Andrea, ich würde Ihnen ja gern helfen, doch im Moment bin ich in Bethesda, bei Freunden zum Essen ...«

»Tja, dann läßt sich wohl nichts machen«, sagte Andrea bedrückt.

»Könnten Sie nicht jemand anderen bitten?«

»Im Moment herrscht hier Hochbetrieb, und alle, die sonst in Frage kommen, müssen arbeiten. Aber lassen Sie, das war sowieso eine dumme Idee von mir ...«

»Mal sehen, ob ich jemanden finde, der mich begleitet«, sagte ich.

Bevor ich weiterreden konnte, nannte Andrea mir schon ihre Adresse in der P Street und legte auf.

Als ich das Handy zuklappte, sahen Norie und die Naganos mich fragend an.

»In Andreas Wohnung wurde eingebrochen. Die Polizei ist schon unterwegs, und Andrea hat mich gefragt, ob ich hinfahren könnte, um mit den Beamten zu reden. Es tut mir leid, wenn ich alles durcheinander bringe ...«

»Es ist ein Notfall«, sagte Betty. »Machen Sie sich mal keine Gedanken.«

»Ich frage Hugh, ob er sich aus dem Büro loseisen und mich hinbringen kann. Es ist ja schon fast sieben.« Ich wählte seine Nummer. Es meldete sich der Anrufbeantworter, also hinterließ ich eine Nachricht und versuchte, ihn auf dem Handy zu erreichen. Wieder keine Antwort. In der Wohnung war er auch nicht.

»Ich begleite dich«, sagte Norie.

»Ich möchte dich nicht in Gefahr bringen. Außerdem ist das hier ein besonderes Essen. *Tempura* muß man frisch genießen«, widersprach ich.

»Wir gehen alle«, erklärte Yuji Nagano in bestimmtem Tonfall.

»Nein, das wäre wirklich zu viel Aufwand«, riefen Norie und ich unisono aus, und da mußten wir alle lachen. Mein Gott, was waren wir japanisch!

Am Ende fuhren wir mit zwei Autos, Yuji mit seinem Wagen vorneweg, weil er GPS hatte und es ihm offenbar gefiel, uns den Weg zu zeigen. Er fand einen Parkplatz direkt vor Andreas Haus und signalisierte mir, daß ich ihn nehmen solle. Yuji selbst wendete und stellte den Wagen einen halben Block weiter südlich ab, was mich nervös werden ließ, weil sich gleich in der Nähe ein ziemlich heruntergekommenes Gebäude befand – sicher ein Treffpunkt für Junkies. Offenbar hatte Justin mit seiner arroganten Bemerkung über das Viertel doch nicht so unrecht gehabt. Es war unüberlegt gewesen, drei ältere Leute hierher zu scheuchen.

Ich stieg aus dem Lexus aus und ging um den Wagen herum, um Norie die Beifahrertür zu öffnen.

»Was ist denn das?« fragte sie. Als ich ihrem Blick folgte, entdeckte ich die Spritze im Rinnstein.

»Eine Spritze«, antwortete ich. »Faß sie lieber nicht an.«

»Ist in der Nähe eine Arztpraxis?« erkundigte sich Norie.

»Ich glaube nicht; Andreas Haus ist gleich da drüben.« Ich deutete auf ein schmales Gebäude, ungefähr so alt wie unseres in Adams-Morgan. Es war mit zahlreichen Stukkaturen verziert und hatte einen Erker, aber anders als bei den übrigen Häusern des Blocks blätterte der Verputz von der Fassade, und in dem kleinen Vorgarten wuchs nur Unkraut. Wir betraten den Vorraum mit den Klingelschildern und sahen, daß Andreas Apartment sich im ersten Stock befand. Die Schlösser waren unten wie oben aufgebrochen.

Vor der Wohnung ermahnte ich alle, nichts zu berühren, und ich selbst benutzte Nories sauberes Taschentuch, um den Lichtschalter zu betätigen, der jedoch nicht funktionierte. Aber das letzte bißchen Sonnenlicht, das noch durch die Fenster hereindrang, reichte, um uns zu zeigen, daß jemand das Apartment völlig auf den Kopf gestellt hatte. Schubladen hingen heraus, Möbel waren umgeworfen, überall lagen Kissen herum.

Ich vergewisserte mich, daß sich niemand mehr in der Wohnung aufhielt. Während die Naganos und Norie, denen es zu dunkel war und die Angst hatten, über Sachen zu stolpern, an der Tür warteten, ging ich durch alle Zimmer. Als ich fertig war, bat ich sie, zum Wagen zurückzukehren, von wo aus sie der Polizei den Weg weisen und aufpassen konnten, daß sich keine verdächtigen Personen dem Haus näherten. Dann gab ich ihnen meine Handy-Nummer und versprach, es angeschaltet zu lassen.

Andrea tat mir leid, denn ihre geschmackvoll eingerichtete Wohnung mit den hübschen Vorhängen, den alten, gerahmten Fotos und den antiken Möbeln, darunter ein rotes Art-Deco-Samtsofa, war ruiniert.

Erst nach einer ganzen Weile fielen mir die Sachen von Andreas Mutter ein, die sich, so Andrea, im Schlafzimmerschrank befanden. Ich öffnete die Tür und sah Dutzende von Röcken, Kleidern und Blusen, alle nach Farben geordnet, darunter jede Menge hochhackige Schuhe – aber sonst nichts.

23

Ich öffnete auch den anderen Schrank, für den Fall, daß ich etwas falsch verstanden hatte, konnte dort jedoch ebensowenig eine Schachtel entdecken. Nun war der Grund für den Einbruch klar.

Als ich vor dem Haus ein Auto anhalten hörte, schaute ich aus dem Fenster. Norie und die Naganos standen neben dem soeben eingetroffenen Streifenwagen. Norie deutete auf das Gebäude, und der Polizeibeamte, ein junger blonder Mann mit Milchgesicht, machte sich auf den Weg zu mir. Als er den ersten Stock erreichte, erwartete ich ihn bereits an der Tür und stellte mich als Freundin Andreas vor, die selbst leider nicht aus der Arbeit wegkönne.

»Ich muß aber mit der Geschädigten sprechen«, sagte er. »Wann ist sie zurück?«

»Wahrscheinlich erst nach Mitternacht«, antwortete ich. »Sie hat mir gesagt, sie hätte die Wohnung heute mittag verlassen und abgeschlossen, und ihre Nachbarin hätte so gegen sechs Uhr abends etwas gehört.«

»Und wann hat diese Nachbarin die Polizei gerufen?«

»Überhaupt nicht. Sie hat sich mit Andrea in Verbindung gesetzt, und die hat die Polizei informiert.«

»Verstehe. Gibt's irgendeinen Grund, warum Sie hier im Dunkeln sitzen?«

»Weil das Licht nicht funktioniert.«

»Bestimmt wurde der Strom abgestellt, weil sie die Rechnung nicht bezahlt hat«, sagte der Polizist.

»Das hat sicher andere Gründe. Vielleicht wurde die Stromleitung von den Einbrechern gekappt.«

»So was passiert bloß im Fernsehen.« Er schnaubte verächtlich.

»Nach den Schilderungen meiner Freundin kann ich mir ziemlich genau vorstellen, was gestohlen wurde«, sagte ich, ohne seinen Zynismus zu beachten. »Es handelt sich nicht um einen ganz normalen Einbruch; da wollte jemand Informationen.«

»Einen Computer zum Beispiel?«

»Nein, persönliche Dokumente. Ich war dabei, als Andrea Unterlagen von Leuten ausgehändigt wurden, die dies später möglicherweise bereuten. Vielleicht haben sie sie sich zurückgeholt.«

»Unterlagen, sagen Sie. Haben Sie eine Vorstellung, wieviel die wert sind?«

»Hier geht es nicht um Geld-, sondern um ideelle Werte.«

»Haben Sie sie durchgesehen?«

Ich schüttelte den Kopf.

»Woher wissen Sie dann, daß sie wertvoll sind?« fragte der Cop selbstzufrieden.

»So genau weiß ich das ja nicht. Ich würde Sie trotzdem bitten, den Fall an Detective Louis Burns weiterzuleiten.«

»Der ist für so etwas nicht zuständig«, erwiderte er. »Sagen Sie Ihrer Freundin, daß Sie uns anrufen soll, sobald sie wieder da ist, dann verfassen wir einen Bericht über den Vorfall. In der Zwischenzeit soll sie das Schloß auswechseln lassen. Besonders lauschig ist die Gegend hier nicht. Für den Fernseher gäb's sicher jede Menge Interessenten.«

So, wie ich Andrea kannte, war ihr der Fernseher längst nicht so wichtig wie ihre Kleidung, denn das, was da in ihren Schränken hing, lohnte definitiv einen Diebstahl. Als der Polizist weg war, rief ich mit meinem Handy im Restaurant an und verlangte Andrea.

»Die ist schon weg«, erklärte Alberto mir, nachdem Justin mich widerwillig in die Küche durchgestellt hatte.

»Wie bitte?«

»In ihrer Nervosität hat sie ständig Sachen fallen lassen und den restlichen Abend von Marshall frei gekriegt. Sie ist vor ungefähr zwanzig Minuten gegangen. Ich glaube, sie wollte in ihre Wohnung, ein paar Dinge holen. Übrigens hat Ihr Freund auch hier angerufen. Marshall ist deswegen ziemlich wütend. Wir dürfen im Restaurant keine Privatgespräche führen.«

»Sagen Sie mir nur noch, wie Andrea nach Hause kommt.« Inzwischen war es draußen vollkommen dunkel.

»Mit der Metro. Wie immer.«

»Alberto, wissen Sie, ob Andrea ein Handy hat?«

»Ich glaub schon«, antwortete Alberto. »Hat doch jeder.«

»Kennen Sie die Nummer?«

»Nein, tut mir leid. Die steht sicher irgendwo in Marshalls Unterlagen, aber ich möchte ihn jetzt nicht belästigen – wie gesagt, er schätzt Privatgespräche nicht besonders.«

»Danke trotzdem. Sie ist bestimmt bald da.« Mit ungutem Gefühl legte ich auf. Andrea würde sich dem Haus mit ziemlicher Sicherheit von der Shaw-Howard University Metro-Station aus nähern, der nächstgelegenen Haltestelle der Green Line.

Da hörte ich Stimmen von unten und trat hinaus auf den Flur.

»Rei-chan?« rief meine Tante auf japanisch. »Was machst du denn noch da oben? Komm herunter, dann fahren wir zurück zu den Naganos.«

»Fahrt ihr schon mal voraus«, antwortete ich. »Andrea kommt bald, und dann helfe ich ihr, Wertsachen und Kleidung woanders unterzubringen.«

»Ich möchte dich nicht hier allein lassen.«

»Mach dir mal keine Gedanken, mir passiert schon

nichts. Außerdem möchte ich den Naganos keine weiteren Unannehmlichkeiten bereiten. Ich bin in spätestens einer oder zwei Stunden dort und hole dich ab.«

»Dann verpaßt du die *tempura.*«

»Kein Problem. Ich begleite euch noch zum Wagen.« Dort entschuldigte ich mich mehrfach für all die Umstände. Zum Glück schien sich wenigstens in dem heruntergekommenen Gebäude nichts zu tun. Trotzdem eilte ich, als die Naganos und Norie weg waren, sofort ins Haus zurück.

Als ich vor der Wohnungstür stand, spürte ich, daß jemand drinnen war.

Offenbar hatte sich in meiner Abwesenheit jemand hineingeschlichen, und mein Handy befand sich beim Fenster, wo ich mit dem Bento telefoniert hatte. Eigentlich konnte ich nur noch den Rückzug antreten. Als ich mich auf Zehenspitzen zur Treppe zurückbewegte, hörte ich eine barsche Männerstimme fragen: »Wer ist da?«

»Hugh!« rief ich erleichtert aus und eilte in die Wohnung. »Du hast mich zu Tode erschreckt.«

»*Ich* habe *dich* erschreckt?« Er packte mich an beiden Armen. »Bist du von allen guten Geistern verlassen? Wie kannst du nur abends allein in dieses Viertel kommen?«

»Ich bin mit Norie und den Naganos hergefahren. Die habe ich gerade weggeschickt, weil die Polizei schon da war und ich noch auf Andrea warten wollte ...«

»Nach dem Schwimmen hab ich die Mailbox abgehört und konnte kaum fassen, was dir jetzt wieder eingefallen ist«, sagte Hugh. »Ich war stinksauer auf dich!«

»Nun übertreib mal nicht«, erwiderte ich. »Ich hab dir doch schon erklärt, daß ich nicht allein hergefahren bin.«

»Und dann schickst du sie weg! Was hast du dir bloß dabei gedacht?«

»Beruhige dich, Hugh. Es ist doch alles in Ordnung«, sagte ich.

»Für dich vielleicht, aber nicht für mich. Komm!« Er faßte mich an den Schultern und dirigierte mich in Richtung Treppe.

»Du tust mir weh.«

Hugh ließ los. »Entschuldigung. Fühlst du dich denn nicht auch unsicher in so einer Umgebung?«

»Der Diebstahl ist schon passiert«, sagte ich. »Die Unterlagen von Andreas Mutter sind weg. Jetzt möchte ich auf Andrea warten, weil sie moralische Unterstützung sicher gut gebrauchen kann.«

»Auf sie warten? Im Dunkeln? Rei, diese Frau ist nicht gut für dich. Unser Baby hast du schon verloren; ich werde nicht tatenlos zusehen, wie du auch noch hops gehst.«

»Also machst du mir Vorwürfe wegen dem Baby«, sagte ich mit leichtem Frösteln. »Ich hab's doch gewußt.«

»Nein, ich mache dir keine Vorwürfe«, erwiderte Hugh alles andere als überzeugend. »Aber wenn du mich liebst, solltest du ausnahmsweise auf mich hören. Laß die Finger von dieser Sache, bevor wieder was Schreckliches passiert.«

In den vergangenen drei wechselhaften Jahren hatten wir zahlreiche Mißverständnisse und Auseinandersetzungen überstanden, aber solche Anweisungen von ihm waren etwas Neues.

»Das werde ich nicht tun.«

Hugh schwieg eine Weile, bevor er kühl sagte: »Sie scheint dir wichtiger zu sein als ich. Nun, das ist deine Sache, aber für mich war's das dann. Ich heirate keine Frau, die sich unbedingt selber kaputtmachen will.«

»Was soll denn das heißen?« fragte ich entsetzt.

»Daß ich gehe. Gib mir die Autoschlüssel, ja? Ich mußte mit dem Taxi herfahren, und der Fahrer wollte nicht warten.«

»Wenn das das Ende ist, willst du sicher mehr als nur die Schlüssel.« Ich zog den Verlobungsring vom Finger und streckte ihn Hugh hin. Da er ihn im Dunkeln nicht sah, fiel er auf den Boden.

»Was ist denn jetzt wieder?«

»Der Verlobungsring ist mir runtergefallen. Keine Sorge, ich finde ihn schon wieder. An meiner Uhr ist ein kleines Licht.« Ich schaltete es ein und suchte erfolglos den Boden ab.

»Nicht mal einen Ring kannst du zurückgeben wie ein normaler Mensch.« Hugh klang bitter.

»Nun, du hast selbst behauptet, daß ich nicht wie die anderen bin.«

Damit war alles gesagt.

24

Unser angespanntes Schweigen wurde durch das Geräusch leichter Frauenschritte auf der Treppe unterbrochen.

»Hallo?« rief Andrea, als sie die Wohnung betrat.

»Ich bin's«, antwortete ich. »Hugh ist auch da, aber er will gleich gehen. Andrea, tut mir leid, der Karton ist weg.«

»Tja, das hatte ich schon befürchtet«, sagte Andrea. »Mit sämtlichen Fotos und Unterlagen?«

»Ja, aber die Briefe sind bei uns. Meine Tante hat sich noch nicht an die Übersetzung gemacht, doch ich bitte sie gleich nachher darum.«

»Kaum auszudenken, was passiert wäre, wenn Sie sie nicht aus dem Restaurant mitgenommen hätten«, sagte Andrea. »Jemand hat heute abend die Spinde dort durchsucht und sich meine Brieftasche unter den Nagel gerissen. Für die Metro mußte ich mir Geld von Alberto borgen.«

»Klingt, als würde sich da jemand mächtig für Sie interessieren«, meinte Hugh.

Merkwürdig, dachte ich, daß Alberto bei unserem Gespräch vor einer halben Stunde nichts von dem Diebstahl erwähnt hatte.

»Ich bin zu durcheinander, um die Nacht hier zu verbringen«, erklärte Andrea.

»Das kann ich verstehen«, sagte ich. »Packen Sie ein paar Sachen, wir finden schon einen Platz zum Schlafen für Sie.« Als ich Hughs Blick sah, wurde mir klar, daß seine Wohnung nicht zur Verfügung stand. Nun, vielleicht konnte Andrea bei den Naganos unterkommen, aber auch die würde ich zuerst fragen müssen.

»David aus dem Restaurant hat mir seinen Schlüssel gegeben. Er wohnt beim Capitol Hill ...«

»Wir bringen Sie hin.« Hugh machte einen Schritt in Richtung Tür.

»Nun, eigentlich hatte ich vor, den größten Teil meiner Klamotten mitzunehmen.«

»Die trage ich Ihnen gern raus«, sagte Hugh, alles andere als begeistert über diese Entwicklung der Dinge. »Das Problem ist nur, daß ich hier drin die Hand nicht vor Augen sehe.«

»In der Küche sind zwei Taschenlampen. Wenn Sie einen Moment warten, hole ich sie«, schlug Andrea vor.

»Ist der Strom schon länger abgestellt?« rief ich ihr nach.

»Seit letzter Woche. Sobald ich mein Gehalt habe, zahle ich die Rechnung. In der Küche verdiene ich nicht mehr so viel.«

Kurz darauf kehrte sie mit zwei eingeschalteten Taschenlampen zurück. Ich richtete den Strahl der einen auf den Boden, um nach Hughs Ring zu suchen. Der Smaragd funkelte im Licht wie grünes Feuer. Ich hob ihn auf und reichte ihn Hugh, der ihn in seine Brusttasche steckte und sich daran machte, Andreas Kleider nach draußen zu schleppen.

Als wir endlich alle im Wagen saßen, bemerkte Andrea die schlechte Stimmung zwischen Hugh und mir und übernahm auf dem Weg zu Davids Wohnung das Reden. Sie erzählte uns, daß sie mit dem Vermieter bereits die Auswechslung der Schlösser für den nächsten Tag vereinbart habe. David, sagte sie, mache es nichts aus, wenn sie eine Weile bei ihm bleibe. Er sei übrigens gar nicht schlecht im Bett. Ich sah, wie Hugh zusammenzuckte; er war es nicht gewohnt, Frauen so sprechen zu hören, aber er kannte die Welt der Gastronomie nicht.

Als wir Davids Wohnung erreichten und Andreas Sachen hineintrugen, merkten wir sofort, daß sie nicht zum erstenmal dort war. Nach einer Weile bedankte sie sich bei uns und sagte, aufhängen könne sie ihre Klamotten selbst.

Draußen ging Hugh in Richtung Fahrertür des Lexus, doch ich hielt ihn zurück. »Laß mich ans Steuer, dann kann ich dich zu Hause absetzen, bevor ich nach Bethesda weiterfahre und Tante Norie abhole«, schlug ich vor.

Er sah mich lange an. »Ich will nicht nach Hause.«

»Warum nicht?« fragte ich.

»Weil ich zu viel Arbeit habe! Ich muß ins Büro.«

»Es ist halb neun!«

»Ich bin sieben Tage lang nicht im Büro gewesen, weil ich dich pflegen mußte. Jetzt sind andere Leute dran.«

Ich fragte ihn nicht, wie er nach Hause kommen würde. Vermutlich mit dem Taxi.

Um das Schweigen zu kaschieren, schaltete ich während der Fahrt zurück in Richtung Stadtmitte das Radio an. Hugh stieg an der K Street aus, ohne sich zu verabschieden, und ich wartete nicht, bis er in dem Stahl-Glas-Gebäude seiner Kanzlei verschwunden war. Statt dessen ging ich die CDs nach der Musik durch, die ich jetzt hören wollte: Rachael Yamagata.

Ich kam mir vor wie die Frau in dem Lied, kaputt wie eine Straße voller Schlaglöcher. Noch saß ich im Wagen meines Zukünftigen und hatte einen Platz in seinem Bett. Die Trennung würde schwierig werden.

Norie erwartete mich schon. Während ich mich über die *tempura* hermachte, die die Naganos für mich warmgestellt hatten, erzählte ich, wie Hugh und ich mit Andrea und ihren Sachen zur Wohnung ihres Restaurantfreunds gefahren waren.

»Wo wohnt dieser Freund denn?« erkundigte sich Yuji Nagano. Ich hatte schon den Mund aufgemacht, um zu antworten, als ich mich besann. Abgesehen von Norie, mir und den Nortons in Virginia wußten die Naganos als einzige über die Existenz von Sadakos Briefen Bescheid. Was, wenn sie in die Geschichte verwickelt waren?

»In der Stadt«, sagte ich ausweichend. Sadako war traurig, einsam, jung und schön gewesen. Yuji hatte als einziger von ihrer Arbeit als Perlentaucherin gewußt – ihm hatte sie Dinge anvertraut, von denen die Damen der Washington-Japan Friendship Society nichts ahnten. Hatte er, ein verheirateter Mann, sie geliebt?

Als Norie und ich wieder in Hughs Wohnung waren, wo ich uns eine Kanne Tee kochte, deutete sie sofort auf meine Hand.

»Wo ist der Verlobungsring?«

»Den habe ich ihm zurückgegeben.« Tränen traten mir in die Augen. Trotz meines Zorns hätte ich nie mit ihm Schluß gemacht und einfach die Flinte ins Korn geworfen wie er.

»Was soll das heißen?« fragte Norie entsetzt. »Ich bin doch hier, um dir bei den Hochzeitsvorbereitungen zu helfen!«

»Wir heiraten nicht. Laß uns bitte von etwas anderem reden.« Ich hielt ihr die Sadako-Briefe hin. »Ich habe schon angefangen zu lesen, bin aber nicht weit gekommen. Bist du noch fit genug, um mir beim Lesen zu helfen?«

»Rei-chan, ich glaube, es ist wichtiger, wenn ich dir in der Hochzeitsfrage helfe!«

Ich schüttelte den Kopf. »Lassen wir das, bitte. Diese Briefe sind das einzige, was Andrea von ihrer Mutter geblieben ist.«

Norie nahm auf dem Sofa Platz, und ich setzte mich, nachdem ich zwei Tassen grünen Tee und ein Schälchen mit *sembei*-Kräckern auf ein Tischchen gestellt hatte, mit gezücktem Stift im Schneidersitz auf den Boden.

Die ersten Briefe von Sadako an ihre Schwester stammten aus der Zeit, in der Robert Norton in einem kalifornischen Marine-Stützpunkt Dienst tat. Sadako beschrieb darin den Flug und den Einzug in die kleine Wohnung außerhalb des Militärgeländes; die Trauer über die Trennung von ihrer Familie, aber auch die Vorfreude auf ihr zukünftiges Leben waren deutlich zu spüren.

In einem Brief aus dem Flugzeug hieß es:

Robert sagt, die Trauung wird nicht schwierig sein. In diesem Land finden solche Feiern an vielen Orten statt, in Kirchen und Hotels, aber auch in Bürogebäuden, ja sogar im Freien, in Gärten. Allerdings ist es hier so trocken, daß ein Garten vermutlich nicht der richtige Ort wäre. Robert hat mich gefragt, wo ich am liebsten heiraten würde, und ich habe geantwortet: am Meer. Denn dort könnte ich an Dich auf der anderen Seite denken, zwischen uns nur das Wasser.

Im nächsten Brief ging es um die Hochzeit:

Es waren viele Gäste da, Amerikaner und Japaner. Omura Reiko-san und Kiyoshi Junko-san, die Tokioter Freundinnen, von denen ich Dir erzählt habe, heißen jetzt Mrs. Jones und Mrs. Wilder. Zu der Hochzeit trugen sie ihre besten Kimono. Der von Jones-san hätte Dir sicher gefallen. Er war aus Seidencrêpe und hatte ein Lilienmuster, Wilder-sans hatte eines aus goldenen und orangefarbenen Rosen. Mein Kimono war aus rot-orangem Seidenbrokat mit in Goldfäden aufgestickten Enten. Es war kühl, und die Damen froren vermutlich genausosehr wie ich. Überraschend tauchten zwei Männer auf, die mit Robert in Vietnam gedient hatten. Sie unterhielten sich lange mit ihm, und hinterher wirkte er nicht sehr glücklich. Ich fragte Robert, ob er die beiden eingeladen habe, und er verneinte. Vielleicht ist es in Amerika Sitte, uneingeladen zu Hochzeiten zu gehen. Wenn ja, gefällt mir das nicht. Trotzdem war es eine fröhliche Feier. Nach der Trauung schnitten wir die mehrstöckige Torte an. Sie war über und über mit weißen Zuckerrosen verziert.

Nun folgte ein Brief über Sadakos Eheleben:

Liebe Atsuko,
ich gebe mir große Mühe, eine Ehefrau zu werden, wie unsere Mutter sie sich gewünscht hätte. Robert liebt amerikanische Gerichte, doch ich kann sie nicht kochen. Es gibt hier ein grünes Blattgemüse, das mich ein wenig an unser *horenso* erinnert, aber bitterer ist. Weil die Amerikaner Süßes lieben, fügte ich bei der Zubereitung süßen *mirin*-Sirup hinzu. Robert erklärte mir, üblicherweise lasse man ein Stück Schweinefleisch mitköcheln, am besten vom Hinterteil des Tieres. Der Vorfall war mir peinlich, weil Bekannte aus seinem Heimatort zum Essen bei uns waren, unter ihnen eine Frau, die gern etwas mit Robert anfangen würde. Sie ließ ihn nicht aus den Augen und erzählte mit lauter Stimme von ihrer schönen gemeinsamen High-School-Zeit. Zu mir sagte sie außer den Begrüßungs- und Abschiedsworten und der Bemerkung, daß das Gemüse irgendwie anders schmecke, kaum etwas.
Ich werde lernen, wie man diese Gerichte zubereitet. Wilder-san meint, dieses Gemüse gebe es auch fertig. Nächstes Mal kaufe ich eine Dose. Manchmal mischt sich Robert beim Kochen so sehr ein, daß ich glaube, er würde es gern selbst machen. Natürlich beklage ich mich darüber nicht, aber es überrascht mich.

Norie las genauso fasziniert weiter, wie ich ihr lauschte. Sadakos Briefe an ihre Schwester waren deswegen so interessant, weil es sich letztlich um einen Monolog handelte, um Geschichten, auf die nie eine Antwort kam. Alle wurden ungeöffnet nach Amerika zurückgeschickt, und doch schrieb Sadako unermüdlich weiter:

> Liebe Atsuko,
> Du sollst als erste erfahren, daß ich schwanger bin. Ich kann mir vorstellen, wie Mutter und Vater diese Nachricht aufnehmen würden, also sag ihnen bitte nichts. Robert und ich freuen uns sehr, auch wenn ein Baby viel Arbeit bedeutet. Endlich hat man uns ein Haus auf dem Gelände des Stützpunktes angeboten, das spart Geld. Leider bin ich nicht kräftig genug zum Packen und Schleppen der Kartons. Und ich habe auch keine Freundin mehr, die mir beim Organisieren helfen könnte, jetzt, da Wilder-san mit ihrem Mann nach Kansas mußte und Jones-san wieder in Japan ist. Wie Du weißt, hat die Ehe mit Mr. Jones nicht gehalten. Schade, denn Jones-san hat sich wirklich große Mühe gegeben, eine gute Frau zu sein. Robert sagt, er bittet Freunde, uns beim Umzug zu helfen. Hoffentlich sind es höfliche Leute. Manche seiner Freunde erklären mir nämlich, sie könnten sich meinen Namen nicht merken, nennen mich Mama-san und lachen. Ich habe mich bei Robert über ihren mangelnden Respekt beklagt. Daraufhin hat er sie gebeten, mich Sadie zu nennen. Das gefällt mir auch nicht. Wir haben uns darauf geeinigt, daß bei einem Jungen er den

Namen aussuchen darf und bei einem Mädchen ich. Ich werde dafür sorgen, daß sie einen guten japanischen Namen erhält, den die Leute hier auch aussprechen können.

Ich kämpfte mit den Tränen.

»Was ist denn, Rei-chan?«

»Ach …« Ich konnte ihr ja nicht sagen, daß die Geschichte mich an meinen eigenen Verlust erinnerte. »Lies ruhig weiter.«

In den nächsten Briefen erzählte Sadako von ihrer Schwangerschaft und der Entscheidung, doch nicht auf den Stützpunkt zu ziehen. Dann folgten Schilderungen der Geburt und der ersten Monate mit dem Neugeborenen, die Einblick gaben in die kleine Welt von Mutter und Kind:

Akiko weckt mich nachts nur drei- oder viermal, wenn sie Hunger hat. Nach dem Stillen schläft sie an meiner Brust wieder ein. Ihre Haare sind kraus wie die von Robert; ich vergrabe gern die Finger darin. Ihre Nase erinnert mich an Deine, Atsuko, und alle sagen, die Augen hat sie von mir. Inzwischen sieht sie mich schon ziemlich lange an, und ich glaube, bald wird sie lernen zu lächeln.

Sadako berichtete ihrer Schwester, daß sie selbst die Kleine »Akiko« nenne, während Robert auf ihrem offiziellen Namen »Andrea« bestehe. Allmählich machten sich Spannungen zwischen den Eheleuten bemerkbar, und Sadako, die anfangs nur von ihrer Tochter geschwärmt hatte, beklagte sich nun immer öfter über ihre eigene Müdigkeit und Roberts häufige Abwesenheiten. In einem späteren Brief war noch einmal die Rede von den beiden ungeladenen Hochzeitsgästen:

> Ich habe meinen Mann gebeten, mir ihre Namen zu verraten, doch er behauptet, ich wäre sowieso nicht in der Lage, sie auszusprechen. Mein Englisch ist schlecht, aber so schlecht auch wieder nicht. Der eine ist schwarz, der andere weiß.
> Eines Nachmittags, als Akiko schlief, standen sie plötzlich vor meiner Tür und sagten, sie wollten warten, bis mein Mann von der Arbeit nach Hause käme. Ich erwiderte, sie könnten nicht ins Wohnzimmer, weil dort das Baby schlafe.
> Sie schoben mich einfach beiseite und setzten sich aufs Sofa. Es war nicht ihr erster Besuch; das habe ich nur bisher nicht erwähnt, weil sie mir angst machen. Irgend etwas ist zwischen ihnen und Robert, aber er will mir nicht sagen, was. Normalerweise schenken sie mir keine Beachtung, doch an diesem Tag war es anders.
> Als der eine meinen Blick in Richtung Telefon bemerkte, lachte er drohend, als wollte er mich davor warnen, den Hörer in die Hand zu nehmen. Währenddessen ging der andere zu Akikos Bettchen und zog ihr die Decke weg. Trotz meiner Angst sprang ich auf, lief hinüber und sagte den beiden, sie sollten die Kleine nicht anfassen und verschwinden. Der Mann am Bettchen gab mir eine so heftige Ohrfeige, daß ich einen Moment lang nichts sehen konnte. Als ich mich von meinem Schreck erholt hatte, packte ich

Akiko, rannte ins Bad und schloß die Tür ab. Sie hätten sie mit Sicherheit aufbrechen können, doch das taten sie nicht. Aber sie gingen auch nicht. Als Robert nach Hause kam und nach uns fragte, lachten sie. Robert überredete sie, ihn in das Lokal an der Ecke zu begleiten. Erst als alle weg waren, wagte ich mich aus dem Bad.
Atsuko, sie hatten alles durchgewühlt, jede Schublade und jeden Schrank. Offenbar war das von Anfang an ihr Plan gewesen, egal, ob ich da wäre oder nicht. Sie wußten, daß Robert zu viel Angst haben würde, um die Polizei zu rufen.
Von meinem Fenster aus kann ich das Meer sehen. Weißt Du noch, wie wir immer tief hinunter tauchten zu den Austern? Ich fürchtete mich nicht vor dem Wasser. Dort war ich lieber als in der Schule.
Aber der Atlantik macht mir angst. Er lockt mich, doch ich widerstehe den Sirenenklängen, denn ich weiß ja, daß Du nicht auf der anderen Seite wartest.

Dann folgte noch ein letzter Brief:

Liebe Atsuko,
ich hoffe, Dir geht es gut. Wie Du weißt, wird es immer schwieriger für mich, und ich frage mich, wie es weitergehen soll. Hier ist es eindeutig zu gefährlich. Ich habe Robert vorgeschlagen, mit der ganzen Familie an einen anderen Ort zu ziehen, aber er sagt, das würde gegen das Gesetz verstoßen – er muß hier seinen Dienst tun.

Außerdem habe ich ihn gebeten, die beiden Männer zu melden, doch er meint, das würde es für uns alle nur noch schlimmer machen.
Ich habe überlegt, nach Japan zurückzufliegen, aber ohne Roberts Unterschrift bekomme ich keinen Paß für Akiko, und er läßt sie keinesfalls gehen, egal, wie anstrengend er Kinder findet. Da Du meine Briefe nicht beantwortest, glaube ich, daß es keinen Sinn hat, nach Japan zu gehen. Ich weiß, Du bist auf meiner Seite, doch es würde Deine eigenen Aussichten auf einen Ehemann beeinträchtigen, wenn Deine ältere Schwester mit einem halbamerikanischen Baby und ohne Mann zurückkäme. Ich weiß nicht genau, ob drei Jahre reichen, um in Vergessenheit zu geraten, aber ich hoffe es.
Drei Jahre seit der Hochzeit; mir scheint, als wäre sie letzten Monat gewesen. Ich muß immer an diesen Tag voller Hoffnung denken. Doch selbst damals gab es schon schlechte Omen. Vor der Trauung erklärte mir der Geistliche in einem Gespräch unter vier Augen, ich könne es mir jederzeit anders überlegen; es bestehe sicher die Möglichkeit, ohne Heirat in Amerika zu bleiben. Er dachte, ich sei des Landes, nicht meines Mannes wegen hergekommen. Ich antwortete, ich müsse mir nichts überlegen, ich wolle heiraten. Er machte ein sehr ernstes Gesicht. Hinterher erzählte Robert mir, daß die Ehe zwischen Schwarzen und Weißen noch gar nicht so lange erlaubt sei. Aber ich bin nicht weiß, widersprach ich. Vor dem Gesetz, erwiderte er, bist du nicht

schwarz, und das allein zählt. Doch das stimmt nicht. In Amerika habe ich meine Energie verloren; ich kann immer noch nicht gut Englisch und auch nicht Auto fahren. Meine Welt ist diese Wohnung, dieses Kind. Und jetzt wird sie durch diese Männer bedroht.

Ich ließ Robert ihretwegen keine Ruhe, und irgendwann gestand er mir schließlich die Wahrheit. Danach weinte er und sagte, nun würde ich ihn sicher hassen. Nein, antwortete ich, das kann ich nicht. Du hast nur Befehle ausgeführt. Nach unserem Gespräch schlief er tief und fest, besser als jemals seit Akikos Geburt. Aber ich lag wach. Jetzt, da ich endlich alles begreife, weiß ich, daß die Gefahr uns immer begleiten wird.

Am liebsten würde ich *fugu* essen, aber ich möchte leben. Wenn ich Dir das nächste Mal schreibe, hoffe ich, Dir sagen zu können, daß ich die richtige Entscheidung getroffen habe.

Sadakos Überlegung, den hochgiftigen *fugu*-Fisch zu essen, beunruhigte mich. Schwebte sie wirklich in so großer Gefahr?

»Die Sache mit dem *fugu*-Fisch verstehe ich nicht«, sagte ich zu Norie. »In den Siebzigern gab es den sicher in keinem amerikanischen Restaurant. Und heute würde man ihn ja nicht einmal im Bento kriegen.«

»›Am liebsten würde ich *fugu*-Fisch essen, aber ich möchte leben‹ ist ein Sprichwort«, erklärte mir Tante Norie.

»Das hätte ich mir denken können.«

»Ja, Rei-chan. Das sagt man, wenn man vor einer

schwierigen Entscheidung steht. Lohnt sich das Risiko, den köstlichen *fugu* zu probieren, oder ist es besser, auf Nummer Sicher zu gehen und ihn nicht zu kosten?«

»›Should I stay or should I go‹«, sagte ich. Das war der Titel eines Songs von The Clash, den Hugh sehr mochte. »Sieh dir mal den Poststempel auf dem Umschlag an.«

»10.6.1976. Ist das ein besonderes Datum?«

»Nein, 6.10.«, korrigierte ich sie. Japaner und Amerikaner schreiben das Datum unterschiedlich. »Am 10. Oktober verschwand sie«, fügte ich hinzu. »Möglicherweise ist das ihr letzter Brief.«

Der letzte Brief. – Aus dem hervorging, daß sie sich bedroht fühlte, nach einer Fluchtmöglichkeit suchte und Andrea mitnehmen wollte.

25

Ich verbrachte den größten Teil der Nacht mit Mutmaßungen darüber, wie Sadako seinerzeit vorgegangen war. Ob sie sich in der Nähe versteckt hatte? Nein, mit Sicherheit nicht, denn sie wollte ja den beiden Männern entkommen. Nach Japan zurück wie die Freundin, deren Ehe schiefgegangen war, konnte sie nicht, weil sie keinen Paß für ihre kleine Tochter besaß. Nun, Kansas bot sich an, wo eine andere Freundin nun lebte, aber dorthin wäre sie ohne Andrea bestimmt nicht gefahren.

Als ich nach ziemlich wenig Schlaf die Augen aufschlug, sah ich Hugh im Bett liegen, ganz am anderen Ende. Offenbar war er sehr spät nach Hause gekommen. Beim Gedanken an unsere Auseinandersetzung vom Vortag wurde ich sofort hellwach.

Ich würde mir eine eigene Wohnung suchen, vielleicht etwas Ähnliches wie Andrea. Schließlich war ich es gewohnt, in heruntergekommenen Vierteln zu leben. Im Unterschied zu Amerika gab es jedoch in Japan durchaus billigere Gegenden ohne Drogenprobleme. Wenn ich in den Staaten bleiben wollte, mußte ich mich auf ein – hoffentlich – friedliches Nebeneinander mit Junkies einstellen. Allerdings würde ich dann nie meine Eltern oder Norie einladen können.

Mit einer morgendlichen Dusche versuchte ich, die trüben Gedanken wegzuwaschen. Zum Ausziehen brauchte ich Geld, und Marshall hatte mir noch keines gegeben. Es wurde Zeit, ihn darauf anzusprechen, genau wie Andrea sich wegen des Diebstahls von Sadakos Unterlagen an Detective Burns wenden mußte.

Ich wollte mich so schnell wie möglich mit ihr über die Briefe unterhalten. Als ich Davids Telefonnummer wählte, die sie mir gegeben hatte, ging jedoch niemand ran.

Nach dem Frühstück machte ich mich an eine Zusammenfassung des Inhalts von Sadakos Briefen. Darin kam zum Ausdruck, daß die Ehe mit Robert Norton nicht besonders glücklich war, aber als gewalttätig beschrieb sie ihren Mann nicht. Da schienen die beiden seltsamen Besucher viel gefährlicher zu sein.

Vielleicht gehörten sie einer Gang an, aus der Robert aussteigen wollte, oder sie erpreßten ihn. Dann hatten sie Sadako möglicherweise als Warnung für ihn ins Jenseits befördert, und aus Angst um sein Baby hatte er das der Polizei natürlich nicht gesagt.

Seltsam war das abrupte Ende von Sadakos Korrespondenz an ihre Schwester, deren Namen und Adresse ich nun kannte. Wir mußten sie finden. Die Briefe waren alle aus Okita zurückgekommen. War das eine der kleinen Inseln vor Kyūshū? Auf meiner Karte konnte ich nichts finden.

Ich wollte mich gerade im Internet informieren, als das Telefon klingelte. Vor Schreck zuckte ich zusammen. Als ich abhob, hörte ich Kendalls Stimme:

»Ein Vögelchen hat mir gezwitschert, daß du wieder auf den Beinen bist. Gratuliere!«

»Du hast also gehört, daß ich gestern im Restaurant war«, sagte ich.

»Nein, Win hat dich mit Klamotten bepackt auf der P Street gesehen. Ist da irgendwo eine gute Reinigung, oder was?«

»Nicht, daß ich wüßte. Was wollte Win denn dort?« Wenn Win Hugh, Andrea und mich so schwer beladen gesehen hatte, warum war er dann nicht stehengeblieben, um uns zu helfen oder wenigstens hallo zu sagen?

»Ach, wahrscheinlich war er beruflich in dem Viertel. Das ist nämlich schwer im Kommen.«

»Und ich hab' meiner Freundin Andrea geholfen.«

»Wem?«

»Der Frau, die am Eröffnungsabend des Bento die Tische angewiesen hat. Jetzt arbeitet sie in der Küche.«

»Wenn das die Zicke ist, die mir keine Kinderstühle für Win und Jacqueline geben wollte, hast du aber einen lausigen Geschmack. Wie findet Hugh denn deine neue Freundin?«

»Was er denkt, spielt keine Rolle.«

»'Tschuldigung, Schätzchen. Hättest du heute Zeit zum Lunch?«

»Geht's auch morgen? Ich muß im Restaurant vorbeischauen ...«

»Dann könnten wir uns doch gleich dort treffen. Du hast ja wahrscheinlich gehört, daß Marshall und ich uns gütlich geeinigt haben. Jetzt will ich natürlich die Speisekarte rauf und runter probieren, bevor das Snowden-Dinner stattfindet.«

»Im Moment ist mir das Bento, ehrlich gesagt, ein bißchen zu teuer.«

»Kriegst du das Essen dort denn nicht billiger?«

»Ja, aber ich hab noch keinen Cent für meine Arbeit gesehen und bin deshalb im Moment ziemlich knapp bei Kasse«, sagte ich.

»Tja, mir geht's ähnlich. Was machen wir? Holen wir uns an einem Stand einen Hot dog? Weißt du noch, wie wir als Kinder immer einen wollten, Oma uns aber keinen spendiert hat, weil sie es unfein fand, auf der Straße zu essen? Und dann haben wir uns doch einen gekauft. Mann, war das lecker.«

Ich lächelte beim Gedanken an die riesigen Hot dogs im Inner Harbor von Baltimore, damals als ich noch nicht Vegetarierin war.

»Wie wär's mit einem ganz normalen Lokal in Chinatown?« fragte ich.

»Mein Gott, das Fett und der Reis!« stöhnte Kendall.

»Ich wüßte da einen Birmanen. Da gibt's zum Beispiel Grünteeblättersalat.«

Wir verabredeten uns für ein Uhr.

Nach meinem Gespräch mit Kendall gesellte ich mich zu Norie in der Küche, die gerade mit dem Bügeln fertig geworden war und nun aus blauem Garn ein winziges Kleidungsstück häkelte.

»Was ist denn das?«

»Ach, nichts.« Sie ließ das Ding schnell in ihrem Handarbeitsbeutel verschwinden.

»Sieht aus wie ein Puppenjäckchen«, sagte ich.

»Tja, so was Ähnliches ist es wohl auch«, meinte Norie. »Wenn du Socken zum Stopfen hast ...«

»Lenk nicht ab. Du häkelst Puppenkleidchen für ein Jizo-sama, stimmt's?« Ich starrte meine Tante an.

»Eigentlich eher ein Mäntelchen«, erwiderte sie. »Und ein Mützchen möchte ich auch noch machen.«

»Weil Hugh und ich im selben Bett schlafen?«

»Es ist seine Wohnung, da ist das doch nur logisch.«

»Wir wollten dich nicht in Verlegenheit bringen.«

»Ich habe es von Anfang an geahnt. Aber was wichtiger ist: Daran, wie du deinen Bauch berührst und dich bewegst, sehe ich, daß er dir weh tut. Natürlich bin ich Japanerin, und in unserem Land ziehen Paare vor der Ehe nicht zusammen, doch auch bei uns gibt es ungeplante Kinder. Und immerhin trauern wir auf zivilisierte Weise um Babys, die wir verlieren. Dein Kind hat das verdient.«

Ich senkte den Kopf. »Es ist alles so schrecklich.«

»Das verstehe ich. Dieses Gefühl wird dich lange begleiten. Aber wenn du deine friedliche Jizo-sama-

Figur in dem Tempel in unserem Viertel siehst, wird der Schmerz nachlassen.«

Hatte sie vergessen, daß ich nicht mehr nach Japan reisen durfte? »Die werde ich nie sehen«, sagte ich.

»Ich schicke dir ein Foto. Die Figur wird schon bald in dem Tempel stehen, denn ich habe vor, noch diese Woche nach Hause zurückzukehren.«

»Bloß um die Figur aufzustellen?«

»Nein, nicht nur. Ich habe über Sadakos Briefe nachgedacht. Wir müssen mit ihrer Schwester Atsuko Kontakt aufnehmen. Du kannst das nicht, weil du nicht ins Land darfst, und Andrea beherrscht die Sprache nicht. Wie du weißt, ist mein Rückflugtermin offen. Ich möchte zuerst zurück nach Yokohama und Hiroshi dann mit nach Kyūshū nehmen. Wir haben gestern abend telefoniert. Er sagt, er könnte einen Frühlingsurlaub vertragen.«

»Ist dir das nicht zu viel Aufwand? Eigentlich sollte sich die japanische Polizei darum kümmern, meinst du nicht auch?«

»Die hatte beim ersten Mal keinen Erfolg, und diesmal wird's auch nicht anders sein«, sagte Norie. »Hier ist ein Gespräch unter Frauen nötig. Außerdem sind Hiroshi und ich noch nie auf Kyūshū gewesen. Wir sehen uns die Töpfereien dort an und bringen ein paar hübsche neue Ikebana-Gefäße mit.«

»Je eher du abreist, desto eher kommst du zurück.« Inzwischen hatte ich mich so an ihre Anwesenheit gewöhnt, daß ich sie tatsächlich ungern ziehen ließ.

»Ich komme nicht zurück«, erwiderte Norie sanft. »Mein Leben in Yokohama wartet auf mich. Wenn ich etwas Interessantes herausfinde, rufe ich dich an.«

»Aber machst du dir denn keine Sorgen um mich?« platzte ich heraus.

Norie lächelte. »Wenn du tatsächlich Schutz suchst, hast du einen liebevollen Partner, der ihn dir gern gewährt. Aber den willst du offenbar gar nicht, oder?«

»Nein.« Ich würde mich nicht einschränken lassen, nicht einmal von jemandem, den ich liebte. »Obasan, ich muß jetzt ein paar Stunden aus dem Haus, einiges erledigen, und dann bin ich mit Kendall in einem birmanischen Lokal verabredet. Möchtest du mitkommen?«

Doch Norie sagte nein. Sie wollte lieber eine E-Mail an ihr Reisebüro schicken. Schon als ich die Wohnungstür hinter mir schloß, begann sie mir zu fehlen.

26

Ich hatte vor, zuerst die Übersetzungen von Sadakos Briefen zu kopieren und dann am anderen Ende der Stadt bei der Rahmenwerkstatt die letzten Holzschnitte fürs Restaurant abzuholen. Auf der Ninth Street kam ich nur im Schrittempo voran und fürchtete, es nicht auf die Linksabbiegerspur zu schaffen, auf die ich mußte, wenn ich ins Bento wollte. Waren denn nur Verrückte unterwegs? Böse sah ich einem Mercedes nach, der bei Gelb über die Ampel fuhr und meine letzte Chance auf ein richtiges Einordnen zunichte machte.

Beim Warten inmitten der hupenden Autos fiel mir unvermittelt ein, daß die Kirschbäume auf der Mall, ein Geschenk Japans an das amerikanische Volk aus alter Zeit, in voller Blüte standen und ich sie noch nie so gesehen hatte. Also beschloß ich, erstmal geradeaus weiter zu fahren und dann nach links abzubiegen.

Gleich hatte ich das Gefühl, es gehe schneller voran. Als dann noch ein Parkplatz in der Nähe der Mall frei wurde, stellte ich den Lexus kurzentschlossen ab.

Noch ein paar Schritte, dann sah ich die flauschigen, pinkfarbenen Blüten vor mir, unter denen Kinder Fangen spielten, dahinter Eltern, Kindermädchen oder Großeltern mit Videokameras und Saftbechern, manche lächelnd, manche besorgt. War Sadako jemals mit ihrer Kleinen nach Washington gefahren, um ihr die Kirschblüte zu zeigen? Nein, bestimmt nicht. Sie hatte zu viel Angst vor der Welt, um sie ihrer Tochter zu präsentieren.

Was war mit Sadako geschehen? Hatte sie das Leben unwiederbringlich verloren oder sich wie die japanischen Kirschbäume einfach nur in frischem Gewand erneuert? Ich suchte nach Antworten, während ich die kräftigen, aber doch anmutigen Stämme betrachtete. Der Klang einer Sirene holte mich in die Gegenwart zurück, und ich machte mich auf den Weg zum Bento.

»Hallo, Fremde«, begrüßte Marshall mich, als ich das Restaurant betrat.

»Hallo, Marshall. Ich bringe endlich die Holzschnitte«, verkündete ich.

»Tja, dann sehen wir sie uns mal an«, sagte Marshall.

Ich packte als erstes einen Holzschnitt aus der Meiji-Zeit aus, auf dem Fischer in einem Hafen am

Meer dargestellt waren. Erst jetzt fiel mir auf, daß sich auch Taucher darunter befanden. Eine Frau mit weißem Lendentuch stand sprungbereit auf der Bootskante, neben sich einen Eimer voll Austern.

»Hm«, brummte Marshall.

»Das Bild stammt von einem unbekannten Künstler, das habe ich Ihnen ja schon gesagt. Das Thema ist ungewöhnlich für einen Holzschnitt.«

»Zeigen Sie mir das andere.«

Ich packte das zweite Bild aus, auf dem ein Soba-Nudeln essender Mann dargestellt war. Mir gefielen die Teller und Schüsseln vor ihm und die Art, wie die Nudeln sich um seine Eßstäbchen kringelten. Dieser Holzschnitt war älter als der mit den Tauchern und nicht ganz so gut erhalten.

»An das erinnere ich mich gar nicht«, sagte Marshall.

»Kein Wunder«, meinte ich. »Sie haben die beiden schon vor einem Monat aus zwei Dutzend Holzschnitten ausgewählt.«

»Sehr viel mehr Kunst möchte ich hier drin eigentlich nicht haben«, sagte Marshall. »In der Besprechung stand, das Lokal wirke zu voll.«

»Ganz so war das nicht formuliert.« Es strahle nicht so viel Energie aus wie das Mandala, hatte es geheißen. Erst nach einer ganzen Weile fragte ich: »Soll ich Ihnen sagen, wo ich die Bilder hinhängen würde?«

Marshall schüttelte den Kopf. »Ich glaube nicht, daß sie hier reinpassen.«

»Was soll das heißen?«

»Ich spiele mit dem Gedanken, die Inneneinrichtung zu verändern.«

»Das Geld fürs Rahmen kann man aber nicht zurückfordern, und den Scheck über etwas mehr als fünfhundert Dollar habe ich gerade ausgestellt.«

»Wäre es denn nicht möglich, die Dinger über Ihren Antiquitätenhandel loszuwerden?«

Nun wurde ich ziemlich wütend. »Marshall, Sie wollten sie, und zwar gerahmt. Sehen Sie denn nicht, wie gut das Aubergine des Rahmens mit der Farbe der Stühle harmoniert?«

»Schätzchen, das hier ist mein Restaurant, und ich allein entscheide, wo was hinkommt.«

Schätzchen. Wenn Kendall mich so nannte, machte mir das nichts aus, aber aus Marshalls Mund wirkte es einfach herablassend.

»Na schön, mein Freund«, erwiderte ich, »ob Sie die Bilder aufhängen oder nicht: Sie gehören Ihnen. Hier ist die Quittung fürs Rahmen. Außerdem habe ich eine Kopie meiner vor vier Wochen ausgestellten Rechnung beigelegt.«

»Die Rechnung habe ich bereits.« Marshall beäugte den Umschlag, ohne ihn zu nehmen. »Ich habe Ihnen doch gesagt, daß ich das Geld überweise, sobald ich Profit mache.«

»Ich arbeite inzwischen mehr als zwei Monate für Sie. Wenn ich gewußt hätte, daß die Entlohnung von der Rentabilität des Restaurants abhängt, wäre ich nicht auf Ihr Angebot eingegangen. Wir haben einen rechtskräftigen Vertrag, in dem steht, wieviel Sie mir schulden.«

»Tja, einen Vertrag haben wir in der Tat, aber das Scheckbuch gehört mir.« Marshall klopfte auf die Brusttasche seines eleganten grauen Sakkos. »Ich gebe Ihnen das Geld, wann es mir paßt, und wenn Sie hier reinschneien und laut werden, ist das nicht gerade ein Ansporn für mich.«

»Ihren Fischhändler würden Sie doch auch bezahlen!« rief ich aus.

»Weil er mir sonst jemanden schickt, der mir die Arme bricht«, sagte Marshall trocken.

»Und weil ich das nicht tue, nutzen Sie mich aus. Vielleicht haben Sie sich deshalb eine unbekannte Freiberuflerin wie mich ausgesucht.« Je mehr mein Zorn wuchs, desto lauter wurde ich. Von der Küchentür aus verfolgten Alberto, Toro und ein paar der anderen interessiert das Spektakel.

»In dem Projekt steckt jede Menge Geld, insgesamt mehr als zwanzigtausend Dollar, das wissen Sie genau«, sagte Marshall.

»Ja, für Leistungen von größeren Zulieferern, aber ich kann nicht gratis arbeiten, und außerdem habe ich Sachen aus meinem Lager beigesteuert. Die Waschtische in der Toilette zum Beispiel und die *tansu* hinter der Bar ...«

»Ja, genau, die wunderbare kaputte Waschtisch-*tansu*.« Marshall verdrehte die Augen.

Die Geschichte mit den Waschtischen hatte tatsächlich nicht so gut geklappt wie erhofft, doch alte Möbel sind nun mal nicht perfekt. Am Ende bot ich einen Kompromiß an: »Wenn Sie mir den Waschtisch zurückgeben wollen, ist das kein Problem, aber die Kosten fürs Rahmen kann ich nicht übernehmen.«

»Wenn ich einen neuen Waschtisch beschaffen muß, kostet mich das wieder Geld«, brummelte Marshall.

»Stimmt. Und von mir haben Sie, anders als bei anderen Händlern, auf alles Prozente bekommen, wissen Sie noch?«

»Na schön, Sie kriegen Ihren Scheck«, sagte Marshall nach langem Schweigen. »Heute abend können Sie ihn abholen. Aber hängen Sie um Himmels willen die verdammten Bilder nicht auf.«

Mit einem letzten finsteren Blick ging ich in Richtung Küche. Alberto, Toro und die anderen bildeten eine Gasse für mich, und sobald sich die Tür hinter mir geschlossen hatte, hob allseits beifälliges Gemurmel an.

»Gut gemacht, *chica*!« rief Alberto aus.

Julio drückte mich, und zu meiner Überraschung taten die anderen Männer es ihm gleich.

»Julio, wo sind die gehackten *shiso*-Blätter?« hörte ich da Jiros ruhige Stimme. »Zurück an die Arbeit. Wir können uns keine Pause erlauben.«

»In Ordnung, Chef«, sagte Julio, und die Versammlung löste sich auf.

Als Jiro sich dem Kühlschrank zuwandte, fragte ich: »Wann kommt Andrea?«

»Sie sollte seit einer halben Stunde hier sein«, antwortete Jiro. »Toro schafft die Arbeit nicht allein. Schon fürs Mittagsgeschäft haben wir vierzig Reservierungen.«

»Hoffentlich ist alles in Ordnung«, sagte ich. »Bei ihr ist gestern eingebrochen worden.«

»Ich habe schon viele Ausreden für Verspätungen gehört«, erwiderte Jiro.

»Aber es stimmt. Ich war gestern abend dort. Und ich weiß auch, was gestohlen wurde …«

»Was denn?« fragte er.

»Schriftstücke.«

»Wen interessiert schon so was?« mischte Julio sich

ein und sah mich an, ohne mit dem Gemüseschneiden aufzuhören. Der Mann war zu neugierig, und er konnte zu gut mit dem Messer umgehen, dachte ich nervös.

»Fehlende Schriftstücke sind kein Grund zu spät zu kommen. Ich werde Marshall mitteilen, daß viele von euch sich nicht an die Arbeitszeiten halten.« Jiro ließ den Blick schweifen. »Wir sind hier in einem Restaurant, nicht im Kindergarten.«

Die Gespräche in der Küche verstummten. Ich sah auf die Uhr. Noch eine Stunde bis zu meiner Verabredung mit Kendall, und ich hatte das Auto. Vielleicht würde ich es schaffen, in der verbleibenden Zeit zu Andrea zu fahren und mich zu vergewissern, daß alles in Ordnung war.

Als ich Andreas Haus erreichte, parkte davor ein Wagen des Schlüsseldienstes, und am Türschloß werkelte ein langhaariger Mann mit Overall. Hinter ihm ging ein Weißer um die Fünfzig mit einem Baltimore-Ravens-T-Shirt telefonierend auf und ab. Ich schaute hinüber zu dem heruntergekommenen Gebäude; auf den Stufen davor saß eine ausgezehrte Drogensüchtige, die sich mit einer großgewachsenen Frau mit einem Schmetterlings-Tattoo auf der Schulter unterhielt. Es war Andrea.

Ich beobachtete die beiden vom Wagen aus.

Als Andrea das Gespräch mit der Drogensüchtigen beendet hatte, ging sie zu dem Mann im T-Shirt – vermutlich ihrem Vermieter –, unterhielt sich kurz mit ihm und marschierte dann die Straße hinunter, in Richtung Metro. Ich folgte ihr.

Obwohl ich mehrmals hupte, drehte sie sich nicht um. Vielleicht war das das vernünftigste Verhalten in diesem Viertel. Ich ließ das Fenster herunter und rief ihren Namen.

Endlich blieb sie stehen. »Was machen Sie denn hier?« fragte sie.

»Naja, Sie waren nicht im Bento, und Jiro ist ziemlich wütend deswegen. Ich dachte, ich sehe nach, ob alles in Ordnung ist.«

»Die Polizei ist erst gegen neun hier aufgetaucht, um meine Aussage aufzunehmen, und dann wollte sich noch mein Vermieter mit mir unterhalten.« Sie verdrehte die Augen. »Ich soll die Auswechslung des Schlosses bezahlen. Ist das zu fassen? Das Haus gehört doch ihm.«

»Und wie ist die Sache ausgegangen?«

»Er zahlt, aber er ist sauer. Bestimmt verlängert er meinen Mietvertrag jetzt nicht.« Sie seufzte. »Hat Ihre Tante die Briefe inzwischen übersetzt?«

»Ja. Die Geschichte Ihrer Mutter ist wirklich erstaunlich«, antwortete ich. »Es steckt alles in diesem Umschlag.«

Andrea, die mittlerweile eingestiegen war, nahm das Kuvert vom Rücksitz. »Ich lese die Briefe gleich. Nach allem, was in der Arbeit passiert ist, möchte ich sie nicht mit ins Restaurant nehmen.«

»Ich bewahre die Briefe gern für Sie auf, aber jetzt müssen wir los. Sie sind schon über eine Stunde zu spät.«

»Was macht das jetzt noch?« fragte sie. »Meinen Job bin ich ohnehin los.«

»Warum sagen Sie das?«

»Das Restaurant macht pro Woche ungefähr fünfzigtausend Dollar Verlust, hat David mir gestern abend erzählt. Als erstes wird Marshall das Küchenpersonal reduzieren, und ich will sowieso wieder nach vorn. Ich habe mich bei einem neuen französischen Restaurant in Georgetown beworben.«

»Hat Marshall Ihnen denn Ihr Gehalt gezahlt?«

»Ja, aber das kommt, wie gesagt, längst nicht an das von früher ran. Ich werde dazuverdienen müssen, wenn ich jemals wieder im Hellen sitzen möchte.« Andrea ging, während sie sprach, die Übersetzungen von Sadakos Briefen durch.

»Das ist ja hochinteressant«, meinte sie nach einer Weile. »Diese beiden Männer scheinen ziemlich bedrohlich gewesen zu sein – was wollten sie? Ob sie meinen Vater erpreßten?«

»Ja, das mit den beiden Männern ist tatsächlich interessant.«

»Ich weiß von Burns, daß Beamte meinen Vater in Virginia aufsuchen werden. Keine Ahnung, ob ich Angst haben oder erleichtert sein soll, weil sie endlich etwas unternehmen. Mein Vater wird sicher stinksauer auf mich sein, weil ich der Polizei seinen Namen gegeben habe.«

»Lorraine wird stinksauer sein«, korrigierte ich sie. »Ihr Vater macht sich möglicherweise sogar Sorgen um Sie.«

»Wie bitte? Warum hat er mich dann von Pflegeeltern großziehen lassen?«

»Von dieser Zeit haben Sie mir nie erzählt – bei wem sie wohnten, wie es dort war ...«, sagte ich.

»Weil ich nicht mehr daran denken möchte«, erklärte Andrea und reichte mir die Briefe. »Bitte bewahren Sie sie für mich auf. Aber irgendwann hätte ich die Übersetzungen gern.«

Ich steckte sie in meine Handtasche und sagte: »Ich habe nicht den Eindruck, daß Sie bei armen Leuten aufgewachsen sind. Dazu kleiden Sie sich zu gut, und außerdem sprechen Sie akzentfrei.«

»Heißt das, ich klinge nicht wie eine Schwarze?« herrschte Andrea mich an.

»Nein, Entschuldigung. Ich weiß nicht genau, wie ich es ausdrücken soll.«

»Ich hatte verschiedene Pflegeeltern, und die waren nicht alle arm: schwarze Amerikaner, schwarze Kubaner, Weiße – am längsten war ich bei der weißen Familie, einem Ingenieur in Silver Spring, seiner Frau und ihren vier eigenen Kindern: insgesamt sechs Jahre.«

»Hätte sich nicht irgendwann die Möglichkeit zu einer Adoption ergeben?« fragte ich.

»Nein. Der Ingenieur wäre interessiert gewesen, aber zu der Zeit konnten Weiße praktisch keine schwarzen Kinder adoptieren, weil farbige Sozialarbeiter behaupteten, Rassengrenzen überschreitende Adoptionen verursachten irreparable Schäden, besonders bei schwarzen Kindern. Vielleicht hatten sie sogar recht. Ich meine, die Ehe meiner Eltern funktionierte nicht, und die Sache mit Ihnen und Hugh scheint auch nicht zu klappen.«

»Sie kennen meine Eltern nicht. Die lieben sich immer noch wie am ersten Tag. Warum nehmen Sie den Kontakt zu dieser Pflegefamilie nicht wieder auf?«

Andrea zuckte mit den Achseln. »Das letzte Jahr an der High-School war ich ziemlich nervig. Ich wollte mich nicht unterordnen, keine Prüfungen machen. Ein klassischer Fall von Teenagertrotz.«

»Vermutlich verliert man sich irgendwann ohnehin aus den Augen«, sagte ich.

»Stimmt. Das College finanzierte mir mein leiblicher Vater, und in der Freizeit half ich in Restaurants aus, so daß ich genug Geld hatte, um mir ein WG-Zimmer zu leisten. Ich bin seit meinem achtzehnten Lebensjahr auf mich allein gestellt.«

»Und warum sind Sie aus der Wohngemeinschaft ausgezogen?«

»Weil ich nach einer Weile ziemlich gut verdiente, fast dreißigtausend im Jahr. Ich hatte kein großes Bedürfnis nach Gesellschaft. Jedenfalls bis vor kurzem.« Sie sah mich von der Seite an. »Es hat noch nie jemand nach mir geschaut, wenn ich nicht zur Arbeit kam. Das ist nett von Ihnen.«

»Tja«, sagte ich, als ich Andrea beim Bento absetzte. »Und ich werde auch auf die Briefe aufpassen. Wenn Sie sich dann noch bemühen, Ihren Job nicht zu verlieren, kann eigentlich nichts mehr schiefgehen.«

27

Von der H Street war es nicht weit bis zu dem birmanischen Restaurant, vor dem ich tatsächlich einen Parkplatz fand. Trotzdem kam ich acht Minuten zu spät, und Kendall wartete schon, mit unzufriedenem Gesicht in ein Handygespräch vertieft, vor dem Lokal.

»Nein, kein Aspirin, Tylenol. Aspirin ist nicht gut für Kinder. Genau, einen Teelöffel für jeden«, sagte sie gerade, offenbar zu ihrem Au-pair-Mädchen Lisa. »Ja«, fügte sie hinzu, »das besorge ich auf dem Heimweg. Gut, bis dann.«

»Sind die Zwillinge krank?« erkundigte ich mich.

»Ja, wie immer. Vielleicht sollten wir in unserem Haus eine Schadstoffanalyse durchführen lassen. Möglicherweise liegt's daran.«

»Hat sonst noch jemand Probleme?«

»Nun, das Au-pair-Mädchen fühlt sich immer ziemlich schlapp. Win auch. Und ich habe seit dem Umzug nicht mehr so viel Energie wie früher.«

»Du mußt dich ja um die Kinder kümmern. Das kann ziemlich stressig sein«, sagte ich.

»Dir erscheint das Leben mit Kindern bestimmt wie die Hölle. Wahrscheinlich bist du froh, keine zu haben.«

Gott sei Dank hatte ich Kendall nichts von der Fehlgeburt erzählt. »Ich finde, Kinder sind ein Geschenk. Du kannst dich glücklich schätzen, Win und Jacquie zu haben«, sagte ich, als wir das Restaurant betraten.

Abgesehen von unserem waren nur vier Tische besetzt; offenbar hielten die Schickimickis, die das Mandala, das Zaytinya, das Poste und nun auch das Bento besuchten, das Ambiente hier für zu dezent.

Kendall bestellte ein Glas Weißwein zum Essen, ich entschied mich für Eistee, den Wein der Südstaaten. Das Koffein tat schnell seine Wirkung und vertrieb die Müdigkeit, gegen die ich schon den ganzen Morgen ankämpfte.

Kendall bat mich, die Auswahl der Gerichte zu übernehmen. Ich orderte einen Salat aus Grünteeblättern und einen aus Papaya, Gurken und Tomaten, dazu fritierten Kürbis mit Tamarindendip.

Während die Kürbisstifte abkühlten, fragte ich Kendall, was los sei.

»Ach, es ist alles Scheiße«, antwortete sie und nahm einen Schluck Wein.

»Was, die Kampagne für Harp Snowden?« In der vergangenen Woche hatte ich keinen einzigen Artikel über ihn gelesen.

»Mit den Spenden gibt's kein Problem. Ich hab' schon zehn Freunde überredet. Ein paar Geschäftspartner von Win wollen auch etwas beisteuern, aber weil die Immobilienbranche im Moment nicht gerade boomt, wird Win ihnen das Geld wohl vorstrecken müssen. Und wenn ich mich recht entsinne, hast du dich zu dem Thema noch nicht geäußert. Du magst Harp doch, oder?«

»Kendall, ich habe bis jetzt von Marshall kein Geld für meine Arbeit gesehen. Im Augenblick kann ich nicht mal zweihundert Dollar entbehren, geschweige denn die zweitausend für das Dinner.«

»Und was ist mit Hugh?«

»Der ist kein amerikanischer Staatsbürger. Würde es

nicht komisch wirken, wenn Harp Geld von Ausländern nähme?«

»Hugh ist Brite, also praktisch Amerikaner«, sagte Kendall. »Es gibt eine ganze Menge Regeln für Parteispenden, aber wenn man wirklich an etwas glaubt, findet sich schon ein Weg.«

»Hm«, brummte ich. Hoffentlich hatte niemand das gehört.

»Egal, nicht die Kampagne ist das Problem, sondern die Situation zu Hause. Das Au-pair-Mädchen will aufhören, und die Agentur sagt, sie schickt uns kein neues, weil Lisa bei uns zu hart arbeiten mußte. Offenbar erwarten die, daß wir uns strikt an eine Fünfundvierzig-Stunden-Woche halten bei jemandem mit einem einfachen High-School-Abschluß. Ich muß schließlich auch vierundzwanzig Stunden am Tag für alle verfügbar sein. Normalerweise komme ich ja pünktlich nach Hause, aber in den letzten Wochen war ich öfter zu spät dran. Im Frühling dauert es einfach länger, von A nach B zu gelangen. Eigentlich wollte ich mal bei euch vorbeischauen, um deine Tante zum Shoppen mitzunehmen oder sie zumindest hier in der Stadt zu begrüßen, aber die Gelegenheit hat sich nicht ergeben.« Kendall warf den Kopf in den Nacken, so daß ihre roten Locken flogen wie bei den jungen Frauen in Shampooreklamen.

»In der Zeit der Kirschblüte ist der Verkehr noch dichter als sonst, das stimmt«, pflichtete ich ihr bei. »Ich stand heute selbst im Stau. Aber könntest du dir nicht eine Aushilfe für Lisa suchen?«

»Weißt du, was Babysitter in den Washingtoner Vororten verlangen?«

»Sechs oder sieben Dollar die Stunde?« riet ich.

»Eher zehn bis zwölf«, sagte Kendall. »Und das Geld habe ich im Moment nicht.«

»Das Leben hier ist schon merkwürdig. Japan war auch teuer, aber irgendwie anders. Dort konnte ich das Geld besser zusammenhalten, indem ich meistens in kleine Lokale wie dieses ging. Unser Lunch heute kostet übrigens bestimmt nicht mehr als zwanzig Dollar, und das Essen ist köstlich! Ich glaube, die Qualität kann sich mit der des Bento messen.«

»Aber nicht die Ausstattung. Tische mit Plastikoberflächen sind nicht gerade mein Geschmack.« Kendall seufzte. »Keine Ahnung, was los ist. Ich verdiene ganz gut, und trotzdem ist nie was auf dem Konto. Ich kann mir keine Karten für Wohltätigkeitsbälle oder Spendendinners leisten. Die Leute fragen mich schon, wo ich mich verstecke, und ich antworte, daß Harp mich auf Trab hält, doch eigentlich stimmt das nicht.«

»Was ist mit Win?« erkundigte ich mich.

»Der besucht auch keine solchen Veranstaltungen. Dazu wäre er ohnehin nicht in der Stimmung. Die Geschäfte laufen nicht besonders gut.«

»Aber in der Innenstadt gehen die Immobilien doch weg wie warme Semmeln«, sagte ich. »Hat er nicht gerade erst das Haus neben dem Bento an den Mann gebracht? Sein Schild ist weg ...«

»Das Schild ist weg, weil ihm der Auftrag entzogen wurde. Aber darüber möchte er nicht sprechen, okay?«

»Ich werde ihm gegenüber nichts davon erwähnen. Und was ist mit seinen anderen Aufträgen?«

»Nun, er sollte exklusiv die Neubausiedlung in der Nähe von Potomac betreuen, aber daraus wurde leider nichts. Solche Projekte, bei denen es um mehr als eine

Million geht, mag Win am liebsten. Das Kleinvieh – Zwei- oder Dreizimmerhäuschen in der Pampa – lohnt letztlich den Aufwand nicht.«

»Wann hat Win denn das letzte Mal etwas verkauft?«

»Zwischen Weihnachten und Neujahr, ein großes Stuckgebäude in Chevy Chase, das war mindestens zwei Millionen wert.«

Ich fragte sie, ob ihr Mann seine freie Zeit nicht für die Beaufsichtigung der Kinder nutzen könne, doch Kendall winkte ab. »Win braucht Freiraum, um geschäftliche Möglichkeiten auszuloten. Ja, natürlich wäre es mir recht, wenn er sich öfter mit den Kindern beschäftigen würde, aber ich will ihn nicht drängen. Er scheint im Moment so eine Art vorgezogene Midlifecrisis durchzumachen.«

»Kendall, vielleicht mußt du tatsächlich eine Weile die Familie ernähren. Es wäre sinnvoll, die Arbeit für Harp Snowden und deine weiteren ehrenamtlichen Aktivitäten zu reduzieren, um Geld zu verdienen. Mach dich auf keinen Fall abhängig. Ich spreche aus Erfahrung.«

»Was willst du damit sagen? Hat Hugh etwa auch berufliche Probleme?«

»Offen gestanden, weiß ich nicht, wie sein Job im Augenblick läuft.« Ich hatte ihn schon lange nicht mehr nach der Arbeit gefragt, weil ich zu sehr auf mich selbst fixiert war, das wurde mir gerade bewußt. »Unsere Beziehung liegt momentan auf Eis. Jetzt begreife ich, was unsere Mütter meinten, als sie sagten, das Zusammenleben vor der Ehe sei keine gute Idee.«

Kendall schnappte nach Luft: »Oh, das tut mir aber

leid. Du trägst ja auch deinen Verlobungsring nicht mehr. Hast du dich tatsächlich von ihm getrennt?«

»Hugh hat die Flinte ins Korn geworfen. Wir wohnen nach wie vor zusammen, aber wie lange noch, steht in den Sternen.«

»Na ja, wenigstens habt ihr noch nicht so viel Zeit in die Hochzeitsvorbereitungen investiert und auch nicht viel Geld verloren«, sagte Kendall.

Ich schwieg. Geld hatten wir keines verloren, aber ein Kind. Und das ließ sich nicht wieder herbeizaubern, genausowenig wie die Vertrautheit von früher.

»Wenn er mit dir Schluß gemacht hat, kannst du den Ring behalten. Der ist so was wie eine Absicherung für schlechte Zeiten.«

»Ich habe ihm den Ring zurückgegeben. Ein Familienerbstück von ihm würde ich nie verhökern.«

»Schade. Es gibt da einen süßen Juwelier in Georgetown, der dir einen Smaragd in der original Art-Deco-Fassung liebend gern abnehmen würde. Und wenn ich's mir recht überlege«, fügte Kendall mit einem verschmitzten Zwinkern hinzu, »hätte er sicher auch nichts dagegen, dich kennenzulernen.«

Kendall schien sich durch unser Gespräch so weit gefangen zu haben, daß sie wie gewöhnlich ihre Scherze machen konnte, aber mir war nicht nach Lachen zumute. Ihre Ausführungen über Win deuteten auf keine gute Zukunft für sie und ihre Familie hin.

Als ich zum Auto zurückging, kam ich an dem Gebäude vorbei, für das Win der Auftrag entzogen worden war, und ich warf einen genaueren Blick auf das Schild davor, auf dem eine Telefonnummer stand.

»Ich habe da ein Problem; vielleicht könnten Sie mir helfen«, begrüßte ich den Mann, der sich unter dieser Nummer meldete, ein gewisser Martin Schmidt. Er klang, als hätte er den größten Teil seines langen Lebens rauchend verbracht.

»Ich bin kein Seelenklempner«, antwortete Schmidt mürrisch. »Interessieren Sie sich für das Haus oder nicht? Es kostet 990.000 Dollar, keinen Cent weniger.«

»Also, ich bin es eher gewohnt, mit Maklern zu verhandeln. Was ist denn aus dem geworden, dessen Name auf dem Schild stand – ein Win Johnson, glaube ich.«

»Den Typ hab' ich gefeuert«, antwortete Schmidt.

»Warum das?« erkundigte ich mich.

»Weil er ein Versager war. Er hat den Preis zu hoch angesetzt für den Markt und Termine mit Interessenten versiebt. Und als endlich ein Angebot reinkam, hat er sich eine ganze Woche Zeit gelassen, mir den Vertrag vorzulegen. Als ich ihn mir endlich anschauen konnte, hatten die Interessenten sich schon für ein anderes Objekt entschieden. Aber das war noch nicht alles ...« Schmidt mußte furchtbar husten.

»Was noch?« fragte ich.

»Er raucht. Eines Tages hab ich ihn im zweiten Stock erwischt, als er dachte, er wär' allein in dem Haus. Der hatte es sich da richtig gemütlich eingerichtet ...«

»Zigaretten?«

»Nein.« Schmidt klang verärgert. »Ich rauche selber jeden Tag eine Schachtel Camel. Nein, Crack. Deshalb erledigt er auch seinen Job nicht richtig.«

Jetzt begriff ich manches: Wins erweiterte Pupillen, seine Verwirrtheit am Abend von Kendalls Entführung und sein Ausflug zur R Street ganz in der Nähe der heruntergekommenen Häuser mit den Junkies. Das Crack war vermutlich auch der Grund, warum nie etwas auf dem Konto der Johnsons zu sein schien. Hatte jemand Kendall entführt, um Druck auf Win auszuüben, damit der seine Schulden beglich?

Wie sollte ich das alles Kendall sagen? Eines hatte sie immerhin erkannt: Win war in der Tat nicht der richtige, um auf die Kinder aufzupassen.

In Hughs Wohnung war Norie mit Packen beschäftigt. Das Reisebüro hatte ihr einen Flug für den nächsten Mittag besorgt. Falls ich keine Zeit hätte, sie zum Flughafen zu bringen, sagte sie, würde sie ein Taxi nehmen.

»Natürlich fahre ich dich hin. Hugh würde darauf bestehen.«

»Aber der verreist für ein paar Tage«, widersprach Norie. »Nach Boston. Vielleicht braucht er den Wagen.«

»Nein, das ist zu weit weg. Bestimmt fliegt er. Seit wann weißt du das?« Mir hatte er von seinen Plänen nichts verraten, sondern war am Morgen wortlos verschwunden. Erst jetzt wurde mir bewußt, daß er einen kleinen Koffer und seine Aktentasche mitgenommen hatte.

»Er war bis vor einer Stunde hier.« Norie sah mich traurig an. »Ich lasse dich nicht gern allein. Wenn du mich nur nach Japan begleiten könntest.«

»Was hältst du von einem Abschiedsessen im Bento?« fragte ich. Alle dort mochten sie. Vielleicht würde ihre Anwesenheit auch dafür sorgen, daß ich meinen Scheck wirklich bekam. Außerdem hatte ich nicht die geringste Ahnung, was ich für Norie kochen sollte, und sie durfte sich an ihrem letzten Abend in den Staaten keinesfalls für mich an den Herd stellen.

»Gern, aber ich lade dich ein«, sagte Norie. »Keine Widerrede, schließlich konnte ich dir kein Hochzeitskleid kaufen.«

»Danke. Ich sorge dafür, daß Marshall nicht den vollen Preis verlangt und du nicht wieder in der Küche landest.«

»Ach, das würde mir nichts ausmachen«, sagte Norie. »Ich habe immer noch nicht herausgefunden, woher dieser geheimnisvolle Jiro Takedo stammt. Du mußt es mir unbedingt verraten, sobald du es herausbekommst.«

»Im Moment gibt es wichtigere Dinge. Verbrechen, Drogen, gefährdete Ehen.«

»Ja, natürlich«, pflichtete Norie mir bei. »Aber es ist auch wichtig, die Wahrheit über Menschen zu erfahren. Wenn wir nicht auf die Sauberkeit der Hand vertrauen können, die uns den Reis reicht, wie sollen wir dann essen?«

28

Dafür, daß das Bento angeblich so schlecht lief, sah es meiner Meinung nach nicht übel aus in dem Lokal. Vielleicht lag das nicht zuletzt daran, daß Andrea, die hochhackige Schuhe und ein schwarz-weißes Crèpe-Kleid trug, nun wieder vorn arbeitete. An den Ohren blitzten Opale, die Haare hatte sie hochgesteckt, und ihr früherer gelangweilter Blick war einem vorsichtigen Lächeln gewichen. Ich beobachtete, wie sie einem Paar, das nicht reserviert hatte, einen hübschen Tisch beim Fenster zuwies, bevor sie zu uns kam.

»Andrea-san, Sie sind *steki*«, bemerkte Norie. Obwohl das Kompliment ein japanisches Wort enthielt, schien Andrea es zu verstehen. Sie lächelte meiner Tante zu und äußerte sich ihrerseits bewundernd über Nories blaue Perlenjacke.

»Sie haben Ihren alten Job wieder?« fragte ich Andrea.

»Ja. Toro kommt inzwischen allein mit dem Geschirr zurecht, also hat Marshall mich wieder nach vorn genommen.«

»Und was ist mit Justin?«

»Dem ist aufgegangen, daß er als Kellner mehr Trinkgeld kriegt. Das hätte ich ihm gleich sagen können.«

An einer Wand befanden sich ein paar mit auberginefarbenem Samt gepolsterte Nischenplätze, die immer an die schicksten oder einflußreichsten Gäste des Abends gingen. Fröhlich führte Andrea uns hin.

»Justin kommt gleich. Wenn's Probleme mit ihm gibt, sagen Sie mir Bescheid«, erklärte Andrea mit einem Augenzwinkern, bevor sie sich von unserem Tisch entfernte.

»Unglaublich«, sagte ich auf japanisch.

»Marshall-san ist offenbar doch nicht so schwierig«, meinte Norie. »Oder er hat heute abend besonders gute Laune. Ich glaube, du wirst dein Geld bekommen.«

»Hm, so sicher bin ich mir da nicht.« Bei dem Gedanken, ihn noch einmal um das Geld bitten zu müssen, wurde mir flau im Magen.

»Keine Sorge«, sagte Norie. »Hm, wonach ist mir heute? Nach Thunfisch oder nach Krabben? Bald werde ich mich wieder selbst an den Herd stellen müssen.«

»Ach, in Kyūshū gibt's auch gute Lokale. Besonders das *sashimi* soll dort hervorragend sein.«

»Wahrscheinlich nicht so gut wie auf Okinawa«, meinte Norie. »Außerdem ist Okita, der Ort, den wir besuchen werden, nicht touristisch erschlossen, sagt der Mann im Reisebüro. Aber vielleicht komme ich ja in den Genuß von Hausgemachtem.«

»Du glaubst doch wohl nicht, daß Atsukos Familie dich zum Essen einlädt, oder? Das wäre sehr unjapanisch.«

»Das werden wir sehen«, antwortete Norie. »Ich habe da einen Plan. Hoffentlich findet Andrea-san heute abend irgendwann kurz Zeit, damit ich ihr davon erzählen kann ...«

»Ich finde, du solltest zuerst mich einweihen«, sagte ich. Als Norie schwieg, fügte ich hinzu: »Du wolltest doch herausfinden, wie lange Sadako nach Japan schrieb. Wenn sich herausstellt, daß ihre Verwandten auch später noch ihre Briefe ungeöffnet zurücksandten, sind sie vermutlich nicht einmal bereit, über Sadako zu sprechen.«

»Es ist doch so viel Zeit vergangen«, sagte Norie. »Vielleicht interessiert sie sogar, was wir herausgefunden haben.« Nun, dachte ich, darüber würde Norie sich selbst ein Urteil bilden müssen.

Beim Essen ließ ich den Blick schweifen. Das Bento war ungefähr zu zwei Dritteln voll, wieder mit zahlreichen schlecht gekleideten Gästen. Ich hätte mir nicht vorstellen können, bei einem Einhundertfünfzig-Dollar-Essen Khakishorts und Sandalen zu tragen, aber viele Washingtoner hatten damit offenbar kein Problem.

Die Gerichte waren an diesem Abend leider genauso unvollkommen wie die Kleidung der Gäste: Mein Thunfisch wurde verkocht serviert, und bei Nories Jakobsmuscheln schmeckte die Zitrone vor. Nach dem Essen wollte Norie in die Küche, um sich von allen zu verabschieden, und ich beschloß, sie zu begleiten.

In der Küche ging ich sofort auf Jiro zu, der sehr geschäftig tat. »Hallo, Rei, Marshall hat mir schon gesagt, daß Sie heute kommen würden. Ihr Scheck liegt im Büro. Lassen Sie mich nur noch dafür sorgen, daß der Thunfisch ordentlich rausgeht, dann hole ich ihn.«

»Danke.« Es schien alles reibungslos zu klappen.

»*Do-itashimashite*«, antwortete er.

Norie stieß mir den Ellbogen in die Rippen und zischte mir auf japanisch zu: »Rei-chan, komm mit, ich möchte mich von den anderen Angestellten verabschieden.«

Wie untypisch für sie, mich so wegzuzerren! Als wir

außer Hörweite von Jiro waren, flüsterte sie mir ins Ohr: »*Do-itashimashite*. Hast du das gehört?«

»Ja. Wahrscheinlich wollte er damit ausdrücken, daß er mir das Geld gern gibt. Jetzt, wo ich weiß, daß das Restaurant nicht so gut läuft, habe ich fast ein schlechtes Gewissen, den Scheck zu verlangen.«

»*Do-itashimashite* bedeutet ›Keine Ursache‹. Begreifst du denn nicht? Kein Japaner würde das sagen.«

Meine Tante hatte recht. Ein Japaner würde sich eher für ein *ie* entscheiden, was so viel wie »nein« heißt, um auszudrücken, daß er sich nicht als eines Dankes würdig erachtet.

»Vielleicht ist er schon so lange hier im Westen, daß er auf englisch denkt«, sagte ich. »Möglicherweise bedeutet mein Scheck auch tatsächlich ein Opfer für die beiden.«

»Dann kaufst du ihm seine Geschichte also ab?« fragte Norie verwundert. »Du, die Perlentaucherin?«

»Was meinst du damit?«

»Du suchst gern nach der tieferen Wahrheit. Er ist nur ein Koch!« entschlüpfte es Norie. »Vielleicht hat er es bis jetzt einfach so geschickt angestellt, daß niemand seine Lügengeschichte durchschaut. Köche reden normalerweise nicht viel.«

»Hallo, Shimura-san und Rei-chan. Was ist los?« fragte Jiro, der sich nun wieder zu uns gesellte, auf japanisch.

Norie zuckte erschreckt zusammen, und ich sagte hastig: »Nun, der Thunfisch war verkocht, und meine Tante vermutet, Sie hatten so viel zu tun, daß Sie keinen der Kellner fragen konnten, wie der Fisch bei den Gästen ankommt.«

»*Ah so desu ka.*« Jiro wirkte zerknirscht. »Nun, Rei-chan, leider mußten wir die Zubereitung des Thunfischs nach dem Besuch eines Nahrungsmittelkontrolleurs verändern, der uns untersagte, den Fisch rosafarben auf den Tisch zu bringen.«

»Aber wieso denn das? *Sashimi* dürfen Sie doch auch servieren, und das ist gänzlich roh.«

»Stimmt, aber in dieser Branche sollte man sich nicht auf Diskussionen mit den Kontrolleuren einlassen. Besonders wenn sie möglicherweise auch für Gangster arbeiten.«

»Meinen Sie Ken Chow, den Inhaber des Plum Ink?«

»Still, erwähnen Sie den Namen nicht«, flüsterte Jiro mit ängstlichem Blick.

»Tut mir leid. Übrigens bin ich gern bereit, mit dem Einlösen des Schecks zu warten, wenn Ihnen das in der gegenwärtigen Situation hilft.«

»Machen Sie sich darüber mal keine Gedanken. Marshall hat ihn unterschrieben. Ich hole ihn.«

»Rei-chan, ich würde gern rüber zur Bar gehen und mich von dem netten jungen Vietnamesen verabschieden«, sagte Norie.

Ich versprach meiner Tante, gleich zu ihr zu kommen. Das gab mir Gelegenheit, mich eine Weile ungestört mit Jiro zu unterhalten. »Wo steckt Marshall überhaupt?«

»Im Mandala.« Jiro reichte mir den Scheck. Als ich den Betrag darauf sah, wäre er mir fast aus der Hand gefallen, denn er deckte lediglich die Kosten fürs Rahmen der beiden Holzschnitte. Marshall schuldete mir immer noch beinahe zehntausend Dollar für meine Arbeit.

»Wie läuft's im Mandala?«

»Ganz gut«, antwortete Jiro. »Im Moment stecken wir die Gewinne von dort ins Bento.«

»Glauben Sie, daß das Bento bald schließen muß?« fragte ich.

Er sah mich an. »Im Japanischen gibt es den Ausdruck *gamberu.*«

»Ja, das heißt ›kämpfen‹, ›sich anstrengen‹.« So also wollten sie die Krise bewältigen: Sie würden die Begleichung aller Rechnungen so lange wie möglich hinauszögern, um das Schiff über Wasser zu halten. Eigentlich konnte ich ihnen das nicht verdenken.

»Ich glaube nach wie vor an dieses Restaurant. Wenn nur mehr Leute kommen und uns weiterempfehlen würden. Gott sei Dank arbeitet Andrea wieder vorne. Sie ist deutlich freundlicher als früher und weiß genau, wie man Gäste am besten in einem Raum verteilt.«

»Die Gäste hier kleiden sich sehr leger, und Klagen über die Preise habe ich auch gehört«, sagte ich. »Wie wär's mit ein paar Hauptspeisen unter zwanzig Dollar?«

»Viel können wir mit den Preisen nicht heruntergehen.« Jiro runzelte die Stirn.

»Und was ist mit den alkoholischen Getränken?« fragte ich.

»Die Leute kommen nicht vorrangig zum Trinken her, sondern zum Essen.«

»Ich hätte da noch eine Idee: Sie könnten doch ein- oder zweimal pro Woche den Wein zum halben Preis anbieten, an Abenden, an denen normalerweise nicht viel los ist.«

»In ein paar Lokalen der Gegend, zum Beispiel dem Andale und dem Caucus Room, probieren sie das schon«, sagte Jiro nachdenklich.

»Und ein Menüangebot für eine Happy Hour zwischen fünf und sieben wäre auch kein schlechter Gedanke, oder?«

»Weil es dann noch nicht dunkel ist und die Leute keine Angst haben müßten, wenn sie zu uns kommen?«

»Genau. Sie könnten das Ganze ja das ›Vor-dem-Theater-Menü‹ nennen. Das National Shakespeare Theatre ist nicht weit weg.«

»Hört sich gut an. Aber natürlich muß ich das alles mit Marshall besprechen.«

»Eine Frage hätte ich noch, Jiro.«

»Ja?«

»Wo sind Sie geboren?« erkundigte ich mich mit einem unschuldigen Lächeln.

»Warum wollen Sie das wissen?« Plötzlich wirkte er angespannt.

»Ach, aus reiner Neugierde. Der Kochstil ist doch sehr unterschiedlich in den japanischen Regionen.«

»Ich habe in der Gegend von Kanto Kochen gelernt. Wußten Sie das nicht?«

»Aber wurden Sie in Tokio geboren?«

»Außerhalb. Tut mir leid, ich muß mich jetzt um das *yosenabe* kümmern, das wir Ihrer Tante zu verdanken haben.« Mit diesen Worten flüchtete er.

29

Als ich zurück in den Speisebereich gehen wollte, entdeckte ich einen älteren Mann mit kurzem, graumeliertem Haar und einen jungen mit übergroßem T-Shirt und weiter Jeans, Andreas Halbbruder Davon und ihren Vater.

Ich ging näher an die beiden heran, um zu hören, was Robert Norton zu Alberto sagte. Es klang, als hätte er soeben eine Frage gestellt.

»Ja, sie ist da«, antwortete Alberto.

In dem Augenblick mischte ich mich in das Gespräch ein. »Guten Abend. Kann ich Ihnen helfen?«

»Sie waren doch neulich bei uns zu Hause«, sagte Robert Norton und machte ein Gesicht, als hätte er ein Gespenst gesehen.

»Und im Diner«, fügte Davon hinzu.

»Ich bin zum Essen hier«, erklärte ich; da fiel mir ein, daß die beiden mich ja für eine japanische Touristin hielten. »Andlea-san hat meinel Tante und mil sehl hübschen Tisch gegeben. Abel jetzt sind wil feltig. Wollen Sie mit Andlea-san splechen?«

»Ich möchte sie gern fragen, warum sie mir die Cops auf den Hals gehetzt hat«, antwortete Robert Norton. »Es ging um einen Einbruch bei ihr. Sie wissen so gut wie ich, daß ich Ihnen die Unterlagen überlassen habe, die Sie wollten. Sie müßten bei Ihnen im Hotel sein.«

»Gehen wir hinaus, bitte«, sagte ich, als ich die Blicke der Angestellten bemerkte.

Robert, dem das Gehen seines Rückens und seiner Knie wegen Mühe bereitete, geriet auf dem Weg durch die Küche ins Stolpern, und Toro mußte ihm ausweichen. Ich packte Robert am Arm, um ihn zu stützen.

»Wer war denn das?« fragte er, sobald wir vor dem Hintereingang standen, genau an der Stelle, an der Kendall entführt worden war. Auf dem Parkplatz erkannte ich den glänzenden schwarzen Mercedes von Jiro und den silberfarbenen Honda von Lorraine. Ich beäugte den Kofferraum. Würde ich darin Platz haben? Bestimmt.

»Koch, mit dem Sie sprachen, heißt Alberto. Er kommt aus Brasilien«, antwortete ich.

»Nein, ich meine den Spüler.«

»Das weiß ich nicht«, sagte ich, weil ich ihm weiterhin die japanische Touristin vorspielen wollte. »Alles in Ordnung, Norton-san? Sie sind gestolpert.«

»Sie hätten mir nicht helfen müssen. Ich bin kein Krüppel.«

»Entschuldigung«, sagte ich. »Wenn jemand zu stürzen droht, halte ich ihn fest.«

»Selbst wenn der Betreffende Ihrer Meinung nach ein Einbrecher ist?«

Ich spürte, wie ich rot wurde. »Ich habe nie behauptet, daß Sie Einbrecher sind. Aber seit Andreas und meinem Besuch bei Ihnen sind Dinge passiert, die wahrscheinlich nicht geschehen wären, wenn wir die Papiere von Andreas Mutter nicht geholt hätten.«

»Was denn noch außer dem Einbruch?« fragte Robert Norton müde.

Ich betrachtete ihn mit kühlem Blick: »Ich wurde am zwanzigsten April im Kofferraum eines Wagens entführt, konnte aber in der Nähe von Quantico entkommen. Die Täter sind noch nicht gefaßt.«

»Wow, Dad, davon haben wir doch in den Nachrichten gehört«, sagte Davon aufgeregt. »Aber das hätte ich nicht mit Ihnen in Verbindung gebracht.«

»Die Cops wollten wissen, was wir in der Nacht des zwanzigsten gemacht haben«, berichtete Norton. »Ich war mit Lorraine bei einer Chorprobe, und Davon hat Basketball gespielt. Wir haben ihn von dem Match abgeholt und sind dann alle ins Bett gegangen.«

»Warum sind Sie hier?« fragte ich.

»Um Ihnen und Andrea zu sagen, daß Sie sich um Ihre eigenen Angelegenheiten kümmern sollen«, erklärte Davon. »Alles war friedlich, bevor Sie aufgetaucht sind. Jetzt lassen uns die Cops keine Ruhe mehr, und Momma weint die ganze Zeit.«

»Beruhige dich, Davon«, sagte Robert Norton. »Was mit Ihnen passiert ist, tut mir wirklich leid, Miss Shimura.«

»Danke.«

»Sie sprechen ja plötzlich ganz schön gut Englisch«, bemerkte Robert.

Ich hatte tatsächlich einen Moment meinen Akzent vergessen.

»Davon, könntest du mir eine Straßenkarte aus dem Wagen holen?« Robert reichte seinem Sohn den Autoschlüssel.

»Häh?« sagte Davon.

»Hol mir einfach die Karte von Washington und Umgebung. Die ist, glaube ich, im Kofferraum.«

Davon trollte sich ziemlich irritiert.

»Hören Sie«, sagte Robert mit gedämpfter Stimme,

sobald Davon weg war. »Sie und Andrea müssen aufhören mit Ihren Nachforschungen. Meiner verstorbenen Frau haben die vielen Fragen auch geschadet. Sie wollen doch nicht genauso enden wie sie, oder?«

Das klang fast wie eine Drohung. So ruhig wie möglich erwiderte ich, mich auf meinen Akzent besinnend: »Das hölt sich beinahe an, als wülden Sie nicht an Selbstmold glauben.«

Er nickte kaum merklich.

»Was, meinen Sie, ist passiert?«

»Keine Ahnung. Das habe ich schon so oft gesagt ...«

»Ich weiß Bescheid über die beiden Männer, die sie erschreckt haben.«

»Wer hat Ihnen das erzählt?« Er musterte mich eindringlich.

»Wir haben die Briefe gelesen. Sadako hat über die Männer geschrieben, die sie nicht in Ruhe lassen wollten. Wer sind sie? Kameraden von den Marines damals in Sasebo?«

Er schüttelte den Kopf.

»Wie heißen sie?«

»Das kann ich Ihnen nicht sagen.«

»Sie wollen nicht«, korrigierte ich ihn.

»Dieses Wissen würde Sie nur in Gefahr bringen.«

»Warum sind Sie nicht zur Polizei gegangen, wenn Sie glauben, daß sie Ihre Frau getötet haben?« fragte ich hastig, als ich Davon herannahen sah. »Weil Sie insgeheim froh waren, ein Problem loszusein?«

»Nein.« Er begann zu zittern.

»Jetzt verstehe ich.« Mir fiel ein, was die Naganos mir erzählt hatten. »In Virginia waren die Flitterwochen vorbei, und Sadako wurde eine Last für Sie. Außerdem weinte das Baby die ganze Nacht.«

»Lassen Sie das Baby aus dem Spiel.« Robert Norton traten Tränen in die Augen.

»Ich habe die Karte«, sagte Davon, als er wieder bei uns war. »Wo wollen wir jetzt hin?«

»Nur weg hier«, antwortete Robert mit leiser Stimme.

»Möchten Sie denn nicht Andrea sprechen?« fragte ich.

»Ich hab's mir anders überlegt«, antwortete er.

»Warten Sie. Ich gehe hinein und frage, ob sie sich nach der Arbeit mit Ihnen treffen möchte. Das wird sicher nach Mittelnacht, aber vielleicht könnten Sie zusammen eine Tasse Kaffee trinken …«

»Das glaube ich nicht.«

»Bitte, ich frage.« Andrea würde es mir nie verzeihen, wenn ich ihn einfach ziehen ließ.

Ich hastete hinein, durch die Küche und in den Speisebereich. Von der Bar aus winkte mir Norie zu, die ich wieder einmal völlig vergessen hatte. Was war ich nur für eine Nichte? Ich signalisierte ihr, daß sie sich noch einen Moment gedulden müsse, und eilte zu Andrea.

»Ich habe mich gerade mit Ihrer Tante unterhalten. Sie will für mich nach Kyūshū fahren. Was ist denn mit Ihnen? Sie sehen aus, als hätten Sie was Schlechtes gegessen.«

»Ihr Vater und Davon sind hier«, antwortete ich.

»Die habe ich gar nicht hereinkommen sehen«, sagte sie verblüfft.

»Sie stehen vor dem Hintereingang«, erklärte ich hastig, weil ich sah, daß neue Gäste eingetroffen waren, denen Andrea einen Tisch zuweisen mußte. »Ich habe mich ein wenig mit ihnen unterhalten, und vielleicht sollten Sie das auch tun.«

»O je.«

»Ihr Vater ist ziemlich aus der Fassung, weil wir die Geschichte mit Ihrer Mutter wieder aufgewirbelt haben. Trotzdem wäre es vernünftig, mit ihm zu reden. Vorausgesetzt Sie haben keine Bedenken wegen Ihrer Sicherheit.«

»Natürlich nicht«, sagte Andrea. »Aber das Timing ist denkbar ungünstig. Ich bin mitten in der Schicht. Vor Mitternacht kann ich mich wahrscheinlich nicht hier loseisen.«

Am Eingang wartete verloren ein junges, mit Lacoste-Polo-Shirt und Shorts bekleidetes Pärchen.

»Ich muß mich um die Gäste kümmern. Sagen Sie meinem Vater und Davon doch bitte, daß sie so gegen Mitternacht im Plum Ink sein sollen.« Dann wandte Andrea sich den Neuankömmlingen zu.

Diesmal ging ich nicht durch die Küche nach draußen, sondern verließ das Lokal durch den Haupteingang. Als ich den Parkplatz hinter dem Haus erreichte, war der Honda verschwunden.

Alberto rief mir von der Küche aus etwas zu.

»Was ist?« fragte ich nach, als ich wieder drinnen war.

»Sie sehen blaß aus, Rei. Das liegt doch nicht an dem Thunfisch, oder?« Alberto wendete die Hühnerbrust in seiner Pfanne, aus der zischend Dampf aufstieg.

»Nein, um Himmels willen«, antwortete ich.

»Was haben Sie denn da draußen gemacht?«

»Geredet«, sagte ich, ein wenig irritiert über seine Neugierde.

»Sie sollten nicht mit Fremden da rausgehen. Sie wissen doch, daß Ihre Cousine dort entführt wurde.«

»Jaja, ich mach's nicht wieder.«

»Der ältere von den beiden ist Andreas Vater, stimmt's?«

»Hat er Ihnen das gesagt?« fragte ich.

»Nein, aber ich finde, sie sind sich ähnlich. Der Junge dagegen sieht anders aus.«

»Er hat eine andere Mutter als Andrea«, erklärte ich. Lorraine. Konnte es sein, daß sie etwas mit dem Einbruch bei Andrea zu tun hatte?

»Wo sind die beiden denn hin?« bohrte Alberto nach.

»Keine Ahnung. Andrea wollte sich nach der Arbeit mit ihnen unterhalten, aber sie konnten nicht warten. Würden Sie ihr das bitte von mir ausrichten?«

Alberto nickte. »Schade, daß es nicht geklappt hat.«

»Nun, ich kann Andrea verstehen«, sagte ich. »Es ist ihr erster Abend am alten Platz. Da darf sie sich keine Fehler erlauben.«

Anders als ich, die ich von einem Fehler zum nächsten stolperte. Während der Heimfahrt versuchte ich mir einzureden, daß sich am nächsten Tag alles klären würde. Andrea würde ihren Vater anrufen und Tante Norie sich in Japan auf die Suche nach Sadakos Verwandten machen. Währenddessen würde ich mich bemühen, meiner Cousine bei der Lösung ihrer familiären Probleme zu helfen, und mich mit Win unterhalten.

30

Nachdem ich meine Tante am folgenden Morgen zum Flughafen gebracht hatte, machte ich mich auf den Weg hinaus nach Potomac. Durch ein Telefonat mit Kendall wußte ich, daß nur Win zu Hause sein würde.

Kendall war ziemlich übler Laune gewesen, weil sie am Morgen in Senator Snowdens Büro angerufen und Martina ihr gesagt hatte, daß bei dem Spendendinner ein Platz an Snowdens Tisch für sie keineswegs sicher sei. Daraufhin hatte Kendall sofort die Handynummer des Senators gewählt, aber nur die Mailbox erreicht. Sie nahm an, er meide sie, weil einige der von ihr organisierten Gelder nun doch nicht hereinkommen würden.

Ich versuchte Kendall zu beruhigen und fragte sie nach ihren Plänen für den Tag. Sie erklärte, sie wolle sich wegen einer Teilzeitbeschäftigung als Spendensammlerin mit einem ehemaligen Chef unterhalten. Ich wünschte ihr Glück und legte auf. Die Rush-hour war mittlerweile vorbei, und so gelangte ich einigermaßen streßfrei hinaus nach Potomac. Hughs Wagen, der immer ein bißchen nach Leder roch, würde mir fehlen, dachte ich.

Als ich die River Road erreichte, begann ich mich mental auf den Besuch bei Win vorzubereiten. Ich hatte mir keine Ausrede zurechtgelegt und kam allein aufgrund von Vermutungen, die Win sicher zurückweisen würde. Der Hauptweg in der Treetops-Siedlung war mit blühenden Hartriegelsträuchern und Azaleen gesäumt. Hübsch, wenn auch ein bißchen spießig, dachte ich – genau wie die Häuser, deren Türkränze den jeweiligen Jahreszeiten angepaßt wurden.

In der offenen Garage entdeckte ich Wins BMW. Als ich gerade aussteigen wollte, kam Win mit gelbem Poloshirt und khakifarbener Hose aus dem Haus, fuhr sich durch die kurzen blonden Haare und blinzelte in Richtung Straße. Er schien mich anzusehen, doch offenbar hatte er eine einzelne Narzisse entdeckt, die außerhalb des für sie bestimmten Beetes wuchs. Energisch riß Win sie aus und warf sie in die Mülltonne vor der Garage.

Dann ging er zum Wagen und öffnete die Tür, aber bevor er einsteigen konnte, rannte Win Junior aus dem Haus auf ihn zu.

»Papa, Papa, Win mitkommen«, rief er.

»Nein, du bleibst mit Lisa hier. Bei Papa wird's heute spät.«

»Win mag Lisa nicht. Win mag Papas Auto.«

»Ich hab keinen Kindersitz, also kann ich dich nicht mitnehmen. Außerdem wäre das stinklangweilig für dich.«

»Papa wohin?« wollte Win wissen.

»Ein paar Einkäufe erledigen. Wie gesagt: langweilig.«

Ich atmete auf. Wenn Win zu Whole Foods oder Home Depot fuhr, war es ein leichtes für mich, ihn in ein Gespräch zu verwickeln.

Win Juniors Gequengel hörte erst auf, als das Aupair-Mädchen herauskam und ihn hochnahm.

»Passen Sie nächstes Mal besser auf ihn auf«, sagte Win streng. »Es kann immer sein, daß sich finstere Typen hier herumtreiben.«

Lisa murmelte mit gesenktem Kopf eine Entschuldigung. Nun konnte ich immerhin meine Sorge abhaken, daß die beiden eine Affäre hatten.

Dann stieg Win in den Wagen und fuhr weg. Sobald er einen Block entfernt war, begann ich ihm zu folgen.

Win näherte sich nicht über den Beltway, sondern über die Massachusetts Avenue der Innenstadt und kam dabei am Dupont Circle vorbei, wo es schwieriger wurde, unbemerkt zu bleiben. Danach fuhr er weiter zum Scott Circle und auf der Rhode Island Avenue in Richtung Norden. Unterwegs hielt er in keinem der beliebten Einkaufsviertel. Allmählich wurde mir klar, daß er nicht vorhatte, irgend etwas für den Haushalt zu erwerben.

Am Logan Circle fuhr Win einmal im Kreis. War ihm aufgefallen, daß er verfolgt wurde? Da ich ihn weder verlieren noch bemerkt werden wollte, bog ich in die Vermont Avenue und anschließend gleich in die R Street ab, wo ich ganz in der Nähe des Hauses herauskam, vor dem ich die Drogensüchtige gesehen hatte. Wenig später traf auch Win dort ein und parkte den Wagen drei Blocks weiter vor einem hübschen zweistöckigen Gebäude aus dem neunzehnten Jahrhundert mit einem Garten voller Tulpen und Narzissen, leuchtend grün lackierten Fensterläden und Türen und einem Maklerschild davor. Ich beobachtete ihn aus einiger Entfernung.

Nachdem Win das Haus betreten hatte, stieg ich aus dem Auto, marschierte hinüber und klopfte. Es dauerte eine ganze Weile, bis Win öffnete und mich erstaunt ansah.

»Hallo, Win.«

»Hallo, Rei«, sagte er, als er sich gefangen hatte. »Dich hätte ich hier nicht erwartet. Hast du Interesse an dem Haus?«

»So würde ich das nicht ausdrücken.«

»Wieso brauchst du denn so lange, Schatz?« fragte eine schlanke Blondine in knappem Top und Shorts, die gerade den karg eingerichteten Wohnraum betrat. In der Hand hatte sie einen kleinen Gegenstand aus Glas, den sie sofort versteckte, als sie mich bemerkte. Soweit ich das beurteilen konnte, handelte es sich um eine Crack-Pfeife.

Nun wurde ich nervös. Ich hatte damit gerechnet, mit Win allein zu sein; die Frau machte alles komplizierter.

»Wer ist denn das?« erkundigte sich die Blondine, trat von hinten an Win heran und legte einen Arm um seine Taille. Als er sich ihr entwand, verzog sie das Gesicht ein wenig säuerlich.

»Die Cousine meiner Frau«, antwortete Win. »Rei, jetzt ist nicht der beste Zeitpunkt zum Reden. Ich wollte mit einem Kollegen die Verkaufsunterlagen für das Haus durchgehen.«

»Was für ein Kollege?« fragte die Blondine verwirrt.

»Es liegt in deinem Interesse, dich mit mir zu unterhalten. Wenn du es nicht tust, rufe ich Kendall an. Ich glaube nicht, daß sie von dieser kleinen Liebeslaube weiß.« Dabei zog ich das Handy heraus.

»Shelly, würdest du mich einen Augenblick entschuldigen?« sagte Win zu der Frau und fügte an mich gewandt hinzu: »Ich gehe nur schnell in die Küche, den anderen Schlüsselbund holen …«

Obwohl ich argwöhnte, daß er sich aus dem Staub machen würde, kehrte er kurz darauf zurück. In seiner linken Hosentasche befand sich nun etwas, dessen Umrisse mir weniger nach Schlüsseln als nach einem Röhrchen aussahen.

»Bis später, Shelly«, sagte Win und ging zur Tür.

»Tschüs, Schätzchen«, antwortete sie.

Draußen schlug ich vor, meinen Wagen zu nehmen.

»Wie bitte?« fragte Win entrüstet. »Ich hab meinen eigenen.«

»Ja, aber ich möchte nicht, daß du fährst. Du hast dieses Zeug in der Tasche ...«

»Wovon redest du?«

»Ich weiß Bescheid über das Crack.« Ich öffnete Hughs Lexus per Fernbedienung.

»Halt mir ja keine Gardinenpredigten«, sagte Win. »Die muß ich mir zu Hause oft genug anhören.«

»Ach, dann ist Kendall also in dein Laster eingeweiht?«

Win funkelte mich wütend an. »Nein. Und wenn du ihr was von Shelly oder dem Haus erzählst, sorge ich dafür, daß du Kendall nie wieder siehst.«

Ich erwiderte seinen Blick. »Eigentlich versuche ich gerade, dir eine Chance zu geben, Win. Steig ein, und wir fahren irgendwohin, wo wir uns vernünftig unterhalten können.«

Win setzte sich auf den Beifahrersitz. Nach einer Weile parkte ich den Wagen und sagte: »Nun erzähl mir, wie alles begann.«

»Das ist keine gute Gegend«, wandte Win ein. »Hier sind ständig Cops unterwegs.«

»Du hast Angst, daß sie uns für Junkies halten?«

»Ja.« Win bedachte mich mit einem kühlen Blick. »Und wie du weißt, habe ich tatsächlich Stoff in der Tasche.«

Ich startete den Wagen wieder und lenkte ihn in Richtung Adams-Morgan, in die Gegend des Urban Grounds, weil ich wußte, daß da ein Müllcontainer stand. Dort hielt ich an und sagte zu Win: »Wirf das Zeug rein.«

»Was?«

»Das Glasröhrchen. Ich will sowas nicht im Wagen haben.«

»Später«, wand sich Win. »Du möchtest doch nicht, daß die Leute mich dabei sehen, oder?«

»Ich will das Zeug nicht im Wagen!«

»Ist mir egal. Ich brauche es«, sagte Win mit tonloser Stimme.

Ich schaltete den Motor aus und sah Win an. Zu meiner Überraschung war er den Tränen nahe.

»Wie lange rauchst du schon Crack?« fragte ich ein wenig sanfter.

»Vor der Geburt der Zwillinge hab' ich's zum erstenmal probiert, danach wurde es zur Sucht. Es hilft mir, mit der Situation fertig zu werden. Jetzt ist es nicht mehr ganz so schlimm wie früher. Inzwischen brauche ich es nur noch ein- oder zweimal die Woche.«

»Und diese Shelly besorgt das Zeug für dich?« fragte ich.

»Ja. Sie bedeutet mir übrigens nichts und ist keine Gefahr für Kendall.«

»Trotzdem schläfst du mit ihr«, sagte ich, und er wurde rot.

»Ich muß sehen, daß alles einigermaßen läuft. Weißt du, ich hatte in letzter Zeit Probleme mit ... dem Geld. Shelly hilft mir aus.«

»Die Typen, denen du Geld schuldest, sind also gefährlich?«

Win nickte. »Die halten sich nicht an Regeln. Das ist anders als früher bei meinem Vater und dem Bankdirektor in Lynchburg. Das waren Absprachen unter Ehrenmännern.«

»Sie sind verantwortlich für Kendalls Entführung, stimmt's?«

Wins Blick war Antwort genug.

»Mein Gott! Und was wollten sie deiner Ansicht nach mit ihr anstellen?«

»Es war eine Warnung«, sagte Win mit leiser Stimme. »Am Tag danach habe ich meine Schulden beglichen.«

»Mit Kendalls Geld«, fügte ich hinzu. »Sie hat mir erzählt, daß du für eine Spende an Harp Snowden einen gewissen Betrag aus dem Treuhandvermögen entnehmen wolltest. Außerdem war die Rede von einem Darlehen an Freunde, damit sie Karten für das Dinner erwerben können. Das Geld stammt auch von dort, stimmt's?«

»Ich wollte das nicht, aber es gab keine andere Möglichkeit.«

»Und Harp Snowden hat keinen der Schecks gesehen, oder?«

Win hob die Hände. »Nein. Mit den achttausend mußte ich die Schulden begleichen. Aber findest du nicht auch, daß die Sicherheit meiner Frau und Kinder wichtiger ist?«

»Trotzdem hörten die Entführungen nicht auf. Ein

paar Wochen später traf es mich. Wie weit werden deine Dealer-Freunde gehen? Wen schnappen sie sich als nächstes? Unsere Oma Howard in Baltimore? Oder deine Eltern in Lynchburg?«

»Mit deiner Entführung hatten sie nichts zu tun!« widersprach Win.

»So? Die Methode war genau die gleiche.«

»Über Kendalls Entführung wurde doch in allen Fernsehsendern berichtet. Das inspiriert Trittbrettfahrer. Ich weiß, daß es nicht die Dealer waren, denn die habe ich gefragt. Glaub mir, wenn sie es gewesen wären, hätten sie mich über ihre Absichten informiert.«

Das klang plausibel.

»Rei, es tut mir leid«, sagte Win. »Ich habe meine Schulden bezahlt, und ich wünschte, ich könnte von dem Zeug loskommen.«

»Wie wär's mit einem Entzug?«

»Soweit ich weiß, ist es sehr schwierig, einen Platz in einer staatlichen Klinik zu ergattern. Und ich unter den ganzen Junkies? Was würden denn die Leute denken?«

»Daß Winthrop Johnson sich endlich der Realität stellt«, antwortete ich. »Du mußt Kendall einweihen. Sie ist die einzige, die dir in dieser Situation helfen kann. Ich bin sicher, sie würde ihr Treuhandvermögen für eine Privattherapie anzapfen. Dann bräuchtest du dir keine Gedanken über schlechte Gesellschaft zu machen.«

»Kendall würde mich verlassen, wenn sie davon wüßte«, murmelte Win.

»Vielleicht nicht, wenn du offen bist und sie um Hilfe bittest.«

»Beziehungen zerbrechen an viel weniger schlimmen Dingen als Drogen«, sagte Win. »Schau dir bloß mal die Sache mit dir und Hugh an.«

»Was meinst du?«

»Du hattest eine Fehlgeburt, und jetzt wollt ihr nicht mehr zusammensein …«

»Woher weißt du das?« fragte ich entsetzt.

»Kendall hat es mir erzählt, und sie weiß es von Hugh. Keine Ahnung, warum du so ein Geheimnis draus machst. Schön, ihr seid nicht verheiratet, aber ihr lebt auch nicht im mittelalterlichen Japan.«

»Misch dich bitte nicht in meine Angelegenheiten ein, deine sind kompliziert genug. Du wirst Kendall beichten müssen, was du mit dem Geld gemacht hast und warum sie entführt wurde.«

»Gib mir vierundzwanzig Stunden Zeit, ja?«

»Woher soll ich wissen, daß du es ihr tatsächlich sagst?« fragte ich skeptisch.

»Paß mal auf.« Win stieg aus, nahm das Glasröhrchen aus der Hosentasche und schleuderte es gegen den Müllcontainer, so daß es in tausend Scherben zerbarst. Dann schlang er die Arme um den Körper und begann hemmungslos zu weinen.

»Win, ich … Komm, ich fahre dich zurück zu deinem Wagen.«

Er schüttelte den Kopf. »Laß ruhig. Ich finde den Weg schon.«

31

Während ich in einer Parklandschaft am Rock Creek entlangfuhr, der irgendwann in den Potomac mündete, den Fluß, an dem Sadako verschwunden war, dachte ich über Wins Show mit dem Glasröhrchen nach. So schnell würde die Sache mit dem Entzug bestimmt nicht klappen.

Ich folgte dem Parkway, der am Watergate-Komplex und dem Kennedy Center for the Performing Arts vorbeiführte, und stellte den Wagen etwas südlich der Theodore Roosevelt Memorial Bridge ab, von der aus ich hinüber nach Virginia blickte. Vor fast dreißig Jahren hatte Sadako Tsuchiya Norton ihre Kleidung am Ufer des Flusses zurückgelassen und war ins Wasser gegangen – vielleicht, um nach Washington zu schwimmen. Falls ja, wäre sie etwa in der Gegend angekommen, in der ich mich jetzt befand.

Aber wieso hatte sie sich für diesen stillen Abschnitt des Potomac entschieden, wenn sich ein oder zwei Autostunden weiter südlich die wesentlich tiefere Chesapeake Bay befand?

Nun, Sadako besaß keinen Führerschein und hätte den Bus oder ein Taxi nehmen müssen, und damals wäre eine gutaussehende junge Asiatin sicher aufgefallen.

Dann war da noch Lorraine. Sie kannte Robert Norton seit der High-School, wünschte ihn sich ungebunden und war eine durchtrainierte Frau, das wußte ich von den Hochzeitsfotos. Ihr hätte es bestimmt keine Mühe bereitet, die leichtere Sadako wegzuschleppen. Vielleicht hatte Lorraine ihre Leiche irgendwo, nicht notwendigerweise im Wasser, verschwinden lassen.

Möglicherweise steckte Lorraine sogar mit meinen Entführern unter einer Decke. Ein Mann hatte mich in den Wagen gestoßen, aber es war ja auch noch jemand am Steuer gewesen.

Ich glaubte Win, der sagte, seine Gläubiger hätten nichts mit meiner Entführung zu tun gehabt. Meiner Ansicht nach bestand eher ein Zusammenhang mit den Rivalitäten zwischen dem Bento und anderen Restaurants, oder aber die Nortons waren darin verstrickt. Unter Umständen handelte es sich tatsächlich um Trittbrettfahrer, die sich am Vorgehen von Kendalls Entführern orientiert hatten.

Eine Weile starrte ich ins Wasser und ließ meine Gedanken schweifen. Dann stieg ich wieder in Hughs Lexus und fuhr zurück in Richtung Mall. Ich wußte zwar nicht, ob dort die Antwort auf meine Fragen lag, aber einen Versuch war es wert.

Senator Harp Snowdens Büro befand sich im Hart Senate Office Building, das hatte Kendall einmal erwähnt. Da ich davor keinen Platz für den Wagen finden würde, stellte ich ihn in der Union Station Parkgarage ab, von wo aus ich die wenigen Blocks zu dem imposanten modernen Gebäude zu Fuß ging. Nachdem ich den Metalldetektor passiert hatte, erfuhr ich am Empfang, daß Snowdens Büro sich im zweiten Stock befand. Ich drängte mich an den anderen Wartenden vorbei und schlüpfte in den einzigen fast leeren Aufzug.

»Der ist nur für Senatoren«, hörte ich jemanden sagen. Doch da schloß die Tür sich bereits, und ich war allein mit einem grauhaarigen Mann in blauschwarzem Nadelstreifenanzug.

»In welches Stockwerk wollen Sie denn?« erkundigte er sich.

»Ins zweite«, antwortete ich. Wer war das wohl? »Tut mir leid, daß ich den falschen Aufzug genommen habe, aber ich bin zum erstenmal in diesem Gebäude.«

Der Mann nickte wortlos. Im zweiten Stock verließ ich den Lift und machte mich auf den Weg zu Suite 321. Die großzügige, luftige Atmosphäre des Foyers fehlte völlig im Vorzimmer des Büros, das mit hübschen Redwoodmöbeln ausgestattet, aber zu grell beleuchtet war und zu niedrige Decken hatte. Bei den Sesseln für die Wartenden lief ein Fernseher, und hinter dem Empfang saß eine junge Afroamerikanerin mit straff geflochtenen Haaren und konservativem blauem Kostüm. Mir fiel ein, was Kendall über republikanischen Kleidungsstil gesagt hatte.

»Ja?« begrüßte mich die junge Schwarze.

»Hallo, Carla«, sagte ich nach einem Blick auf das Namensschild auf ihrem Schreibtisch. »Ich bin Rei Shimura, eine ... Bekannte ... des Senators.«

Das hörte sie offenbar nicht zum erstenmal. »Sie haben keinen Termin.«

»Nun, es geht um ein gerade erst entstandenes Problem. Ist er beschäftigt?«

»Er hat immer zu tun. Besucher vereinbaren üblicherweise ein paar Tage im voraus einen Termin mit ihm. Welche Lobbyistengruppe vertreten Sie?«

»Ich bin keine Lobbyistin«, sagte ich, »sondern eine

kalifornische Wählerin. Glauben Sie mir ruhig: Er kennt mich.«

»Sie können gern auf seinen persönlichen Berater warten.« Carla beugte sich über ihre Arbeit, die im Öffnen und Lesen von Briefen zu bestehen schien, welche sie dann unterschiedlichen Stapeln zuordnete. Ich wandte meine Aufmerksamkeit dem Fernseher zu, wo ein Werbespot für Snowden mit Musik von Coldplay lief.

»Ist er bereits zum demokratischen Kandidaten gewählt worden?« fragte ich Carla.

»Nein«, antwortete sie. »Das ist ein Probespot, wie er auf MTV laufen könnte, wenn die Zielgruppe ihn gut findet. Mir gefällt die Musik, und Ihnen? Hoffentlich geben Coldplay die Zustimmung zur Nutzung.«

»Ja«, sagte ich. »Heißt das, es gibt noch andere Spots?«

»Die werden Sie gleich sehen; sie befinden sich alle auf einem fünfzehnminütigen Endlostape.«

Da begann auch schon der nächste Spot für ein deutlich konservativeres Publikum als der erste. Snowden wurde als Zwanzigjähriger in Uniform, später mit Frau und Kindern und schließlich mit älteren Bürgern in einem pittoresken Ort der Neuenglandstaaten gezeigt. In dem Augenblick kamen Snowden und Martina aus dem Büro.

Ich sprang auf. »Senator Snowden! Erinnern Sie sich noch an mich? Ich bin Kendall Johnsons Cousine ...«

»Natürlich. Guten Tag, Rei Shimura.« Der Senator strahlte mich an. »Wollen Sie mir Ihre ehrenamtliche Hilfe anbieten? Die wird von einem eigenen Büro aus organisiert ...«

»So etwas Ähnliches«, sagte ich. »Könnte ich kurz mit Ihnen sprechen?«

»Rei, ich gebe Ihnen gern den Namen der Person, die sich um solche Dinge kümmert«, mischte sich Martina ein. »Der Senator hat viel zu tun.«

»Nun, es handelt sich um eine heikle Angelegenheit ...«

»Martina, erledigen Sie doch bitte die Anrufe, über die wir gerade geredet habe, während ich mich ein paar Minuten mit Rei in mein Büro zurückziehe.«

»Aber bitte nicht länger als fünf Minuten«, sagte Martina. »Sie haben heute nachmittag ein sehr volles Programm.«

Wenig später befand ich mich im Allerheiligsten, einem großen Raum mit einem Werbeplakat für ein Sonoma-County-Weinfest, das zwanzig Jahre her war, neben einer Sammlung von Fotos, auf denen Snowden berühmten Politikern wie Nelson Mandela oder Bill Clinton die Hand schüttelte. Der Senator setzte sich hinter den alten Mahagonischreibtisch und bedeutete mir, auf der anderen Seite Platz zu nehmen.

»Wie geht es Ihnen? Haben Sie sich wieder erholt?« leitete Snowden das Gespräch ein. »Das konnte ich Sie neulich abend nicht fragen.«

»Danke, alles in Ordnung. Sie wissen über meine Entführung Bescheid?«

»Es stand ja in allen Zeitungen. Ein merkwürdiger Zufall, finden Sie nicht auch? Zuerst das Gespräch mit mir und dann die Entführung, genau wie bei Ihrer Cousine.«

»Auf den Gedanken bin ich noch gar nicht gekommen.«

»Das tröstet mich.« Er schwieg kurz. »Kendall hat

sich mir gegenüber besorgt geäußert, daß der Vorfall in der Presse negativ aussehen könnte ...«

»Das ist mir egal. Mir geht es um Kendall. Sie hat das Gefühl, daß Sie ihr plötzlich die kalte Schulter zeigen.«

»Wirklich? Ich wüßte nicht, warum. Martina sorgt lediglich dafür, daß keine Gerüchte über meinen Umgang mit jungen Frauen entstehen. Nach den Erfahrungen anderer Politiker in den letzten Jahren muß man vorsichtig sein.«

»Sie sagt, Sie reagieren nicht auf ihre Anrufe.«

Harp Snowden seufzte. »Ja, stimmt. In letzter Zeit hatte ich ziemlich viel um die Ohren, da passiert es schon mal, daß ich Freunde und Bekannte nicht zurückrufe.«

»Sie haben vielleicht gemerkt, daß durch Kendall nicht so viele Spenden hereinkommen wie versprochen. Bei manchen der von ihr Avisierten könnte es eventuell juristische Probleme geben. Ich wollte Sie warnen ...«

»Sie müssen das nicht erklären.« Snowden hob einen Finger an die Lippen. »Aber danke für den Hinweis. Sollen wir Ihre Cousine noch weiter entlasten?«

»So war das nicht gemeint! Bitte sorgen Sie dafür, daß Kendall nicht auf der Strecke bleibt. Sie hat im Moment Probleme und braucht Geld. An guten Ideen mangelt es ihr nicht. Ich habe gerade im Vorzimmer die Probespots gesehen. In die sind ihre Musikvorschläge für jüngere Wähler integriert.«

»Tja, die neue Musik. Mit der kenne ich mich nicht aus. Und meine Leute haben keine Ahnung, von wem ›L.A. Woman‹ ist.«

»Von den Doors«, sagte ich. »Der Song stammt aus den späten sechziger oder frühen siebziger Jahren, stimmt's?«

»Aus dem Jahr, in dem ich nach Vietnam mußte, 1971.«

»Apropos Vietnam. Habe ich noch eine Minute?«

Snowden sah auf die Uhr. »Sogar drei. Schießen Sie los.«

»Ich würde gern erfahren, was in Vietnam passiert, wie es genau zu Ihrer Verletzung gekommen ist.«

»Nun, damals nannte man das ›*fragging*‹.«

»Was ist das?«

»Der Ausdruck bezieht sich auf eine spezifische Art von Handgranate, die verärgerte Soldaten gegen ihre eigenen Offiziere einsetzten.«

Ich sah ihn mit großen Augen an. »Wer sollte so etwas tun? Und warum?«

»Ach, es gab viele Leute, die mir den Tod wünschten.« Er lächelte wehmütig. »Ich hatte ein paar Soldaten hart bestraft, die einen Monat zuvor mit Heroin erwischt worden waren. Sie fanden, im Vergleich zu ihnen sei ich einem Soldaten gegenüber, der sich unerlaubt von der Truppe entfernt hatte, zu nachsichtig gewesen. Außerdem war inzwischen bekannt, daß ich meine Waffe nur ungern benutzte. Aber um Ihre erste Frage zu beantworten: Ich habe den Schuldigen nicht gesehen. Es passierte in der Nacht; letztlich hörte ich nur, wie die Granate entsichert wurde. Ich wußte, daß ich bis zur Detonation vier oder fünf Sekunden Zeit hatte, und gab Fersengeld, statt im Dunkeln nach dem Kerl zu spähen.«

»Das kann ich verstehen. Gott sei Dank haben Sie nur den Fuß verloren.« Ich merkte, wie unsensibel das klang. »›Nur‹ ist natürlich relativ. Ich meine, nach meinen eigenen Erfahrungen weiß ich, wie schön es ist, am Leben zu sein.«

Snowden nickte. »Mir geht's genauso. Weil ich den Fuß verloren hatte, wurde ich nach Hause geschickt. Das hat mir wahrscheinlich das Leben gerettet.«

Da klopfte es an der Tür. »Eine letzte Frage«, sagte ich hastig. »Ich würde gern wissen, ob einem ehemaligen Marine etwas Ähnliches passiert ist. Wie kann ich das herausfinden, wenn er es mir nicht selbst verraten will?«

»Übers Marine Corps Historical Center im Washington Navy Yard. Da gibt es Aufzeichnungen über Vietnam. Die Akten sind inzwischen so alt, daß sie nicht mehr der Geheimhaltung unterliegen.«

»Danke«, sagte ich in dem Moment, als Martina den Kopf hereinstreckte. »Sie haben mir wirklich sehr geholfen.«

»Danke gleichfalls, besonders für die Information über Ihre Cousine.«

»Was ist mit ihrer Cousine? Habe ich was verpaßt?« erkundigte sich Martina.

»Überprüfen Sie doch bitte, ob wir Kendall nicht irgendwie fest beschäftigen können. Und setzen Sie sie bei dem Dinner an meinen Tisch. Übrigens«, fügte er an mich gewandt hinzu: »Kommen Sie und Ihr Verlobter auch?«

»Wir sind nicht mehr verlobt. Ich würde gern kommen, aber leider steht mir kein Treuhandvermögen zur Verfügung wie Kendall. Ich wünsche Ihnen viel Glück mit der Veranstaltung.«

Er lächelte. »Danke. Schade, daß das mit dem Schotten nichts geworden ist. Ich mag ihn.«

32

Auf dem Weg zurück in Richtung Union Station rief ich beim Marine Corps Historical Center im Navy Yard an und erfuhr, daß es in einer Stunde schließen würde, ich aber einen Termin für den folgenden Tag vereinbaren könne. Während der Heimfahrt wählte ich, obwohl ich Leute, die am Steuer telefonierten, früher immer ziemlich doof gefunden hatte, Andreas Nummer.

Andrea ging beim dritten Klingeln ran und sagte mir, sie habe nicht viel Zeit, weil sie zur Spätschicht ins Bento müsse.

»Es dauert nicht lange«, versprach ich. »Haben Sie Ihren Vater schon angerufen?«

»Nein, noch nicht. Ich war wütend, weil er gestern abend nicht auf mich warten wollte, und hatte keine Lust auf ein Telefonat mit ihm.«

»Nun, ich würde Sie gern um ein paar Informationen über die Militärzeit Ihres Vaters bitten, bevor ich morgen ins Marine Corps Historical Center gehe. Es sei denn natürlich, Sie wollen selbst hin – ich möchte mich nicht aufdrängen.«

»Nein, nein, es wäre toll, wenn Sie das für mich erledigen. Aber leider habe ich die Militärunterlagen nicht mehr.«

»Was ist damit passiert? Ich dachte, die hätten Sie an einem anderen Ort aufbewahrt als die Sachen von Ihrer Mutter.«

»Sie waren in meinem Rucksack, aber wie Sie wissen, hat jemand meinen Spind im Lokal durchsucht.

Die Unterlagen sind zusammen mit meiner Brieftasche verschwunden. Ich habe gestern nichts davon erwähnt, weil es mir mehr Kopfzerbrechen machte, daß ich kein Geld hatte.«

»Verstehe«, sagte ich. »Schade. Daraus hätte man sicher die Bezeichnung seiner Einheit erfahren.«

»Die war ziemlich lang, daran erinnere ich mich noch«, erklärte Andrea. »Da stand etwas von ›Division‹, ›Bataillon‹ und ›Kompanie‹. Der Buchstabe C ist mir im Gedächtnis geblieben.«

Ich war enttäuscht, daß sie nicht mehr behalten hatte. »Kennen Sie seine Personenkennziffer?«

»Leider nein. Aber er war von '68 bis '70 in Vietnam, da bin ich mir sicher. Zu dieser Zeit wurden noch keine Social-Security-Nummern verwendet, die hätte ich erkannt.«

Also würde ich mich mit einem Namen, ein paar Daten und dem Buchstaben C auf den Weg zum Marine Corps Historical Center machen müssen. – Nicht viel, aber ein Anfang.

Es war seltsam, die Nacht allein in der Wohnung zu verbringen. Zum Abendessen hatte ich mir eine vegetarische Empanada von Julia's in der Eighteenth Street geholt. Dazu trank ich ein Glas Wein, das meine Laune nicht wesentlich verbesserte. Ich fühlte mich fremd in Hughs Apartment und beschloß, es in den Zustand vor Nories Besuch zurückzuversetzen. Nachdem ich ihr Bettzeug und die Handtücher gewaschen und das Gästezimmer aufgeräumt hatte, nahm ich mir das Bad vor. Alle meine Kosmetikartikel wanderten in einen alten Weinkarton.

Da klingelte das Telefon, und als ich ranging, hörte ich Hughs Stimme.

»Du bist daheim?« fragte er erstaunt.

»Dachtest du, ich hätte die Wohnung bereits verlassen?«

»Nein. Aber du bist doch sonst jeden Abend unterwegs. Ich bin übrigens noch in Boston und wollte eigentlich mit deiner Tante sprechen, sie fragen, was sie vorhat.«

»Sie ist heute morgen nach Japan zurückgeflogen.«

»Schon? Wieso denn diese Eile?«

»Sie wollte nach Hause.« Ich spielte mit dem Gedanken, ihm von ihrem geplanten Besuch bei Sadakos Verwandten zu erzählen, entschied mich aber dagegen.

»Tja, dann ist ja alles wieder beim alten«, sagte er. »Was machst du heute abend?«

»Ich will deine Wohnung in ihren ursprünglichen ordentlichen, maskulinen Zustand zurückversetzen. Im Moment ist das Bad dran.«

»Deine Sachen stören mich nicht«, sagte Hugh. »Ich liebe es, morgens beim Rasieren als erstes deinen BH an meinem Spiegel hängen zu sehen.«

»Hugh, ich werde ausziehen. Du weißt sicher noch, daß du die Verlobung gelöst hast, oder?«

»Der Ring ist in meinem Taschentuchkästchen. Jedesmal wenn ich eins herausnehme, erinnert er mich daran.«

»Spar dir deinen Sarkasmus«, sagte ich. »Ich hab' schon kapiert, daß du dich ohne mich wohler fühlst. Außerdem habe ich dich in der letzten Woche sowieso kaum gesehen.«

»Im Büro ist die Hölle los«, erklärte Hugh. »Nicht zuletzt deswegen, weil ich eine Woche Urlaub hatte, um mich um eine Frau zu kümmern, die in der ganzen Zeit kaum zwei Dutzend Wörter mit mir gesprochen hat. Jetzt, wo deine Tante weg ist und wir keine Rücksicht mehr auf sie nehmen müssen, könnten wir doch versuchen, die Sachlage zu diskutieren.«

»Das klingt ganz schön geschäftsmäßig«, sagte ich. »Und mit welchen Worten hast du Kendall von unserem Baby erzählt?«

»Ich wußte nicht, daß dich das aus der Fassung bringen würde«, sagte Hugh. »Es tut mir leid. Ich habe es ihr erzählt, weil sie zur Familie gehört.«

»Aber nicht zu deiner«, widersprach ich. »Da wir ja nicht heiraten.«

»Es heißt«, meinte Hugh, »daß Kinder Beziehungen kaputt machen können. Ob man sie großzieht oder verliert: Sie verändern einen. Ich bin nicht mehr so wie früher. Und du auch nicht. Selbst wenn wir das Kind nie gesehen oder im Arm gehalten haben ...« Seine Stimme zitterte.

»Hugh.« Plötzlich fühlte ich mich hundeelend. »Du hast recht: Wir sind nicht mehr so wie früher«, sagte ich. »Ich wollte keinen Streit anfangen. Wahrscheinlich mußt du heute abend noch arbeiten, und morgen sind sicher wieder Sitzungen.«

»Ich komme morgen heim. Nach der Konferenz am Vormittag fliege ich zurück. Dann muß ich ins Büro, aber ich versuche, bis sechs zu Hause zu sein ... das heißt, wenn du da bist.«

Das Archiv schloß um sechs, also würde ich sogar Zeit haben, ein Abendessen vorzubereiten. Aber was kocht man für jemanden, von dem man sich trennen wird?

»Ich bin da«, versprach ich Hugh.

Am nächsten Morgen wachte ich so spät auf, daß ich kaum noch eine Stunde bis zu dem Termin im Navy Yard hatte. Da ich wußte, daß es in der Gegend keine Parkplätze gab, hastete ich ohne Frühstück zur Metro.

Die Fahrt zum Marine Corps Historical Center dauerte Ewigkeiten mit der Green Line, die zwischen Prince Georges County in Maryland und dem Südosten von Washington verkehrte. Meine Teilstrecke bestand praktisch nur aus Tunnels, so daß ich nicht einmal aus dem Fenster sehen konnte, um mich abzulenken.

Als ich die Metro-Station verließ, fand ich mich in einem tristen Viertel wieder, das weder gefährlich noch schmutzig, sondern nur fast menschenleer war. Und der Navy Yard lag beinahe einen Kilometer von der Haltestelle entfernt. Ich folgte einer alten Ziegelmauer mit mehreren verschlossenen Toren, bis ich eines Ecke M Street/Sixth erreichte, an dem ich meinen kalifornischen Führerschein vorzeigte. Der Mann im Wachhäuschen erklärte, ohne amtlichen Ausweis müsse ich den Eingang Ecke Eleventh Street benutzen, wo die Militärpolizei mir weiterhelfen würde. Seit wann galt ein Führerschein nicht als amtlicher Ausweis? dachte ich wütend, während ich noch einmal mehr als einen Kilometer weitertrottete. Unterwegs sprach mich ein Obdachloser mit Plastikkanister an, der mir erzählte, er brauche Geld für Benzin.

»Sie habe ich doch letzte Woche schon gesehen!« brummte ich. Ich hätte schwören mögen, daß er mir in Adams-Morgan eine Parklücke verstellt hatte. Und die Benzingeschichte war uralt. Wäre ich doch nur mit Hughs Wagen gekommen! dachte ich, als der Bettler mir bis zur Eleventh Street nicht mehr von der Seite wich. Erst als ich den Eingang mit dem Wachhäuschen erreichte, trollte er sich.

Nachdem mein Führerschein überprüft und ein Besucherausweis für mich ausgestellt war, durfte ich den Yard betreten, bei dem es sich um ein eigenes Areal mit richtigen Straßen, Ampeln und unterschiedlich alten Gebäuden handelte. Das Marine Corps Historical Center befand sich in Haus 58, einer alten, weiß gekalkten Kaserne, in deren Erdgeschoß ein Museum über die Geschichte der Marines untergebracht war. Der Wachmann schickte mich in den zweiten Stock, wo ich mich zu dem Historiker durchfragte, mit dem ich tags zuvor den Termin vereinbart hatte. Der Mann war um die Dreißig, trug Zivilkleidung – ein kurzärmeliges Hemd und eine khakifarbene Hose – sowie eine Brille mit Drahtgestell und telefonierte gerade. Als er auflegte, stellte ich mich vor und erklärte ihm mein Anliegen. Ich nannte Robert Nortons Namen und seine Dienstzeit in Vietnam und teilte ihm mit, daß die Bezeichnung seiner Kompanie oder seines Bataillons möglicherweise den Buchstaben C enthalte.

Er nickte. »›C‹ war eine sehr große Kompanie. Am einfachsten ist es vermutlich, wenn Sie als erstes die Verwundeten- und Gefallenenlisten durchgehen. Darin steht sicher die vollständige Bezeichnung der Kompanie, und Sie können dann die entsprechenden Akten konsultieren.«

»Nun, verwundet wurde er, aber er lebt noch.«

»Dann könnten Sie ihn doch selbst fragen, in welcher Kompanie er war, oder?« meinte der Mann.

»Ich fürchte, das würde er mir nicht sagen. Und es ist … ziemlich dringend.«

»Tja, dieser Weg ist mit Sicherheit zeitaufwendiger. Sie müssen Hunderte von Unterlagen durchgehen.«

»Nun, es ist ja erst zehn Uhr morgens«, sagte ich voller Optimismus und ging in die Bibliothek ans Mikrofilmlesegerät, über dem das Porträt eines streng dreinblickenden früheren Kommandanten hing. Schon nach kurzer Zeit knurrte mir der Magen, und von den winzigen, schnell durchlaufenden Buchstaben wurde mir schwindelig.

Die Aufzeichnungen lieferten Informationen über die Militärangehörigen, ihren Rang und ihre Kompanie sowie über sämtliche Besonderheiten – Wechsel von einer Einheit zur anderen, Krankenhausaufenthalte, Strafmaßnahmen. Als ich die Struktur durchschaut hatte, kam ich schneller voran. Trotzdem entdeckte ich Robert Nortons Namen erst nach einer Weile in einer Zehnergruppe. Nun hatte ich alle seine militärisch relevanten Nummern. Beim weiteren Durchsehen erfuhr ich, daß er nach einem halben Jahr in Vietnam von einem Heckenschützen verwundet worden war und sechs Wochen in einem Krankenhaus verbracht hatte, bevor er einer anderen Einheit zugeteilt wurde, die mit der Minenräumung sowie dem Bau und der Sprengung von Brücken beauftragt war. Nach einem Jahr war die Truppe durch Todesfälle oder Verletzungen um die Hälfte dezimiert. Norton überlebte und wurde befördert. Sämtliche Berichte waren von einem Lieutnant Alan Martin, Nortons Vorgesetztem, unterzeichnet. Am Ende des Jahres wurde er durch einen Lieutnant Russell ersetzt.

Mir fiel ein, was Snowden mir erzählt hatte. Aus den Berichten ging klar hervor, daß Martin bei unerlaubtem Entfernen von der Truppe und Drogenmißbrauch Strafen verhängte. War er wie Snowden Opfer einer Racheaktion geworden? Und kam ich nun endlich Robert Nortons Geheimnis näher?

33

Ich brauchte mehr Informationen, also fragte ich den Archivar, ob Lieutnant Martin unter den Verwundeten oder Gefallenen aufgelistet sei. Er verneinte.

»Ich kann ihn nirgends finden«, sagte ich. »Ab 1969 unterzeichnete ein anderer Offizier die Berichte.«

»Vielleicht wurde er versetzt.« Er musterte mich. »Sie sehen aus, als könnten Sie etwas zu essen vertragen. Es ist schon eins.«

Er erklärte mir den Weg zur Kantine, wo ich einen Liter Orangensaft trank und ein Sandwich bestellte, von dem ich die Truthahnbrust herunternahm.

Gestärkt kehrte ich in die Bibliothek zurück. Nach einer Weile fand ich eine Notiz, in der es hieß, Lieutnant Martin sei mit fünf Untergebenen ins Hauptquartier zitiert worden. Danach wurde der Lieutnant mit

Norton und einem anderen Marine nach Okinawa geschickt, während man die übrigen auf andere Kompanien in unterschiedlichen Gebieten Vietnams verteilte.

Wieder wandte ich mich an den Archivar: »Damals muß etwas sehr Schlimmes passiert sein, denn die Leute, um die es mir geht, wurden ins Hauptquartier zitiert. Ein paar wurden degradiert, und alle wurden versetzt. Den Marine, über den ich mich gerade informiere, schickte man nach Japan. Ich hätte gern Einblick in schriftliche Aufzeichnungen über die Geschehnisse.«

»Ich suche Ihnen die täglichen Offiziersberichte heraus«, sagte der Archivar. »Darin sind alle Vorkommnisse verzeichnet. Offenbar kennen Sie das relevante Datum nicht, aber Sie könnten die Dokumente für die fragliche Zeit durchgehen.«

Diesmal setzte ich mich an einen Computer, weil die Daten auf CD-ROM gespeichert waren. Auf dem Bildschirm erschienen eingescannte Kopien der maschinenschriftlichen Originale, viele davon so verblichen, daß mir das Entziffern schwerfiel.

Anfangs schilderte Martin die wiederholten Versuche der Truppe, Vietcong-Verstecke auszuheben. Die Amerikaner wurden unter Beschuß genommen und erwiderten das Feuer. Nur selten gelang es ihnen, Angehörige des Vietcong zu töten. Die eigene Seite hatte mehr Opfer zu beklagen. Die Moral näherte sich dem Tiefpunkt, und Martin berichtete über immer mehr Fälle von Befehlsverweigerung.

In einer heißen, regnerischen Juninacht sandte Martin eine Gruppe, bestehend aus den einfachen Soldaten Becher und Jones sowie Lance Corporal Norton, Corporal Davidson und Sergeant Matthews, aus, um den Ursprung von Stimmen ausfindig zu machen. Die Männer gaben hinterher an, daß auf sie gefeuert worden sei und sie zurückgeschossen hätten. Bei dem Schußwechsel kam eine zunächst unbekannte Anzahl von Vietnamesen ums Leben. Am nächsten Tag fand ein Erkundungstrupp sechs halbwüchsige bis erwachsene weiblichen Leichen, zwei tote Jungen im Teenageralter sowie zwei Babys, einen Jungen und ein Mädchen.

Lieutnant Martin schrieb in seinem Bericht, er habe die Männer einzeln nach dem Zwischenfall befragt, und sie hätten alle die gleiche Geschichte erzählt. Am Ende gelangte er zu dem Schluß, die Vietnamesen seien zwischen die Fronten geraten.

Ich fragte mich, wie es sein konnte, daß es in der Dunkelheit zu so vielen Todesopfern gekommen war. Unter diesen Umständen hätte es doch Verletzte und Flüchtige geben müssen.

Als ich keine Aufzeichnungen über Kriegsgerichtsverfahren gegen die betroffenen Männer entdeckte, wandte ich mich den Verwundeten- und Gefallenenlisten zu, um dort nach ihren Namen zu suchen. Treffer! Jones war 1971 im Kampf, Corporal Davidson 1990 eines natürlichen Todes gestorben. Blieben nur noch Robert Norton, Cyrus Matthews und Arnold Becher.

»Wieso kam es eigentlich nicht zu einer Verhandlung?« fragte ich den Archivar. »Wie bei dem berühmten Massaker von My Lai, über das es mehrere Filme gibt? Da wurden die Verantwortlichen ihrer gerechten Strafe zugeführt.«

»Selbst wenn sie nicht vors Kriegsgericht gestellt

wurden, gab es mit Sicherheit Ermittlungen durch das Bataillonshauptquartier.«

»Kann man in die Aufzeichnungen über solche Ermittlungen Einblick nehmen?«

»Die meisten unterliegen schon seit Jahren nicht mehr der Geheimhaltung. Die Tonbandaufnahmen sind auf CD-ROM zugänglich, allerdings manchmal in ziemlich schlechter Qualität. Sie müssen mir nur den fraglichen Zeitraum nennen.«

Zwanzig Minuten später verließ ich den Navy Yard mit einer CD-ROM, die ich behalten und zu Hause auf dem Computer abspielen konnte.

Ich würde noch einmal mit Robert Norton reden müssen, bezweifelte aber, daß er mir die Wahrheit verraten würde. Warum auch, wenn er sich dadurch möglicherweise selbst in die Bredouille brachte? »Mit Babys kann ich nicht viel anfangen«, hatte er gesagt. Vielleicht bestand ein Zusammenhang zwischen seiner entnervten Reaktion auf Andreas nächtliches Schreien und den Geschehnissen in Vietnam. Als ich die Metro-Station erreichte, war die Rolltreppe kaputt, und ich nahm widerstrebend den Lift. Heute war wirklich mein Glückstag! Zu allem Überfluß gesellte sich auch noch der Mann mit dem Plastikkanister zu mir, der mir schon zuvor Angst eingejagt hatte, aber Gott sei Dank ließ er mich in Ruhe.

Zu Hause fiel mir siedendheiß ein, daß ich das Essen für Hugh vergessen hatte. Kein Problem, würde er sagen und einen Restaurantbesuch vorschlagen, doch im Augenblick stand mir der Sinn nicht nach einem romantischen Dinner bei Kerzenlicht.

Ich öffnete die Kühlschranktür, um nachzusehen, was ich zur Verfügung hatte: Nories Kirschblütentee, dazu die halbvolle Flasche Sauvignon Blanc vom Vorabend sowie Kokosmilch, Erdnußbutter, Sojasauce und Tiefkühlgemüse – daraus ließ sich eine südostasiatische Suppe zaubern.

Als ich gerade nach einer Packung Reisnudeln suchte, ging die Tür auf.

»Hallo?«

»Du bist schon da?« fragte ich.

»Tut mir leid, daß ich dich nicht vorgewarnt habe, aber ...« Der Rest ging in Papierrascheln unter.

Neugierig geworden, gesellte ich mich zu ihm. Die Krawatte hing Hugh schief um den Hals, und unter den hochgekrempelten Hemdsärmeln kam nasse Haut zum Vorschein. Er war gerade dabei, eine Einkaufstüte auszupacken, aus der Wasser tropfte.

»Eis schmilzt«, sagte Hugh. »Man sollte meinen, daß jemand mit meiner Vorbildung an so was denkt. Aber immerhin sind sie noch kalt.« Mein Blick fiel auf die Aufschrift der Tüte aus einem Bostoner Geschäft.

Ich überließ es Hugh, die kleinen Pfützen im Flur mit einem Handtuch aufzuwischen, und trug die sich auflösende Tüte in die Küche. In dem Eis fand ich einen langen, weißen Pappbehälter. Beim Öffnen stockte mir der Atem: zwei wirklich riesige Riesengarnelen.

»Soll das ein Scherz sein?« fragte ich, als Hugh zu mir kam.

»Ich mache keine Scherze für vierzig Dollar das Pfund. Was ist denn?« fragte er verwirrt. »Du magst die Viecher doch.«

»Ja, aber ... sind das wirklich Riesengarnelen? Sie sind so groß.«

»Stimmt, fast zwanzig Zentimeter. Hübsch, nicht?

Sie kommen von der Atlantikküste vor Nigeria. Der Fischhändler meint, am besten schmecken sie gegrillt.«

»Aber wir haben doch gar keinen Grill«, sagte ich kopfschüttelnd.

»Tja, dann basteln wir uns eben einen«, sagte Hugh.

Und das taten wir. Wir stellten einen meiner alten blau-weißen *hibachi* hinaus auf die Feuertreppe und füllten ihn mit Holzkohle, die wir uns von den Nachbarn borgten. Während Hugh die Konstruktion im Auge behielt, lief ich in den Bioladen um die Ecke, um grünen Salat und Erdbeeren für die Nachspeise zu kaufen.

Als ich zurückkam, hatte Hugh bereits den Tisch gedeckt, den Wein eingeschenkt und Zitronenbutter geschmolzen.

»Ich wußte gar nicht, daß du gern grillst«, sagte ich.

»Ach, ich glaube, uns Männern liegt das Feuermachen im Blut. Haben wir noch Wein?«

»Ja, aber der ist nicht gekühlt. Du kannst mein Glas haben.«

Die Riesengarnelen waren köstlich. Erst beim Dessert fragte Hugh: »Warum bist du immer noch so zurückhaltend?«

»Ein tolles Essen, denkst du, und alles ist wieder beim alten?« Ich machte eine Pause. »Die Garnelen waren toll. Sogar besser als die Yin-Yang-Garnelen im Bento. Danke, Hugh.«

»Schon gut. Aber ich sehe schon: Man kann viel Geld ausgeben und Zeit investieren, und am Ende nützt doch alles nichts.« Hugh schob seinen Teller weg.

»Ich versuche mir darüber klar zu werden, was mit

uns passiert ist«, sagte ich. »Vor zwei Monaten planten wir noch unsere Hochzeit; dann kam meine Tante, und plötzlich waren wir nicht mehr allein. Irgendwann hat sich sogar unsere Vertuschungsgeschichte mit der Wohnung in Realität verwandelt.«

»Vor zwei Monaten waren wir auch nicht allein, sondern zu dritt«, sagte Hugh und stützte den Kopf in die Hände.

»Ach, Hugh.« Ich schloß die Augen. »Wenn wir das gewußt hätten, wären wir sicher in Panik geraten.«

»Wir hätten geheiratet. Kurz davor standen wir ja schon.«

»Und ich wäre die ganze Schwangerschaft über in der Wohnung geblieben, hätte mich nicht überanstrengt und wäre auch nicht aus fahrenden Autos gesprungen«, sagte ich.

»Ich hätte dir keine Vorschriften gemacht. Wie könnte ich dir etwas aufzwingen?«

»Nun, du hast mich immerhin schon so weit, daß ich in einer Stadt lebe, die mir überhaupt nicht gefällt«, erwiderte ich. »Und neulich in Andreas Wohnung hast du gesagt, du würdest mich nicht heiraten, wenn ich nicht mache, was du willst. Früher warst du anders, Hugh; du hast mir Luft zum Atmen gelassen.«

»Nun«, meinte Hugh. »Ich habe mich in dich verliebt und mich wahnsinnig gefreut, daß du hier einziehst. Dann kam deine Tante, und ich mußte deinetwegen so tun, als wäre das nicht meine Wohnung. Wenig später war ich dann damit beschäftigt, die juristischen Probleme deiner Cousine zu lösen und Kartons deiner Freundin durch die Gegend zu schleppen. Ja, ich habe mich in der Tat verändert. Und bitte verzeih mir, daß ich dich vor riskanten Unternehmungen bewahren wollte, weil ich dich liebe.«

»Aber du hast die Verlobung gelöst.«

»Ich habe dir meine Bedingungen genannt, und du hast mir den Ring hingeschmissen.« Er schwieg kurz. »Trotzdem bin ich nach dieser letzten mörderischen Woche nicht zu stolz zu sagen, daß es mir leid tut. Ich möchte dich zurück. Wie sieht's mit deinem Stolz aus?«

Ich stand wortlos auf, um das Geschirr in die Küche zu bringen. War ich wirklich so gemein zu ihm gewesen?

Als ich leise vor mich hinschluchzend an der Spüle stand, trat er zu mir und legte mir vorsichtig die Hände auf die Schultern. Dann spürte ich seine Lippen an meinem Haar, und ich drehte mich zu ihm herum. Genau das hätte ich ein paar Wochen zuvor im Krankenhaus gebraucht, aber es war noch nicht möglich gewesen. Jetzt sah alles anders aus.

In der Nacht sehnte ich mich nach einer Zigarette, obwohl ich nicht rauchte. Hugh hatte mich verwöhnt, war langsam und gefühlvoll gewesen; alles schien perfekt zu sein, aber nur an der Oberfläche. Trotz allem hatte ich mich schlecht gefühlt, so traurig und sorgenvoll, daß für etwasanderes kein Raum blieb.

Ich liebte ihn, doch was nützte das, wenn mein Gehirn meinem Körper nicht mehr sagen konnte, was Lust bedeutete? Ja, ich hatte mich verändert. Nun war ich nicht mehr das Mädchen, das Tokioter Straßen überquerte, ohne sich um rote Ampeln zu scheren. Ich war wie Sadako eine Frau auf der falschen Seite des Meeres.

Hugh schlief tief und fest, den Hauch eines Lächelns auf seinem Gesicht. Ich hingegen konnte keine Sekunde länger stillliegen, schlüpfte in meinen Morgenmantel, ging ins Gästezimmer, das nun wieder als Arbeitsraum diente, legte die Fotokopien und die CD-ROM aus der Bibliothek des Marine Corps bereit und schaltete den Computer ein.

34

»Du Arme.« Als ich Hughs Hand in meinen Haaren spürte und seine Stimme hörte, fuhr ich hoch. Ich war am Computer eingeschlafen. Draußen wurde es schon hell.

»Ach, hallo«, sagte ich und schob seine Hand weg, weil es mir peinlich war, daß er mich so fand. »Ich habe mir CD-ROM-Aufzeichnungen von einer Ermittlung angehört.«

»Gibst du mir beim Frühstück eine Kurzzusammenfassung?« fragte Hugh, während er einen Windsor-Knoten in eine rot-blaue Krawatte mit großen Punkten band. Ich sah auf die alte Seiko-Uhr an der Wand. Es war fast halb neun.

Hugh schenkte uns Tee ein, und ich erzählte ihm von Robert Nortons Beteiligung an der Erschießung vietnamesischer Zivilisten sowie von den Ermittlungen über die Ereignisse in der Nacht auf den 23. Juni 1970. Sergeant Matthews, der ranghöchste Angehörige des

Zuges, der als einziger ein Nachtsichtgerät besaß, berichtete, daß er mit seiner Patrouille an dem mutmaßlichen feindlichen Unterschlupf unter Beschuß genommen worden sei und seinen Leuten zugerufen habe, sie sollten in Deckung gehen und das Feuer in Richtung einer Baumgruppe erwidern, aus der die Schüsse zu kommen schienen. Nach einem Aufschrei, der einen Treffer bestätigte, hätten sie noch eine weitere Salve abgegeben, um sicherzustellen, daß keiner davonkam, und sich ins Lager zurückgezogen.

Jones, der Soldat, der später im Krieg fallen sollte, erzählte die gleiche Geschichte wie Sergeant Matthews, in fast den gleichen Worten. Der Ermittler fragte, was er gedacht habe, als er den Aufschrei hörte. »Daß jemand verwundet worden war. Und das freute mich, denn unterwegs wären wir fast in eine Punji-Grube getappt; davor hat uns nur das Nachtsichtgerät bewahrt. Außerdem hatten wir tags zuvor drei Landminen im fraglichen Gebiet entdeckt. Es handelte sich eindeutig um einen Unterschlupf des Vietcong.«

Becher beschränkte sich auf Ja- und Nein-Antworten und erklärte am Ende: »Es war genau so, wie Sergeant Matthews sagt.«

Als der Ermittler zu bedenken gab, daß bei den Toten weder Patronen noch Waffen gefunden worden waren, wußte er dafür keine Erklärung. Norton entwickelte die Theorie, daß andere Vietcong die Sachen an sich genommen haben könnten. Auch er habe keine Frauen oder Kinder dort gesehen.

Am Ende meiner Ausführungen fragte Hugh, was eine »Punji-Grube« sei. Ich antwortete, es handle sich um lange, spitze mit Exkrementen beschmierte Pfähle in Bodenlöchern, in die der Feind nachts hineinfallen sollte.

Hugh verzog das Gesicht. »Wenden wir uns lieber dem Nachtsichtgerät zu.«

»Nun, wenn Sergeant Matthews eins hatte, hätte er die Vietnamesen erkennen müssen.«

»Im Prinzip stimme ich dir zu«, sagte Hugh. »Aber im Krieg geht es manchmal ganz schön chaotisch zu. Und mit einem Helm auf dem Kopf hört man vielleicht keinen Unterschied mehr zwischen dem Schrei eines Erwachsenen und dem eines Kindes.«

»Den Schrei eines Babys erkennt man aber.«

Er senkte den Blick. »Stimmt. Entschuldigung.«

»Es ist nicht deine Schuld«, sagte ich.

»Deine auch nicht.« Nach kurzem Schweigen fragte er: »Gehst du heute abend ins Bento?«

Ich schüttelte den Kopf. Die Sache mit dem Scheck erzählte ich ihm lieber nicht.

»Tja, sollen wir's noch mal versuchen?« erkundigte sich Hugh lächelnd.

»Eigentlich möchte ich nicht ins Bento«, sagte ich.

»Nein, ich meine ... im Bett. Heute abend«, fügte er hinzu, als ich ihn verständnislos ansah. »Heute nacht war's nicht das Wahre für dich. Ich wollte dich nicht drängen, aber vermutlich war es einfach langweilig.«

»Schon in Ordnung.« Ich wurde rot.

»Für mich nicht. Gib mir noch eine Chance. Gönnen wir uns zuerst einen Mojito im Café Rincon, wie früher.«

»Hm, Hugh, lieber nicht.« Ich liebte ihn und den Sex mit ihm, aber letzte Nacht war es tatsächlich nicht so gewesen wie früher. Und es würde nach dem Verlust unseres Kindes auch nie mehr so werden, fürchtete ich – egal, wieviele Mojitos wir vorher tranken.

Hugh küßte mich auf die Stirn. »Kein Problem. Wir sehen uns heute abend.«

»Du hast im Moment so viel Arbeit; bestimmt mußt du länger im Büro bleiben«, sagte ich.

»Warum sollte ich, wenn ich dich sehen möchte?«

Seit seiner Rückkehr aus Boston fühlte ich mich merkwürdig überdreht und gleichzeitig verzweifelt, und so wußte ich keine Antwort auf seine ohnehin nur rhetorische Frage.

Als ich geduscht und angezogen war, hatte er sich bereits auf den Weg gemacht.

An jenem Tag suchte ich mein Lager auf, um eine Bestandsaufnahme der Stücke zu machen, die Mr. Ishida mir aus Japan geschickt hatte. Ich wollte entscheiden, was ich fürs erste behalten und was ich so schnell wie möglich über Zeitungsanzeigen oder das Internet verkaufen würde. Ich würde weiterhin selbst für mein Auskommen sorgen, davon hatte mich auch Marshall Zanger noch nicht abgebracht.

Der Gedanke an ihn und das Restaurant brachte mich auf eine neue Idee: Es bestand ein Zusammenhang zwischen dem, was Andrea und mir widerfahren war. Konnte es ein, daß jemand, der in den alten Vietnamskandal verwickelt war, im Bento arbeitete?

Phong zum Beispiel, der Vietnamese, dessen Eltern ein Lokal in Arlington betrieben. Über Arlington, Virginia, ergab sich eine weitere Verbindung zu den Nortons, weil sie dort gelebt hatten, als Andrea ein Baby war. Auf den ersten Blick erschien es verrückt anzunehmen, daß Phong Interesse daran haben könnte, ein Massaker an seinem eigenen Volk zu vertuschen, aber man durfte nicht vergessen, daß die Vietnamesen damals auf zwei Seiten gestanden hatten: im Süden verbündet mit den Amerikanern, im Norden kommunistisch. Bei meiner Lektüre der Akten im Marine Corps Historical Center am Vortag waren mir zahlreiche vietnamesische Namen aufgefallen.

Und Jiro? Inzwischen glaubte ich meiner Tante, daß er nicht aus Japan kam. War er möglicherweise auch Vietnamese? Und die anderen? Alberto, der Koch, der nicht nur Kendall unmittelbar vor der Entführung durch den Hinterausgang hatte hinaustreten sehen, sondern auch auffällig an meinem Gespräch mit Andreas Vater und Bruder interessiert gewesen war. Der neue Spüler Toro mit der üppigen Tätowierung, die gut aus Militärzeiten stammen konnte. Alt genug schien er zu sein.

Ich hatte gehört, daß Marshall die Personalakten im Büro aufbewahrte. Wenn es mir gelänge, einen Blick darauf zu werfen, würde ich bald mehr über Phong, Toro und die anderen wissen.

Andrea war bereits an ihrem Platz, als ich gegen Viertel nach fünf im Bento eintraf.

Sie begrüßte gerade eine Jetset-Lady mit einem »Hallo, Schätzchen« und einem Wangenküßchen. Für eine junge Frau, die halb Schwarze und halb Japanerin war, glich sie an diesem Tag bemerkenswert Grace Kelly, weil sie sich die Locken hinter die Ohren gegelt hatte und ein champagnerfarbenes Kleid aus fließender Seide trug.

»Sie sehen atemberaubend schön aus heute«, sagte ich und kam mir plötzlich schrecklich schlecht gekleidet vor mit meiner alten Jeans und dem knappen T-Shirt, das kaum bis zum Bauchnabel reichte – den Klamotten, die ich üblicherweise trug, wenn ich ins Lager fuhr.

»Danke. Ich hätte mich nicht in Schale werfen können, wenn Sie mir nicht bei der Rettung meiner Garderobe behilflich gewesen wären. Wissen Sie inzwischen mehr über den Vietnamaufenthalt meines Vaters? Ich hätte gerade Zeit, weil noch nicht so viel los ist.«

Leider stand Phong nicht weit von uns entfernt an der Bar und lauschte interessiert unserer Unterhaltung.

»Das erzähle ich Ihnen später«, flüsterte ich Andrea zu. »Zuerst müßte ich in Jiros und Marshalls Büro, um etwas zu überprüfen, ohne daß die beiden das mitbekommen. Sind sie da?«

»Marshall wird heute Abend im Mandala sein, aber Jiro ist da, und die Leute aus der Küche essen noch schnell was, bevor die Gäste eintrudeln – eine japanische Nudelsuppe, ähnlich wie die von Ihrer Tante, allerdings mit Shrimps. Wie geht's ihr übrigens? Ist sie gut angekommen?«

»Ja, ich habe die Telefonnummer vom Hotel. Ich rufe sie an. Aber könnten Sie mir zuerst einen Gefallen tun?« fragte ich mit gesenkter Stimme.

»Klar. Worum geht's?«

»Ich möchte mir die Personalakten ansehen, um rauszufinden, wie die Leute, die hier arbeiten, wirklich heißen und wo sie geboren wurden …«

Andrea runzelte die Stirn, dann klarte sich ihre Miene auf. »Ach, Sie glauben also wie Ihre Tante, daß Jiro nicht aus Japan stammt?«

»Darum geht's mir gar nicht so sehr. Aber egal.«

»Ich würde Ihnen gern helfen«, sagte Andrea. »Doch im Büro habe ich nichts verloren. Ich möchte den Job hier vorn behalten.«

Ich nickte.

»Vielleicht könnten wir uns nach Dienstschluß im Plum Ink treffen und dort über alles reden«, schlug Andrea vor.

Hugh wollte pünktlich nach Hause kommen, da konnte ich nicht einfach verschwinden. »Ich fürchte, das wird heute nicht gehen.«

»Könnten wir dann telefonieren?«

»Ja, warum nicht? Sie haben meine Nummer. Rufen Sie mich nach elf an, okay?«

In dem Moment kam Justin aus der Küche und begrüßte mich mit einem spöttischen: »Hallo, Schätzchen. Ein neuer Versuch, die Kohle zu kriegen? Oder lieber ein Essen auf Pump?«

Mit lauter Stimme antwortete ich: »Eigentlich wollte ich ein paar von den Möbeln polieren, aber das Spezialwachs, das ich hier deponiert hatte, ist leider alle. Ich werde Nachschub aus dem Lager holen und entweder heute abend oder morgen wiederkommen.«

»Sie haben ein Lager?« fragte Justin skeptisch. »Ich dachte, Sie arbeiten von zu Hause aus.«

»Doch, Justin«, antwortete ich. »Ob Sie's glauben oder nicht: Ich habe durchaus ein Leben außerhalb dieses Lokals!«

»Tatsächlich?« hörte ich Marshalls Stimme hinter mir.

»Ja. Danke für den Scheck, den Sie fürs Rahmen ausgestellt haben, aber wo bleibt der Rest?«

»Nun, da muß ich an Ihre Professionalität appellieren und Sie bitten zu warten, bis die finanzielle Lage hier sich entspannt.«

Am liebsten hätte ich erwidert, daß die Washingtoner Zeitungen sich sicher für die Geldprobleme des Bento interessierten, aber das verkniff ich mir und sagte nur mit gequältem Lächeln: »Ich komme bald wieder wegen der *tansu*, Marshall, denn ich kümmere mich genauso zuverlässig um meine Möbel, wie ich mein Wort halte.«

Nach diesem Gespräch hätte ich den Mojito, den Hugh vorgeschlagen hatte, vertragen. Doch ich verscheuchte den Gedanken an ein Treffen mit ihm und sprang stattdessen in einen vollen Zug der Metro – nun, voll war relativ, wenn man Tokioter Verhältnisse kannte. Während der Fahrt schloß ich die Augen und versuchte, mich nach Japan zurückzuversetzen.

Am Dupont Circle stieg ich aus und spürte, wie ich eine Gänsehaut bekam, als ich die Kreuzung Connecticut Avenue/Columbia Road erreichte. Zum Glück waren um diese Tageszeit viele Leute unterwegs, mir würde nichts passieren.

Hugh war noch nicht zu Hause, aber das Lämpchen am Anrufbeantworter blinkte. Tante Norie hatte sich bereits vor Stunden aus Japan gemeldet und mich gebeten, so schnell wie möglich zurückzurufen, unter einer Nummer mit mir unbekannter Vorwahl. Ich wählte sie sofort, obwohl es in Japan sechs Uhr morgens war.

Jemand teilte mir mit schläfriger Stimme mit, daß ich mit dem Sakura Hotel verbunden sei. Ich entschuldigte mich wegen der frühen Uhrzeit und bat, zu Norie Shimura durchgestellt zu werden.

»Es tut mir leid, daß ich dich und Ojisan störe«, sagte ich, als sich meine Tante verschlafen meldete.

»Gut, daß du anrufst! Ich habe Atsuko-san gefunden!« Norie klang so begeistert wie damals, als ich meinen ersten vollständigen japanischen Satz gesprochen hatte.

»Wirklich? Erzähl mir alles«, forderte ich sie auf.

Norie war mit den Briefen und gebrannten Mandeln aus Amerika als Mitbringsel zu der uns bekannten Adresse gefahren, und Atsuko, die immer noch dort lebte, mittlerweile verheiratet war und einen erwachsenen Sohn hatte, war tatsächlich bereit gewesen, sie zu empfangen. Im Haus hatte Norie gleich Sadakos Foto im Hausaltar entdeckt. Da der Kontakt zwischen den Schwestern abgebrochen war, hatte Atsuko geglaubt, Sadako sei gestorben.

»Und weißt du was?« sagte Norie. »Atsuko-san hat die Briefe ihrer Schwester aus Amerika nie gesehen.«

»Klar, sie kamen ja ungeöffnet aus Japan zurück …«

»Die Briefe wurden von Atsukos Mutter zurückgeschickt, die täglich die Post öffnete. Sadakos Eltern waren, anders als Atsuko, strikt gegen ihre Hochzeit mit einem Ausländer. Du kannst dir vermutlich denken, daß sie die zweite Tochter nach der Geschichte mit Sadako ziemlich schnell verheirateten – es war eine *omiai*, eine arrangierte Ehe. Atsuko lebte von da an bei der Familie ihres Mannes, ein paar Kilometer entfernt, kehrte aber nach dem Schlaganfall ihrer Mutter für einige Monate in ihr Elternhaus zurück. Dort traf eines Tages ein Brief von Sadako ein. So erfuhr sie, was mit ihrer Schwester geschehen war, und sie beantwortete den Brief. Danach schrieben sie sich etwa ein Jahr lang. Als Adresse gab Sadako nun nicht mehr die in Virginia an, sondern eine in Maryland, genauer gesagt Kent Island.«

»Kent Island! Das liegt an der Ostküste. Vielleicht ist sie noch dort!«

»Immer langsam mit den jungen Pferden. Wie gesagt, irgendwann kamen keine Briefe mehr.« Nories Stimme wurde sanft. »Sadako hatte ihrer Schwester mittlerweile gestanden, daß sie ihrem Mann weggelaufen war, aber Akiko-chan, ich meine Andrea, zu sich holen wollte. Allerdings hat Atsuko niemals einen Brief erhalten, der die Wiedervereinigung von Mutter und Tochter bestätigt hätte. Der Kontakt riß Ende 1976 urplötzlich ab.«

»Glaubt Atsuko-san, daß ihre Schwester tot ist?« fragte ich.

»Sie fürchtete, daß etwas Schreckliches passiert sei. Aus den Briefen, die ich bei mir hatte, erfuhr sie von den beiden Männern, die Sadako-san seinerzeit einschüchterten. Atsuko-san war völlig aus der Fassung und sagte, Andrea solle zu ihr kommen.«

»Dann weiß sie, daß Andrea am Leben ist?«

»Natürlich! Ich habe ihr die Fotos auf meiner Digitalkamera gezeigt. Sie wünscht sich, daß Andrea sie in Japan besucht. Sie und ihr Mann wollen sogar den Flug zahlen.«

Endlich würde Andrea das Gefühl haben, von jemandem gemocht zu werden. »Glaubst du denn, daß sie mit einer amerikanischen Nichte zurechtkommen?«

»Atsuko hatte nie Vorurteile wie ihre Eltern. Deswegen hat Sadako auch ihr geschrieben, da bin ich mir sicher.«

Plötzlich hörte ich draußen eine Autotür zuschlagen,

trat ans Fenster und sah Hugh, der einen der raren Parkplätze ergattert hatte, aus seinem Lexus steigen. Wenn er mich jetzt hier antraf, würde ich nicht mehr aus dem Haus kommen. Da war es besser, ich schlüpfte unbemerkt hinaus und schaute noch einmal schnell im Bento vorbei, um mich ins Büro zu schleichen. Das würde sicher nicht mehr als eineinhalb Stunden dauern.

»Tut mir leid, ich muß auflegen«, sagte ich zu Norie.

»Warte! Gib mir Andreas Telefonnummer für Atsuko-san. Ihr Sohn spricht Englisch und stellt sich als Übersetzer zur Verfügung ...«

»Ich ruf dich wieder an«, sagte ich und legte auf.

35

Ich holte die Dose mit dem Wachs unter der Küchenspüle hervor und kramte nach einem Tuch zum Polieren. Als ich keines fand, lief ich ins Schlafzimmer und zog in aller Eile ein Unterhemd aus der Schmutzwäsche. Ich war gerade dabei, hinaus auf die Feuertreppe zu klettern, als Hugh die Küche betrat.

»Was machst du denn da?« fragte er verwundert.

Ich stopfte hastig sein Unterhemd in meinen Rucksack. »Ich muß noch mal kurz weg.«

»Warum gehst du nicht vorn raus? Und hast du unsere Pläne für heute abend vergessen?«

»Die Welt dreht sich nicht um dich allein«, sagte ich.

»Verstehe.« Er stellte den Aktenkoffer auf dem Boden ab und starrte mich wütend an. »Wer ist es?«

»Wie bitte?«

»Wer ist es?« wiederholte Hugh. »Offenbar willst du doch die Nacht oder zumindest einen Teil davon bei einem andern verbringen. Aber wozu du mein Unterhemd brauchst, begreife ich wirklich nicht. Leih dir doch seine Sachen.«

»Tut mir leid, daß ich dein kostbares Unterhemd genommen habe«, sagte ich und warf es ihm hin.

»Ich scheine tatsächlich zu lange weggewesen zu sein.« Hugh legte den Kopf ein wenig schräg und musterte mich mit kühlem Blick. »Die Leute im Restaurant ... welcher ist es? Einer von den Kellnern oder dieser japanische Chefkoch? Oder interessierst du dich plötzlich für die andere Seite? Macht Andrea dich an?«

»Das kann nicht dein Ernst sein.«

»Dir traue ich alles zu, Rei. Mich begehrst du ja nicht mehr.«

»Doch, ich brauche bloß ein bißchen Zeit, um meine innere Anspannung loszuwerden, das habe ich dir gestern schon klarzumachen versucht.«

»Anspannung, soso. Tja, da hätte ich genau das richtige Mittel für dich. Komm her.«

Ich bewegte mich nicht von der Stelle.

»Wie du willst.« Hugh marschierte zu mir herüber und hob mich hoch, als wäre ich leicht wie Jacquie oder Win, trug mich ins Schlafzimmer und ließ mich aufs Bett fallen.

»Zieh dich aus«, befahl er.

»Ich weiß, du warst in letzter Zeit viel im Fitneßstudio, aber das, was du da machst, sieht dir überhaupt nicht ähnlich …«

»Hab ich dir weh getan?«

»Nein, mich wundert nur dein Verhalten.«

»Zieh dich aus.«

»Wir sind hier nicht beim Militär, Hugh.« Ehe ich mich versah, flog mein gestreiftes T-Shirt auf die andere Seite des Zimmers, und er zerrte an meiner Jeans, die kurz darauf zusammen mit meinem BH am Fußende des Betts landete.

»Hast du in letzter Zeit zu viele amerikanische Serien angesehen?« fragte ich.

»Ich sehe nicht fern«, antwortete er mit verkniffenem Mund.

Plötzlich bekam ich es mit der Angst zu tun, aber irgendwie erregte mich die Situation auch. Hugh löste inzwischen seine Krawatte und nahm sie ab. Doch statt sie wie sonst ordentlich aufzuhängen, verknotete er sie mit anderen aus dem Schrank zu einer Art Seil.

»Ist das nicht die von Aquascutum, die deine Mutter dir zum Geburtstag geschickt hat? Die willst du doch nicht ruinieren, oder?«

»Mit Knoten kenn ich mich aus. Ich war als Junge oft Segeln.«

Bevor ich ihm den Arm entziehen konnte, hatte er mein rechtes Handgelenk mit dem Krawattenseil umschlungen, das er unter dem Bett durchschob und mit dem anderen Ende an meinem linken Handgelenk befestigte. Was er sonst noch machte, konnte ich nur hören und spüren, nicht mehr sehen, weil ich auf dem Bauch lag.

»Mein Freiheitsdrang ist dir zu groß, stimmt's?«

fragte ich, als er mich an den Füßen fesselte. »Und jetzt willst du's mir zeigen.«

»Wieso sollte ich das tun?« fragte Hugh und begann, mit der Zunge meinen Körper so sanft zu liebkosen, daß ich kaum stillhalten konnte.

»Man kann niemanden zum Orgasmus zwingen«, keuchte ich.

»Nein?« Nun waren seine Hände überall, und plötzlich reagierte mein Körper völlig anders als in der Nacht zuvor. »Gut«, sagte er, als er meine Erregung spürte. »Du bist nicht verantwortlich für das, was passiert, und die Gefühle, die es in dir erzeugt. Du kannst dich nicht dagegen wehren, daß dir die Berührung meiner Hand oder meiner Zunge gefällt.«

Es blieb mir tatsächlich nichts anderes übrig, als ihn mit Mund, Fingern und Händen gewähren zu lassen – nein, »gewähren« war nicht der richtige Ausdruck: Ich genoß es. Aber das hätte ich natürlich nie gesagt.

Seine Liebesfolter schien Stunden zu dauern. Immer wieder brachte er mich an den Rand des Abgrunds und verweigerte mir die letzte Berührung, die das Ganze zu Ende gebracht hätte. Ich vergaß meine Müdigkeit, meine Wut und mein Gefühl der Demütigung, alles außer meiner Lust.

Bei Sonnenuntergang kam ich zum erstenmal. In der Nachbarschaft, dachte ich, aßen die Leute nun zu Abend, lasen Zeitung, hörten Radionachrichten. Irgendwo stritt sich vielleicht ein Paar, und ein anderes schlief miteinander, aber sicher nicht wie Hugh und ich.

Ich bettelte ihn an, nicht aufzuhören, mir mehr zu geben. Endlich drang er von hinten in mich ein. Wie ein Tier, dachte ich noch, als ich mich schon vor Lust aufbäumte.

Zehn Minuten, vielleicht auch erst eine Stunde später sank Hugh erschöpft neben mir nieder.

»Entschuldigung«, sagte er.

»Wie bitte?« murmelte ich.

»Ich dachte wirklich, ich könnte dich zum Orgasmus zwingen.«

»Du hast es geschafft. Sogar zweimal, falls es dich interessiert.«

»Ja, tut es.« Seine Stimme klang sanft. »Wahrscheinlich hattest du vorhin recht – ich habe damit wohl tatsächlich auf deinen Freiheitsdrang reagiert. Und das tut mir leid. Soll ich dich losbinden?«

Es war ein großer Unterschied, ob man von einem Mann gefesselt und dann verwöhnt wurde, oder ob man ihm zu Gefallen sein mußte, dachte ich, als er mich befreite. Mit den Lippen an seiner Haut gestand ich ihm, wie sehr mir alles gefallen hatte.

»Wenn nur alles so unkompliziert wäre«, sagte Hugh mit tiefem Seufzen. »Ich wußte damals sofort, daß du die Richtige für mich bist, aber du hast mich offenbar für einen Volltrottel gehalten. Bei unserer Verlobung letztes Weihnachten dachte ich, damit würde endlich alles gut, doch das ist es nicht. Egal, wie perfekt wir im Bett harmonieren.«

»Apropos: Hast du ein Kondom benutzt?«

»Klar.« Hugh tätschelte meine Hüfte. »Obwohl ich hoffe, daß sich das ändert, sobald wir verheiratet sind.«

Ich rieb meine Handgelenke. »Ich finde, wir sollten nicht heiraten. Das eben war der Beweis. Eheleute haben keinen solchen Sex.«

»Schon wieder diese Sorge. Wieso sollte sich in dieser Hinsicht was ändern? Merkst du denn nicht, daß mir der Sex mit dir auch Spaß macht?« Er sah mir in die Augen.

»Wenn ein Baby da ist, kann man nicht einfach alles stehen und liegen lassen und miteinander ins Bett hüpfen.«

»Stimmt«, pflichtete Hugh mir bei. »Es sei denn natürlich, das Baby schläft.«

»Wenn dir Monogamie wichtig ist: Die hast du bei mir. Ich will nur nicht alles verderben, indem ich eine ›Mrs.‹ werde.«

»Weißt du, daß diese Abkürzung für das englische ›mistress‹ – ›Mätresse‹ – steht? Das müßte dir doch gefallen.«

»Ich kann auch ohne Heirat deine Geliebte sein«, erwiderte ich. »Glaubst du nicht, es käme noch mehr Pfeffer in die Beziehung, wenn wir nicht zusammenwohnen würden?«

»Nein«, antwortete Hugh ohne Zögern.

»Ach, Hugh. Es wäre doch aufregend, wenn du deinen Rasierapparat und deine Zahnbürste nur freitags neben meine Sachen legst. Und am Samstagmorgen würden wir auswärts frühstücken, weil ich wieder mal deinen geliebten Darjeeling nicht im Haus hätte. Hinterher hätte ich sogar das Vergnügen, deine Wäsche nicht waschen zu müssen, weil du das in deiner Wohnung selbst besorgst.«

»Hm«, brummte Hugh. »Und ich hätte das Vergnügen, dich zum Abendessen einzuladen, statt das aus der normalen Haushaltskasse zu finanzieren. Oder während einer Geschäftsreise sexy Unterwäsche zu kaufen, in der Hoffnung, daß du sie irgendwann mal trägst.«

»Genau«, sagte ich.

»Und was für ein Vergnügen wäre es erst, deinen Eltern und japanischen Verwandten und Freunden zu beichten, daß wir die Verlobung abblasen, weil uns der scharfe Sex lieber ist! Ja, ich sehe ein aufregendes und vergnügliches Leben vor uns.«

»Du nimmst mich auf den Arm.« Ich küßte seinen Hals.

»Nein.« Hugh zog meinen Kopf zu sich heran und küßte mich auf den Mund. »Ich hatte mich nur wirklich auf unser Zusammenleben gefreut. Unser alter Familienring an deinem Finger ließ mein Herz schneller schlagen, und dann hatte ich noch diese Träume von einer Wohnung in der Stadt und vielleicht sogar einem Häuschen auf dem Land, sobald wir ...«

Ein Kind hätten, ein Baby, ein *aka-chan*. Es gab so viele Wörter dafür, aber er sprach keines davon aus. Ebensowenig wie ich. Ich küßte nur sein Gesicht, das nun feucht von Tränen war, und döste eine Weile mit ihm ein.

36

Gegen elf schreckte ich hoch, als aus der Wohnung über uns das laute Gelächter einer Fernseh-Comedy-Show drang. Wie deutlich konnten unsere Nachbarn wohl hören, was wir im Schlafzimmer trieben? dachte ich, doch dann fiel mir ein, daß das Bento in etwa einer Stunde schließen würde. Ich mußte mich beeilen.

Um Hugh nicht zu wecken, duschte ich nicht, schlich auf Zehenspitzen zum Schrank und nahm saubere Unterwäsche und ein kurzes schwarzes Kleid heraus. Dann entfernte ich einen Hiroshige-Holzschnitt von Hughs Wohnzimmerwand und holte die Möbelpolitur sowie mein Werkzeug. Wenn jemand mich in Marshalls Büro erwischte, würde ich sagen, ich wolle ein Bild aufhängen. Bevor ich die Wohnung verließ, schrieb ich eine Nachricht für Hugh:

Lieber Hugh,
Für den Fall, daß Du aufwachst, bevor ich zurück bin: Ich leihe mir Deinen Wagen für eine Fahrt zum Bento, wo ich noch Papierkram erledigen muß, weil das sicherer ist, als die Metro zu benutzen. Ich komme so schnell wie möglich wieder nach Hause. Alles Liebe von Deiner freiheitsliebenden Mätresse
Rei.

Dann lief ich hinunter, kletterte in den Wagen und verschloß ihn sofort von innen, um kein Risiko einzugehen.

Das Restaurant war hell erleuchtet, als ich dort ankam. Die seegrasgrünen und auberginefarbenen Wände mit den alten Holzschnitten sahen wunderschön aus. Im vorderen Teil saßen noch zwei Gäste, was sich ansonsten tat, konnte ich von draußen nicht beurteilen. Ich stellte den Lexus auf Jiros Parkplatz hinter dem Bento ab und sprang die Stufen zur Küche hinauf.

Toro, der Spüler, begrüßte mich mit einem Nicken, sein Kollege sah nicht einmal von den Töpfen und Pfannen auf, die er gerade spülte. Ein anderer Angestellter wischte den Boden. Die Köche waren offenbar schon nach Hause oder ins Plum Ink gegangen.

Ich begab mich mit meinen Sachen in Jiros und Marshalls Büro und ging schnurstracks zu dem Aktenschrank, aus dem Jiro den Scheck für mich geholt hatte. Die Tür war verschlossen. Ich ließ die Hand über den Schrank gleiten und ertastete einen kleinen Schlüssel. Wie nachlässig, dachte ich, bevor ich die Tür aufschloß. Ich ging verschiedene Mapppen durch, was mir mit meinen gut verheilten Fingern kein Problem bereitete, bis ich auf eine Akte mit der Aufschrift »Personal« stieß. Darin befanden sich Bewerbungen und handschriftliche Zettel mit Adressen und Telefonnummern sowie Kopien von Social-Security-Karten und Green Cards. Ich entdeckte die von Alberto und Julio, was bewies, daß sie legal hier arbeiteten. Auch die Unterlagen von David Macauley, dem australischen Kellner, bei dem Andrea sich fürs erste einquartiert hatte, waren in Ordnung. Justin und – zu meiner Überraschung – Phong erwiesen sich als Amerikaner. Phong hatte das Licht der Welt in Arlington erblickt, und sein

Familienname lautete Nguyen. Was für ein Pech, dachte ich, denn Nguyens gab es in Vietnam ungefähr so viele wie Shimuras in Japan. Beim weiteren Durchblättern der Akten fand ich einige unbekannte Namen, zum Beispiel Jiminez, Drake, Anders, Neblett …

Neblett. Den kannte ich doch. Nach einer Weile fiel mir ein, woher: Von Lorraine Nortons Schulabschlußfoto. Unverheiratet hatte sie Neblett geheißen. Und hatte Robert Norton nicht mir gegenüber erwähnt, daß er sich gemeinsam mit einem Jugendfreund zum Militär gemeldet hatte?

Vielleicht arbeitete ein Verwandter von Lorraine in der Küche. Aber seit wann? Robert Norton hatte gefragt, wie lange Toro schon im Bento beschäftigt sei. Konnte es sein, daß Toros Familienname Neblett lautete? Möglicherweise waren Robert und er gemeinsam beim Militär gewesen, oder Toro gehörte zu den Männern, die Sadako Angst eingejagt hatten. Ich zog aus meiner Handtasche eine Liste der Soldaten, mit denen Robert Norton zuerst Dienst getan hatte. Schon bald entdeckte ich den Namen »Michael Neblett«. Aber wer war er? Ich überprüfte die Unterlagen der dunkelhäutigen Küchenangestellten. Dominic kam aus Haiti, Luis aus Brasilien, und beide besaßen Green Cards. Keiner von ihnen konnte folglich Neblett sein.

Ich setzte mich auf den Boden, um Robert Nortons Privatnummer in meinen Notizen zu suchen, und wählte sie. Beim vierten Klingeln hörte ich am anderen Ende eine junge Männerstimme: »Ja?«

»Davon, ich bin's, Rei Shimura. Ich rufe aus Washington an.«

»Sie sind noch nicht in Japan?«

»Nein, ich möchte zuerst ein paar Dinge klären. Kennen Sie einen Michael Neblett?«

»Klar. Das ist mein verrückter Onkel Mike. Der war mit meinem Dad in Vietnam.«

»Was meinen Sie mit verrückt?«

»Na ja, er hält's nie lang in einem Job aus. Nach ein paar Monaten wird er immer rausgeschmissen. Wir haben ihn Ewigkeiten nicht gesehen. Warum interessiert Sie das?«

»Wen kennt Ihr Vater länger – Ihren Onkel Mike oder Ihre Mutter?«

»Das weiß Davon nicht«, meldete sich plötzlich eine Frauenstimme. »Leg auf, Schatz.«

Dann nahm ich ein Klicken wahr, und Lorraine und ich waren allein. »Wie lange hören Sie schon mit?« fragte ich sie.

»Lange genug«, antwortete Lorraine. »Robert hat Ihnen doch gesagt, daß Sie uns in Ruhe lassen sollen. Trotzdem verrate ich Ihnen, daß mein Bruder Mike und er sich gleichzeitig beim Marine Corps verpflichteten.«

»Was hat Ihr Bruder beim Militär gemacht?« fragte ich.

»Ach, alles mögliche. Jetzt leidet er unter einem Kriegstrauma und lebt im wesentlichen von der Unterstützung der Veterans Administration. Das ist eine traurige Geschichte, und ich möchte Sie bitten, nicht weiter nachzuforschen.«

»Er war also mit Robert in Vietnam, zwar nicht in der Gruppe, die in jener Nacht die Frauen und Kinder umbrachte, aber in Roberts Kompanie. Er muß herausgefunden haben, was passiert ist.«

»Ach ja?« meinte Lorraine. »Übrigens weiß ich, daß Sie nicht aus Japan kommen.«

»Von wem?« erkundigte ich mich.

»Sie sind hier geboren und haben eine Social-Security-Karte. Nicht, daß Sie sich bis jetzt einen nennenswerten Rentenanspruch erworben hätten … Die Social-Security-Nummer sollte man übrigens niemandem verraten. Es wäre doch schrecklich, wenn jemand Ihren Namen annähme und Ihre Nummer für sich nutzen würde, oder?«

»Soll das eine Drohung sein?«

»Das habe ich nicht gesagt. Aber solche Dinge passieren.«

»Wissen Sie, ich hatte nach der Flucht aus der Gewalt von Entführern, von denen mit ziemlicher Sicherheit einer Ihr Bruder war, einen Abgang. Nach dieser Erfahrung können Sie mir mit der Androhung von bürokratischen Schikanen keine Angst einjagen.«

Da begann Lorraine zu brüllen, aber ich bemerkte aus dem Augenwinkel einen Schatten und entdeckte Jiro, der mich durch das Fenster in der Tür beobachtete. Ich legte auf und erhob mich.

»Was machen Sie denn da?« fragte Jiro, der ein schwarzes Polo-Shirt und abgewetzte Jeans trug und einen Autoschlüssel in der Hand hatte.

Ich ging verschiedene Erklärungen im Kopf durch, aber alle würden unglaubwürdig klingen, das wußte ich.

»Was machen Sie hier?« wiederholte Jiro.

»Ich wollte die Namen einiger Restaurantangestellter überprüfen«, antwortete ich.

»Und warum fragen Sie nicht Marshall oder mich? Der Schrank ist normalerweise verschlossen. Wie sind Sie an die Akten gekommen?«

»Ich hab den Schlüssel gefunden. Jiro, ich schwöre Ihnen, ich habe kein Geld genommen. Sie können gern in meinen Sachen nachsehen.« Ich schaute durch die Glastür hinaus. Inzwischen hatten alle anderen Angestellten das Lokal verlassen, und ich war allein mit Jiro.

Jiro schnaubte verächtlich. »Ich weiß, daß Sie nicht aufs Geld aus sind. Sie haben ja diesen reichen Anwaltsfreund, *neh*? Sie suchen nach etwas ganz anderem.«

»Und wonach?«

Er schüttelte den Kopf. »Sie enttäuschen mich. Ich hatte Sie für eine *yasashii-hito* gehalten, aber offenbar war das ein Irrtum.« Der Ausdruck bedeutete »netter Mensch«, »guter Kamerad«.

»Bitte erzählen Sie Marshall nichts davon«, flehte ich ihn an. »Die Sache tut mir leid, aber es geht um Leben und Tod.«

»Sie hören sich an wie einer von meinen Mitarbeitern, der seine Schicht schwänzen will. Ich habe keine Zeit für so etwas. Verschwinden Sie.«

Mit gesenktem Kopf sammelte ich meine Besitztümer ein. Jiro hatte ich von den Bento-Leuten am meisten geachtet, und nun behandelte er mich wie ein Stück Dreck. Hier konnte ich mich nie mehr sehen lassen.

Als ich den Blick hob, stellte ich fest, daß Jiro nicht mehr im Büro war. Ich wischte mir über die Stirn, legte die Akten zurück in den Schrank und schloß ihn ab. Nun wollte ich den Raum schnellstmöglich verlassen.

In dem Moment ging das Licht aus. Vor Schreck ließ ich den gerahmten Holzschnitt fallen, und das Glas zerbarst in tausend Stücke. Scheiße. Ich legte seine Überreste flach auf den Boden und tastete mich an der

Wand entlang, um den Lichtschalter zu finden. Als ich gerade die Tür erreichte, wurde das Licht wieder angeschaltet. Ich blinzelte verwirrt. Sobald meine Augen sich an die Helligkeit gewöhnt hatten, erkannte ich Toro, der direkt vor mir stand.

Zum erstenmal fiel mir auf, daß seine zu einem Pferdeschwanz gebundenen Haare leicht kraus waren.

»Neblett«, sagte ich. »Sie sind Mike Neblett. Woher haben Sie den Spitznamen ›Toro‹?«

»Von Garcia, meinem alten Kumpel vom Militär. Toro der Stier«, fügte er hinzu und klopfte sich mit einer Faust auf die Brust. Dabei sah ich den Schlagring.

»Mit Stieren assoziiert man Stärke, keine Aktionen wie das Abschlachten von vietnamesischen Frauen und Kindern, oder?«

Er lächelte, und dabei kam sein nicht mehr ganz vollständiges Gebiß zum Vorschein: »Sie haben sie erschossen, damit der Sergeant seinen Spaß hatte, das weiß ich von Robert. Der konnte sich drücken, und er dachte, ich würde dem Ermittlungsoffizier die wahre Geschichte erzählen. Aber der Sergeant hat mir ein Angebot gemacht, das ich einfach nicht ausschlagen konnte.«

»Und wie sah das aus?« fragte ich.

»Wenn ich den Mund hielt, würde ich aus medizinischen Gründen vorzeitig entlassen und bekäme eine lebenslange Versorgung durch die Veterans Administration. Die anderen Jungs wurden ganz einfach versetzt. Und als Robert dann im Pentagon war, haben Garcia und ich uns was einfallen lassen, wie wir sie ein bißchen schröpfen, die Typen, die geschossen haben.«

»Sie haben Ihren Freund erpreßt«, sagte ich.

»Ach was, ich hab' ihm sogar 'ne Frau besorgt, 'ne

gute, auf die er sich verlassen konnte, anders als auf dieses Schlitzauge – schauen Sie mich nicht so an. Ihnen gefällt's nicht, wie ich hier in dieser Schlitzaugenklitsche rede, stimmt's? Jiro wollte rauskriegen, ob meine Unterlagen in Ordnung sind, und hätte mir fast die Veteranenversorgung vermasselt. Dieser schmierige kleine Vietnamese vorn an der Bar bringt uns in der Küche nie 'nen Drink. Und Sie, Sie sind die schlimmste von allen. Japanerin, aber dann doch wieder nicht, das hat meine Schwester mir erzählt.«

»Sie hat Ihnen gesagt, daß Sie mich verschwinden lassen sollen, stimmt's?« fragte ich.

»Ich sollte mich mit Garcia drum kümmern. Die ganze Zeit hat sie Robert im Griff, und jetzt will er plötzlich singen. Ihm ist es egal, wenn er vors Kriegsgericht muß. Aber uns nicht.«

Also war Robert Norton im Grunde ein anständiger Mensch, genau wie ich gedacht hatte, und Andrea mußte sich nicht für ihren Vater schämen.

»Beweg dich«, sagte Mike Neblett und schlug mir mit der Faust gegen die Brust.

Nach Luft schnappend, keuchte ich: »Den Schlagring hab ich gespürt, als Sie mich in den Kofferraum stießen.«

»Und Sie werden ihn wieder spüren. Hinterher bring ich ihn in die Wohnung von Ihrem Freund. Sind zwar nicht seine Fingerabdrücke drauf, aber das ist egal. Liegt ja überall dieses Bondage-Zeugs rum, und sein Sperma wird man auch finden.«

»Sie haben uns beobachtet?« Mir wurde flau im Magen.

»Tja, da ist diese Feuertreppe vor der Küche und dem Schlafzimmer.« Toro lachte. »Bin zu spät in die

Arbeit gekommen deswegen, aber die Show war's wert. Mein Kumpel und ich, wir beschatten Sie schon 'ne ganze Weile.«

»Garcia war der Mann mit dem Benzinkanister, oder?« Ich mußte versuchen, durch ein Gespräch so viel Zeit wie möglich zu gewinnen.

»Ja. Er saß auch ein paarmal als Bettler in 'nem Hauseingang, aber Sie haben ihm nichts gegeben. Nur Frauen und Kinder kriegen was von Ihnen. Das ist diskriminierend.«

»Dann wußte Garcia also, daß ich im Marine Corps Historical Center war.«

»Ja. Hat ihm 'nen Mordsspaß gemacht, Ihnen Angst einzujagen, und in dem Aufzug hätte er Sie sich fast vorgeknöpft, aber da wär für ihn hinterher keine Möglichkeit zur Flucht gewesen. Egal, jetzt ist genau der richtige Zeitpunkt. Allerdings sollten Sie sich ein bißchen entspannen, bevor wir uns auf den Weg aus der Stadt machen.«

»Ich bin ruhig.«

»So?« Er boxte mich mit dem Schlagring in den Rücken, so daß ich ins Stolpern geriet. Ich tat, als stürzte ich, weil ich eine Scherbe von dem zerbrochenen Bilderrahmen in die Hand nehmen wollte, doch da versetzte er mir einen weiteren Stoß, und ich fiel tatsächlich hin und verletzte mich an den Splittern.

Er zerrte mich wieder hoch und schob mich zum Kühlraum, dessen Tür er öffnete.

»Warum?« fragte ich. »Wenn ich in dem Ding gefunden werde, kommt die Polizei sicher schnell auf Sie.«

»Sie sollen ja nicht da drin bleiben. Garcia und ich brauchen bloß ein bißchen Zeit, um uns 'nen Wagen zu besorgen. Es gibt da ein hübsches Stück Land in Virginia, das wartet schon auf Sie. Sie geben sicher guten organischen Dünger ab.« Er begann zu lachen.

»Menschen sind kein organischer Dünger«, sagte ich. »Außerdem ist es sehr schwierig, eine Leiche verschwinden zu lassen. Obwohl Sie's bei Sadako vermutlich geschafft haben.«

»Tja, da täuschen Sie sich«, erwiderte Neblett. »Wir haben Roberts erste Frau nicht um die Ecke gebracht.«

»Warum hatten Sie dann so große Angst vor dem, was ich herausfinden würde? Wieso haben Sie Andrea die Unterlagen gestohlen?«

»Hm, daß das heute abend so gut klappen würde, hätte ich nicht gedacht«, sagte er, ohne auf meine Frage einzugehen, während er mich in den Kühlraum schob.

»Aber wieso die Sache mit Andrea?« wiederholte ich, doch da schloß sich die Tür des Kühlraums schon.

37

Es war so still und kalt. Ich steckte die Hände unter die Achseln, den wärmsten Teil meines Körpers. Bisher hatte ich nie etwas gegen den Winter gehabt, aber ich kannte ja auch nur die kalifornischen und japanischen, und beide waren lächerlich mild. Ach, Hugh, dachte ich, du hast geahnt, daß etwas passieren würde.

Wie lange würden Neblett und Garcia brauchen, um einen Wagen zu stehlen? Bestimmt keine halbe Stunde.

Da ging die Tür auf, und ich wich in den hintersten Winkel des Kühlraums zurück. Im Licht, das vom Flur hereindrang, stand Jiro Takeda.

»Sie stecken mit Neblett unter einer Decke!« sagte ich. »Was für eine Überraschung.«

»Kommen Sie raus da«, erwiderte Jiro. »Vielleicht haben Sie einen Schock, oder Sie sind so unterkühlt, daß Sie ins Krankenhaus müssen. Aber Sie werden nicht in meinem Kühlraum erfrieren.«

»Jiro, was machen Sie hier?«

»Ich wollte sehen, welche Unterlagen Sie durchgegangen sind. Waren Sie schon bei den meinen? Wenn ja, wissen Sie nun, daß ich tatsächlich außerhalb von Tokio geboren bin. Allerdings habe ich den größten Teil meines Lebens im Ausland verbracht, so daß mein Japanisch ohne regionale Einfärbung ist.«

»Im Moment ist es mir egal, wo Sie zur Welt gekommen sind!« rief ich aus. »Jiro, wir müssen hier weg. Der Mann, den Sie Toro nennen, will mich umbringen.«

»*Heh?*« fragte Jiro. »Als ich Ihre Tasche und den zerbrochenen Bilderrahmen auf dem Boden sah, wußte ich, daß etwas nicht stimmt. Hat der Spüler Ihnen weh getan? Er war mir von Anfang an nicht geheuer.«

»Schnell, Jiro!« flüsterte ich, als ich ein Geräusch vom Restauranteingang hörte. »Bloß raus hier.«

»Durch die Küchentür«, sagte Jiro und zog das lange Messer aus dem Messerblock auf der Arbeitsfläche, bevor er mich mit der freien Hand packte und zum Hinterausgang zerrte, doch die Tür ließ sich nicht öffnen.

»Er muß sie blockiert haben«, sagte ich.

»Dann nehmen wir den Notausgang bei den Toiletten.« Als wir loshasteten, zersplitterte die Eingangstür.

Wir waren den Flur zur Hälfte entlanggekrochen, als das Licht im vorderen Teil des Restaurants anging und wir weitere Geräusche hörten. Nun erreichten wir den Notausgang, doch die Tür bewegte sich keinen Millimeter.

»O nein!« rief Jiro aus. »Das waren bestimmt die Jungs von Ken Chow. Die wollen, daß wir bei der nächsten Kontrolle Probleme bekommen ...«

»Sch! Ich glaube, wir müssen jetzt rennen.«

Doch bevor wir das tun konnten, sah ich, wer den Krach gemacht hatte: Andrea und Hugh.

Ich schüttelte erst einmal verwundert den Kopf, doch nach einer Weile wurde mir klar, daß Andrea offenbar, wie verabredet, in der Wohnung angerufen und mit Hugh gesprochen hatte. Dann bemerkte ich Hughs entsetzten Blick auf Jiros Messer.

Hugh hob das Handy ans Ohr. »Mr. Takeda, ich rufe die Polizei.«

»Ja, bitte mach das, Hugh«, sagte ich. »Aber nicht wegen Jiro, sondern wegen Neblett und Garcia.«

»Wer?« fragte Andrea verwirrt.

»Neblett ist der Spüler Toro, Lorraines Bruder. Und Garcia ist ein Mann, der sich gern als Obdachloser verkleidet und mit einem Benzinkanister herumläuft. Mehr erzähle ich euch später. Jetzt müssen wir hier so schnell wie möglich verschwinden. Sie kommen gleich zurück ...« Da hörte ich in der Küche eine Tür schlagen. Sie hatten bestimmt entdeckt, daß ich nicht mehr im Kühlraum war.

»Vielleicht ist es Marshall«, flüsterte Andrea.

Hugh hatte mittlerweile die Nummer der Polizei gewählt. »Ein Notfall«, sagte er mit gedämpfter Stimme. »Schicken Sie bitte jemanden ins Bento in der H Street.«

Da hörte ich von hinten ein Geräusch. Als ich mich umdrehte, sah ich etwas Metallenes durch die Küchentür fliegen.

»Handgranate!« rief ich aus, und wir rannten zum Ausgang. Jiro, der ihn als erster erreichte, mühte sich ab, die Tür zu öffnen, während die Granate von einem der Eßtische in unsere Richtung rollte. Ich zählte stumm die Sekunden: eins, zwei ...

»Runter!« brüllte ich, doch sie wichen nicht von der Tür zurück, obwohl ich ausholte, um die Granate, die ich inzwischen in der Hand hielt, hindurchzuschleudern. Also blieb mir nichts anderes übrig, als auf das große Restaurantfenster zu zielen.

Ich warf Andrea, Hugh und Jiro in dem Moment zu Boden, als die Granate explodierte. Es gab einen gewaltigen Knall, und überall flogen Splitter herum. Draußen hörte ich die Alarmanlagen der geparkten Autos losgehen, dann Polizeisirenen.

38

»Wo hast du das Werfen gelernt?« fragte Hugh mich am nächsten Morgen beim Frühstück im Urban Grounds, nachdem wir den größten Teil der Nacht im Krankenhaus verbracht hatten, wo Hugh jede Menge Glassplitter aus der Haut entfernt worden waren und ich mich wegen meiner Schnitte am Rükken und einer Beule am Kopf, verursacht von einem durch die Luft fliegenden Teller, behandeln ließ. Andrea hatte ein zerrissenes Kleid und ein paar blaue Flecken davongetragen.

»Ich hab an der High-School Softball gespielt.«

»Jetzt ist mir klar, wie verrückt der Gedanke war, dich beschützen zu wollen«, sagte Hugh. »Ein Polizist hat mir im Krankenhaus erzählt, daß die Granate vor dem Eingang zu dem leerstehenden Gebäude nebenan explodiert ist. Niemand wurde verletzt. Unter den gegebenen Umständen hätte das Ding an keiner besseren Stelle landen können.«

»Schwer zu glauben, wenn man weiß, wie es in dem Restaurant aussieht«, erwiderte ich. Das große Glasfenster war durch die Wucht der Explosion nach innen gedrückt worden, und die Druckwelle hatte Tische und Stühle umgeworfen. »Marshall und der brummelige Eigentümer des Nachbarhauses könnten mich ohne weiteres auf Schadenersatz verklagen.«

»Das werde ich zu verhindern wissen«, meinte Hugh. »Außerdem bin ich sicher, daß die beiden sich über das Geld von der Versicherung freuen. Marshall kann damit das Lokal umgestalten, was er ja offenbar ohnehin wollte.«

»Ja, aber damit möchte ich nichts mehr zu tun haben«, sagte ich mit einem tiefen Seufzen. »Ich bin euch drei wirklich dankbar, daß ihr mich vor einer weiteren Höllenfahrt bewahrt habt.«

»Ach was, ich hab' unsere Flucht letztlich nur behindert«, widersprach Hugh. »Aber wir waren ein Team, und das ist das wichtigste. Ich glaube, unser Frühstück wäre fertig. Meinst du, du könntest …?«

»Klar.« Ich erhob mich, um die Sachen zu holen, denn Hughs Hände waren dick verbunden, und er konnte kaum etwas greifen. Fürs erste würde ich ihm morgens das Hemd zuknöpfen und die Krawatte binden müssen. Sobald ich den Windsor-Knoten beherrschte, dachte ich, würden sich ungeahnte Möglichkeiten ergeben.

»Was träumst du denn vor dich hin?« fragte Hugh, als ich ihm den Toast kleinschnitt.

»Ich habe gerade gedacht, daß es Spaß macht, einander zu helfen. Vielleicht ist das doch das richtige.«

»Ja«, pflichtete er mir mit vielsagendem Blick bei. »Allerdings werde ich dir keinen Heiratsantrag mehr machen. Jetzt bist du dran, Schatz.«

»Gut.«

»Tja«, meinte Hugh. »Dann freue ich mich auf deinen nächsten Zug, wann immer du dich dazu entschließt.«

Die Polizei stellte Mike Neblett und Leon Garcia stadtauswärts auf der Interstate 295 in einem gestohlenen Wagen, in dem sich ein Seil, mehrere Handfeuerwaffen sowie Granaten befanden, die von einem

Freund im Waffendepot in Quantico stammten. In dem Auto lag außerdem eine Straßenkarte von Virginia, auf der ein abgelegener staatlicher Park markiert war, der Ort, an dem sie mich ins Jenseits befördern wollten. Vielleicht lag dort auch Sadakos Leiche.

Den beiden Männern wurde vierfacher versuchter Mord zur Last gelegt, eine Beteiligung an Sadako Nortons Verschwinden konnte ihnen jedoch nicht nachgewiesen werden. Neblett, der zugab, mich entführt zu haben und in Andreas Wohnung eingedrungen zu sein, bestritt, etwas mit Sadakos Tod zu tun zu haben. Garcia sagte überhaupt nichts, nicht einmal zu seinem Pflichtverteidiger.

Auch andere lose Enden konnten noch nicht endgültig verknüpft werden: Win machte einen Entzug in, wie Kendall sagte, einer der besten Kliniken des Landes – aber natürlich ohne Erfolgsgarantie. Obwohl Kendall nun die Gründe für ihre Entführung kannte, wollte sie der Polizei nichts von der Erpressung ihres Mannes erzählen. Einen solchen Skandal, meinte sie, könne sie sich jetzt, da sie fest für Harp Snowden arbeite, nicht leisten.

Andrea war bei der Geschichte möglicherweise am schlechtesten weggekommen. Zwar saßen die Männer, die ihrer Mutter seinerzeit so viel Angst eingejagt hatten, hinter Schloß und Riegel, aber sie wußte immer noch nicht, was aus Sadako geworden war. Dieses Problem beschäftigte mich die ganze Woche, die ich Hugh pflegte, und als er soweit wiederhergestellt war, daß er ins Büro gehen konnte, erklärte ich ihm meinen Plan. Zu meiner Überraschung gab er mir ohne Widerrede die Autoschlüssel und wünschte mir Glück.

Und so kam es, daß ich mich eines schönen Mittwochmorgens auf den Weg nach Kent Island an Marylands Küste machte, Andrea mit einer Straßenkarte auf dem Schoß neben mir. Sie lotste mich nach Stevensville, von wo aus Sadako die letzten Briefe abgeschickt hatte.

»Wo sollen wir uns zuerst umsehen?« fragte ich kurz vor der Abzweigung nach Stevensville. Andrea sah gedankenverloren zum Fenster hinaus. Sie war ihrem Vater auch nach der Aufklärung der Ereignisse in Vietnam nicht bedeutend näher gekommen. Merkwürdigerweise hatte er nichts dagegen, nun dafür zur Verantwortung gezogen zu werden; mehr Sorge schien ihm zu bereiten, daß möglicherweise Lorraine meine Entführung veranlaßt hatte, um ihr Leben mit Robert und Davon zu schützen.

»Wir könnten in ein Fischrestaurant gehen und uns dort über die Austerntaucher erkundigen«, schlug Andrea vor.

»Prima Idee. Wir fragen gleich an der nächsten Tankstelle.«

Der sehnige junge Tankwart empfahl uns das Morrison's, wo es seiner Aussage nach die besten Krabbenpasteten gab. Zur Sicherheit machten wir noch bei einer Tierhandlung an der Main Street halt, deren Besitzerin, eine lederhäutige Blondine um die Fünfzig, uns ebenfalls das Morrison's nannte, allerdings der gebratenen Austern wegen.

Das Lokal befand sich im Nachbarort Leeville, den wir über eine hübsche gewundene Straße erreichten, an der Läden für Fischereizubehör, eine Feuerwache sowie inmitten von Feldern einige alte, offenbar nicht allzu teure Farmhäuser lagen, die Hugh bestimmt gefallen hätten.

Das Morrison's entpuppte sich als moderne Holzkonstruktion, durch die erhöhte Lage vor dem gelegentlich bis hier herauf schwappenden Meer geschützt und umgeben von fischverarbeitenden Betrieben. Auf dem Parkplatz standen hauptsächlich Lastwagen.

»Schauen Sie sich die Nummernschilder an«, sagte Andrea. »Florida, Kalifornien. Die Fische aus der Gegend müssen ziemlich gut sein, wenn sie so weit weg geliefert werden.«

»Oder das Restaurant bezieht seine Meeresfrüchte aus diesen Staaten«, erwiderte ich. »Sie erinnern sich doch noch, was wir über den Austernmangel hier gehört haben, oder?«

Am Ende stellte sich heraus, daß wir beide recht hatten. Dottie, die Kellnerin, bei der wir unsere Bestellung aufgaben, erzählte, die Krabben und Hummer kämen aus der Region, die Austern jedoch stammten aus dem Nordwest-Pazifik und würden zusammen mit den örtlichen Fängen erst hier abgepackt. Das Morrison's sei das letzte verbliebene Fischrestaurant in Leeville. Zwanzig Jahre zuvor, als das Wasser in der Bucht noch sauber und die Tiere darin gesund gewesen seien, habe es eine ganze Reihe gegeben. Das Lokal existiere nur deshalb noch, weil die Besitzer schon in der vierten Generation in der Branche arbeiteten und nicht das Handtuch werfen wollten.

»Erstaunlich, daß in der Bucht solche Hummer gefangen werden«, sagte ich, als eine Viertelstunde später ein Zweipfünder mit zerlassener Butter und Zitrone serviert wurde, der hier weniger als dreißig Dollar kostete – im Vergleich zu Washington ein Schnäppchen.

»Es hat sich viel verändert. Die Austern sind verschwunden, mit den Krabben sieht's nicht gut aus, aber dafür machen sich die Hummer breit. Na ja, die meisten negativen Dinge haben auch eine positive Seite.«

»Stimmt«, pflichtete Andrea ihr bei, doch Dottie war bereits am nächsten Tisch. Andrea und ich sahen uns lachend an. »Habe ich schon von meiner Anmeldung bei einer Kochschule erzählt?« fragte sie.

»Tatsächlich? Wollen Sie Ihre Fähigkeiten in Marshalls neuem Restaurant ausprobieren?« Marshall hatte das Gebäude neben dem Bento gekauft und war dabei, die Trennwand einreißen zu lassen, um Raum für ein großes Lokal zu schaffen, in dem es deftige Spezialitäten aus North Carolina geben würde, keine japanische Küche mehr. Für die Granate durchs Fenster war Marshall offenbar so dankbar gewesen, daß er mir den ausstehenden Lohn komplett gezahlt hatte. Ich war jetzt wieder flüssig, so flüssig, daß ich sogar eine Karte für Harp Snowdens Dinner erwarb, das zwei Wochen später bei ihm zu Hause in Kalorama stattfinden sollte – mit einem echten *kaiseki ryoori* von Jiro, dem Andrea assistieren würde.

»Ich will nicht mehr für Marshall arbeiten«, sagte Andrea. »Außerdem hat sich mir eine völlig neue Möglichkeit eröffnet.«

»Ja?«

»Wissen Sie, was Jiro vorhat?«

»Klar, er geht nach Japan.« Jiro hatte Hugh und mir bei einem Mojito im El Rincon erzählt, daß er sich seiner Vergangenheit stellen, sich von Marshall trennen und sein eigenes Restaurant mit amerikanischen Fischgerichten in Japan eröffnen wolle. Ich hatte Tante Norie schon informiert und ihr mitgeteilt, Jiro sei tatsächlich Japaner und habe mir das Leben gerettet.

Andrea fuhr fort: »Ich möchte meine japanischen Verwandten besuchen, und vielleicht kann ich während meiner Zeit dort Jiro helfen. Er wird vorwiegend japanisches Personal beschäftigen, braucht aber jemanden, der die amerikanische Küche kennt. Wenn die Sache mit meiner Tante nicht klappen sollte, kann ich immer noch Jiros Saketinis trinken.«

»Klingt gut«, sagte ich wehmütig. »Da würde ich zu gern mitkommen.«

»Tja, schön wär's«, sagte Andrea und nippte an ihrem Eistee. »Der Tee ist übrigens Spitze. Schon gezuckert; das trauen sich die meisten Lokale nicht.«

»Seit wann mögen Sie Süßes?« fragte ich. »Neulich im Urban Grounds haben Sie mich wegen meiner Zuckerorgien ziemlich schief angeschaut.«

»Ich beginne, Zucker zu mögen. Vielleicht werde ich sogar Patissière. In dem Bereich gibt's viele Frauen.«

Als wir zahlten, erkundigten wir uns bei Dottie, ob jemand in der Gegend Taucher kenne. Wieder hörten wir die Geschichte mit dem Austernmangel, doch schließlich schickte sie uns hinüber in die Fischfabrik, wo sich ein rotgesichtiger, weißhaariger Mann im Arbeitsanzug unsere Fragen über eine japanische Frau anhörte, die unserer Vermutung nach in den siebziger Jahren in der Region gelebt und möglicherweise getaucht habe und die wir, ihre Verwandten, nun aufspüren wollten.

Er sah skeptisch zuerst Andrea und dann mich an. Am liebsten hätte ich ihm gesagt, daß Rassenzugehörigkeit manchmal gar nicht so leicht festzustellen sei. Ich hatte Mike Neblett für weiß gehalten, obwohl er schwarz war. Garcia sah aus wie ein Afroamerikaner, stammte aber aus Puerto Rico, und Norie hatte geglaubt, Jiro sei kein Japaner.

»Austerntaucherinnen gibt's nicht viele«, sagte er. »Vor vielen Jahren war mal eine hier, aber die arbeitet nicht mehr. Angeblich kam sie aus Korea.«

»Wie hieß sie?« fragte ich.

»Keine Ahnung, aber wie gesagt: Sie macht das nicht mehr. Austern sind inzwischen so selten, daß sich das nicht lohnt. Ich glaube, sie hat später an Land gearbeitet, zuerst in der Fabrik die Austern nach der Größe sortiert, und später hatte sie dann das Geld, um aufs College zu gehen.«

»Hatte sie Freunde?«

Er zuckte mit den Achseln. »Polly Westerbrook, die Frau von meinem Cousin, ist mit ihr befreundet. Sie hat was davon erwähnt, daß sie vor ein paar Monaten in Centerville mit ihr essen war. Das heißt, sie müßte sich noch irgendwo in der Gegend aufhalten.«

Centerville lag etwa eine halbe Autostunde von Leeville entfernt. Doch zuerst wollte ich mich mit Polly Westerbrook unterhalten, also fuhren wir zu der Tierhandlung zurück, in der sie arbeitete. Polly war gerade dabei, einen gelangweilt dreinsehenden Pudel zu scheren.

Bei unserem Eintreten hob sie den Blick. »Hallo. Na, wie war das Essen?«

»Ausgezeichnet«, antwortete ich. »Ich hatte den

Hummer. Erstaunlich, daß es so weit südlich welche gibt.«

»Ach, so mancher verirrt sich an ungewöhnliche Orte. Aber das ist nicht schlimm. Es sichert uns das Überleben und zwingt uns zur Anpassung an neue Gegebenheiten.«

»Wir haben gehört, daß die Ansiedelung einer neuen, nicht heimischen Austernart diskutiert wird«, sagte ich.

»Stimmt, die asiatische Auster. Viele Leute haben Angst davor. Bobby, der Cousin von meinem Mann, der in der Fischfabrik arbeitet, sagt, drüben auf der Virginia-Seite der Bucht wird sie schon seit einiger Zeit gezüchtet, und sie hat nie Probleme gemacht. Wirklich schade, daß die Politiker es uns nicht versuchen lassen. Muß sich die Bucht denn erst in einen Sumpf verwandeln, bevor sie was unternehmen?« Sie hob die Augenbrauen.

»Wir haben gerade mit Bobby gesprochen«, sagte ich. »Er erwähnte eine Freundin von Ihnen, eine Koreanerin, die angeblich hier in der Gegend tauchte. Mit der würden wir gern reden.«

»Warum?« wollte sie wissen.

Andrea und ich wechselten einen Blick. Sie schüttelte den Kopf.

»Das möchte ich eigentlich nur ihr selbst sagen. Vielleicht kann sie uns zu der Person führen, die wir eigentlich suchen.«

»Tja, ich wüßte nicht, wen Sie meinen. Hier bei uns tauchen die Männer, nicht die Frauen.«

»Aber Ihr Cousin hat gesagt ...« mischte Andrea sich ein.

»Bobby hat kein sonderlich gutes Gedächtnis.«

»Die Frau war die einzige Taucherin hier in der Gegend. Bobby meint, Sie hätten hin und wieder ein Bier mit ihr getrunken und sich erst kürzlich in Centerville mit ihr getroffen.«

»Da täuscht er sich«, erklärte sie, den Blick nicht mehr auf den armen Pudel gerichtet, so daß sie sein Ohr beim Scheren verletzte. Der Hund jaulte auf.

»Die Frau, die wir finden wollen, ist meine Mutter«, sagte Andrea mit leiser Stimme. »Möglicherweise hat diese Koreanerin sich mit ihr angefreundet, damals in den Siebzigern, bevor sie verschwand.«

»Das ist lange her. Tut mir leid, ich weiß wirklich nicht, wie ich Ihnen helfen könnte. Fertig Daisy, runter vom Tisch!«

»Warum schützen Sie sie immer noch?« fragte ich. Inzwischen war ich fast sicher, daß es sich bei der mysteriösen Taucherin um Sadako selbst handelte.

»Ich möchte ja nicht unhöflich sein, aber der Hund muß jetzt raus in unseren Kurzzeitzwinger. Gute Reise noch!«

»Die Männer, vor denen meine Mutter so große Angst hatte, sind endlich im Gefängnis«, sagte Andrea. »Rei wurde vor ein paar Wochen fast von ihnen getötet, aber nun können sie niemandem mehr etwas tun.«

Polly wirkte alles andere als überzeugt.

Andrea schloß kurz die Augen, als müßte sie ihren ganzen Mut zusammennehmen. Schließlich sagte sie unsicher: »Bitte helfen Sie mir. Meine Mutter hieß Sadako und war mit einem Mann verheiratet, der in Vietnam kämpfte. Ich bin 1974 in Virginia geboren. Sie nannte mich Akiko, aber mein westlicher Name lautet Andrea.«

Polly mußte sich am Schertisch abstützen.

»Sie kennen die Geschichte«, sagte ich leise.

Polly bedachte mich mit einem skeptischen Blick. »Schwören Sie, daß die beiden im Gefängnis sitzen?«

»Ich habe zu Hause eine Ausgabe der *Washington Post*, in der über ihre Festnahme berichtet wird«, antwortete ich. »Wenn Sie wollen, kann ich Ihnen den Artikel zufaxen.«

»Nein«, sagte Andrea plötzlich. »Ich fahre hier erst weg, wenn ich meine Mutter gesehen habe. Sie hat mich damals verlassen, aber ich …« Sie vergrub das Gesicht in den Händen.

Polly sah mich an. »Soweit ich weiß, gibt es keine Tochter mehr. Jedenfalls keine, die am Leben wäre.«

»Offiziell lebt ja auch die Mutter nicht mehr«, erwiderte ich.

Polly setzte sich. »Ich glaube, ich muß mal kurz telefonieren.«

Ich führte die weinende Andrea zu einer kleinen Bank beim Eingang. Sobald sie saß, stieß Daisy sie mit der Schnauze an, was Andrea noch heftiger schluchzen ließ.

Polly verschwand mit dem schnurlosen Telefon im hinteren Bereich des Ladens. Wie würde sie ihrer Freundin wohl die Situation schildern?

Nach einer Weile gesellte Polly sich wieder zu uns und nahm Andrea wortlos in den Arm.

»Sie will mich nicht sehen, stimmt's? Tja, war eine Schnapsidee, das ganze«, sagte Andrea mit tonloser Stimme.

»Nein, sie möchte Sie sogar sofort sehen. Ich beschreibe Ihnen den Weg zum Meeresforschungszentrum. Pearl arbeitet im Labor an einem Austernkultivierungsprojekt, das jetzt ins fünfte Jahr geht. Sie hat den Job schon eine ganze Weile.«

»Sie heißt Pearl?« fragte ich.

»Ja, den Namen hat sie angenommen, als sie hierherkam. Er paßt von Jahr zu Jahr besser zu ihr, Sie werden schon sehen.«

»Ich habe ein flaues Gefühl im Magen«, sagte Andrea, als wir wieder im Wagen saßen. »Wenn ich gewußt hätte, daß wir sie tatsächlich finden, hätte ich was anderes angezogen, etwas Dezenteres. Und meine Haare …« Sie berührte ihre blonden Locken. »Sie glaubt mir bestimmt nicht, daß ich ihre Tochter bin. Ich hätte die Geburtsurkunde mitbringen sollen.«

Ich schüttelte den Kopf. »Sie ist Ihre Mutter. Sie wird Sie erkennen.«

39

Das Meeresforschungszentrum war in einem einfachen Ziegelgebäude untergebracht, wohl einer früheren Grundschule. Davor erstreckte sich ein ordentlich gestutzter Rasen mit einer modernen Bootsskulptur aus Austerndosen. Ich lenkte den Wagen auf den fast leeren Parkplatz.

»Ich warte gern draußen«, sagte ich zu Andrea.

»Nein.« Andrea schüttelte den Kopf. »Es beruhigt mich, wenn Sie mich begleiten. Außerdem müssen Sie vielleicht übersetzen.«

»Sie ist jetzt achtundzwanzig Jahre hier, hat Freunde und einen Job«, wandte ich ein. »Ich glaube, über Verständigungsschwierigkeiten brauchen Sie sich keine Gedanken zu machen. Aber zur moralischen Unterstützung komme ich natürlich mit.«

Ein Blick auf den Gebäudeplan sagte mir, daß das Austernforschungsprojekt am hinteren Ende des Erdgeschosses untergebracht war. Ich mußte Andrea, die ziemliche Angst hatte, fast mitzerren.

»Hoffentlich sind nicht so viele Leute da«, murmelte Andrea.

»Vielleicht ist sie allein. Draußen auf dem Parkplatz stehen nicht viele Autos.«

»Wer weiß …« Sie verstummte, als wir die Tür des Labors erreichten.

»Soll ich klopfen?« fragte ich.

»Ja. Gehen Sie zuerst rein. Ich weiß nicht, was ich sagen soll, wenn sie tatsächlich da ist.« Andreas Gesicht hatte in ihrer Nervosität wieder den kühlen Ausdruck von früher angenommen.

»Nur Mut«, sagte ich, als ich klopfte. »Atmen Sie tief durch und versuchen Sie zu lächeln.«

Da ging die Tür auf, und wir standen einem großgewachsenen jungen Amerikaner mit Brille und Jeans gegenüber. »Kommen Sie rein. Sie möchten Pearl besuchen?« fragte er. Der Raum hinter ihm war voll mit Forschungsgeräten, Büchern, Computern und Telefonen.

»Ja«, antwortete ich.

»Ich arbeite mit ihr zusammen und soll Sie zu ihr bringen.« Er deutete in Richtung Fenster, von dem aus sich ein wunderbarer Ausblick auf die Bucht bot.

»Ist sie draußen auf dem Meer?« fragte Andrea.

»Nein.« Der junge Mann lächelte. »Unser Labor ist draußen am Pier, das werden Sie gleich sehen.« Wir gingen wieder auf den Flur und traten gemeinsam auf der Rückseite des Gebäudes hinaus. Auf einer Holzanlegestelle befanden sich mehrere runde Fiberglasbehälter, die wie kleine erhöhte Swimming Pools aussahen. Eine Frau stand mit dem Rücken zu uns über einen der Behälter gebeugt, um etwas zu inspizieren. Sie war groß, trug Jeans und eine purpurfarben gestreifte Jacke. Ich hatte schwarze Haare wie bei meiner Tante erwartet, aber ihre waren silbergrau.

»Ist das Pearl?« fragte Andrea den jungen Mann zweifelnd.

»Ja«, antwortete er. »Ich lasse Sie jetzt mit ihr allein.«

Als er weg war, packte Andrea meine Hand. »Ich will nicht zu ihr; ich habe Angst, daß sie es doch nicht ist.«

Da drehte die Frau sich um und betrachtete uns ernst. Ihr Gesicht hatte keinerlei Ähnlichkeit mit dem der meisten Japanerinnen mittleren Alters, die ich kannte. Es war von tiefen Sonnenfalten durchzogen, und sie trug eine Hornbrille. Aber die Augen hinter den Gläsern, mit denen sie Andrea eindringlich musterte, waren asiatisch. Sie wußte sofort, wer von uns beiden ihre Tochter war.

Andrea an der Hand, ging ich auf die Frau zu.

»Hallo«, sagte Andrea.

»Du bist meine Akiko«, begrüßte Pearl sie mit sanfter Stimme und starkem japanischem Akzent. Es bestand kein Zweifel: Das war Sadako.

Andrea nickte. »Auf meiner Geburtsurkunde steht ›Andrea‹, aber seit kurzem weiß ich, daß ich als Baby ›Akiko‹ genannt wurde.«

»Woher?« fragte Pearl vorsichtig.

»Aus deinen Briefen an Atsuko. Rei und ihre Tante haben sie für mich übersetzt.«

Nun nahm Pearl mich zum erstenmal wahr. Ich verneigte mich, stellte mich auf japanisch vor und erklärte ihr, wie wir an die Briefe gekommen waren.

»Ja, die ersten wurden zurückgeschickt, das habe ich nach ein paar Jahren erfahren«, sagte sie.

»Und Sie haben irgendwann aufgehört, Ihrer Schwester zu schreiben«, fügte ich hinzu. »Meine Tante hat sie vor ein paar Wochen kennengelernt. Atsuko dachte all die Jahre, Sie seien tot.«

»Ja, das kann ich mir vorstellen. Rei, ich bin Ihnen sehr dankbar. Und ich mache mir Gedanken wegen meiner Schwester. Aber noch mehr interessiert mich, wie Sie Akiko gefunden haben.«

»Ich würde sagen, wir haben uns gegenseitig gefunden«, antwortete ich auf englisch mit einem Lächeln in Richtung Andrea.

»Doch ich konnte dich nicht finden«, sagte Sadako an Andrea gewandt. »Ich bin zwei Monate, nachdem ich hier mein neues Leben angefangen hatte, zurückgekehrt, um dich zu holen, mitten in der Nacht, mit meinem alten Schlüssel. Robert schlief in der Wohnung, aber du und deine Sachen, ihr wart verschwunden. Da wußte ich, daß dir etwas Schreckliches zugestoßen sein mußte. Ich bekam schlimme Depressionen, hörte auf, meiner Schwester zu schreiben, und zog einen Schlußstrich unter mein altes Leben in Japan.«

»Ich war bei Pflegeeltern«, erklärte Andrea. »Das hättest du von meinem Vater erfahren können.«

»Ja, stimmt.« Sie senkte den Blick. »Aber ich hatte Angst. Ich dachte, dein Tod ist die Strafe für mein Handeln.«

»Der Fluß«, mischte ich mich ein. »Jemand hat Ihre Kleidung ans Ufer gelegt.«

»Ich selbst«, sagte sie. »Ich wollte, daß es aussieht, als wäre ich gestorben. Heute klingt der Plan verrückt. Ich war damals ein völlig anderer Mensch und dachte, ich könnte Robert nicht vertrauen.«

»Was ist mit Neblett und Garcia, den beiden Männern, die damals in Vietnam waren?« fragte ich.

Sie nickte. »Genau, das sind die Männer, die mit ihm im Krieg waren. In Amerika drohten sie ihm dann, die Vorfälle an die Öffentlichkeit zu bringen. Er hat sich ihr Schweigen mit Geld und Waffen erkauft. Wahrscheinlich hätte er ihnen sogar *mich* gegeben, wenn ich ihnen nicht zu häßlich gewesen wäre.«

»Sie sind nicht häßlich, Sadako-san«, sagte ich.

»Ich heiße Pearl«, erwiderte sie leise. »Den Namen habe ich angenommen, als ich hierher kam, auf der Suche nach einer Arbeitsstelle, bei der ich keinen Ausweis vorlegen mußte. Damals war das noch möglich. In den Siebzigern gingen in der Bucht viele Austernboote auf Fang. Anfangs glaubten die Fischer mir nicht, daß ich als Frau das schaffen würde. In Amerika werden die Austern nicht mit den Händen aus dem Meer geholt, sondern mit schwerem Gerät. Aber sobald ich einigen

Bootsbesitzern meine Fähigkeiten bewiesen hatte, bekam ich genug Arbeit. Sie war mein Leben. Ich habe kein zweites Mal geheiratet.« Sie schwieg eine Weile. »Und was ist mit dir, Andrea? Du sagst, du warst bei Pflegeeltern. Haben sie dich gut behandelt?«

»Ich war bei mehreren Familien«, erwiderte Andrea. »Einige nett, andere nicht. Das ist vorbei, aber bis jetzt habe ich es im Leben anders als du nicht weit gebracht. Du bist Wissenschaftlerin?«

»Nein, nein. Dazu fehlt mir die nötige Ausbildung. Diesen Job im Labor habe ich wegen meiner Erfahrung im Umgang mit Austern bekommen. Man nennt mich die Austernmutter, weil sie wie meine Kinder sind ...« Sie verstummte. »Wie dumm. Ich bin keine Mutter.«

»Schon gut«, sagte Andrea.

»Nein. Ich hätte dich gleich mitnehmen sollen, habe es aber nicht getan, weil ich zuerst eine sichere Basis haben und keine von diesen Frauen werden wollte, die auf der Straße mit ihren Kindern um Geld betteln.«

Das Eis zwischen den beiden war gebrochen, das merkte ich, also verabschiedete ich mich und ging an den Behältern mit ausgewachsenen und Babyaustern vorbei zum Gebäude zurück. Das waren asiatische Austern, über Kalifornien hierher gelangt. Ihre Ansiedelung stellte nach Ansicht mancher Umweltschützer ein zu großes Risiko dar. Nun, dachte ich, auch ich liebte Altes, aber jetzt merkte ich, daß man sich ändern mußte, um zu überleben. Hoffentlich verwandelte sich die Bucht nicht in einen Sumpf, bevor den Leuten das klar wurde.

Ich überquerte die Straße, wo mir einige Souvenirläden, eine Austernbar und ein Piercing- und Tätowierungsstudio mit dem schönen Namen »Body Art« aufgefallen waren. Ein paar Minuten lang betrachtete ich die Tattoo-Entwürfe sowie die Piercing-Accessoires im Schaufenster, dann betrat ich den Laden.

»Was kann ich für Sie tun?« begrüßte mich eine Frau mittleren Alters in Jeans und Top und mit mehreren Ringen in den Ohren, rot funkelndem Nasenpiercing und winzigem Goldring im Nabel. Um den einen Knöchel wand sich ein Weinrankentattoo, um den anderen ein großäugiger Mond.

»Ich wollte fragen, wieviel ein Piercing kostet«, antwortete ich.

Sie legte den Kopf ein wenig schräg. »Kommt drauf an, wo.«

»Am Nabel.« Das Piercing sollte mich immer daran erinnern, daß ich einmal ein Kind unter dem Herzen getragen hatte.

»Kein Problem. Viele Frauen Ihres Alters lassen sich eins machen, und wenn sie schwanger werden, nehmen sie's einfach raus. Vierzig Dollar inklusive Ring.«

Ich sah mich in dem Studio um. Es wirkte sauber. »Wie sieht's mit den Hygienevorschriften aus?« fragte ich trotzdem sicherheitshalber.

»Wir verwenden eine Piercing-Pistole genau wie beim Ohrringstechen. Die Nadel ist steril. Das Gesundheitsamt hat alles geprüft, die Bestätigung hängt neben der Tür.«

»Ich weiß nicht so recht«, überlegte ich.

»Wenn Sie noch keine achtzehn sind, brauchen Sie

die Einwilligung Ihrer Mutter. Auf jeden Fall möchte ich einen Ausweis sehen.«

Ich mußte lachen. »Ich hätte gern etwas Ungewöhnliches. Was würden Sie mir vorschlagen?«

»Einen Edelstein. Ich selber habe einen Onyx.« Sie hob ihr Top ein wenig an, damit ich mir ihren Nabel ansehen konnte. Sie war keine flachbäuchige Nymphe wie Andrea, aber der Körperschmuck ließ ihre Kurven besser zur Geltung kommen.

»Ich glaube, das gefällt mir. Welche Steine haben Sie denn da?« fragte ich. Was würde Hugh wohl davon halten?

»Keine wirklich Wertvollen: Onyx, Amethyst, Zirkon und Süßwasserperlen.«

»Echte?« fragte ich nach.

»Keine Ahnung. Ich muß da meinem Lieferanten vertrauen, aber bis jetzt war er immer zuverlässig.« Sie reichte mir ein Kästchen mit unregelmäßig geformten kleinen Perlen. Ich kratzte leicht an der Oberfläche von einer, die weich und somit echt war.

Einige Minuten später lag ich auf einer Pritsche, über die sie ein sauberes Tuch gebreitet hatte. Ich schloß die Augen; schlimmer als eine Beinenthaarung konnte es nicht werden. Ich mußte mich nicht einmal ausziehen. Dann spürte ich den Alkoholtupfer und einen kurzen Stich. Als ich meinen Bauch betrachtete, befanden sich darauf ein orangefarbener Fleck vom Desinfektionsmittel sowie ein Goldring mit zwei reiskornförmigen Perlen. Nun sah der Teil meines Körpers, den ich in letzter Zeit gehaßt hatte, richtiggehend geheimnisvoll aus. Ich würde den Vorschlag der Frau befolgen und beim nächsten Baby den Ring entfernen, denn ein nächstes Baby würde es geben, dachte ich, als ich das Piercing-Studio verließ und zurück zum Meeresforschungszentrum ging. Und es würde von seinem Vorgänger erfahren, der es nicht geschafft hatte.

Andrea wollte bestimmt nicht mit mir zurückfahren, aber verabschieden würde ich mich von ihr.

Voller Freude über das Geheimnis unter meinem T-Shirt überquerte ich die Straße.

Dank

Bei der Suche nach einem Thema für Reis neues Abenteuer erwiesen sich meine Lektorin Carolyn Marino sowie meine langjährigen treuen Fans und E-Mail-Freunde als höchst inspirierend, besonders Reiko Okochi in Palos Verdes, Paul Sayles in San Francisco und Ryohei Omori in Tokio. Herzlichen Dank an Gerard Busna dafür, daß er geduldig alle meine Fragen zur Arbeitsweise der amerikanischen Polizei beantwortete, und an John Mann für seine Informationen über den Vietnamkrieg. Dank schulde ich außerdem dem U.S. Marine Corps Historical Center, besonders dem Archivleiter Frederick J. Graboske und dem Archivhistoriker Robert V. Aquilina. Karen Oertel, Mitinhaberin von »Harris Seafood« und Harrison's Restaurant in Grasonville, hat mir alles beigebracht, was ich über die Geschichte der Chesapeake Bay und die Austern dort weiß. Julie Kehrli, Stabschefin des Marylander Senators Paul S. Sarbanes, war so freundlich, mir Einblicke in das Leben eines Senators zu gewähren.

Im Rahmen meiner Recherchen erhielt ich nicht nur wertvolle Anregungen, sondern auch köstliche Mahlzeiten. Besonders möchte ich dem Personal des früheren Aquavit-Restaurants in Minneapolis sowie den Angestellten mehrerer Restaurants in Washington, D.C. danken, zum Beispiel des Burma, des DC Coast, des Poste, des Zola und des Zaytinya. Danke auch an meinen Mann Tony, der im vergangenen Jahr ohne Klagen zahllose Restaurantessen mit mir absolvierte, sowie an Carina Casabón Inzunza, die sich an solchen Abenden liebevoll um unsere Kinder kümmerte und für sie kochte. Dieses Buch hätte nie entstehen können ohne Larry Horowitz und alle anderen vom Urban Grounds in Baltimore sowie Mike Sproge und Glen Breining in seinem Ableger, dem Evergreen. Ohne eure Ermutigung, Parkgroschen und einzigartigen Latte Macchiatos wäre ich mit diesem Roman nie über Seite eins hinausgekommen. Und zum Schluß noch ein Wort an meine Kinder Pia und Neel: Ihr seid die besten – aber eßt jetzt euren Spargel!

Sujata Massey
Baltimore, Maryland